U0929544

教育部人文社会科学研究项目基金资助
项目批准号：09YJA751052

古代文学习用批评范式研究

宁波大学学术文库

赵树功 著

中国社会科学出版社

图书在版编目(CIP)数据

古代文学习用批评范式研究/赵树功著. —北京：中国社会科学出版社，2014.6
ISBN 978-7-5161-4408-4

Ⅰ.①古… Ⅱ.①赵… Ⅲ.①中国文学—古典文学—文学评论 Ⅳ.①I206.2

中国版本图书馆 CIP 数据核字(2014)第 134098 号

出 版 人 赵剑英
选题策划 郭晓鸿
责任编辑 陈肖静
责任校对 王海波
责任印制 戴 宽

出 版 中国社会科学出版社
社 址 北京鼓楼西大街甲 158 号 (邮编 100720)
网 址 http://www.csspw.cn
中文域名:中国社科网 010-64070619
发 行 部 010-84083685
门 市 部 010-84029450
经 销 新华书店及其他书店

印 刷 北京君升印刷有限公司
装 订 廊坊市广阳区广增装订厂
版 次 2014 年 6 月第 1 版
印 次 2014 年 6 月第 1 次印刷

开 本 710×1000 1/16
印 张 23.25
插 页 2
字 数 358 千字
定 价 68.00 元

目　录

引　言

一

中国古代文学批评体现了鲜明的中华文化特色，其思想、理论的论析与其相关思想、理论的论析方法具有同等的美学价值，并在漫长的文学批评史长河中得到坚持。我们以方东树《刘悌堂诗集序》为例略作说明。

本文开篇即云：

> 悌堂以其诗令余为序。余于是本山川、表人物、正学脉、综名实、究终始以为之言。

具体而言，本山川：

> 楚地尽江淮间，自蕲、黄以东，迤北讫寿春，其山脉起伏蟠郁千余里，舒广雄远，自古以来，多产贤豪英杰异士：若老庄之道德，屈宋之词宗，搜奇抉怪，轶乎诗书，不独智略武毅之俦也。而桐城于地势尤当其秀，毓山川之灵独多，人文最盛，故常为列郡冠。

地灵人杰，是古代堪舆之术的基本思想，从山川之气论人才之出，符合中国传统的万物生化学说中的气化之意。

表人物：

是故自明及我朝之兴，至今日五百年间，成学治古文者，综千百计，而未有止极。为之者众，则讲之益精，造之愈深，则传之愈远。于尤之中，又等其尤者，于是则有望溪方氏、海峰刘氏、惜抱姚氏三先生。日久论定，海内翕然宗之。

人才辈出，则成地域性文化传统，讲之者众，造之者深，传承切磋之际，更益文人的发展。

正学脉：

特著其氏而配称之曰方、刘、姚，以比于古之班、扬、韩、欧云。方、刘、姚之为儒，其所发明，足以衷老庄之失；其文所取法，足以包屈宋之奇。盖非特一邑之士，亦非特天下之士，而百世之士也。虽其人气象不侔，学问造诣不侔，文章体态不侔，要其足通古作者之津而得其真，无不若出于一师之所传……居今之世，欲志乎古，非由三先生之说，不能得其门。

此为桐城派的谱系，言正其学脉，便是一归于正，有其家数。

综名实：

观所以致兴起及所以就微谢，亦斯文绝续之几也，何必后世。方氏没近百年，刘氏稍后之，姚氏又后之。及考方、姚之名，四方皆知；其门人传业虽多，然除一二高第亲炙真知外，皆徒附其声，而不克继其绪。刘氏名弗耀于远，而其说盛行一时，及门暨近日乡里后进私淑者数十辈，往往守其微言绪论以道学，肖其波澜意度以为文及诗者，不可胜纪。将由高美者难几、近己而易能与？抑成功大者道固广与？要有好学深思者必能知其同造于极、同为难至而非浅尝铄化也。有断然者也，至其教之所行，广狭迟速虽殊，期以得真为本，未可以一时形迹定也。

对比声望与实际成就，考察学说传播的途径与效果。

究始终：

> 刘君悌堂，海峰族裔也，质性端悫，践履甚至。其诗综述，本乎家学。夫躬践履则言有物，述家学则造必深，宜非寻常文士所可及也已。曩者悌堂在京师，嘉兴沈侍郎鼎甫以余名语悌堂，嘱其来内交，故悌堂以其诗令余为序。余于是本山川、表人物、正学脉、综名实、究终始以为之言，俾读悌堂诗者知桐城文学之统绪，得考镜其得失也。[①]

此处的究始终是针对以上所有论述而言的，有此学脉、名实的考量，最终有益于学者对整个桐城派统绪得失的认知。

可以说，方东树此文所涉及的“本山川、表人物、正学脉、综名实、究终始”皆为常见习用的批评方法。

其中表人物、正学脉、究终始与追本溯源之法一致，是其形态的细化。此法自郑玄《诗谱序》已经出现，所谓“欲知源流清浊之所处，则循其上下而省之”，便是此意。

其中本山川之论实则为文学与地理关系维度的批评，这在《汉书》之中已经有所涉及，曹丕《典论·论文》称徐幹“时有齐气”便是具体评论中的应用。从自然这一维度出发观照文学批评，会发现自然山水地理对文学理论批评的建构、批评的方式同样有着重要的影响。以江浙为例，江浙是后世文人心目中的江南之地，山水柔美。这样的地理环境促使文人们在文学批评之际体现出了鲜明的自然之维，主要表现为：山水风光与文学发生之关系的体认；生态特征对文学批评手段的塑造。

其一，山水风光与文学发生之关系的论述。二者关系的论述，不尽是指春日芳林、清风明月之兴会对文学的影响，而是强调了地理特性对文人情性与诗文风格的塑造。这里的地理特征对文人的塑造分两个方面，首先

① 方东树：《刘悌堂诗集序》，《考槃集文录》卷四，续修四库全书本。

是指文人壮游，经历山川风物，禀受自然滋养，从而开拓胸襟、砥砺志气、涵养生机、熔铸兴会，沈亚之《送杜憓序》中记载其对杜生的勉励：

> 巴汉潇湘之水，皆沦流于东，合而为大江，猛注于江陵、扬州两地之间。其名山圜连，横秀之色，属江而起。前文者自马迁皆经游之；六代为诗之士，而得声名腾翔矣。

因此促杜生往游，“以广其思”。其次是指生活在特定山水佳美之处的文人，钟灵毓秀，可以得山川佳气而成自我之艺术风范。如皇甫湜《唐故著作郎顾况集序》称顾况云：

> 吴中山泉，气状英淑怪丽。太湖异石，洞庭朱实，华亭清唳，与虎丘、天竺诸佛寺，钩锦秀绝。君出中间，翕清轻以为性，结冷汰以为质，煦鲜荣以为词，偏于逸歌长句，骏发踔厉，往往若穿天心、出月胁，意外惊人语，非寻常所能及，最为快也。李白杜甫已死，非君将谁与哉？

从吴中山水地理，讨论顾况诗歌的风格，备极褒美。清代郎廷槐曾专门取这段文字问于王士祯，欲寻求其义旨所在，王士祯答道：“大抵谓吴中山水钩锦秀绝，故其为人文如此。”[①] 即有如此山水而有如此人物，有如此人物故而有如此文章，相当于人们常说的人杰地灵。

以上分析艺术兴会源泉与作品艺术特征成因的理路，在中国古代被称为“江山助人”，一则地灵则人杰，地理之气钟毓文人，又赋形于作品，因而作品往往具有山川独到的气质特征。一则以游于名山大川而广其思，通过培养主体之气，而助其文思。这两点从刘勰就开始有了较为具体的关注，《文心雕龙·物色》中云：“若乃山林皋壤，实文思之奥府，略语则阙，详说则繁。然则屈平所以能洞监风骚之情者，抑亦江山之助乎？”至

① 郎廷槐问，渔洋老人答：《诗问续》卷一，齐鲁书社 1985 年版。

初唐，骆宾王也有过类似表达："弁侧山颓，自有琴歌留客；操觚染翰，非无池水助人。盍各赋诗，式昭乐事。"[①] 这也是李白所谓的"大块假我以文章"。

其二，生态特征对文学批评手段的塑造。生态特征对文学批评手段塑造的基础是取譬批评方法。

取譬批评，或者称为设譬品题，源于《易》中"拟议以象物宜"的观念，所秉持的原则为远取诸物，近取诸身。六朝时期流入品题，其时品评人物的风气盛行，《世说新语》之中诸如"濯濯如春月柳"之类的用法都属于此类。随着品评影响的深化，这种形式也在六朝被纳入了文学批评，《诗品》之中就记载有汤惠休品颜延之、谢灵运之诗："谢诗如芙蓉出水，颜如错彩镂金。"到了唐代，这种方法得到光大，不仅以设譬论文的文章多，甚至形成了以这种形式著成的专文，如杜牧《太常寺奉礼李贺歌诗集序》，司空图《诗赋赞》、《二十四诗品》，等等；在江浙地区，这种取譬批评得到光大，成为当时取譬批评现存文献很集中的地方。究其原因，在传统的影响之外，自然生态环境与文人亲和，文人设譬近取诸身，取诸物也无须过远，而是俯拾皆是，尤其山水两个对象以及其中的物类，更是成为文人论文之际设譬的常见意象。如皇甫湜《韩文公墓铭》形容韩愈文章：

> 茹古涵今，无有端涯，浑浑灏灏，不可窥校。及其酣放，豪曲快字，凌纸怪发，鲸铿春丽，惊耀天下。然而栗密窈眇，章妥句适。精诚之至，人神出天。

便是以水喻文。顾况《右拾遗吴郡朱君集序》中云：

> 朱君能以烟霞风景，补缀藻绣，符于自然。山深月清，中有猿啸。复如新安江水，文鱼彩石，历历可数。其杳夐倏飒，若有人衣薜

① 骆宾王：《秋日于益州李长义宅宴序》，《全唐文》卷一百九十六，上海古籍出版社 1990 年据原刊本缩印本。

> 荡而隐女萝。[①]

其间所运用的则是近切的新安江山水，以及山水之中的生物为设譬对象。晚唐时期，吴融论文也采用了这种形式，其《奠陆龟蒙文》这样评价陆文：

> 大风吹海，海波沦涟，涵为子文，无隅无边。长松倚雪，枯枝半折，挺为子文，直上颠绝。风下霜清，寒钟自声，发为子文，铿铿杳清。武陵深闻，川长昼白，间为子文，渺茫岑寂。豕突禽狂，其来莫当；云沉鸟没，其去倏忽。腻若凝脂，软于无骨。霏漠漠，澹涓涓；春融冶，秋鲜妍。触即碎，潭下月；拭不灭，玉上烟。

将陆龟蒙之人格与文品融为一体，见其闲静、淡雅。全文也主要以山水物色譬喻组成，难分人文，似可触摸，都是鲜明的民族批评手段，又具有江南的生态地理底蕴。

更多的设譬批评手法采取的是综合的形态，其中有山水物色，也有人文物类等，如皇甫湜的《谕业》，其中以颇具规模的篇章对唐代众多的文人进行了品目：

> 燕公之文，如楩木枝干缔构大厦，上栋下宇，孕育气象；可以变阴阳，阅寒暑，坐天子而朝群后。许公之文，如应钟鼙鼓，笙簧錞磬，崇牙树羽，考以宫县；可以奉神明，享宗庙。李北海之文，如赤羽玄甲，延亘平野，如云如风，有貙有虎，阗然鼓之，吁可畏也。贾常侍之文，如高冠华簪，曳裾鸣玉，立于廊庙，非法不言，可以望为羽仪，资以道义。李员外之文，则如金舆玉辇，雕龙彩凤，外虽丹青可掬，内亦体骨不饥。独孤尚书之文，如危峰绝壁，穿倚霄汉；长松怪石，倾倒溪壑；然而略无和畅，雅德者避之。杨崖州之文，如长桥新构，铁骑夜渡，雄震威厉，动心骇耳；然而鼓作多容，君子所慎。权

---

① 顾况：《右拾遗吴郡朱君集序》，《全唐文》卷五百二十八。

> 文公之文，如朱门大第，而气势宏敞，廊庑廪厩，户牖悉周；然而不能有新规胜概，令人竦观。韩吏部之文，如长江大注，千里一道，冲飙激浪，瀚流不滞；然而才力偕鲜，瞥然高远。故友沈谘议之文，则隼击鹰扬，灭没空碧；崇兰繁荣，曜英扬蕤，虽迅举秀擢，而能沛艾绝景。

如此规模的以譬喻论文，此前罕见，这种形式以及如此规模，都在司空图《二十四诗品》诞生之前。前面所引《唐故著作郎顾况集序》中的“骏发踔厉，往往若穿天心、出月胁”也是取譬而评。

从自然山水地理与批评方法的关系，又必然使人联想起中国古代文学理论中一个重要命题：诗画关系。从艺术的维度言诗，事实上也是一种文学批评习用手段。

诗画关系的讨论确立于宋人诗为有声画、画为无声诗的观点，尤其苏轼以诗中有画、画中有诗评论王维，从此确立为一种文学批评标尺，最终以一种艺术形式（诗）能够兼有另一种艺术形式（画）为审美高格，这个观点一直以来颇为世人追捧，几乎成了批评诗画的套语，无人怀疑。

宋元以后，文人诗画兼通者增多，尤其元明时期，出现了大批身兼二艺的文人，其大家如倪云林、唐伯虎、文征明、董其昌等，而题画诗也由此日益繁盛，因此诗画关系便更多地纳入文人的理论思考，如明代邵经邦《艺苑玄机》专门讨论了画家的诗：“谓诗好可入画，画好何必诗？唐伯虎、沈石田诸人诗，画上看便好，入集又未知何如。”“张芳洲亦恐不免画上夺了工夫。”又评文征明，其人优于画，画优于字，字优于诗。其中没有分析诗画之间的艺术关系，只是对一些长于画的文人则短于诗的现象给予了关注，认为其原因是艺难兼得，画上夺了工夫，则诗便没有画精彩。李日华《六研斋笔记》、《恬致堂诗话》多论题画诗，也表现了对诗画关系的关注。

以此命题关注较为集中的江浙一带为例，总结其地宋代以后文人关于诗画关系的论述，大致可以看出，晚明之前，几乎异口同声地秉承了苏轼诗画一体的理论。元代释英《答画者问诗》曰：“要识诗真趣，如君画一同。机超罔象外，妙在不言中。”[①] 元代义乌黄溍云：“声之与色，二物也。人知诗之非色，画之非声，而不知造乎自得之妙者，有诗中之画，有画中之诗焉，声色不能拘也。”故此：“诗即画，画即诗，同一自得之妙。”[②] 杨维桢以有声诗无声画为基础，也得出了“诗者心声，画者心画，二者同体”的结论，并认为：能诗者必知画，能画者必知诗，“由其道无二致也”[③]。

明代后期的部分文人，同样沿袭了前人一贯的看法，但对诗中有画、画中有诗的基本内涵又给予了开拓。如李日华论梁元帝《巫山诗》：“树杂山如画，林暗涧疑空。山之精彩浮动，全藉于树，树杂则穿插掩映，有幽深层沓之趣。”而梁元帝之所以能够深谙此道，在于他“善画”，所以二语“已破山水之的”[④]，诗法颇合于画法。但在此之外，他还关注到画家以诗发兴而作画的现象：

> 赵彝斋与皇甫子昌论写墨竹，而尤其胸中无诗，又云：“何况高束李杜编，江湖竞买新诗读。”以新诗味薄，读之终不能壮人怀抱，于写竹潇洒振拔之韵无以助发耳。[⑤]

画墨竹，而责怪对方胸中无诗，是以作诗的心态与机轴作画，也是诗画一体之论；又以作画之前应该饱读李杜诗篇，以振作起潇洒之韵，则为以诗助兴，这一点是诗与画相通之处的又一个表现。王嗣奭也主张诗画一体，画法即诗法，但他没有停留在一般的理念上，而是以杜甫《奉先刘少府新画山水障歌》为证，作了深入的剖析：

> 画有六法：气韵生动第一，骨法用笔次之。杜以画法为诗法，通篇字字跳越，天机盎然，见其气韵。乃“堂上不合生枫树”，突然而

① 释英：《白云集》卷三，文渊阁四库全书本。

② 黄溍：《唐子华诗集序》，《金华黄先生文集》卷十八，文渊阁四库全书本。

③ 杨维桢：《无声诗意序》，《东维子文集》卷十一，四部丛刊初编本。

④ 李日华：《六研斋笔记》卷四，文渊阁四库全书本。

⑤ 李日华：《六研斋笔记》卷二，文渊阁四库全书本。

> 起，从天而下，已而忽入“前夜风雨急”，已而忽入两儿挥洒，突兀顿挫，不知所自来，见其骨法。至末因貌山僧，转云门、若耶，青鞋布袜，阒然而止，总得画法经营位置之妙。而篇中最得画家三昧，尤在“元气淋漓障犹湿”一语：试一想象，此画至今在目，真是下笔有神；而诗中之画，令顾、陆奔走笔端。[①]

杜甫诗以人工夺天工而著称，王嗣奭从其诗法合于画法论述这一特点，是颇为精到的。

但晚明文人对诗画关系问题最具理论色彩的探索在于对二者差异的论述。首先是庄元臣的诗画相反论：

> 尝评古今诗画升降之品曰：古人于诗写意，于画刻画；今人于诗刻画，于画写意。诗写意，故虚而能含，若刻画，则露而无味矣。画刻画，故形象逼真，若写意而简而失似矣。画物不似物，同于儿戏；作诗必此诗，见齐学究。诗画相反，有如此者。[②]

庄元臣此论，当然存在对画的偏见，画不仅仅写实，也可以写意，是中国文人画的民族特色；但诗画不同，其体一致必然导致彼此特点的消解。对诗画关系，尤其诗中有画、画中有诗说给予最为深刻全面批评的是张岱。此论的缘起是包严介作《画诗》、《楼诗》，且引诗中有画、画中有诗而摩诘一身兼此二妙之语，谓诗画合一，张岱致书云：“若以有诗句之画作画，画不能佳；以有画意之诗为诗，诗必不妙。”他也是从主形主神之差异理解诗画本质的不同，二者不可替代：

> 如李青莲《静夜思》诗：“举头望明月，低头思故乡”，有何可画？王摩诘《山路》诗：“蓝田白石出，玉川红叶稀”，尚可入画。“山路原无雨，空翠湿人衣”，则如何入画？又《香积寺》诗：“泉声

---

① 王嗣奭：《杜臆》卷二，中华书局1963年版。

② 庄元臣：《文诀》，王水照辑《历代文话》，复旦大学出版社2008年版，第2293页。

咽危石，日色冷青松”，泉声危石，日色青松，皆可描摹，而“咽”字“冷”字，则绝难画出。

其中所举不可入画的诗句，都是千锤百炼流传四方的佳句，倒是可入画的“蓝田白石出，玉川红叶稀”之类，只有物色的描摹，并不见特出，所以结论是：“故诗以空灵才为妙诗，可以入画之诗，尚是眼中金银屑也。”此为诗中有画而诗未必佳，即“以有画意之诗为诗，诗必不妙”。又从画而论：“画如小李将军，楼台殿阁，界画写摩，细入毫发，自不若元人之画，点染依稀，烟云灭没，反得奇趣。”依靠写实之画中内容为诗，点画分明、凿实，难以开拓；尽管肯定了元代文人画的变幻，但依照画来作诗，从画中汲取意境，如何也难以和师法自然本身的奇妙媲美，所以称：“有诗之画，未免板实，而胸中丘壑，反不若匠心训手之为不可及。”[①]画匠师法自然，诗人师法画匠，如此家数已经缩减，其胸襟与丘壑自然低了画匠一等。

张岱此说一出，诗中有画、画中有诗的观念得到了更为符合艺术真实与艺术规律的矫正，清人杨际昌虽然也沿袭以诗中有画评诗，但也称“其深细处，正恐画手难到”[②]，当是对张岱思想的继承。叶燮也不再沿袭旧论，不论诗画一法，而是倡导诗画融合：“画者，形也，形依情则深；诗者，情也，情附形则显。”[③] 以画之形显情之深，视两种艺术形式的完美结合为最高境界。

二

自然之外，再比如哲学思想对批评方法同样有着重要影响。如作为元范畴的“气”，其相关哲学深刻影响了文学理论。对于文学批评的具体实践而言，气感与文学发生论、气与文机涵养文机发动、气化赋形与创作、

① 张岱：《与包严介》，《琅嬛文集》卷三，《张岱诗文集》，夏咸淳校点，上海古籍出版社1991年版。

② 杨际昌：《国朝诗话》卷二，郭绍虞辑《清诗话续编》，上海古籍出版社1983年版，第1714页。

③ 叶燮：《赤霞楼诗集序》，《已畦文集》卷十八，康熙刊本。

气与文学作品审美品格的形成等皆关系密切，而气又直接形之于具体的批评实践操作。

以气进行具体的文学批评，最为直观的形态便是对作品所呈现风格体貌的描述，这就是气貌论文。

气貌就是作品通过文辞体式表现出来的基本风格倾向，它是作品之中诸如气骨、气势等审美品质的一个综合形象呈现，它近似于古人所论之“体”。《颜氏家训·文章》中已经开始以“饶贫寒之气”批评何逊之诗，钟嵘《诗品》对诗文风格的概括皆属于气貌范围。至唐代皎然《诗式》论诗，提出“辨体有一十九字”，此“体”就是气貌的概括。

更多的批评是从功能入手，以“气”直接标示。如李淦《文章精义》云：“《论语》气平，《孟子》气激，《庄子》气乐，《楚辞》气悲，《史记》气勇，《汉书》气怯。”[①] 又如《小瀰草堂杂论诗》论唐代诗人：“王昌龄气傲，宗元气惨”；“韦苏州气太幽……极用力，毕竟不免文士气”；又引王士祯论云：“储诗带丹铅气”；“韩退之诗有论气，风雅二字都用不着”[②]。在古人的文论文字中，常见以下一类评介文字：浩气、豪气、逸气、清气、蔼然之气、粗俗之气、蔬笋气、酸馅气、头巾气、脂粉气、精悍之气、禅偈气、偈颂气、腐气、狂气、霸气、暴气、野气、耗气[③]；另如“粗气”、“妖气”、“老气”；再者如“学者气”、“名士气”、“和尚气”、“村教师气”、“市井气”；等等。其中“气”前面的词语是我们关注的焦点，而对“气”字似乎缺乏足够的重视。事实上，这恰是古人以气之流行、赋形评介诗文的一个显著代表，作者限量的气，赋予了其各自不同的面目，这个面目假气的流行而赋形于作品，体现出与本我一致的精神风貌，所以才以“某某气”相称。

作为气化的产物，作品的体貌很难背离与主体面目的对应，但出于一种含蓄审美理想的追求，古代文学批评中又不提倡气过于显露本色，所以

---

① 李淦：《文章精义》，王水照辑《历代文话》，复旦大学出版社 2008 年版，第 1179 页。

② 牟相愿：《小瀰草堂杂论诗》，郭绍虞辑《清诗话续编》，上海古籍出版社 1983 年版，第 919 页。

③ “耗气”的说法较为少见，刘熙载《艺概·文概》：“柳州自言：‘为文章未尝敢以昏气出之，未尝敢以矜气作之。’余尝以一语断之曰：柳文无耗气。凡昏气、矜气，皆耗气也。”

李东阳说："秀才作诗不脱俗，谓之头巾气；和尚作诗不脱俗，谓之酸馅气；咏闺阁过于华艳，谓之脂粉气。"① 纪昀也说："作僧家诗不可有偈颂气，作道家诗不可有章咒气。"② 要达到这个标准，关键是在气的表现上保持一个中和之度，就如古人论画所说："画不可无骨气，不可有骨气；无骨气便是粉本，纯骨气便是北宗。不可无颠气，不可有颠气；无颠气便少纵横自如之态，纯颠气便少轻重浓淡之姿。不可无作家气，不可有作家气；无作家气便嫩，纯作家气便俗。不可无英雄气，不可有英雄气；无英雄气便似妇女描绣，纯英雄气便似酒店账簿。"③ 其有和无之间的权衡措置，是人工的入手之处，这种观念也鲜明地体现了儒家思想在文气论中的影响。

古人在运用气进行文学批评之际，或如王慎中云："沉着顿挫，光采自露。且序人奏议，发明直气切谏，而能形容盛朝气象，治世之精华，真大家数手段。如苏长公序田锡奏议，亦有此意，然其文词过于隽爽，而气轻味促。"④ 此为直接以气批评。或如《昭昧詹言》云杜甫、韩愈之妙："其秘妙尤在于声响不肯驰骤，故用顿挫以回旋之；不肯全使气势，故用截止，以笔力斩截之；不肯平顺说尽，故用离合、横截、逆提、倒补、插、遥接。"⑤ 其中顿挫、隽爽、伸缩、回旋、驰骤等都是气的隐约表达。更多的是于气的诸般形态往往兼用，最基本的就是兼用直观范畴与隐性范畴，对气运用极为丰富而且成系统的是明清文章（包括时文八股）评点。

综合历代与气相关的文学批评语汇，在效用的隐显之外，从性质上大约可以区分为气的同质性语码与气的状态性语码两大部分。

文学批评方法中，确立正面标尺是重要手段之一，在正面的标尺之

---

① 李东阳：《麓堂诗话》，丁福保辑《历代诗话续编》，中华书局1983年版，第1384页。

② 纪昀：评《苏文忠诗集》卷四《读道藏》评语，清末刊本。

③ 唐志契：《绘事微言·鉴藏名人图画语录》，画论丛刊本，《中国古典文艺学丛编》，北京大学出版社2001年版，第236页。

④ 茅坤：《唐宋八大家文钞·曾文定公文钞》评《范贯之奏议集序》语引，王水照辑《历代文话》，复旦大学出版社2008年版，第1937页。

⑤ 方东树：《昭昧詹言》卷八，汪绍楹校点，人民文学出版社1961年版，第213页。

外，还有一类反面的摘斥，这就是文学病累批判。发现病累与缺憾，是文学欣赏之中不可或缺的一项内容，只有明其所病，才能真正知其所美。文病的表现很多，笔者《气与中国文学理论体系构建》一书曾从气出发，讨论了以下两种具有代表性的病累：习气和客气。

习气。古人以气作为某种风格倾向的概括，此类批评包容广泛，古人也用之极多，比如忠义之气、湖海之气、袍笏气、山林气、台阁气等等。无论是哪一种气貌，它的坚持与传播在形成一种独到风格的同时，也容易因为求之过分而形成一种病累。其弊有二：第一，对前人与时风过多地沿袭；第二，对自我的创新形成一种遮蔽。这就是"习气"。习气是"习"和"气"共同组成的，其本意在于主体所习练所熟习的内容对主体会产生很大的影响，并由此形成一种审美牵引或者惯性；这种牵引和因循又如气而传递，最终影响一批人，从而使得个人习气演化为群体习气甚至时代习气。古人强调"性相近，习相远"，可见作为文学创作，对经典的习练、对前人与时人风范的追模是必不可少的，没有这种学习对性的补充，便不会有鲜明文学个性化的出现。但是，当视"习"以为"常"之际，将所习而成的艺术形式、审美情趣作为稳定的自我创作进行批量的生产，此时"习气"便成为了文学之病。习气分为两类，一是创作个体习以为常且屡屡重复中形成的一些艺术偏好，它包括对前人、时人临习而形成的趋奉，也包括自我的偏嗜；二是一个群体所形成的具有共性色彩的艺术偏嗜。

其一，创作个体习以为常且屡屡重复中形成的一些艺术偏好。它包括自我创作中形成的审美偏好，由于执之过甚而成习气。也可以指地域影响形成的偏好，《芷江诗话》评沈德潜："其格律谨严，音调谐叶，虽描头画角，微带苏人习气，而模仿太过，反失性情。"[①] 苏人习气，是一个地域性文学中流露出的大致特征，另如南人习气、北人习气等皆是。

更多的时候习气属于对前人、时人临习而形成的趋奉，养就了稳定的艺术发抒手段与审美偏执。其代表性者有"晚唐习气"，如《龙性堂诗话

① 许嗣云：《芷江诗话》，嘉庆二十四年一卷楼刊本，蒋寅《清诗话考》，中华书局 2007 年版，第 489 页。

续集》评司空图的诗歌："清真高古，全无晚唐一点尖新涂泽习气。"[1]"晚唐习气"是指过求尖新而一味涂泽。"宋人习气"，如《岁寒堂诗话》卷上论宋诗："子瞻以议论作诗，鲁直又专以补缀奇字。学者未得其所长，而先得其所短，诗人之意扫地矣。"这就是宋人习气，它表现为稳定的一种艺术追求：好议论；也能形成较为一致的艺术表达手段：喜欢奇字。手段相同自然往往造就出近似的面目，欲创新反而不易，故《全闽诗话》卷三："又如岳阳楼长歌，宛然唐响，绝无宋人习气。"又有"元诗习气"，如杨孟载《春草》诗，中有"六朝旧恨斜阳外，南浦新愁细雨中"、"平川十里人归晚，无数牛羊一笛风"，诗歌流传很广，但李东阳认为："绿迷歌扇，红衬舞裙，已不能脱元诗气习。"[2]"元诗习气"的特点就在于绮艳。又有"宋元习气"，如《全闽诗话》卷六："而公先忧之计验，归田后一意著述，时与文人韵士颉颃唱酬。其诗间杂俚语，虽未脱宋元习气，然清扬萧散，婉而多风，不作穷愁怫郁语。"此"宋元习气"强调了俚俗的特征。既然习气多为弊累，自然在应该戒除之列，所以《岁寒堂诗话》卷上针对习气提出了矫正之策略："段师教康昆仑琵琶，且遣不近乐器十余年，忘其故态，学诗亦然。苏黄习气净尽，始可以论唐人诗；唐人声律习气净尽始可以论六朝诗；镌刻之习气净尽始可以论曹刘李杜诗。"只有荡涤习气，才能得古人创作真谛所在。

其二，一个群体所形成的具有共性色彩的艺术偏嗜，其中包括文人作为一个阶层所共有的某些积习。《诗话总龟》前集卷三十四："吴蜀乃唇齿之国，不当相图。晋之所以能取蜀者以此。子美死已久，犹不忘其诗，区区自列其意，书生之习气也。"此指文人之矜夸。《诗话总龟》后集卷三："夫谧势焰熏灼如此，而机敢为廋词以狎侮之，真文人之习气哉。"此指文人自视清高蔑视权贵而又过于肆意轻薄。《全闽诗话》卷九："尹春字子春，姿态不甚丽，而举止风韵绰似大家。性格温和，谈词爽雅，无抹脂障袖习气。"这个习气是指文人喜欢矫揉造作的风气。《岘斋诗谈》评清初李

① 叶矫然：《龙性堂诗话续集》，郭绍虞辑《清诗话续编》，上海古籍出版社 1983 年版，第 1011 页。

② 李东阳：《麓堂诗话》，丁福保辑《历代诗话续编》，中华书局 1983 年版，第 1375 页。

大村《题松岚弟黄山图》云："此题若只摹状山水，非不居然成篇，然自古有此黄山，作者多人，何须饶舌。惟是用自家意思，鼓荡而行，并不作名士游山习气，此乃是我辈中语。"[①] 此处的"名士游山习气"是指作品中成就蹊径，缺乏自我意思情致，从而成为装点门面的通套。以上都是从文人性情习性而言的。庄元臣《文诀》："凡文字所以不能妙入古人地位者，正为身处文章习气中。"所谓文章习气，此处是指将创作诗文视为一种职业或者不得不做的工作，有意作此事，"身便为此事所包裹，不能作事外规模"。

诗人群体所形成的共性审美风尚最终流于习气，较为著名者为僧人诗作所形成的"蔬笋气"与"酸馅气"。《诗人玉屑》卷二十引《石林诗话》"酸馅气"条云："近世僧学诗者极多，皆无超然自得之气。往往反拾掇模仿士大夫所残弃，又自作一种体格，律尤凡俗，世谓之酸馅气。子瞻赠惠通诗云：'语带江霞从古少，气含蔬笋到公无。'尝语人曰：'颇解蔬笋语否？'为无酸馅气也。闻者无不皆笑。"酸馅气之外，"蔬笋气"也在宋代成为一个颇受讥讽的现象，《诗人玉屑》卷二十又有"无蔬笋气"一条："东坡言，僧诗要无蔬笋气，固诗人龟鉴。""蔬笋气"与"酸馅气"主要的病症是气味单一，意象雷同。

习气是长期熏染逐步养就的，渐之者广，入之者深，不易轻易改观，如吴子良《荆溪林下偶谈》卷三云"词科习气"："东坡言词科利害，构说得失，为制科习气。余谓近世词科亦有一般习气：意主于谄，辞主于夸，虎头鼠尾，外肥中枵，此词科习气也。能消磨尽者难耳。"词科习气是指当时文人因为科举考试而养就的根深蒂固的一些弊病：谄媚而浮夸，虎头蛇尾。但移此习气很难，他举吕东莱为例：东莱早年文章在词科中最号杰出，但依然染于时习，藻绘排比之习消磨不尽，至中年方就平实。而要摆脱习气，需要有意识地规避风气，如明代时文一度粘接响亮，步骤顺畅，发挥无余，一时冠冕堂皇、铿铿锵锵成为风习，庄元臣《文诀》认为，这就是时文习气，要写出超卓的文字，就要去除时文习气。如何去除呢？他

---

① 张谦宜：《絸斋诗谈》卷七，郭绍虞辑《清诗话续编》，上海古籍出版社1983年版，第893页。

提出了以下三条："粘接不欲太亮，步骤不欲太顺，发挥不欲太尽。"皆反习气之道而行之。

客气。气分阴阳清浊，依据其他一些标准，气还可以分为正气间气、浩气余气，我们一般意义上所称道的艺术创作是清气、正气、浩气的产物。但其他类型的气，如浩气之外的余气、馁气，主气之外的客气，另有累气、蒙气等同样也是能够赋形的。客气是相对于主体之气而言的，主客交往，客人缺乏与主人真诚相待的坦诚与实在，过自虚矫，是为客气。相关文献中，《左传·定公八年》有"猛追之，顾而无继，伪颠，虎曰：'尽客气也'"之说，此客气就是对方的骄狂之气。《宋书·颜延之传》言其"客气虚张"，此客气指颜延之"心智薄劣而高自比拟"。客气是与"主气"对应的，古人倡导性灵，实为对"主气"——自我之本然之气的强调。

古代理学家、心学家出于人格气质的修养多论及客气，如朱熹论文章说："人之文章，也只是三十岁以前，气格都定，但有精与未精耳。"有人说文章不会长进但知识却可以长进，言外之意，知识长进则文章也可以提高，朱熹批驳道："也是后生时都定，便长进也不会多；然而能用心于学问底，便会长进，若不学问，只纵其客气底，亦如何会长进，日见昏了。"[①] 才性之气属于禀赋，学可以使之得以进一步发挥，但不会使之有大的改观；无此禀赋而又欲通过学问于文学上率意驰骋炫耀，便多是客气了。王阳明也多次提到客气，基本都是论述主体修养之道，《与杨仕鸣》云："大抵吾党既知学问头脑，已不虑无下手处，只恐客气为患，不肯实致其良知耳。后世中如柯生辈亦颇有力量可进，只是客气为害，亦不小行。"《与黄勉之》引黄勉之的观点："物之有生，皆得此和畅之气，故人之生理本自和畅，本无不乐，观之鸢飞鱼跃、鸟鸣兽舞、草木欣欣向荣，皆同此乐。但为客气物欲搅此和畅之气，始有间断。"王阳明认为此论"是也"[②]。这个客气的内涵指不是良知良能本然之气、先天之气，乃是人的物欲以及与社会发生关系时兴起的波动，充满了虚浮躁动与争强好胜之心。

---

① 黎靖德编：《朱子语类》卷一百三十九，王星贤点校，中华书局1994年版。

② 王阳明：《王文成公全书》卷五，四部丛刊初编本。

钱谦益《书瞿有仲诗卷》将创作分为两种形态，一种是“有诗”状态：“惟其志意偪塞，才力愤盈，如风之怒于土囊，如水之壅于息壤，傍魄结轖不能自喻，然后发作而为诗。凡天地之内恢诡谲怪，身世之间交互纬缅，千容万状，皆用以资为状。”这属于不得已而作，出于正气和浩气。此外有另一种创作：“其中枵然无所以，而极其挦撦采撷之力以自命为诗，剪彩不可以为花也，刻楮不可以为叶也。其或矫厉矜气，寄托感愤，不疾而呻，不哀而悲，皆象物也，皆余气也。则终谓之无诗而已矣。”将那种无病呻吟为文造情的创作视为余气之所发，因而只有矫情与矜持，清代文人陈澹然将这种现象称为“借古人之气，以换我之气”，而“以人换我，皆客气矣”[①]。以上所谓“余气”，皆指非是鲜活旺盛的主体之气，因此无以自立，难以传世。所以客气最核心的特点就是不真，是假象，其基本的外在形态有两个：其一是虚张声势而炫才，其二为浮辞连篇。

关于客气不真诚、显为假象的核心特点，历来众口一词，以《昭昧詹言》的相关论述为例，方东树在很多批评之中都涉及了这个观点：

卷一：“奇伟出之自然乃妙，若有意如此，又入于客气矜张，伪体假象。”又云：“谢鲍根柢虽不深，然皆自见真，不作客气假象，此所以能为一大宗。后来如宋代山谷、放翁，时不免客气假象，而放翁尤多。至明代空同辈，则全是客气假象。”

卷二：“古人各道其胸臆，今人无其胸臆，而强学其词，所以为客气假象。”

卷三：“自汉晋以来诗人，无其实而徒假其面目，以为门面，百家丑趣，乃所谓客气陈言，殊觉无谓。”

卷五：“宋以后如陆放翁等学杜，喜为门面，客气矜张，以自占身份。无其实而自张不怍，最为客气假象，可憎厌。”

卷七评鲍照《吴兴黄浦亭庾中郎别》收尾二句：“此收乃为亲切，不同泛意客气假象。”

以上言客气，皆涉及假象或者假面，其中还包含一种“泛意”：即不

---

① 陈澹然：《晦堂文钥》，1923年刊晦堂丛著本。

确切的情思意旨，可以普遍性地应用挂靠，没有属于自我的鲜明指向，此类也是假象。方东树曾以黄庭坚学杜与明人学唐辨析何者为客气，他说，山谷学杜，专取其苦涩惨淡、律脉严峭者师法，而于杜诗中“巨刃摩天，乾坤摆荡”者则不可企及。钱谦益等就因此讥讽山谷不善学杜，未得杜诗真气脉。但在方东树看来，山谷学杜，专著于苦涩惨淡一路，是有着“以易夫向来一切意浮功浅、皮傅无真意者”之纠偏目的的，诗虽然苦涩，却出于自我真气之所宜。而所谓意浮功浅、皮傅无真意者便是“泛意”，便是“不切”，便是客气，如同明代李空同等学唐诗，只是规模古人声音笑貌，落实到一套铿锵的格调上，却未得其气脉神韵，因而只能是客气，是假象。①

就其基本特征而言，其一，虚张声势而炫才。客气的虚张声势是就小题大做不由自然而言的，尤其强调过于推波助澜、调弄机锋。如宋代石介文风多是如此，《上范中丞书》开篇云：

> 惟主上英智神武，睿略雄断，能内修其德，外取贤杰，以自辅相。惟相国耆德宿望，忠诚正气，能耐久不变，终升大辅。惟中丞大节直道，危言敢谏，能守正不挠，自结明主，简在帝心，符于物望，人神上下，胥相协庆，穷天之垠，合亿万口并亿万心如一心、如一口，无一人异辞者。初成命出，士走诸朝，吏走诸府，商走诸市，农夫走诸野，皓首之老、三尺之童鼓舞欢欣腾跃道路曰：天地久不序，阴阳久不和，风雨久不时，寒暑久不节，其待吾天子、吾相国、吾中丞而调乎？

一个开篇，本意在于祝贺中丞升迁，却从皇帝入手，及乎相国，旁及吏民工商，漫野布阵，遍列旗鼓，所造声势与所言内容往往不协调；而用词夸饰，铺排过度，抑扬失节，称誉这位中丞，一下将其置于神明天人救星的地位。因此《四库全书总目》在评价石介《徂徕集》时就称“客气太

① 方东树：《昭昧詹言》，汪绍楹校点，人民文学出版社 1961 年版，第 22、36、52、95、97、114、210 页。

深”；王士祯《池北偶谈》也道石介未脱草昧之气。虚张声势与诗文追求豪宕奇伟的审美风范有关，但如果不是真气主气的发扬，则容易落入“粗犷猛厉，骨节粗硬”的状态。

明代《骚坛秘语》引诗论称，造成虚张声势的根本在于作者的创作不是澄心静虑之后气的“悠然自生”，只有“诗思自然流动，充沛而不可遏”才能进入创作状态，最忌讳的是“作气”。所谓作气，就是指违背自然发生的刻意苦吟造作：“若强作其气，则昏而不可用，所出之言皆浮辞客气，非诗也。”[①]

虚张声势的目的一般是作者意在炫耀才华。宋代范浚《杂兴》有云：“雉骄有擅泽，鸡雄亦专栖。乖人肆桀骜，未异雉与鸡。虚张尽客气，不知堕危机。”[②] 雉与鸡骄傲自雄，是由于它们觉得自己有着其他所有动物不具备的色彩与技能；一些有些才能的人喜欢放肆桀骜，在诗中毫无忌惮，这种虚张声势的行为就是炫耀自己的才华而已，与鸡雉炫耀自己的色彩与鸣唱没有区别。矛头所指正是耀才。钱谦益《书瞿有仲诗卷》中以“连章累韵，悦目偶俗”、“揽采烦则意象杂，伸写易则蕴蓄浅”为文章之弊，近似于陆机所说的“寡情鲜爱，浮漂不归”，属于“才多之通病”；《香观说书徐元叹诗后》则赞誉徐元叹摆落尘坌，“客情既尽，妙气来宅”，所谓的摆落尘坌，一指心境上摆脱俗扰，一则就诗洗濯浮华而言。两相对照，也寓有以客气为炫耀才华的意思。

虚张声势另一个目的往往是作者有意“自占身份”。比如“诗中有人”、“诗中有我”是诗人们普遍的追求，但诗中有我未必就是作品之中句句时时不离自己的遭际与牢骚。但恰恰有一些诗人，为了强化自我的某种现实面目以博取声誉，动辄附会，不论是何题目，其诗中必写自家本身，“或发牢骚，或鸣得意，或寓志愿，或矜生平”，并以此为诗中有我在。《筱园诗话》认为，这不是什么诗中有我，恰恰是“自占身份”[③]。由于这

---

① 周履靖：《骚坛秘语》卷中，丛书集成本。

② 范浚：《杂兴》，《范香溪文集》卷八，四部丛刊初编本。

③ 朱庭珍：《筱园诗话》卷一，郭绍虞辑《清诗话续编》，上海古籍出版社 1983 年版，第 2343 页。

种自占身份着力渲染自我，塑造自我，反而成为客气。

其二为浮靡之词的铺展。较早将浮辞连篇定位为客气的是刘知几，其《史通·杂说》论《周书》之弊："文而不实，雅而无检，真迹甚寡，客气尤烦。"从不真立论，指向《周书》之中不符合实际的文雅浮词，主要表现为两条：

首先，《周书》云："宇文初习华风，事由苏绰，至于军国词令，皆准《尚书》，太祖敕朝廷他文，悉准于此。盖史臣所记，皆禀其规；柳虬之徒，从风而靡。"刘知几案："绰文虽去彼淫丽，存兹典实，而陷于矫枉过正之失，乖失适俗随时之义。苟记言若是，则其谬愈多。"由此认为，苏绰尊奉上命发布文告，要求公文要依照《尚书》以为词令，事虽有根，但未必处处皆然、语语如此，将这种有乖典则的实际效果与影响动辄而言"从风而靡"，既违背了史实，也属于客气。

其次，《周书》记载宇文氏之言，多非本语，动辄有依据经典史汉之模拟润色，刘知几认为："记宇文之言，而动遵经典，多依史汉，此何异《庄子》述鲋鱼之对，辩类苏张；贾生叙鵩鸟之辞，文同屈宋：施于寓言则可，施诸实录则不可矣。"宇文氏本系粗人，史书却对其言屡屡文饰，这当然也是客气。

浮靡之病缘自寡学，因此但凡寡学则易生客气。毛先舒论诗主淡，然而又专门对淡和寒瘠作了区分，认为如果不是通过学诣闳邃而至淡，则其寒瘠之形立见，"要与浮华客气厥病等耳"[①]，将客气与浮华并列，即寓有客气近于浮靡浮华之意。李重华也称："诗家奥衍一派，开自昌黎；然昌黎全本经学。次则屈宋扬马亦雅意取裁，故得字字典雅。"后人学习昌黎屈宋，却达不到这种奥衍的境界，只有"满眼陆离"，这就是浮靡，原因就在于寡学。更有人以为四库书俱寻常见，于是专取说部，摭拾新奇，以此夸耀繁富，自然"全然客气"，也是将客气与陆离之类的摛文铺采视为同类。[②]

另如方宗诚《桐城文录序》评刘开"不免浮词客气"，方东树言谢灵

---

① 毛先舒：《诗辨坻》卷一，郭绍虞辑《清诗话续编》，上海古籍出版社1983年版，第7页。

② 李重华：《贞一斋诗说》，丁福保辑《清诗话》，上海古籍出版社1963年版，第932页。

运造句自具炉锤，“非若他人掇拾饾饤，苟以充给，客气假象为陈言”[①]，近人黄人《清文汇序》论唐宋以后古文“玩华绣者又耆于客气”，也都将客气视为浮靡。

客气又被称为“客慧”，本为佛家术语。苏轼《子由新修汝州龙兴寺吴画壁》中曾言之：“人间几处变西方，尽作波涛翻海势。细观手面分转侧，妙算毫厘得天契。始知真放本精微，不比狂花生客慧。”狂花客慧，其意是指缺乏自我真实感受，泛泛而言，好为迷离惝恍或者豪横之语，而此类语言恰恰是人皆可言、无处不可用的通套。

客气的产生主要有三个原因：

其一，作者意为气所使，放肆无羁，无所控勒。厉志论今人古人作诗之差异：“今人作诗，气在前，此意尾之。古人作诗，意在前，以气运之。”意在前为导引，气的运行有轨迹，自然不能泛溢，也无猛戾之病；相反，“气在前，必为气使”[②]。此类弊病根子在于一个“过求”，如同陆时雍所云：“诗之病在过求，过求则真隐而伪行矣。”方东树解释“过求”就是“太着意于一偏”，而过求的表现很多，“或为才使，或为气使，或为词使，或为典故使，或为意使”者皆是，而为气所使是其中尤为重要的一项，一入此道，则创作必然走上“有外藉以为使者”的歧路，于是“有所倚则客气乘而真意夺”[③]。

其二，作气。古人论诗文，先之以养气，澄心静虑，使得情事物象与自我融会，在彼此交流之中慢慢合二为一，气便油然而生，文思也便自然流动。这是养气的基本目的和基本情态。但如果没有经过这样陶冶涵养，则不能勉强掉弄，如此的勉强被称为“作气”。而创作切不可作气：“气不能养而作之，则昏而不可用。所出之皆浮词客气，非文也。”[④] 历代诗人中作气为之者很多，六朝颜延之即是，方东树说他“特地有意”，即言其一

---

① 方东树：《昭昧詹言》卷五，汪绍楹校点，人民文学出版社1961年版，第146页。

② 厉志：《白华山人诗说》卷二，郭绍虞辑《清诗话续编》，上海古籍出版社1983年版，第2283页。

③ 方东树：《昭昧詹言》卷二十一，汪绍楹校点，人民文学出版社1961年版，第476页。

④ 陈绎曾：《文说》，文学津梁本，《中国古典文艺学丛编》，北京大学出版社2001年版，第230页。

味作气，刻意而为，因此形成其“装点客气”的可憎面目。[①] 作气而为者行的是“客慧”，用的是“客辞”，自然只有虚饰，难得神气。

其三，格物致知之功未尽。《筱园诗话》论创作与平素涵养云：

> 此须沉心入理，于经史诸子，推求研究；又于古大家集，尽力用一番设身处地反复体认工夫；又于物理人情，细心静验，始能消除客气，不执成见，以造精深微妙之诣，得渐近于自然。从古大才人，未有不由细入悟，而能深造自得者。近代名流，多自用聪明，客气主事，不能深究古人隐微，少细心会悟工夫，宜其造诣浅近，去古日远，正坡公所谓“狂花客慧”者也。[②]

客气之生，来自识见不深、研味不细、思虑不周，心未得沉深故而容易自作聪明，易生偏见，客气也就由此而生。

综合以上所论，佳诗必须祛除客气，不为客气，则当以诗见主气，所以黄培芳论诗云：“神而明之，存乎其人，断不可有宗法而无主气也。”[③] 只有他人的法式而无自我的主宰，必然流于客气。主气又称为“真气”，也是与客气对应者，诗以有真气为主，有真气也能规避客气。[④]

三

文学批评方法研究是文学理论研究的内容之一。它在西方文论研究中是一个热点，诸如社会历史批评、审美批评、模式批评、原型批评、结构主义批评、新批评（如以封闭性细读为前提的文学文本批评）、文学伦理批评、形式主义批评、空间理论批评以及女性批评等等。这些方法近年来被引入我们的文学研究，有一定的影响。

与西方文论研究重视批评方法的研究策略相比，中国古代文学批评的

---

① 方东树：《昭昧詹言》卷六，汪绍楹校点，人民文学出版社 1961 年版，第 177 页。

② 朱庭珍：《筱园诗话》卷四，郭绍虞辑《清诗话续编》，上海古籍出版社 1983 年版，第 2405 页。

③ 黄培芳：《香石诗说》，《黄培芳诗话三种》，广东高等教育出版社 1995 年版，第 116 页。

④ 参阅拙著《气与中国文学理论体系构建》，人民出版社 2012 年版。

方法研究起步略晚。综合已经发表、出版的文章著作，这方面的研究主要集中在两个方面：

一是对中国古代文学理论批评相关批评方法的总结。

二是以传统批评方法为资源，致力于新的批评方法的建构。

后者主要集中在当代文化研究领域。

对古代文学批评方法的观照古已有之，《文心雕龙·序志》篇就列举了泛举雅俗之旨、撮题篇章之意、论文叙笔、释名章义、选文以定篇等方法，对后世产生了重要影响。传统文学批评方法的研究在文学批评作为一门学科确立之后有一个逐步升温的过程，其中谭帆先生的《刘勰和钟嵘文学批评方法的比较》（《学术月刊》1985 年第 4 期）是较早涉足这个领域的一篇文章。张伯伟与程千帆、周勋初先生合作的《中国古代文学批评方法论》（《文献》1990 年第 1 期）第一次将“中国古代文学批评方法”明确揭示。20 世纪 90 年代以后，陆海明先生的《中国文学批评方法探源》（中国社会科学出版社 1995 年版）、谢建忠先生的《中国文学批评方法》（电子科技大学出版社 1995 年版）分别推出。曹旭先生的《诗品研究》（上海古籍出版社 1998 年版）也有“批评方法论”一章。

21 世纪至今，文学批评方法研究有一定的推进，主要表现是研究对象得到拓展，在经典文学理论著述如钟嵘《诗品》、刘勰《文心雕龙》及《二十四诗品》、《四库全书总目》、《人间词话》等之外，还有一些学者关注到了具体文人有个性意义的批评方法，如仇兆鳌《杜诗详注》集义理考据辞章为一体的批评方法，钱谦益的“望气说”等。

对古代文学批评方法的概括，大致涉及了品第、追溯源流、意象批评、摘句批评、印象批评、索隐式批评、断章取义式批评、美刺言诗、论诗诗等。

这一阶段最重要的成果是张伯伟先生的《中国古代文学批评方法研究》（中华书局 2002 年版），全书分内外两编，内编由“以意逆志论”、“推源溯流论”、“意象批评论”三章构成，作者认为此三者为古代文学批评方法的内在精神；外编由“选本论”、“摘句论”、“诗格论”、“论诗诗论”、“诗话论”、“评点论”等构成，以之为文学批评方式的外在形式。本书在文献上关注到了日本、韩国的诗话。

尽管古代文学批评方法研究已经取得了不少成果，但依然存在以下问题：

其一，研究文学批评方法的文献依据集中于一些经典文论著作，如《文心雕龙》、《诗品》等。忽视了对宋代以来便异常繁荣的其他诗话以及明清时期众多文章理论著述的考察，造成对文学批评方法研究的局限；仅以理论著作为依托研究文学批评方法，忽略了具体的文学批评实践所依托的方法。

其二，对文学批评方法外在形式的研究集中于体态、体式的区分，如以诗话、诗格、论诗诗等为批评方法。事实上，在古代文学批评巨大的容量空间之中，还有着很多具体的、超越于以上外在表现手段的文学批评方法需要我们进一步挖掘。

其三，以内在精神与外在形式分言古代文学批评方法有着一定的局限。内在精神强调文学批评方法的内在理论依据，外在形式强调文学批评的具体操作。但在众多的古代文学批评文献之中，存在着这样一种批评形态：它们具有内在精神的特质，但并非定型于内在精神普遍发祥的源头时代，而是有一个自身发展演化的进程；它们具有方法的可操作性，但又并非如一般模式那样具有程序的稳定性，它们具有对内在意义的敞开特性，具体使用者往往能够从中体现出自我的精神旨趣、审美偏嗜。这就是被研究者忽略的一些习用批评范式，如压卷论、正变论、唐宋论等。

本书主要的研究目标是通过对文学批评史中常见、习见范式的挖掘，希望能够引起文学理论研究界对批评方法的进一步关注，尤其在现有研究基础上关注对不同批评范式、对更为具体的批评运作手法的深入探索。

作为文学理论批评研究的一个重要学术平台，文学批评方法研究在经历了二十余年的探索之后，需要在原有基础上的开拓，这主要体现在三个方面：一是观照的维度可以进一步丰富，从文学批评文本之外的批评实践与创作实践的互动之中去发现理论资源；二是对方法的认识可以更加集约概括，或者借鉴不同学科的相关尺度；三是研究可以伸展到文学批评具体的运作法式、机制、文字形态之中。

本书便是在这样一个学术思路下对文学批评方法的重新审视，其核心内容是：

在古代文学批评之中，难易论、压卷论、唐宋论、优劣论、正变论等是被当下学术研究所忽略的古代文学批评习见范式。作为“范式”，它具有理论的集约性、基本内涵的传承性与方法的可操作性。它们在通过文学批评著作现身之外，更多的则体现于文学批评实践活动之中。

“难易论”肇始于六朝，后来广泛应用于诗文词曲的论述，形成了诗文难易、五七言诗难易、词曲难易等讨论。这些讨论基本是出于“尊体”的需要，是从文学体裁、体格等要素出发引发的批评形态。

“优劣论”从早期人物品目中衍生。在批评史上分别体现于作家优劣与作品优劣的论争，著名者如颜延之谢灵运优劣、李白杜甫优劣、苏轼黄庭坚优劣，《史记》与《汉书》优劣、《西厢记》与《琵琶记》优劣等。它起源自作为文学批评诞生源头的品第（品评），因此是文学批评的核心内涵，在后世的应用之中往往成为重要的理论思想载体与观念推广形式，如“才与学”的关系认知与辩难便贯穿于颜谢优劣、李杜优劣的整个讨论历程。优劣论探讨的对象可以是审美主体，也可以是艺术作品，但归根结底是主体才学情识等素养的考量。

“压卷论”肇始于唐代的擅场论，是科举衡文在文学批评之中浸淫的产物。它不仅仅是作品等级的品第，更是批评者批评标准的隐在表达，也是传统社会政治体制格局崇拜在文学艺术领域的辐射。

“正变论”出自《诗经》阐释之中汉人所谓的风雅与变风变雅的对立，随后成为中国文学理论与批评关注的核心话语。批评之中对正变的定位，是文学创作合法性、合理性的确认，其中有对作品发展形态的辨识，并在正统正宗与否这个标尺之下完成其价值评量，其中还包含文统的区划；而随着时代的发展，正与变的标准都在变化，从而接纳了众多崭新的内涵，黄宗羲对变风变雅的肯定便吸纳了民族斗争的激情与感慨。另外，正变不仅针对文体，还兼容文风、艺术手段、情感内容等众多维度。它是评量文学沿格变化规律的批评范式。

“唐宋论”是宋代文人与唐诗角逐中衍生而出的。唐诗宋诗表面看来虽然仅仅是两个朝代诗歌的分别，后世却演化为两种审美体式。在元明清理论批评界，这种区划既有价值考量，也有体式辨析，而审视的对象则已经远远超越了唐诗与宋诗，具备了方法论的意义。

以上“压卷论”是“优劣论”的发展形态，用于对文学史上巅峰作品的定位，因而可以归入“优劣论”；“唐宋论”则是“正变论”的引申，尤其在宋元明清之际，是诗歌体格风调正变研讨的最重要形态，所以将其纳入“正变论”。

在以上形态之外，所谓的文学批评习用批评范式当然还有很多，如“南北论”便是其中之一。它是一种出于地理分界、区域情感与文化差异形成的批评形态，起源于六朝之际的学术论争。随着偏安与一统格局的变化，随着经济繁荣衰落的轮回，南北论中融入了很浓重的情感偏执，也成为文学与地理关系思想的载体。由于篇幅所限，笔者将在随后的研究中继续关注。

本书每个习见批评范式的研究包含以下基本层次：对其出处源流的梳理；对其基本内涵的界定；其在具体批评语境之中的表现；其在文学理论批评史上的地位；其所包含的中国文学精神本质。

从文学理论研究的民族化路径探索而言，近年来，古代文学理论研究界致力于摆脱对西方文学理论的比附，希望建构具有中国特色的文学理论体系。陈寅恪先生七十年前已倡此议，至今仍有待努力。在这个大背景下，从我们民族文学批评的操作手段入手进行研究，正是这种学术努力的具体体现。本书涉及的这些范式在古代语境下都是习惯性的应用，却恰恰因为其过于大众化的表现形态与过于普及性的应用而被忽略。事实上，越是大众化的形态范式之中，越承载着更具有民族性的精神内涵。

第一章　正变论

"正"在中国文化中是一个具有绝对价值的概念，从名不正则言不顺、言不顺则事不行的"正名"，关系生命个体健康的"正气"，到维系血脉宗族纯正的"正统"、"正宗"，再到合乎大道不悖其常的"正义"，都是这种价值的具体表现。"正变论"便是在确立了"正"的核心价值之后形成的，可以容纳权变的价值评估形态。

文学批评中的"正变论"是古人探讨《诗经》内容及表现形态变化时提出的学说。汉代《诗大序》首言"变风变雅"，郑玄《诗谱序》衍之，明确提出了"风雅正变"之论。从此"正变"就成为古代文学批评常用的一个批评范式，并分别在崇正抑变、尊古重常、正变一体、拟议以成变化、破古成变等不同维度上得到发挥。以元代袁桷为例，其论诗文便动辄涉及正变。《答高舜之十问》云：

> 私谓赋有三变：自后汉之变为初，柳子厚之赋为第二，苏、黄为第三。今欲稍近古，观屈原《橘赋》、贾生《鹏赋》为正体。又如《驯象》、《鹦鹉》诸赋，犹不失古；曹植小赋，尤雅润，但差萎弱耳。①

《书程君贞诗后》云：

---

① 袁桷：《清容居士集》卷四十二，四明丛书本。按：本书注释于文献第一次出现时注明版本信息，后出相同者不另注；其中一些常见文献于第一次出现时出注，后出者不再注。

> 由宋以来，有三变焉：梅、欧以纡徐写其材，高者凌山岳，幽者穿岩窦，而其反覆蹈厉，有不能已于言者，风之变尽矣。黄、陈取其奇以为言，言过于奇，奇有所不通焉；苏公以其词超于情，嗒然以为正，颓然以为近，后之言诗者争慕之。[①]

前者论赋，柳宗元为变，苏、黄为变，已经与屈原、贾谊之正体有别；后者论诗，梅、欧为变，黄、陈尚奇而过亦为变，所谓苏轼之“近”，恰与“正”相对，也为不合于古，是变的意思。

《题乐生诗卷》云：“诗于唐三变焉，至宋复三变焉。派于江西变之极，有不可胜言者矣。”[②] 他如《书括苍周衡之诗编》亦以“诗有经纬焉，诗之正也；有正变焉，后人阐益之说也”等正变思想论诗。袁桷认识到变的客观存在，也承认传统审美的一种偏颇：类似流离兵尘之中，因所谓不离乎正的要求而情思郁积不敢宣泄，转而要求一味欣赏淡薄悠远，此为不合审美规律的规限；并质疑“伤时之失，溢于讽刺者，果皆变乎”？——即感伤于时代凋零，以浓墨重彩揭露之并以此为讽谏的创作，就一定属于“变”的创作吗？

但是，认识到变的意义、价值并不意味着对何者为正之认知的变化，在他的审美理想中，正仍然简淡而和适、春容而怡愉，是最高的理想。

袁桷时以正变为批评，作为一个缩影，说明正变理论在文学批评中浸润之广泛。具体运用之中，正变论可以体现于以下诸多领域：

或以之梳理文学史流变的脉络。如施愚山论其友人所编辑的《诗原》：“首毛诗以正其始，次楚辞以综其变，次选诗以峻其体，次选赋以博其材，次唐诗选以严其则。”[③] 从《诗经》到楚辞再到作为汉魏六朝诗歌代表的选体诗、赋，进而至于唐诗，这是中国诗歌从源头至巅峰的逐步演革流脉，正变贯穿其中。

或以之论文学体裁内在规范的演化。如王世贞论词：

---

① 袁桷：《清容居士集》卷四十八，四明丛书本。

② 袁桷：《清容居士集》卷五十，四明丛书本。

③ 施闰章：《诗原序》，《施愚山集》文集卷三，何庆善等校点，黄山书社 1992 年版，第 56 页。

《花间》以小语致巧，《世说》靡也；《草堂》以丽字取妍，六朝隃也。即词号称诗余，然而诗人不为也。何者？其婉娈而近情也，足以移情而夺嗜，其柔靡而近俗也。诗蝉缓而就之，而不知其下也之诗而词非词也、之词而诗非诗也。言其业温、韦至矣；晏氏父子、耆卿、子野、美成、少游、易安其次也：词之正宗也。黄九精而刻，长公丽而壮，幼安辨而奇，又其次也：词之变体也。[①]

一种文体，诞生之初必然有着独到的，与其他体裁相区别的本色特征。作为一种规范，这种特征不应当被轻易变更；但在其发展之中，不同文学体裁的互动又必然给它带来诸多的自我调整，相应的变异同样在所难免。

或以之见雅俗，如纪昀评苏轼《杨康功有石状如醉道士为赋此诗》云："终是野调，不得循声赞叹。"[②]"野调"即变即俗，有违雅正。

或以之见格调，如管世铭"摩诘为正雅，少陵为变雅"之论即是。[③]

从中国文学批评正变论的总体而言，体现了以下基本思想：文学而言正变，变无可阻挡，但正不能背叛。

无论正变的区划依据如何，表现如何，正变论都对古代文学走向产生了深远的影响：复古者以正变立论，悬古为准的，贵古而贱今；变革者以正变立论，以变为常，宣扬变而通之以尽利。社会思想中的正变论与审美思想中的正变论也因此实现了统一。

第一节　正变论源流及形态

一

正变论的肇始为"变风变雅"之论，首见于《诗大序》。其文曰：

---

① 王世贞：《艺苑卮言》卷三，续修四库全书本。

② 纪昀：评《苏文忠公诗集》卷二十六，清末刻本。

③ 管世铭：《读雪山房唐诗序例》，郭绍虞辑《清诗话续编》，上海古籍出版社 1983 年版，第 1565 页。

> 故诗有六义焉：一曰风，二曰赋，三曰比，四曰兴，五曰雅，六曰颂。上以风化下，下以风刺上，主文而谲谏，言之者无罪，闻之者足以戒，故曰风。至于王道衰，礼义废，政教失，国异政，家殊俗，而变风变雅作矣。国史明乎得失之迹，伤人伦之废，哀刑政之苛，吟咏情性，以风其上，达于事变而怀其旧俗者也。故变风发乎情，止乎礼义。发乎情，民之性也；止乎礼义，先王之泽也。是以一国之事，系一人之本，谓之风；言天下之事，形四方之风，谓之雅。雅者，正也，言王政之所由废兴也。①

本文在“变风变雅”之外仅仅涉及了以“正”释“雅”，没有明确提出“正风正雅”的概念。而郑玄《诗谱序》始有“正经”与“变风变雅”的对举：

> 周自后稷播种百谷，黎民阻饥，兹时乃粒，自传于此名也。陶唐之末，中叶公刘亦世修其业，以明民共财。至于太王、王季，克堪顾天。文武之德，光熙前绪，以集大命于厥身，遂为天下父母，使民有政有居。其时诗，风有《周南》、《召南》，雅有《鹿鸣》、《文王》之属。及成王、周公致太平，制礼作乐，而有颂声兴焉，盛之至也。本之由此风雅而来，故皆录之，谓之诗之正经。
>
> 后王稍更陵迟，懿王始受谮烹齐哀公。夷身失礼之后，邶不尊贤。自是而下，厉也，幽也，政教尤衰，周室大坏。《十月之交》、《民劳》、《板》、《荡》，勃尔俱作；众国纷然，刺怨相寻。五霸之末，上无天子，下无方伯，善者谁赏？恶者谁罚？纪纲绝矣。故孔子录懿王、夷王时诗，讫于陈灵公淫乱之事，谓之变风变雅。②

何为“正变”？从基本字义训释，正为常为自然，变为反常反自然。从作者用心而言，孔颖达做出了如下阐释：

---

① 毛公传、孔颖达疏：《毛诗正义》卷一，中华书局影印阮元校刻《十三经注疏》本。
② 毛公传、孔颖达疏：《毛诗正义》卷首，中华书局影印阮元校刻《十三经注疏》本。

夫天下有道，则庶人不议；治平累世，则美刺不兴。何则？未识不善，则不知善为善；未见不恶，则不知恶为恶。太平则无所更美，道绝则无所复讥，人情之常理也。故初变恶俗，则民歌之，风雅正经是也；始得太平，则民颂之，周颂诸篇是也。

若其王纲绝纽，礼义消亡，民皆逃死，政尽纷乱，易称天地闭，贤人隐。于此时也，虽有智者无复讥刺。成王太平之后，其美不异于前，故颂声止也；陈灵公淫乱之后，其恶不复可言，故变风息也。班固云：成康没而颂声寝，王泽竭而诗不作，此之谓也。

然则变风变雅之作，皆王道始衰，政教初失，尚可匡而革之，追而复之；故执彼旧章，绳此新失，觊望自悔其心，更遵正道，所以变诗作也。以其变改正法，故谓之变焉。[①]

概而言之，即以美为正，以刺为变，但刺不是目的，而是为了能够归正。美刺皆有阶段性，如果累世治平，则赞美之声也会渐少；如果乱世频仍，恶贯满盈，则刺而讽者也会息声。所以明人黄溥云：

二南之诗，纯乎美者，故谓之正风；诸侯之风，兼美刺，故谓之变风。

成康以上之诗，专于美，故谓之正雅。成康以下之诗，兼美刺，故谓之变雅。

颂之体，如后世之古乐府，作于公卿大夫，而用之宗庙，告于神明者也。其言主于美盛德、告成功。商颂、周颂甚正；鲁颂则不当作而作，比之风雅，盖亦变之类也。[②]

归结其意，朱自清认为，王道旧俗即为正，变改正法即为变；颂美正法

① 毛公传、孔颖达疏：《毛诗正义》卷一，中华书局影印阮元校刻《十三经注疏》本。

② 黄溥：《诗学权舆》卷八，吴文治主编《明诗话全编》，江苏古籍出版社 1997 年版，第 1114 页。

旧俗者为正经，通过诗歌希望能够达于事变而怀其旧俗者是为变风变雅。[①]

从《诗经》作品所关涉的时代而言，一如郑玄所言，成周之际，虽在途歌巷谣皆得为正；幽、厉以还，举凡诸侯、夫人、公卿、大夫闵世病俗之作，莫不以变名之。正变于此以时而分，非以其人。

正变之论为儒家论《诗》通论，但也有质疑之声，毛奇龄便是其中之一。他分别从两个方面论述了正变说之不足据：

其一，由字义考察，雅本为正，正雅之说因此不妥。他说：

> 雅者，正也，雅字古文原作正字，亦即正旨，初无正雅之说。若既雅又正，是雅雅矣。后人不悟雅是正字，以为是雅也。而文或以正则此必正雅也，既有正雅则必有变雅，既有正雅变雅则必又有正风变风，正变之说此所由滋矣。要其始由不识雅字耳。

其二，风雅正变不相对；言变亦非论诗升降，而是论其变化。论曰：

> 风雅无正变。立于文武之朝，不得不诵文武时耳；生乎幽平之世，不能不刺幽平，势耳。设此时升降便题正变，是并不判诗体，徒以文之颂美风刺作别识也。则必典谟为正书，誓诰为变书矣。或曰：乐声有正变，如《乐记》曰："正声感人而和气应之。"又曰："声相应故生变。"此是正变。但变不与正对，变是清浊轻重不同耳，与奸声犯正有辨，此如子夜有变歌，观闻有变曲，特是变换，无与升降。故但可曰诗有贞淫，乐有邪正，此为得之。[②]

以上皆为由《诗经》而论正变。后世由此敷衍，正变论逐步适用于所有诗文演革理论，于是又出现了从艺术境界对正变的论述：

> 书家有正锋，文家有正格，诗家有正声。正非直而不曲之谓，乃

---

① 朱自清：《诗言志辨》，《朱自清说诗》，上海古籍出版社 1998 年版，第 148 页。

② 毛奇龄：《诗札》卷一，文渊阁四库全书本。

通而能达之谓。或潜气内转，或清气往来。其志和，其音雅，作者矜平，读者躁释。杜陵云："老去渐于诗律细。"又云："庾信文章老更成。"此境良非易到，殆所谓雅正者非耶？[①]

与此相对，其音俗、作者浮嚣、读者躁竞便属于不能通而达之者，此即为变。

以《诗经》正变论为基础，正变逐步形成后人结构中国文学史的依循：历代创作，正是通过正变演革被纳入了一体化的文学史建构之中。而从文学源头考察，在《诗经》之外，另一个重要的文学贡献便是以屈原为代表的辞赋，萧统《文选序》云："楚人屈原，含忠履洁，君匪从流，臣进逆耳，深思远虑，遂放湘南。耿介之意既伤，壹郁之怀靡愬。临渊有怀沙之赋，吟泽有憔悴之容。骚人之文，自兹而作。"据罗庸先生研究，"骚人"一词由此而出，而且后人遂以骚人之文与变风变雅等量齐观。宋人何梦桂阐释骚人之作："骚盖古诗变风变雅之遗也。骚深于怨，古诗怨而不伤，而骚近之。怨非诗之正声也，商之声直以肆，周之声和以柔，一变而为国风，再变而为黍离，甚矣；而骚人又甚焉。"[②]《诗经》自具正变，但与《诗经》比较，及乎骚人之作而其变已甚。

于是《诗经》作为诗人之赋作，《离骚》等作为辞人之赋作，从此成为两种大致的代表了文学正变结晶的类型，扬雄概括为"诗人之赋丽以则，辞人之赋丽以淫"；纪昀以为此虽"为赋言也"，然则"其义则该乎诗矣"。进而论曰：

风人骚人，遐哉邈矣，非后人所能拟议也。而流别所自，正变递乘，分支于三百篇者，为两汉遗音；沿波于屈宋者，为六朝绮语。上下二千余年，刻骨镂心，千汇万状，大约皆此两派之变相耳。末流所至，一则标新领异，尽态于江西；一则抽秘骋妍，弊极于《玉台》、

① 邱炜萲：《五百石洞天挥麈》卷九，续修四库全书本。

② 何梦桂：《晞发道人诗序》，《潜斋集》卷五，文渊阁四库全书本。

《香奁》诸集。[①]

正变不仅缔构了文学史的流变，也在中国文学发端之际，以一正一变两种形态，奠定了后世文学演化承继的路径。

从文学理论批评的实际而言，正变论在魏晋之际多论文体。刘师培总结当时文体之论云：

其论及文体正变及各体源者，晋人撰作，亦多可采：如傅玄《七谟序》、《连珠序》，推论二体之起源，旁及汉魏作者之得失（均见《艺文类聚》引）；皇甫谧《三都赋序》（《文选》）、左思《三都赋序》（《文选》）、卫权《三都序略解序》、刘逵《蜀都吴都赋注序》（并见《晋书·左思传》）推论赋体起源，与汉儒“铺陈”之训，宛为符合（又郭象文《碑铭论》，今不传）。

其著作一书者，则有挚虞《文章流别论》二卷，今群书所引尚十余则（见严可均辑《全晋文》），于诗、赋、箴、铭、哀词、颂、七、杂文之属，溯其起源，考其正变，以明古今各体之异同，于诸家撰作之得失，亦多评品，集古今论文之大成。又李充《翰林论》五十四卷，今群书所引亦仅七则（见《全晋文》），大抵于各体之文，均举佳篇为式。[②]

一般撰作“论及文体正变及各体源流”，著作一书同样于诸体“溯其起源，考其正变”，因此魏晋之际论体，以文体正变沿革为主。至六朝依然延续了这种文体要求较为严格的传统，如曹植《魏文帝诔》，于篇末略陈哀思，未为大违，而《文心雕龙》论诔碑之文，仍然以此为乖违。又诸文体之中，以四言为正，即使五言渐行之际，四言仍是雅正的代表，系廊庙文学的必备形态，诸如应制类的郊祀、献祭、燕射等，仍多以四言为主；挚虞《文章流别论》中曾明言“雅音之韵，四言为正，其余虽备曲折

① 纪昀：《纪晓岚文集》卷九，孙致中等校点，河北教育出版社 1991 年版，第 199 页。
② 刘师培：《中国中古文学史讲义》，中国社会科学出版社 1997 年版，第 65 页。

之体，而非音之正”。故而萧统编辑《文选》，以束晳《补亡诗》为首，诗为四言，又系补《诗经》未传之诗。

正变论至六朝之际在审美内涵上呈现为一定的雅俗辨析。雅俗本来就是中国美学重要的对立范畴，先秦之际集中于音乐雅俗的分辨。及于六朝，文学之中的雅俗成为关注重点。颜延之尊奉雅正，并以错金镂彩的富丽堂皇而蜚声文坛。他轻视民间创作以及受民间文学影响的文人，曾批评汤惠休的诗歌为委巷中歌谣，当误后世。刘勰也斥汉魏六朝民歌之中的爱情诗以及文辞通俗者为“淫辞”。萧统追求丽而不浮，典而不野，文质彬彬，《文选》中即未选受民歌影响深远的文人的作品。颜之推《颜氏家训·文章》更是明确标榜：“家世文章，甚为典正，不从流俗。”可见崇尚雅正已经成为其时文坛的门面之语，雅而正所对应的“俗”便是时宜性的文学之变。其中之雅系指：“以古人之言酝酿胸中，调和而出。”其中之俗系指：“以方俗之言措之文字，裁酌而用。”[①] 所谓俗者，类似吴歌西曲之类皆是。

正变理论在六朝之际完成了从经学理论向普遍文学理论的延伸，且通过“通、变”关系的确立，实现了其理论升华。刘勰《文心雕龙》是六朝之际正变理论的集大成者，这主要表现在以下方面：

其一，将《正纬》、《辨骚》纳入“文之枢机”的结构安排中。

《文心雕龙》在《正纬》之后列《辨骚》一章，关于刘勰如此的结构布置，范文澜《文心雕龙注》以为这是由于“配经曰纬”，经纬地位不同，所以《正纬》为《宗经》的附论；《辨骚》则被纳入文体论，置于《明诗》之前，作为“文类之首”。

刘永济认为：《原道》、《征圣》、《宗经》、《正纬》、《辨骚》五篇，前三者揭示论文要旨，于义为正；后二篇抉择真伪异同，于义为负。负者针砭时俗，是曰破他；正者建立自说，是为立己。

蔡钟翔等《中国文学理论史》则认为，刘勰将二篇纳入“枢机”，正体现了他对正变理论的继承：

---

① 费经虞辑，费密增补：《雅伦》卷十六，续修四库全书本。

《正纬》中主要篇幅用来论证纬书之伪……然而，刘勰在辨伪之后，又指出纬书“事丰奇伟，辞富膏腴，无益经典，而有助文章”。赞语中则说：“芟夷谲诡，糅其雕蔚。”纬书虽然不能配经，需要加以辨正，但从文学角度看，又有可取之处。《序志》中的“酌乎纬”正是点明了这层意思。

《辨骚》所辨是对屈原的评价。刘安等四家颂扬《离骚》合乎经术，班固一人指摘《离骚》有违义，他都加以批评，认为是“褒贬任声，抑扬过实”。他分析了“同于风雅”的四事和“异乎经典”的四事，但仍然给予屈原楚骚以很高的评价：“虽取熔经意，亦自铸伟辞”，“气往轹古，辞来切今，惊采绝艳，难与并能”。然而，如果只是为了辨明《离骚》的文学价值，又何必把《辨骚》列入“文之枢纽”呢？要弄清这个问题，决不能忽略《序志》中“变乎骚”这个重要提示。《辨骚》一开始就写道：“自风雅寝声，莫或抽绪，奇文郁起，其《离骚》哉！”《离骚》是继承《诗经》之后崛起于文坛的奇文，就它对后世的影响而言，足以同《诗经》分庭抗礼。辞赋蔚成大国，其不祧之祖正是《离骚》，诚如《诠赋》所云：“及灵均唱骚，始广声貌，然则赋也者，受命于诗人，而拓宇于楚辞也。”但《离骚》的影响不止于辞赋，钟嵘《诗品》分析诗体流变，共有三个源头：国风、小雅、楚辞。其中源出小雅者只有阮籍一人，实际存在的是国风和楚辞两大系统。《楚辞》显然具有与《诗经》大不相同的艺术特色……对“衣被词人非一代也”的楚骚影响下形成的文学传统也是不能不正视的。刘勰总结文学发展的历史经验，认识到如果只是株守经典的传统，文学就不能创新，为了实现新变，就必须吸收异乎经典的成分，《正纬》和《辨骚》都说明了这个问题。他把“同乎经典”的称为“正”，把“异乎经典”的称为“奇”，建立起奇正这一对范畴，这在《文心雕龙》中是一个重要的基本观点。所以他高度赞美楚辞，对屈宋的后继者，如“枚贾追风以入丽，马扬沿波而得奇”，也有所肯定，但又指出“楚艳汉侈，流弊不过”（《宗经》），降至末流，就会变成“浮诡”、“讹滥”。因此，他要求“凭轼以倚雅颂，悬辔以驭楚篇，酌奇而不失其贞，玩华而不坠其实”。就是说，汲取楚骚的精华还须以宗经的原则来制约。

根据以上分析，可以看出《正纬》、《辨骚》正是对《征圣》、《宗经》的补充，前后是相辅相成的，因而《正纬》、《辨骚》列入文之枢纽是完全合乎逻辑的。“酌乎纬”、“变乎骚”反映了他的重“文”和重“变”的观点，这在一定程度上减弱了《宗经》、《征圣》的保守性。[①]

刘勰以《正纬》、《辨骚》为《文心雕龙》的枢纽，既体现了文学必然变化的趋势，又将变与正纳入一个整体运动系统，同时还确立了正变共同的价值地位。

其二，《文心雕龙》对正变理论的重视，又体现于《通变》一篇的设置。“通”为继承，“变”为创新，承者为正，新者为变。但新必源自承，变必不背于正，二者统一始为通变。

这种思想体现于“体数”之说：“设文之体有常，变文之数无方。”体为体裁、体制；数指技巧、方法、情绪。前者是总体稳定的，后者却充满机变。如刘勰云：“凡诗赋书记，名理相因，此有常之体也；文辞气力，通变则久，此无方之数也。”

又体现于“思理”之说，《总术》云：“思无定契，理有恒存。”理为常而不变者，思则变化百出。

正如《风骨》篇所云：“若夫熔铸经典之范，翔集子史之术，洞晓情变，曲昭文体，然后能孚甲新意，雕画奇辞。”只有兼备通变，洞晓体数思理，才能“孚甲新意，雕画奇辞”。

其三，刘勰对正变理论的重视，又体现于文体论中。他主张“体必资于故实”，因而往往以前代作品去规范后代创作。如《颂赞》以《诗经》中的颂为正，因此正体当为“美盛德之形容”，“容告神明谓之颂”。以此为依据，屈原的《桔颂》便因其“比类寓意，又覃及细物”被视为“颂之

① 蔡钟翔等：《中国文学理论史》，北京出版社1987年版，第262页。

变体”。论及汉代诸颂，则更多指责：“至于班、傅之《北征》、《西巡》变为序引，岂不褒过而谬体哉！马融之《广成》、《上林》，雅而似赋，何弄文而失质乎?”“及魏晋辨颂，鲜有出辙。陈思所缀，以皇子为标；陆机积篇，惟功臣最显：其褒贬杂居，固末代之讹体也。”《乐府》篇崇雅抑郑，也称“淫辞在曲，正响焉生”? 由正至变，变极而讹。因此刘勰屡屡表彰“正体”，如《论说》之中即云石渠论艺、白虎讲聚，述圣通经，是为论家之正体。

其四，刘勰对正变理论的重视，又体现于其“奇正”论中。《文心雕龙》中直接涉及正变的地方并不多，只有《颂赞》中有“风雅序人，识兼变正”之语。很多论述则在被转化为“通变”之论以外，被转化了为奇正的关系研讨。如《辨骚》云：“酌奇而不失其贞”，“贞”就是“正”意。《风骨》云：“昭体故意新而不乱，晓变故辞奇而不黩。”《正纬》云：“经正纬奇。”总而论之，刘勰论奇正，包括以下方面：

内容思想。如《史传》批评司马迁的“爱奇反经为尤”。

辞采。如《定势》云：“自近代辞人，率好诡巧，原其为体，讹势所变，厌黩旧式，故穿凿取新。察其讹意，似难而实无他术也：反正而已。故文反正为乏，辞反正为奇。效奇之法，必颠倒文句，上字而抑下，中辞而出外，回互不常，则新色耳。”

又表现于风格体调。如《体性》篇分文章为典雅、远奥、精约、显附、繁缛、壮丽、新奇、轻靡。刘勰又将此八体分为典雅与新奇二门，以典雅为“熔式经诰，方轨儒门”，以新奇为“摈古竞今，危侧趣诡”①。

至唐代，皎然《诗式》中又提出了“复变”之论，也是对正变的继承。其中拈出“复古通变体”论云：

作者须知复变之道，反古曰复，不滞曰变。若惟复不变，则陷于相似之格，其状如驽骥同厩，非造父不能辨，能知复变之手，亦诗人之造父也……又复变二门，复忌太过，诗人呼为膏肓之疾，安可治

① 参阅刘文忠《正变·通变·新变》，百花洲文艺出版社 2009 年版，第 38—39 页。

也……夫变若造微，不忌太过，苟不失正，亦何咎哉！如陈子昂复多而变少，沈、宋复少而变多，今代作者不能尽举……后辈若乏天机，强效复古，反令思扰神沮。[①]

从继承与创新的关系而言，复变论是正变论、通变论的延续；可注意的是，皎然更强调了复、变的程度：复不能太过，变则不忌太过，但能不失其正即可。

唐人正变论又有了很大拓展，在关注其源自经学阐释中的意义之外，又继承刘勰以正变奇正论诗文的传统；在以正变观照文学史、文学现象的同时，还将正变实现了一定范围的审美内涵定格，从而成为审视具体诗句正变归属的尺度。如贾岛《二南密旨》便以卢纶《兴善寺后池诗》“日照何年树，抱逢几度春”为大雅；以“风添松韵好，秋助月光多”为小雅；以古诗“浮云翳白日，游子返不顾”为变小雅[②]。至齐己《风骚旨格》，则更为直接地将正变与唐诗具体创作比附，且具体为某种体格。如：

大雅：“一气不言含有象，万灵何处谢无私。”

小雅：“天流皓月色，池散芰荷香。”

正风：“都来消帝力，全不用兵防。”

变风：“当道冷云和不得，满郊芳草即成空。”

变大雅：“蝉离楚树鸣犹少，叶到嵩山落更多。”

变小雅：“寒禽沾古树，积雪占苍苔。”[③]

正变如此的内涵具化，虽然显示了正变论影响的细微深入，也难免有胶柱鼓瑟的弊端。

二

综合历代正变批评的文献，正变的区划大致沿依以下尺度：

---

① 皎然：《诗式》卷五，李壮鹰校注，人民文学出版社 2003 年版，第 330 页。

② 贾岛：《二南密旨》，陈应行辑《吟窗杂录》卷三，中华书局 1997 年影印明钞本，第 175 页。

③ 齐己：《风骚旨格》，陈应行辑《吟窗杂录》卷十一，中华书局 1997 年影印明钞本，第 365 页。

以时论正变。郑玄《诗谱序》以周成王、周公等极盛之际的诗篇为诗之正经；而后陵迟，如懿王、夷王时之诗篇谓之变风变雅，便是以时代盛衰为正变判定依据。随后以时论正变，其著名者如元代杨士弘《唐音》以盛唐、中唐、晚唐三唐论诗之正变，分别以之为始音、正音、正变、遗响；至明代高棅论四唐，正变因时之论大兴，且直接影响到了整个明代的文学批评走向，其《唐诗品汇总叙》云：

> 有唐三百年诗，众体备矣。故有往体、近体，长短篇，五七言律句、绝句等制，莫不兴于始，成于中，流于变而陊之于终。至于声律兴象，文词理致，各有品格高下之不同。略而言之，则有初唐、盛唐、中唐、晚唐之不同。详而分之，贞观、永徽之时，虞魏诸公，稍离旧习；王杨卢骆，因加美丽；刘希夷有闺帷之作，上官仪有婉媚之体，此初唐之始制也。神龙以还，洎开元初，陈子昂古风雅正，李巨山文章宿老，沈宋之新声，苏张之大手笔，此初唐之渐盛也。开元天宝间，则有李翰林之飘逸，杜工部之沉郁，孟襄阳之清雅，王右丞之精致，储光羲之真率，王昌龄之声俊，高适、岑参之悲壮，李颀、常建之超凡，此盛唐之盛者也。大历贞元中，则有韦苏州之雅淡，刘随州之开旷，钱郎之清赡，皇甫之冲秀，秦公绪之山林，李从一之台阁，此中唐之再盛也。下暨元和之际，则有柳愚溪之超然复古，韩昌黎之博大其词；张王乐府，得其故实；元白序事，务在分明；与夫李贺、卢仝之鬼怪，孟郊、贾岛之饥寒，此晚唐之变也。降而开成以后，则有杜牧之之豪纵，温飞卿之绮靡，李义山之隐僻，许用晦之偶对；他若刘沧、马戴、李频、李群玉辈，尚能黾勉气格，将迈时流，此晚唐变态之极，而遗风余韵犹有存者焉。①

高棅所论，实则与杨士弘极为近似，初唐为始，及盛唐极盛之际为正，中唐，既上承盛唐而有其辉煌，但又逐步渐开晚唐之变。初盛中晚四

① 高棅：《唐诗品汇》卷首，文渊阁四库全书本。

个时代历程，便是正变演化之历史。

历代评家，在正变与时间的关系问题上，多与明人吴讷《文章辨体》之论近似：以古为正，以今为变。这也是历代所谓体格代降论的基本依据。但变不仅因古今而见，也非仅于朝代更迭之中显现，往往于一个阶段也时时发生，如吕留良论明万历年间时文文体之变："丁丑以前，犹厉雅制；庚辰始令限字，而气格萎薾。癸未开软媚之端，变徵已见。乙丑得陶董中流一砥，而江湖已下，不能留也。至壬辰格用断制，调用挑翻，凌驾攻劫，意见庞逞，矩矱先去矣。再变而乙未，则杜撰恶俗之调、影响之理、剔弄之法，曰圆熟，曰机锋，皆自古文章之所无。"[①] 一代之中，也备初盛中晚，自成正变。

由动机效用论正变。和与时论正变一样，以动机效用论正变也是经学思想中的本然之义，孔颖达疏《诗大序》云：

> 变风变雅之作，皆王道始衰，政教初失，尚可匡而革之，追而复之；故执彼旧章，乘此新失，觊望自悔其心，变遵正道，所以变诗作也。以其变改正法，故谓之变焉。

政教废弛，志存匡救，此类创作动机在于在上者变改旧法，在下者思复于正，二者皆以改变当下的状态为目的，所以为变。贾岛《二南密旨》与此同调：

> 君之德风，化被于四方，兹乃正风也；或否塞贤路，下民无告，即正风变矣。
>
> 骚者愁也，始于屈原。为君昏暗，时宠乎谗佞之臣，含忠抱素，进于逆耳之谏，君暗不纳，放之湘南，遂为离骚经。以香草比君子，以美人喻其君，乃变风而入其骚，刺之贵正其风而归于化也。
>
> 大小雅变者，谓君不君，臣不臣，上行酷政，下进阿谀。诗人则

① 吕留良：《东皋遗选前集论文》，《吕留良诗文集》上册卷五，徐正等点校，浙江古籍出版社 2011 年版，第 130 页。

变雅而讽刺之，言变者，即为景象移动比之。[①]

《诗源辨体》也承此说："周南、召南，文王之化行，而诗人美之，故为正风。自邶风而下，国之治乱不同，而诗人刺之，故为变风。是风虽有正变，而性情则无不正也。"[②] 诗人美文王之化，并非谄谀，而是意在劝之；诗人刺国之乱象，并非泄愤，乃是心存旧美。因此诗虽然有正变，但作者之性情却皆为雅正。这一点实际上具体到实现手段而言，就是以美、刺区分正变。

以表现方法、师法所由分正变。就表现方法而言，如朱熹注《离骚》，便以寓情托意者谓之变风，以感今怀古者谓之变雅，且在此基础上视祀神而歌舞之盛者为变颂。其中"寓情托意"、"感今怀古"都有寄托含蓄之意，是一种表现法式。其言外之意，不需要如此婉曲又无所愤激者当为其正。

表现法式正变又曰正别，如吴乔论诗，分诗歌法式为两类：一般常用、合乎基本体式与篇体之势为常法，又称为正法；剑走偏锋、背离常道者为别法。如对诗歌的结尾之法而言，以结句收束上文者为"正法"，宕开者为"别法"[③]。

就师法所由而言，所法者的正变，决定了师法者创作的正变。一般文学理论皆认为，经为道、理之渊薮，同时也是文法的源头，《文心雕龙·宗经》篇已经阐明过经为文宗的观点，认为后世文体，多从六经中出，如"论说辞序，则易统其首"等。宋代陈骙《文则》之中也有类似论述，但宋濂以为这样仍然未尽经典泽被后世之意：

《易》之彖象有韵者，即《诗》之属；《周颂》敷陈而不协音者，非近于《书》欤？《书》之《禹贡》、《顾命》，即序纪之宗；《礼》之《檀弓》、《乐记》非论说之极精者欤？况《春秋》谨严，诸经之体，

① 贾岛：《二南密旨》，陈应行辑《吟窗杂录》卷三，中华书局 1997 年影印明钞本，第 175 页。

② 许学夷：《诗源辨体》卷一，杜维沫校点，人民文学出版社 1987 年版，第 2 页。

③ 吴乔：《围炉诗话》卷一，郭绍虞辑《清诗话续编》，上海古籍出版社 1983 年版，第 501 页。

又无所不兼之欤？错综而推，则五经各备文之众法，非可以一事而指名也。[①]

宋濂不同于刘勰的是，刘勰将固定的几个文体之源，分别划归五经之一；而宋濂则认为，五经每一经都是后世诸体的源泉，因为它们兼包众体。这一点与陈骙《文则》中的思想有相通之处。既然“经之所包广大如斯”，学习为文“其可不尊之以为法乎”？六经之中可以为法者不可胜言，且各自有突出之处：

文之立言，简奇莫如《易》，又莫如《春秋》；序事精严莫如《仪礼》，又莫如《檀弓》，又莫如《书》，《书》之中又莫如《禹贡》，又莫如《顾命》；论议浩浩，不见其涯，又莫如《易》之大传；陈情托物莫如《诗》，《诗》之中反复咏叹又莫如《国风》；铺张王政，又莫如二雅，推美盛德又莫如三颂；有开有合，有变有化，脉络之流通，首尾之相应，莫如《中庸》，又莫如《孟子》；《孟子》之中又莫如养气、好辩等章。[②]

他如《华川书舍记》称“有志于古，舍群圣人之文何以法焉”？《樗散杂言序》称“诗至于三百篇而止尔……学诗者不可不取以为法”等，无论体式、风格、章法，诸经之中都能取之不竭。而从文学史演革来考察，他认为，以宗法六经为文的师古，是历代文学繁荣的根本原因。《答章秀才论诗书》中他分析到：从汉代苏李诗到永明体出现，诗歌经历多次变化，但其发展都是建立在师法古人的基础之上。从永明体发展到唐诗，从开元天宝至于大历，从晚唐而至于宋代元祐间，诗风经历了宫体、盛唐气象、中唐晚唐之涩之白与艳，以至于宋代以意相高等数次大的变化，但其中却自有李杜元白韩刘姚贾苏黄等名家如星耀眼，这恰是其善于师法才保证了诗能够延续变迁。

---

① 宋濂：《白云稿序》，《文宪集》卷七，文渊阁四库全书本。

② 宋濂：《浦阳人物记》卷下，文渊阁四库全书本。

宋濂在文学涵育上，接纳了其老师黄溍的思想："作文之法，以群经为本根，迁固二史为波澜。本根不审，则无以造道之原；波澜不广，则无以尽事之变。"[①] 因此在讲从经书之中获得文法的同时，也主张从《史记》、《汉书》之中获得启迪，尤其学习其中陈事布局的波澜安顿之法。他对司马迁、班固极为推崇，《吴潍州文集序》中引唐子西之语云："学文者舍迁固将奚取法?"并自道《史记》、《汉书》的阅读感受："迁之文如神龙行天，电雷惚恍，而风雨骤至，万物承其濊泽，各致余妍；固之文类法驾整对，黄麾后前，万物夹仗，六引分旌，而循规蹈矩，不敢越尺寸。"[②] 对史文的重视，是宋代以来浙东学派的独到风格，不过宋代浙东学派言史多从致用鉴戒入手，明人则已经扩展到学习史书的为文方法。师古则反对师心，对那些自称"曹刘李杜苏黄诸作虽佳不必师，吾即师，师吾心耳"的阔视前古为无物的狂徒，他以为其作往往猖狂无伦，粗豪放逸而无醇和之意。

如此来看，宗于先贤，宗乎经典，所法者既正，则自身创作自然不入流变一路，这一点也就是以源流论正变。

明代许学夷《诗源辨体》即以出于源者为正，流于后者为变。故云："诗自三百篇以迄于唐，其源流可寻，而正变可考也。"具体而言：以三百篇为源，汉魏六朝唐人为流，至元和而其派各出，正变因之。具体到不同文体，古诗以汉魏为正，太康、元嘉、永明为变，至齐梁而古诗尽亡；律诗以初盛唐为正，大历、元和、开成为变，至唐末律诗尽敝。[③]

以体论正变。汉魏六朝之际，文学理论著述严辨文体。体之确立，便标志着一种稳定的意义内涵、审美特征及相关格式的形成。因此六朝之际的文学批评，时时在体的遵守与背离讨论中展开，也恰是正变论影响文体的显现。如朱自清所关注的以下数条：

《金楼子·立言篇》云"吟咏风谣，流连哀思者谓之文"；《诗品序》以"气之动物，物之感人，故摇荡性情，形诸舞咏"为文；而宋齐之际，

---

① 宋濂：《叶夷仲文集序》引，《文宪集》卷七，文渊阁四库全书本。

② 宋濂：《文宪集》卷七，文渊阁四库全书本。

③ 许学夷：《诗源辨体》卷一，杜维沫校点，人民文学出版社 1987 年版，第 1 页。

却出现了“大明泰始中，文章殆同书钞”的现象，显然已为变体，故而遭到排击。

《文心雕龙·明诗》论宋初文变：“宋初文咏，体有因革。庄老告退，而山水方滋。俪采百字之偶，争价一句之奇；情必极貌以写物，辞必穷力而追新。”其时萧纲则直言“在乎文章，弥患凡旧；若无新变，不能代雄”[①]。

刘勰以“讹”警示诗文之变的泛滥，萧纲则以“凡旧”提醒诗文不当依循。以上由体言诗文之正变，正合乎钱谦益所云：“夫诗……有体焉，正变可稽也。”[②]

不同的文体，由于在中国文学演革的历程中所处源流位置不同，因而其正变程度也有一定的差异，其中以诗的身份最为纯正。以诗词为例，宋代词学大兴之际，同时也出现了诗正词变的思想。比如张镃《梅溪词序》从诗词正变立论，承认诗词之间的关系，对作为变体的词态度总体上给予了认可：“自变体以来，司花傍辇之嘲、沉香亭北之咏，至与人主相友善，则世之文人才士，游戏笔墨于长短句间，有能瑰奇警迈，清新闲婉，不流于訑荡污淫者，未易以小技言也。”但不以小技看词的前面有一个定语：“未易”，是说不可轻易；而不可轻易以小技视之的并非所有词作，而是其中不流于訑荡污淫者，长短句无此流弊，则虽侍从献纳、流连光景都可以传世。又以“情辞俱到”为词可以不视为小技的重要尺度，能情辞俱到，则“夺苕艳于春景，起悲音于商素，有瑰奇警迈、清新闲婉之长”，而“妥帖轻圆”之类仅仅是“余事”。兼这两项标准：不淫污，情辞俱到，这样的作品才不可以小技视之。但是，张镃对词的认识并未止于此，在对梅溪词作给予了一定赞许之后，他最终说出了这样的话：

> 生满襟风月，鸾吟凤啸，锵洋乎口吻之际者，皆自漱涤书传中来，况欲大肆其力于五七言，回鞭温、韦之涂，掉鞅李、杜之域；跻

① 参阅朱自清《诗言志辨》，《朱自清说诗》，上海古籍出版社 1998 年版，第 151 页。

② 钱谦益：《吴梅村先生诗集序》，《牧斋有学集》卷十七，钱仲联标校，上海古籍出版社 1996 年版，第 756 页。

攀风雅，一归于正，不于是而止。[①]

关于这段文字，学者们在理解上不甚一致，有的甚至可以说出现了不小的偏差。如方智范、邓乔彬等先生认为：

> 此序最后所说的“回鞭温、韦之涂，掉鞅李、杜之域；跻攀风雅，一归于正”，亦极有深义。以温、韦而李、杜，由词而诗，诗词界限已泯；跻攀风雅，一归于正，词由诗余而上升，归的终点在于风雅之“正”。尽管史达祖词在思想内容上得人称道较少（邓廷桢《双砚斋词话》曾评其咏物词有寄托），周邦彦词也实难与《离骚》并提，但张镃所论，对词之雅化理论可谓颇有建树。他所树的楷模，已非东坡、于湖，不是将词“外化”为诗，而是将诗“内化”入词。他倡导瑰奇、警迈、清新、闲婉的风格，既立足于“词性”，又有借于诗，颇见丰富多样，对艺术技巧亦有所总结。[②]

这段论述，将张镃结尾文字解读为通过对李杜温韦等著名诗人的学习，完成诗内化为词的任务，这样就可以达乎雅正，在词的创作上更进一步，而“不于是而止”。但涵味张镃全文，以词为变，以《诗经》以及对《诗经》之继承的诗为正，因此对词这种属于“自变体以来”之作加了诸多前提之后才称为“未可以小技言”，虽有所肯定但不乏吞吐之词。而最后一节声称梅溪要“大肆其力于五七言”，词虽然也有五字七字为主者，但没有以“五七言”称词的先例，可见此处的“五七言”就是指五言七言诗歌；所谓“大肆力”于此，应该是就梅溪要致力于学习五言七言诗歌说的。“回鞭温韦之涂，掉鞅李杜之域”，“回鞭”就是返驾，从“温韦”之途返驾，意在表明准备放弃对纤艳淫靡之风的流连。“掉鞅”二字，“鞅”为缰绳，“掉”字杜预注云：“掉，正也，示闲暇”，后来以“掉鞅”指从容执笔，故柳宗元《送苑论登第后归觐诗序》中有“掉鞅于艺术之场，游

---

① 张镃：《梅溪词序》，见金启华等辑《唐宋词集序跋汇编》，江苏教育出版社 1990 年版。

② 方智范、邓乔彬等：《中国词学理论史》，华东师范大学出版社 2005 年版，第 80 页。

刃乎文翰之林”的话。而“掉鞅李杜之域”就明指要返回诗歌的创作与对伟大诗人的学习，所有这样的努力才是“跻攀风雅”；对作为变体的词而言，回到诗才是“一归于正”：其意无非是说只有诗才为正，才为风雅，词最多可以博得“不是小技”的评价，却并未给予其风雅与雅正的地位。如此看来，张镃是一个对词体有很大保留的文人，而并非像前面一些学者所说的通过溯源于诗而尊体。

不同体裁有正变，而就某一具体体裁而言，也皆有正变。如梁陈之际诸家所作，渐多俪句，虽名为古诗，实则堕入律体，因此为古诗之变。彭躬庵评魏禧《赠程穆倩六十叙》：“此文和盘托出，而以论体为叙，虽属变体，却古今人事遥合闲牵，离即之间，法意巧密。”[①] 又如陈师道曾言：“韩退之作记，记其事耳，今之记乃论也。记必以记事为正体，杂议论为变体。然亦有变而不失其正者。”清人田雯称：“余谓作传亦然。”[②]

又如《葚原诗说》认为：拟古乐府以太白为正宗，少陵、元、白为变；五古以子昂、太白、王、孟为正，少陵为变；七古以高、岑、李、杜为正，而王、杨、卢、骆为变。[③]

至于七言绝句，则后人多沿袭沈德潜《唐诗别裁》之说，以王昌龄、李太白为正，杜甫盛唐之际独创一格，是为变体。

以表达是否得性情之正论正变。如苏轼云：

> 太史公论诗，以为“国风好色而不淫，小雅怨悱而不乱”。以予观之，是特识变风变雅耳，乌知诗之正乎？昔先王之泽衰，然后变风发乎情，虽衰而未竭，是以犹止于礼义，以为贤于无所止者而已。若夫发乎性，止于忠孝者，其诗岂可同日而语哉？古今诗人众矣，而杜

---

① 魏禧：《魏叔子文集外篇》卷十一，胡守仁等校点，中华书局2003年版，第559页。

② 田雯：《古欢堂集杂著》卷二，郭绍虞辑《清诗话续编》，上海古籍出版社1983年版，第724页。

③ 冒春荣：《葚原诗说》卷四，郭绍虞辑《清诗话续编》，上海古籍出版社1983年版，第1618页。

子美为首，岂非其流落饥寒，终身不用，而一饭未曾忘君也欤？[①]

苏轼之意，发乎情者即使知乎所止，其一意怨刺、因利害而生发，仍然不是诗之佳境；类似杜甫则不然，发乎本然之性，不受利欲搅扰，不受饥寒簸弄，止于忠孝，则为诗之正者，可垂教于万代。朱熹其后又通过对《诗经》的解读强化了这个思想：

凡诗之所谓风者，多出于里巷歌谣之作，所谓男女相与咏歌，各言其情者也。惟周南、召南亲被文王之化，以成德而人皆有以得其性情之正，故其发于言者乐而不过于淫，哀而不及于伤，是以二篇独为风诗之正经。自邶而下，则其国之治乱不同，人之贤否亦异。其所感而发者有邪正是非之不齐，而所谓先王之风者于此焉变矣。若夫雅颂之篇，则皆成周之世朝廷郊庙乐歌之辞，其语和而庄，其义宽而密，其作者往往圣人之徒，固所以为万世法程而不可易者也。至于雅之变者，亦皆一时贤人君子闵时病俗之所为，而圣人取之，其忠厚恻怛之心，陈善闭邪之意，尤非后世能言之士所能及之。[②]

能为变风变雅自非凡俗之士可及，但能得性情之正，则更属于最高的标准。那么如何算是得性情之正呢？清代庞垲论曰："喜怒哀乐，随心所欲，心有邪正，则言有是非。合于礼义者，为得性情之正，于诗为正风正雅；不合礼义者，即非性情之正，于诗为变风变雅。圣人存正以为法，存变以为戒。"[③] 也就是说，不能做到苏轼所论的无所怨悔的至情至性，则因喜怒哀乐而发，又能发而中节，止乎礼义，此即为得性情之正。苏轼所论为性、情统一的状态；而自朱熹所生发的则以温柔敦厚的形态为追求。

以上正变划分中，以时间以体格为依据的划分是其核心。但经过不断

① 胡仔：《苕溪渔隐丛话》卷五，廖德明校点，周本淳重订，人民文学出版社 1993 年版，第 30 页。

② 朱熹：《诗经集传序》，《诗经集传》卷首，文渊阁四库全书本。

③ 庞垲：《诗义固说》，郭绍虞辑《清诗话续编》，上海古籍出版社 1983 年版，第 728 页。

的理论探究，理论界逐步认识到：从广义的文学批评讨论正变问题，以体格论之更为符合文学演革规律，而以时论之则往往流于皮相。

以时论正变是正变理论诞生之初的本然情态，并非没有道理，如诗分唐宋，唐分初盛中晚，各自时期的创作，往往呈现出与时代相吻合的体格。如俞文豹《吹剑录》就称："近世诗人好为晚唐体。不知唐祚至此，气脉浸微，求如中叶之全盛，李杜元白之瑰奇，无此力量。今不为中唐之全盛之体，而为晚唐哀思之音，岂习矣而不察也。"[①] 盛唐之作大致气势恢宏、兴象玲珑，恰与盛唐的时代精神相合；晚唐诗歌整体声气衰微，气象窘迫，也正与其时代风貌一致。

然而以时论正变者往往有胶柱鼓瑟之弊。时与体并非尽皆吻合，必须首先辨之以体，再考之以时，才能明晓正变源流。杨士弘《唐音》论文变，明代苏伯衡虽称其体例不善，但已经敏锐洞察到其以体论文迥异于众人以时论正变的传统，故云："伯谦以盛唐、中唐、晚唐别之，其岂不以此乎？然而盛时之诗不谓之正音而谓之始音，衰世之诗不谓之变音而谓之正音，又以盛唐、中唐、晚唐并谓之遗响，是以体裁论而不以世变论也。其亦异乎大小雅、十三国风之所以为正为变者矣。"[②] 苏伯衡虽然透彻地了解杨士弘正变论的内蕴，却并不赞成这种思想，而是对其不以时论代变的观点给予了抨击。钱钟书总结以上纷争云："就诗论诗，正当本体裁以化时期，不必尽与朝政国事之治乱盛衰吻合。士弘手眼，未可厚非。"[③]

杨士弘之外，又如钱谦益《唐诗英华集序》也曾批评以时论正变之弊：

> 世之论唐诗者，必曰初盛中晚。老师宿儒，递相传述。揆厥所由，盖创于宋季之严仪，而成于国初之高棅。承讹踵谬，三百年于此矣。夫所谓初盛中晚者，论其世也，论其人也。
>
> 以人论世，张燕公、曲江，世所称初唐宗匠也。燕公自岳州以后，诗章凄婉，似得江山之助，则燕公亦初亦盛。曲江自荆州以后，

① 俞文豹：《吹剑录全编》，古典文学出版社 1958 年版。

② 苏伯衡：《古诗选唐序》，《苏平仲文集》卷四，文渊阁四库全书本。

③ 钱钟书：《谈艺录》，中华书局 1984 年版，第 1 页。

同调讽咏，尤多暮年之作，则曲江亦初亦盛。以燕公系初唐也，溯岳阳唱和之作，则孟浩然应亦盛亦初。以王右丞系盛唐也，酬春夜竹亭之赠，同左掖梨花之咏，则钱起、皇甫冉应亦中亦盛。一人之身，更历二时，将诗以人次耶？抑人以时降耶？世之荐樽盛唐，开元、天宝而已，自时厥后，皆自郐无讥者也。诚如是，则苏李枚乘之后，不应复有建安有黄初；正始之后，不应复有太康有元嘉；开元天宝已往，斯世无烟云风月，而斯人无性情，同归于墨穴木偶而后可也。[①]

以时以世论正变，以人论正变，都面临着诗以人次、人以时降的机械认定，难以客观反映文学演化的轨迹，且容易出现价值评判中的简单化倾向。所以王夫之评价晚唐马戴的《楚江怀古》，以其“广泽生明月”对比盛唐的“乾坤日夜浮”，随后质问：“神情光气何殊王子安？固非高廷礼辈所知。‘广泽生明月’较之‘乾坤日夜浮’，孰正孰变？孰雅孰俗？必有知音！”[②] 其意正是针对高棅以时论正变而发。

就文学史的整体而言，正变论有着一定的相对性，如王夫之论梁陈隋等时代的五言创作云：“自梁以降，五言近体往往有全首合作者，于古诗为末流，于近体实为元声。以唐人合读之，朴处留雅，蕴藉处留风，郑重处留颂，不谓之元声不得矣。”他又称梁陈这些变化“于古诗则失故而郑，于近体则始化而雅”[③]。正变之定位，系于衡诗之体是古还是今。

应该注意的是，随着时代的发展，文学批评论正变，与传统意义正变的直接关联越来越淡，且往往呈现为一定的权宜性。刘后村云：“欧公诗如韩昌黎，不当以诗论。”西清云：“坡诗如方朔极谏，时杂滑稽，罕逢蕴藉。”《诗源辨体》评点宋人此二论曰：“此论皆正，然可以论唐，而非所以论宋也。”[④] 意为：以文为诗，时杂滑稽，乃宋诗本色当行，属于“正之变”——即并未脱离正之本义的变化；不识之者而以之为已经改变了正之

① 钱谦益：《牧斋有学集》卷十五，钱仲联标校，上海古籍出版社 1996 年版，第 706 页。

② 王夫之：《唐诗评选》卷三，岳麓书社 2011 年版，第 1041 页。

③ 王夫之：《古诗评选》卷三，岳麓书社 2011 年版，第 979 页。

④ 许学夷：《诗源辨体》后集纂要卷一，杜维沫校点，人民文学出版社 1987 年版，第 384 页。

本色的质变，自然不妥。以唐诗之正品宋诗是否正，也同样在尺度上出了问题。也就是说，一代之诗有一代之正，难以通融，此为其时宜性。

又如谭献《复堂词话》论常州词派周济的《词辨》时就认为："大抵周氏所谓变，亦予所谓正也。"① 常州词派视现实关怀之类的创作为变，诸如贤人君子幽约怨悱不能自言之情，如词人感慨所寄之情，诸如可以纳入词史一如杜甫"诗史"的创作等皆属此类。谭献则当乎更为危机四伏、更为矛盾舛错的激烈社会背景之下，强烈的现实情怀使他对词的现实关注传统作了进一步的发扬提倡，其间有着救世的直接诉求，因此其衡量文学之正变的尺度便发生了变化，其变所包纳的现实情怀更为浓重激烈，于是常州词派视为变的现实关涉创作在他这里便成为正了。近人高旭《答胡寄尘书》云："惟三十年来，则千奇万变，为汉唐后未有之局。世风顿异，人才飚发，用夷变夏，推陈出新。故诗选之作，以三十年为断，亦以见文字之鼓吹，足以转旋世界，发扬国光，其力之大为未有也。窃尝谓：诗之奇，莫奇于此三十年；诗之正，莫正于此三十年。"② 当乎家国巨变之际，以变为正的用意与谭献一致。

三

从明代高棅开始，在继承《唐音集》以正、始音论诗的基础上，将正变论文划分为以下三个品类：正宗、正变、变正。王士祯《香祖笔记》曾论高棅开拓之功：

> 宋元论唐诗，不甚分初盛中晚，故《三体》、《鼓吹》等集，率详中晚而略初盛，览之愦愦。杨士宏《唐音》始稍稍区别，有正音，有余响，然犹未畅其说，间有乖谬。迨高廷礼《品汇》出，而所谓正始、正宗、大家、名家、羽翼、接武、正变、余响皆井然矣。③

---

① 谭献：《复堂词话》，唐圭璋辑《词话丛编》，中华书局1986年版，第3988页。

② 高旭：《答胡寄尘书》，胡朴安《南社丛选》，解放军文艺出版社2000年版，第313页。

③ 王士祯：《香祖笔记》，文渊阁四库全书本。

高棅《唐诗品汇》论诗之正变，分别从体格与时代入手：以体先分诗为五言古诗、五言律诗、五言绝句、五言排律、七言绝句、七言古诗、七言律诗七类。继而以时代定其品次，初唐为正始；盛唐为正宗，为大家，为名家，为羽翼；中唐为接武；晚唐为正变，为余响。四唐之说起源于严羽《沧浪诗话》，其中划唐为初唐体、盛唐体、元和体、晚唐体。高棅将其具体化为初、盛、中、晚，并以正变贯穿其中。

如五言古诗：

正宗：陈子昂、李白；

大家：杜甫；

名家：孟浩然、王维、王昌龄等；

正变：韩愈、孟郊。

如七言律诗：

正宗：崔颢、李白、贾至、王维等；

大家：杜甫；

正变：李商隐、许浑、刘沧。

所谓正宗，如《唐诗品汇叙目》论陈子昂：

> 唐兴，文章承陈隋之弊，子昂始变雅正，夐然独立，超迈时髦。初为《感遇》诗，王适见之曰："是必为海内文宗。"噫！公之高才倜傥，乐交好施，学不为儒，务求真适，文不按古，伫兴而成，观其音响冲和，词旨幽邃，浑浑然有正大之意，若公输氏当巧而不用者也。故能掩王卢之靡韵，抑沈宋之新声，继往开来，中流砥柱。上遏贞观之微波，下决开元之正派。呜呼盛哉！

所谓正宗之正，是就盛唐所形成的体格而言的，这种体格不仅自身完备，源出于雅正，且垂范于后世。也是《沧浪诗话·诗辨》所谓"入门须正"、"不失正路"之"正"。

所谓"正变"，就是正中之变，如《唐诗品汇叙目》论韩愈：

> 唐诗之变渐矣。隋氏以还，一变而为初唐贞观垂拱之诗是也，再变而为盛唐开元天宝之诗是也，三变而为中唐大历贞元之诗是也，四变而为晚唐元和以后之诗是也。夫元和之际，柳公尚矣，若韩退之、孟东野生平友善，动辄唱酬，然而二子殊途，文体差别。今观昌黎之博大而文，鼓吹六经，搜罗百氏；其诗骋驾，气势崭绝崛强，若掀雷决电，千夫万骑横骛别驱，汪洋大肆而莫能止者。又《秋怀》数首及《暮行河堤上》等篇，风骨颇逮建安，但新声不类，此正中之变也。

按照朱东润的说法，所谓“正变”，“特指晚唐诗人之崛起一代，不与时人为伍者”[①]。即正中有变，变而未离正，就是本乎始以达其终、审其变而归于正之意。

所谓“变正”，如《唐诗品汇叙目》五言古诗论孟郊：

> 东野之少怀耿介，龌龊困穷，晚擢巍科，竟沦一尉。其诗穷而有理，苦调凄凉，一发于胸中而无吝色，如古乐府等篇，讽咏久之，足有余悲。此变中之正也。

《唐诗品汇叙目》七言律诗论李商隐等：

> 元和后，律体屡变，其间有卓然成家者，皆自鸣所长：若李商隐之长于咏史，许浑、刘沧之长于怀古，此其著也。今观义山之《隋宫》、《马嵬》、《筹笔驿》、《锦瑟》等篇，其造意幽深，律切精密，有出常情之外者。用晦之《凌歊台》、《洛阳城》、《骊山》、《金陵》诸篇，与乎蕴灵之《长洲》、《咸阳》、《邺都》等作，其今古废兴，山河陈迹，凄凉感慨之意，读之可为一唱而三叹矣。三子者，虽不足以鸣乎大雅之音，亦变风之得其正者矣。

---

① 朱东润：《中国文学批评史大纲》，上海古籍出版社 2001 年版，第 217 页。

孟郊为“变正”，其调凄苦；李商隐、许浑、刘沧为“变正”，咏史之作造意幽微而凄凉感慨，摇荡人心。所谓“变正”，正是指诗虽非为正，但其变能得变风变雅之正。

以上三个品类，其中“正变”——变而不离正者一般都被视为正的范围；此外，余响实则代表了另外一个品类，即更接近于变。如论五言古诗之“余响”：

元和再盛之后，体制始散，正派不传。人趋下学，古声愈微。

又如论七言古诗“余响”：

元和以后，述贞元之余韵者，权德舆、刘禹锡而已。其次能者各开户牖，若卢之险怪，孟之寒苦，白之庸俗，温之美丽，虽卓然成家，无得多矣。故略其精者，自武元衡而下至唐末选得十七人，共诗四十六首为余响。[①]

“余响”与正始、正宗之间的关系渐少，故而更属于变的范围。

综上所述，古代文学批评以正变论文共体现为以下四个形态：正、正变、变正、变。正变论后来又衍生出正奇论，如彭端淑论“用奇”云：“作文犹用兵，然堂堂正正之师，斯其上已。其次莫妙于用奇，奇者正之变也。”[②] 正变又与雅郑实现了一定的合流，如王夫之论唐太宗《赋得浮桥》一诗云：

诗自有雅郑之别。质不必雅，文不必郑，理亦为郑，情亦为雅，此道为千古皮相人朦胧揜尽。如《摽梅》、《死麕》，宛折留连，乃为二南正始之音。《相鼠》、《鸡鸣》要归郑卫，亦视其留止静躁之节耳。故缁衣非不好贤，而终与好色不淫者殊科。志言声永，相须而成。强

① 高棅：《唐诗品汇叙目》，《唐诗品汇》卷首，文渊阁四库全书本。

② 彭端淑：《论文》，李朝正、徐敦忠《彭端淑诗文注》，巴蜀书社 1995 年版，第 454 页。

词褊志，荡声浮永，污上行私而不可止者此物也。

雅郑之分，不由质文情理，而是看其是否具有言志永声之朴，蕴涵郑重而不轻狷褊急、不淫泛委沓。如不从此判定，而仅仅着眼于文质情理，则会出现以下弊端：以“青山横北郭，白水绕东城”为雅，而适得郑之强悍；以“白小群分命，天然二寸鱼”为雅，而适得郑之卞刻；乃至以“禹力不到处，河声流向西”为雅，而适得郑之狷诞。[①]

就正变的传续而言，其力量源泉有三：一曰气运，一曰习尚，一曰个体才性。

气运。以气运论文，最早者当见于《抱朴子·尚博》，其中征引一些人的观点：“今世所为，多不及古。文章著述，又亦如之。岂气运衰杀，自然之理乎?”以气运衡量文学嬗变，揭示了文学变化存在着内在本然的规律。

习尚。戴表元《洪潜甫诗序》论宋代诗学风习之变云：

始时汴梁诸公言诗，绝无唐风，其博赡者谓之义山，豁达者谓之乐天而已矣。宣城梅圣俞出，一变而为冲淡，冲淡之至者可唐，而天下之诗于是非圣俞不为。然及其久也，人知为圣俞而不知为唐，豫章黄鲁直出，又一变而为雄厚。雄厚之至者尤可唐，而天下之诗于是非鲁直不发。然及其久也，人又知为鲁直而不知为唐，非圣俞、鲁直之不使人为唐也，安于圣俞、鲁直而不自暇为唐也。迩来百年间，圣俞、鲁直之学皆厌，永嘉叶正则倡四灵之目，一变而为清圆。清圆之至者亦可唐，而凡枵中捷口之徒皆能托于四灵而益不暇为唐，唐且不暇为，尚安得古?[②]

习尚移人，习正则风正，习变则风变，所以钱谦益才说：“当榛芜充塞之日，不为俗变而能变俗，尤可尚也。”[③] 吕留良则云不可“为变所驱”，

---

① 王夫之：《古诗评选》卷三，岳麓书社2011年版，第979页。

② 戴表元：《洪潜甫诗序》，《剡源集》卷九，丛书集成初编本。

③ 钱谦益：《黄蕴生制义序》，《牧斋杂著》有学集补，钱仲联标校，上海古籍出版社2007年版，第439页。

而当“能用变”[1]。

才性。影响文学创作最直接的因素就是创作主体的才性。李调元《雨村诗话》曰：

> 诗三百篇有正有变，后人学焉而各得其性之所近。楚骚之幽怨，少陵之忧愁，太白之飘艳，昌谷、玉川之奇诡，东野、阆仙之寒俭，从乎变者也。
>
> 陶靖节以下，至于王昌龄、王维、孟浩然、高适、岑参、韦应物、储光羲、钱起辈，俱发言和易，近乎正者也。[2]

个体才性不同，气质性情不同，已经直接可以影响到风体格调的正变归属。当然，正变与个体才性能够对应，是与经过文学批评实践的积累，正变逐步形成了基本的审美取向相关的：“温柔敦厚，缠绵悱恻，诗之正也”；“慷慨激昂，裁云镂月，诗之变也”[3]。正则温而能丽，娴雅而多则，冲融懿美；变则“忧勤之音，情词促促”[4]。大雅之变，“具忧世之怀”；小雅之变，“多忧生之意”[5]。

正变虽然体现于诗文体格，显现于文学史的流变，但并不意味着作品艺术价值的高下。后世正变文学批评意在辨明正变源流，往往不以正变论作品的价值评判作者的优劣。正如清人论唐诗，叶燮言晚唐：“论者谓晚唐之诗，其音衰飒。然衰飒之论，晚唐不辞；若以衰飒为贬，晚唐不受也。夫天有四时，四时有春秋。春气滋生，秋气肃杀；滋生则敷荣，肃杀则衰飒。气之候不同，非气有优劣也。”[6] 沈德潜论云：“有唐一代诗，凡

---

① 吕留良：《五科程墨序》，《吕留良诗文集》上册，徐正等点校，浙江古籍出版社 2011 年版，第 124 页。

② 李调元：《雨村诗话》卷下，郭绍虞辑《清诗话续编》，上海古籍出版社 1983 年版，第 1531 页。

③ 薛雪：《一瓢诗话》，杜维沫校注，人民文学出版社 1979 年版，第 103 页。

④ 钟惺、谭元春：《古诗归》评傅毅《迪志诗》，张国光等点校，湖北人民出版社 1985 年版，第 63 页。

⑤ 刘熙载：《诗概》，郭绍虞辑《清诗话续编》，上海古籍出版社 1983 年版，第 2417 页。

⑥ 叶燮：《原诗》外篇下，霍松林点校，人民文学出版社 1979 年版，第 66 页。

流传至今者，自大家、名家而外，即旁蹊曲径，亦各有精神面目流行其间，不得谓正变盛衰不同，而变者衰者可尽废也。”[①] 因此作诗应当因其时宜，尽我才情，工拙初非由正变；选诗也要胸怀阔达，格不拘正变，能自出机杼、自立门户则取之。

第二节　因势成变　变不可阻

一

世运气运论诗，《诗薮》内编多次称为“文章关世运”、“诗文固系世运”，也是讨论这个问题。叶燮《百家唐诗序》云，气运显示于朝代迁变为世运，显示于诗文演革为文运；世运有治乱，文运有盛衰。诗文之变关乎气运，关乎不可逆留之势，因而不可阻挡。

气运对文学这种影响的核心是强调文学变化的必然性，其主要表现如下：

其一，指时代气运变以文学之变为表象。扬雄曾云：虞夏之书浑浑，商书灏灏，周书噩噩，这是三代著述风体的迁变。胡应麟《诗薮》内编卷一称，不同的时代，塑造不同的文学风尚：“优柔敦厚，周也；朴茂雄深，汉也；风华秀发，唐也。”诗中蕴涵着诗歌风气迁变的细微征兆：“魏继汉后，故汉风犹存；六代居唐前，故唐风先兆。”又举历代开国之君的作品要：汉祖大风雄丽宏远、魏武乐府深沉古朴、唐太宗之诗绮绘精工，因而汉、魏、唐三朝的诗歌冠绝古今。自汉至魏，文体三变：为形似之言，长于情理之说，以气质为体。终唐之世，为体三变：“饰句绘章则王扬为之伯，崇雅黜浮则燕许擅其宗，嚅哜道真涵泳圣涯则韩愈倡之，柳宗元等和之。”宋代刘一止探析文变之道：“不识所谓文之变者，其必因时而变欤？因人而变欤？抑时与人相待也？”[②] 其意便是文变非是人力所能成，但凡变，必是天人之合，所以冯桂芬总结秦汉迄乎元明清之文章：“盛衰

① 沈德潜：《唐诗别裁集序》，王运熙、顾易生选编《清代文论选》，人民文学出版 1999 年版，第 455 页。

② 刘一止：《平江试院问策》，《苕溪集》卷九，文渊阁四库全书本。

升降，代有不齐，要各为一代之文章……自来一代之文章，恒与一代之气运相表里。”①

其二，体变随时。文学体裁之变，可先观诗词之间的细微演变，陆游《跋花间集》云：“唐自大中后，诗家日趣浅薄，其间杰作者，亦不复有前辈闳妙浑厚之作，久而自厌，然梏于俗尚，不能拔出。会有倚声作词者，本欲酒间易晓，颇摆落故态，适与六朝跌宕意气差近……故历唐季五代，诗愈卑，而倚声者辄简古可爱。”② 所论即为唐宋之间，诗词之体转移风会的实际。

方孝孺论师古而求变通与宋濂一致，但其变通论并非出于对面目雷同的规避，而是带有不得不变的意思，《义门诗序》称：“秦汉以来，治道湮熄，先王之泽不可复见，所存者独诗为粗完……然其言虽存，而不易人人，诵说者且不解其意，况于闻之者乎哉？盖世远事异，旨微而理密，人不为之感者固宜也。”③ 就诗体而言，时代变迁，《诗经》的形式已经很难打动人，旧的艺术形式在“世远事异”之后必须寻求突围。在他看来，体随代变是文学的法则，也是明道的需要，从汉代到明代，乐府千姿百态：“隐而章，丽而不浮，沉笃而雍容，博厚而和平”，不过都属于古诗之流；但其体却已经“横出”。杜甫、韩愈皆深于诗，明于道，但其诗之体却没有沿依旧体，而是已经属于唐体，所谓“体之变，时也”，尽管后面还有一句“不变于时者道也”的限定④，但体变随时的理论，已经将文学形式从道的监督之中解放。

又如一体之内格调之递变。如诗歌一体，陈子龙云：

> 诗自两汉而后，至陈思王而一变。当其和平淳至，温丽奇异，足以追风雅而蹑苏枚。若其绮情繁采，已隐开太康之渐，自后至康乐而大变矣。然而新丽之中尚存古质，巧密之内犹征平典。及明远以诡藻

① 冯桂芬：《国朝古文汇钞序》，《显志堂稿》卷三，光绪刊本。

② 陆游：《渭南文集》卷三十，《陆放翁全集》，中国书店影印1936年世界书局版。

③ 方孝孺：《逊志斋集》卷十三，徐光大校点，宁波出版社2000年版。

④ 方孝孺：《时习斋诗集序》，《逊志斋集》卷十二，徐光大校点，宁波出版社2000年版。

见奇，玄晖以朗秀自喜，虽欲不为唐人之先声，岂能自持哉？在其当时，钟记室之品诗也，于鲍则曰“险俗之士多附之”，于谢则曰“为后进所嗟慕”。固已知其流渐矣。[①]

诗歌从汉代温厚之风始，代有其变，渐渐流于唐音。王世懋又论诗歌中七律一体：

唐律由初而盛，由盛而中，由中而晚，时代声调，故自必不可同。然亦有初而逗盛，盛而逗中，中而逗晚者，何则？逗者，变之渐也，非逗，故无由变，如诗之有变风变雅，便是离骚远祖；子美七言之有拗体，其犹变风变雅乎？[②]

七律诞生于唐代，初盛中晚则经历了不同的丰富发展历程，并在这个过程中逐步成熟，各具体时代形成了不同的“时代声调”。

又如《诗薮》内编卷四认为，时代变化，作品之中的意境气象随之变化：

盛唐句，如“海日生残夜，江春入旧年”；中唐句如“风兼残雪起，河带断水流”；晚唐句如“鸡声茅店月，人迹板桥霜”：皆形容景物，妙绝千古，而盛中晚界限斩然。固知文章关气运，非人力。

其三，指人工的无能为力，表现为其参与范围以及所起作用的局限。如《筱园诗话》云：

夫言为心声，诗则言之尤精者，虽曰人声，有天籁焉。天不能历久而不变，诗道亦然。其变之善与不善，恒视乎人力。力足以挽时趋，则人转移风气，其势逆以难，遂变而臻于上。力不足以挽时尚，

① 陈子龙：《宣城蔡大美古诗序》，《安雅堂稿》卷二，孙启治校点，辽宁教育出版社 2003 年版，第 29 页。

② 王世懋：《艺圃撷余》，何文焕辑《历代诗话》，中华书局 1981 年版，第 776 页。

则风气转移人，其势顺而易，遂变而趋于下。此理势之自然，亦天运之循环也。[①]

其中“天籁”、“天运”就是气运，有此气运在，则变为常道，气运世运这种必然的趋势性对时代风格体格有决定作用，个人才力无以挽回，如《诗薮》内编卷五言三唐之变：“元和如刘禹锡，大中如杜牧之，才皆不下盛唐，而其诗迥别。故知气运使然，虽韩之雄奇，柳之古雅，不能挽也。”

人力的效用虽然有限，但仍然可以参与时代精神的塑造，气运人事并不截然相分，而人力效用则在于其变的善与不善。也就是说，人力有其施为的余地，但这种人力仅仅决定了变化的形态，而决定不了是否变化，因为变是气运的必然，所以才有“天不能历久而不变，诗道亦然”之说。但人力要发挥作用必须依照气运世运的规律，《诗薮》外编卷五论宋元诸子复古而不能，原因是“一则气运未开，一则鉴戒未备”；而明初沿袭元代习气，李、何等人振臂一呼而得以中兴，其原因在于：“以人事则鉴戒大备，以天道则气运方隆。”乘气运渐渐佳胜之际，尽戒前代病累，则能培育新风。

具体到体格而言，世运带来影响而人力无所措手足的具体表现就是“体代变格代降”，《诗薮》内编卷一云：

四言变而离骚，离骚变而五言，五言变而七言，七言变而律诗，律诗变而绝句：诗之体以代变也。

三百篇降而骚，骚降而汉，汉降而魏，魏降而六朝，六朝降而三唐：诗之格以代降也。

体变是文学发展的必然，在创新的压力下，体很难维持长久的稳定状态；就读者的审美热情而言，体长久的稳定不仅使得体式僵化，而且读者也毫无审美激情：

---

① 朱庭珍：《筱园诗话》卷一，郭绍虞辑《清诗话续编》，上海古籍出版社 1983 年版，第 2328 页。

曰风曰雅曰颂，三代之音也；曰歌曰行曰吟，曰操曰辞曰曲曰谣曰谚，两汉之音也；曰律曰排律曰绝句，唐人之音也。诗至于唐而格备，至于绝而体穷。故宋不得不变而之词，元人不得不变而之曲。词胜而诗亡矣，曲胜而词亦亡矣。

不得不变来源于文学内部发展的压力，除旧布新的过程之中，造就代胜的局面。但胡应麟此处表达了一个发展到了尽头的思想，就文学而言，这个结论也许过于悲观；但就古典文学之体而言，确实有着特定时代的无奈。

体代变而格代降是明代文人的主要思想，其中体代变一条支撑了众多文人的创新胆识，如屠隆《论诗文》就云：

气运尚随世递迁，天地有劫，沧桑有改，而况诗乎？故论诗者，政不必区区以古绳今，各求其至可也。论汉魏诗，当就汉魏求其至处，不必责其不如三百篇；论六朝诗，当就六朝求其至处，不必责其不如汉魏；论唐人诗，当就唐人求其至处，不必责其不如六朝。汉魏凄婉如苏李，沉至如十九首，高华如曹氏父子，何必三百篇？六朝冲元如嗣宗，清奥如景纯，深秀如康乐，平淡如光禄，婉壮如明远，何必汉魏？唐人清绮如沈宋，雄大如子美，超逸如太白，闲适如高岑，何必鲍谢？宋诗河汉不入品裁，非谓其不如唐，谓其不至也。①

体本代变，故而历代之诗文，所谓雅与不雅、丽与不丽抑或文质等的论争皆非要旨，关键在于是否无所沿袭，能够自立自得。茅元仪也附和此论，他认为："诗亡然后春秋作，诗亡而猥曰唐以后始无诗哉？盖周诗亡而汉诗作，诗各盛衰于其代之中。非合数代而为盛衰也。其所以代各异者，犹之尚忠尚质尚文，政以代殊也。其体日以今，格日以降者，如淳者漓，朴者文，天之所不能主也。"② 就是说，文学的盛衰，实则是就一代之

① 屠隆：《论诗文》，《鸿苞节录》卷六，咸丰七年屠继烈刊本。

② 茅元仪：《傅远度诗选序》，《石民四十集》卷十五，续修四库全书本。

中前后的变化而言，并非合数代之历史言之，因为历代各有其胜长，难以比美。

但体代变的同时，格却是代降的，这一点几乎也是古代文学思想的共识。如屠隆主张自得自立，各有其体，但同时又称：

> 鸿藻之士，气韵清疏；萧旷之夫，神情朗畅，必发而为文采，郁而为歌诗……然其浅深工拙，往往千里，岂惟格以代降，恶得禁诸？抑亦才缘质殊，舍文而独称。诗三百之降而两汉也，晋魏之降而六朝也，隋陈之降而李唐也，如西日不返，东流靡回。虽有神功，莫之挽也。①

格降的“降”字中有着较强的价值评判，《诗薮》内编卷一也称：“楚一变而为骚，汉一变而为选，唐三变而为律，体格日卑。”“诗至于律，亦属俳优，况小词艳曲乎？宋人不能越唐而汉，而以词自名，宋所以弗振也；元人不能越宋而唐，而以曲自喜，元所以弗永也。”“今人律则称唐，古则称汉，然唐之律远不若汉之古。”格以代降的结论是胡应麟复古思想的必然产物，他以古为正，取法乎汉唐之上，承七子之论，因而后世之变即背离正宗，所以称之为格代降。

前引茅元仪也云：“其体日以今，格日以降者，如淳者漓，朴者文，天之所不能主也。”

至于明人庄元臣所云“古之文简，今之文烦；古之文含蓄，今之文发泄；古之文质厚，今之浮薄”②；清人陈仅所云“古今诗人之不相及，非其才质逊古，运会限之也。使李杜生建安正始，亦能为子建嗣宗；使东坡生天宝元和，亦能为杜韩”等论③，皆就诗文格之代降而言。

一般情况下，世运、气运论文直接以“气运”相示，如李东阳《赤城

---

① 屠隆：《刘子威先生澹思集序》，《白榆集》卷二，续修四库全书本。

② 庄元臣：《论学须知》“论苏文当熟”条，王水照辑《历代文话》，复旦大学出版社 2008 年版，第 2211 页。

③ 陈仅：《竹林答问》，郭绍虞辑《清诗话续编》，上海古籍出版社 1983 年版，第 2222 页。

诗集序》："诗之为物也，大则关气运，小则因土俗。"袁中道《寄曹大参尊生》："近日始细读盛唐人诗，稍悟古人盐味膠青之妙。然求一二语合者，终无有也。此亦气运才力所限。"如钟惺《诗归序》："诗文气运，不能不代趋而下。"又如纪昀《爱鼎堂遗集序》："三古以来文章日变，其间有气运焉，有风尚焉。史莫善于班马，而班马不能为《尚书》、《春秋》；诗莫善于李杜，而李杜不能为三百篇：此关乎气运者也。"更多的时候则以"气"言之，如晁补之《石远叔集序》："文章视其一时风声气俗所为，而巧拙则存乎人。""风声气俗"与"巧拙存乎人"相对，显然是指非人力可为可变的因素，这里就是指"天"，是时代气运。周必大《皇朝文鉴序》也有这样的对举："文之盛衰主乎气，辞之工拙存乎理"，理主要是就人对事体理解烛照透悉的能力而言，有了这样幽微无所不通的明理能力，国家一有殊功异德卓绝之迹，则公卿大夫至于士民皆能"立其义，绂饰而彰大之"，这个美化装饰的过程即为"载于书、咏于诗"的过程，是人为可及的；而人明理能决定文辞工拙，却不能决定一个时代文章的盛衰，盛衰由乎气运，所以说"文之盛衰主乎气"，又是辞理工拙无能为力的。又如袁中道云：

> 三百篇之不能不汉魏也，汉魏之不能不六朝也，六朝之不能不三唐也，三唐之不能不宋元也，变化日新而其气日薄。故气也者，默行于宇宙之间，虽慧人才子，极其力而不能留。[①]

> 天下无百年不变之文章。有作始，自有末流；有末流，还有作始。其变也，皆若有气行乎其间。创为变者与受变者，皆不及知。是故性情之发，无所不吐，其势必至异而趋俚。趋于俚，又将变矣。作者始不得不以法律救性情之穷，法律之持，无所不束，其势必互同而

① 袁中道：《崔公超拟十九首小序》，《珂雪斋集》卷十，钱伯城点校，上海古籍出版社 1989 年版，第 467 页。

趋浮。趋于浮，又将变矣。[1]

此间之“气”皆指气运，以气运之力量，人力之不由自主以及大势之物极必反彰明文变的必然。

也有很多时候，这种明显的气运、气一类的语码都没有，但其中将文学变化归因于神秘力量的论述，一般也是就气运而言，如刘熙载《艺概》之中便多有这种隐性的气运论痕迹，《文概》云：

> 文之道，时为大，《春秋》不同于《尚书》，无论矣；即以《左传》、《史记》言之，强左为史，则啴杀；强史为左，则啴缓。惟与时为消息，故不同正所以同也。

其中的“时”是时代，仅仅说时代尚不是气运论，刘熙载更主要的是注意到了文学“与时消息”的这一共性，则为典型的世运、气运论。

在气运、世运引发文学之变以外，古代文学理论中为了维护“诗可以观”的传统效用也自觉倡导体法当自由变通。

苏伯衡反对论诗歌以体裁相限定，他论体法也不惮于开拓，在回答“文有体乎”、“有法乎”的疑问时他说：“何体之有？《易》有似《诗》者，《诗》有似《书》者，《书》有似《礼》者，何体之有？”又云：“初何法？典谟训诰，国风雅颂，初何法？”[2] 他提出了以音论诗以见世变、法乎古诗之自由的理论。此论见于其《古诗选唐序》，文中首先提出一个以音论诗的观点，音即治世之音、乱世之音的音，他不是从诗的体裁论诗，而是越过五言、七言以及律诗、绝句等纯艺术的诗歌探索，重新回到诗和世情之关系的视角考察诗歌：

> 商也周也鲁也，以至于邶、鄘、卫诸国，其诗之作也，经之以风

① 袁中道：《花雪赋引》，《珂雪斋集》卷三十，钱伯城点校，上海古籍出版社 1989 年版，第 459 页。

② 苏伯衡：《空同子瞽说》，《苏平仲文集》卷十六，四部丛刊初编本。

> 雅颂，纬之以赋比兴，未尝不同也，而其音则未尝同也。乐音之有治有忽，不系八音六律六吕，而系世变；诗音之有正有变，系风雅颂赋比兴而不系世变哉？夫惟诗之音系乎世变也，是以大小雅、十三国风出于文武成康之时者则谓之正雅正风，出于夷王以下者则谓之变雅变风。风雅变而为骚些，骚些变而为乐府、为选、为律，愈变而愈下。不论其世而论其体裁，可乎？

诗歌演革的历史明显提示：诗歌的变化并非由于体裁的变化而决定，而是由于世变染乎世情，见于诗篇，形成诗音，“诗之音，系乎世变也”。因此，从诗音论诗，最具有价值，也符合诗可以观的要求；而仅仅论体裁变迁，则只能是诗艺的研索，不仅于诗之观无益，而且又形成从体裁上对诗人与诗风的限定。这些观点并非偶然兴会之语，而是针对杨士宏《唐音》而发。《唐音》分唐诗为盛唐、中唐、晚唐三个时期，苏伯衡认为，这三个阶段的划分是合理的，且“文之日降”，面目各自不同，“晚不及中，中不及盛”。但这个“不及”并非仅仅是一个诗歌艺术标准，因为如果仅仅从诗歌艺术诗歌体裁本身来论：“晚唐之诗，其体裁非不犹中唐之诗也；中唐之诗，其体裁非不犹盛唐之诗也。”此处所说的“不及”关键在于诗音之异：“盛唐之诗，其音岂中唐之诗可同日语哉？中唐之诗，其音岂晚唐之诗可同日语哉？”音不同的原因在于音的本质在于其系乎治乱。但《唐音》恰恰忽略了三个时期诗歌之音所系挂的治乱内涵，却以盛唐之诗为始音，晚唐之诗为正音，完全从体裁成熟过程考察唐诗。这样的话，作为正音的晚唐之作便成为了最高范式，而这个时期的创作，主要表现为声律偶对的成熟，没有了盛唐之作对时代精神的观照。如此论诗，遗弃诗的兴观群怨功能，引导后人务为声偶律对之术，诗成为艺，诗人们殚精竭虑所逐求的圆美流转、体式整齐反而最终成为诗自我抒发的枷锁，在忽略了诗本来可以有着更自由形式的同时，诗与时事声息相通的自在交流也被梗阻了，故云：

> 诗缘情而作者也，其部则有风雅颂，其义则有赋比兴，其言或三或

四或五或六或七，其篇或长或短：初何尝拘拘于其间哉？……奈何律诗出而声律、对偶、章句拘拘之甚也？诗之所以为诗者至是尽废矣。①

真正的“诗音”不是从诗歌体式格律声偶来断定的，而是应该以感于时变随机而发之音为准。这样诗歌通过诗音便回归到与时代息息相通的大路上来，而且只要能够成为符合时代的诗音，就没必要过多地受到艺术体式的限制。在这一点上，《诗经》是最为杰出的代表，因为它在反映现实的同时，没有什么声律偶对的束缚。为了恢复自由的表达，在不追求形式之中实现诗以音见世的目的，所以苏伯衡才倡导形式自由的古诗，选唐诗也以近古者为鹄的。由此而论，变也就是不可阻挡的。

又如纪昀《挹绿轩诗集序》云：

书称“诗言志”、《论语》称“思无邪”，子夏诗序兼括其旨曰“发乎情，止乎礼义”，诗之本旨尽是矣。其间，触目起兴，借物寓怀，如杨柳雨雪之类，为后人所长吟而远想者，情景之相生，天然凑泊，非六义之根柢也。然风会所趋，质文递变，如食本疗饥，而陆海穷究其滋味；衣本御寒，而纂组渐斗其工巧。于是乎咏物之作起于建安；游览之篇沿于典午。至陶谢而标其宗，至王孟韦柳而参其妙，至苏黄而极其变。自唐至今，遂传为诗学正脉，不复全宗三百篇矣。②

诗本言志，风花雪月之物色多为比兴之假借，但后世将文学手段目的化，形成了以物色书写为主体的咏物与游览文类，恰是诗歌审美功能强化的一个体现。与此相应的诗体、诗法自然又要随之丰富发展。

二

正变论对文学创作有着重要的影响，它是诗学入门的基础，正如《诗源辨体》所云：“诗先定其正变，而后论其浅深。否则愈深愈僻，必有入

---

① 苏伯衡：《苏平仲文集》卷四，文渊阁四库全书本。

② 纪昀：《纪晓岚文集》卷九，孙致中等校点，河北教育出版社 1991 年版，第 204 页。

于怪恶者。”又曰：“予作辨体，于汉魏六朝初盛中晚，既详论之矣，而于元和诸公以至王杜皮陆，亦皆反复垦至，深切著明，正欲分别正变，使人知所趋向耳。”[①] 识得正变，不仅仅是识得正、识得源，还包括识得变、识得流脉。能守正自然需要德性，而许学夷认为能变也是一能。其论晚唐七律，轻浮纤巧，成家者绝少，诸如“细推今古事堪愁，贵贱同归土一丘”、“光阴自旦还将暮，草木从春又到秋”等句十居四五，读之欲呕，“既不足以为正变，而又不能成大变也”[②]。之所以呈此颓象，不能成变乃其主因。变不仅仅是古人争胜的需要，一如朱彝尊以经解为韵语，赵翼以史论为韵语，翁方纲以考据金石为韵语，皆因古人诸体兼备不得不另辟町畦；更主要的是，变对于文学创作有着直接的重要意义。分说如下：

其一，变是对正所表达情感的重要补充与开拓。虞集《会上人诗序》云：“古者诸臣赓歌于朝，以相劝戒，颂德作乐，以荐于天地宗庙。朝觐宴享之合，征伐勉劳之恩，建国设都之役，车马田猎之盛，农亩艰难之业，闺门和乐之善，悉托于诗，而其用大矣。”此为诗用之本然，是正变之正所表现的内容。但是：“至于亡国失家，放臣逐子、嫠妇怨女之感，淫渎谗刺之起，而其变极矣。于是又有隐居放言之作，市井田野之歌，谣诵谶纬之文，史传物色之咏，神仙术数之说，鬼神幽怪之语，其类尚多有之。”[③] 所谓亡国失家、放臣逐子以至于隐居、市井者之歌咏等，其所包纳者已经超越了正所承载的社会性的伦常意味之情，表现出了向个体之复杂情思敞开的特性，只有变方可补充这种情怀的表达。

其二，变可以救正之衰。叶燮《原诗》有云：

> 且夫风雅之有正有变，其正变系乎时，谓政治、风俗之由得而失、由隆而污。此以时言诗，时有变而诗因之。时变而失正，诗变而仍不失其正，故有盛无衰，诗之源也。吾言后代之诗，有正有变，其

---

① 许学夷：《诗源辨体》卷三十、卷三十四，杜维沫校点，人民文学出版社1987年版，第286、318页。

② 许学夷：《诗源辨体》卷三十二，杜维沫校点，人民文学出版社1987年版，第308页。

③ 虞集：《道园学古录》卷四十五，文渊阁四库全书本。

正变系乎诗，谓体格、声调、命意、措辞、新故升降之不同。此以诗言时，诗递变而时随之。故有汉、魏、六朝、唐、宋、元、明之互为盛衰，惟变以救正之衰，故递衰递盛，诗之流也。从其源而论，如百川之发源，各异其所从出，虽万派而皆朝宗于海，无弗同也。从其流而论，如河流之经行天下，而忽播为九河；河分九而俱朝宗于海，则亦无弗同也。①

正变之变分为由时论与由诗论。由时而论，时变诗亦随之变，而诗变不失其正则诗有盛无衰；由诗而言，体格、声调、命意、措辞、新故等不可历代如一，沿袭不变，因此变即成为救正之衰的手段。

其三，变则能破盲从。袁枚《答沈大宗伯论诗书》云：

尝谓诗有工拙，而无今古。自葛天氏之歌至今日，皆有工有拙，未必古人皆工，今人皆拙，即三百篇中颇有未工不必学者，不徒汉晋唐宋也；今人有诗有极工极宜学者，亦不徒汉晋唐宋也。然格律莫备于古，学者宗诗自有渊源，至于性情遭际，人人有我在焉，不可貌古人而袭之，畏古人而拘之也。今之莺花，岂古人之莺花乎？然而不得谓今无莺花也。今之丝竹，岂古人之丝竹乎？然而不得谓今无丝竹也。天籁一日不断，则人籁一日不绝。孟子曰：今之乐犹古之乐。乐即诗也。

唐人学汉魏变汉魏，宋学唐变唐。其变也，非有心于变也，乃不得不变也。使不变，则不足以为唐，不足以为宋也。子孙之貌，莫不本于祖父；然变而美者有之，变而丑者有之。若禁其不变，则虽造物有所不能。先生许唐人之变汉魏，而独不许宋人之变唐，惑也。且先生亦知唐人之自变其诗，与宋人无异乎？初盛一变，中晚再变，至皮陆二家，已浸淫乎宋氏矣。风会所趋，聪明所极；有不期其然而然者。故枚尝谓变尧舜者，汤武也；然学尧舜者，莫善于汤武，莫不善

① 叶燮：《原诗》内篇上，霍松林点校，人民文学出版社1979年版，第7页。

> 于燕哙。变唐诗者，宋元也；然学唐诗者莫善于宋元，莫不善于明七子。何也？当变而变，其相传者心也；当变不变，其拘守者迹也。鹦鹉能言，而不能得其所以言，夫非以迹乎哉？①

文学史中有着类似唐宋这样的诗歌极盛时代，进而成为垂范于后世的标杆，后人师法之，宗尚之，甚而膜拜依附，因循沿袭。袁枚认为，这样的话恰是对经典的伤害，只有因时而变，随境而化，才能得其精神，破除模古拟古之风。

其四，以变见魄力与创新。陈祚明评谢灵运《初去郡》一诗：

> 诗不可犯，凡景物典故，句法字法，一篇之内，切忌雷同。然大家名笔，偏以能犯见魄力。四语排比者，必须变化，此正法也。四语排比，而中一字虚字偏用一例，不嫌其同，此变法也。细而味之，一句各自一意（无庸方周任，有疾像长卿。毕娶类尚子，薄游似邴生）尚子、邴生虽相似，而一举其毕娶，一举其薄游。字面各异，何尝无变化乎？
>
> 发端使事，中段、后段，不宜复使事，此正法也。发端使事，而中段复使事，且叠用古人，至于四语之多，此变法也。细而味之，发端是以我论古人，此四语是以古人形我，用意各别，何尝无变化乎？

本诗发端为："彭薛裁知耻，贡公未遗荣。"中段即"无庸方周任，有疾像长卿。毕娶类尚子，薄游似邴生"。开端使事，中段继续使事；四句皆为排比，不刻意于句法之变而其实又变。所以又云："故能犯者，必有气魄力量足以运之，迹似犯而神格不伤，然后可耳。不则，宁以矜慎不犯为得也。"②

此为变常法则见魄力，变常法又能见创新，如马茂元先生论杜甫七言绝句，以为其作品有大不同于此前之作者。诸如：

---

① 袁枚：《答沈大宗伯论诗书》，《袁枚全集》第二册，江苏古籍出版社1993年版，第284页。

② 陈祚明：《采菽堂古诗选》卷十七，李金松点校，中华书局2008年版，第536页。

表现手法上，细致刻画，曲折达意，不同于盛唐一般创作；

音调上，时见拗涩，不似盛唐绝句那样和谐铿锵；

语言运用上，较盛唐其他各家绝句更多杂用当时流行的口语；

在句法上，多变常体，有通篇用骈句者，有通篇用散句者，有骈散相参者。

马茂元认为："这些诗……题材虽有不同，但风格是一致的。它们表现了杜甫绝句的艺术特色。过去有不少选家选录杜甫七绝，独取《赠花卿》、《江南逢李龟年》。应该承认，这两首小诗一唱三叹，婉而多风，确是佳作。然而这在盛唐绝句中是正声，而在少陵则为别调，真正代表杜甫绝句成就的，在彼而不在此。王世贞在《艺苑卮言》里论盛唐七绝，指出杜甫是'变体'，他抓住了文体的主要一面，看出了矛盾的特殊性。"① 杜甫唯其多变，所以成其诗圣之不朽。

总之，变是文学发展的必由之路，也是文学的自新之策，清人江弢叔曾云："文治之道与天地气运俱新，诗为有韵之文，本人心之动而趋于新也尤速。"他总结历代诗歌演革之路云："自汉魏不能为三百篇，犹六朝之不能为汉魏与唐人不能为六朝也。诗至唐人而篇体大备，菁华已尽泄，后人蔑以尚矣，然而宋之苏黄未尝为唐诗也。唐之后有苏黄，后人更难出其外矣。然而南渡之杨诚斋、陆放翁以逮金之元遗山、元之虞道园，卒未尝为苏黄囿者，何也？"这种不为前人笼罩的精神便在于："数君子以其天资之高深观乎古今文字之通而有会乎学问之源，博求而约取，深思而捷得，汩汩乎发其中之所有，不求与古人异而自不能以强同焉耳。"② 就是说，从自我才学情思志趣出发，而不是从一个模式出发，如此创作，不求似而似，不求新而新，其核心正在一个变字。这就是古人所谓的有所变而后大。

三

正变之变于文学创作有着重要的意义，其中最为突出的一点是：文学

① 马茂元：《谈杜甫七言绝句的特色》，《马茂元说唐诗》，上海古籍出版社 1999 年版，第 49 页。

② 邱炜萲：《五百石洞天挥麈》卷八，续修四库全书本。

实践中的变，往往指向具有较强烈现实批评精神与愤懑激发的创作。南宋胡寅《题酒边词》就这样评价作为《诗经》之变的《离骚》："《离骚》者，变风变雅之怨而迫、哀而伤者也。"焦竑则云：

> 古诗称诗者，率羁人、怨士、不得志之人，以通其郁结而抒其不平，盖《离骚》所从来矣。岂诗非在势处显之事，而常与穷愁困悴者直邪……吾观尼父所删，非无显荣朊厚者历乎其间，而讽之令人低回而不能去，必于变风雅归焉。则诗道可知矣。[①]

他如徐渭的冷水浇背陡然而惊方为兴观群怨说、李贽的夺他人酒杯浇我之块垒说以及历代传承的发愤著书说等，皆是对变风变雅传统的呼应，同时也将变所表现的内容聚焦于一种迥异于温柔敦厚的情感表达。我们不妨以黄宗羲对变风变雅的论述做一个说明。

黄宗羲袭变风变雅理论，并实现了这个理论对更为激烈现实政治情感的接纳，成为变风变雅理论重要的开拓。

其一，黄宗羲从正变关系讨论了变的合法性。他认为，诗文之中的变是常态，但变化之中也有不变的内核，这就是正。变之中如果保留了正，达到正变一体，变就有自己存在的合理性。他以情理为正，辞为变，因而文学表现形态尤其语言形态的变化不会影响艺术本身所具有的价值，《庚戌集自序》中云：

> 余观古人，自唐以后为一大变。唐以前字华，唐以后字质；唐以前句短，唐以后句长；唐以前如高山深谷，唐以后如平原旷野：盖画然若界限矣。然而文之美恶不与焉。其所变者词而已，其所不可变者虽千古如一日也。得其所不可变者，唐以前可也，唐以后亦可也；不得其所不可变，而以唐之前后较其优劣，则终于愦愦耳。[②]

① 焦竑：《雅虞阁集序》，《澹园集》卷十五，续修四库全书本。

② 黄宗羲：《南雷文案》卷一，沈善洪主编《黄宗羲全集》，浙江古籍出版社2005年版。

此即诗文自具正变，当以正是否得以保存，得以表现衡文，而不当以时代论之，即时代演革可以带来文学之变，但不能决定文学优劣。又从《诗经》正变申说：

风自《周南》、《召南》，《雅》自《鹿鸣》、《文王》之属以及三颂谓之“正经”；彝王、夷王而下迄于陈灵公淫乱之事，谓之变风变雅：此说诗者之言也。而季札听诗，论其得失，未尝及变；孔子教小子以可群可怨，亦未尝及变。然则正变云者，亦言其时耳，初不关作诗者之有优劣也。

否定诗之正变关乎优劣，只肯定其与时代的关系，实际上是对历史上儒家学者对变风变雅一些批评的消解，是对复古文人动辄言格必代降今不如昔的消解，为变风变雅的书写提供了理论依据。在他看来，唐代如李杜这样的大家，恰恰是变风变雅传统的继承者：“李诗得变风之体，杜诗得变雅之体。”而今人诗歌创作，正应该遵法于此：“向令风雅不变，则诗之为道，狭隘而不及情，何以感天地而动鬼神乎？”[①]

文中所谓风雅之变以及感天动地，是就当时家国之变而言的。异乎寻常的时代，自然要有一套异乎寻常的诗歌尺度，黄宗羲选择了变风变雅以为创作指导。其时另外一些遗民文人或者其他文人，也多表达了这样的情怀，但他们很少以变风变雅相称，如贺贻孙称“穷而后工”[②]；钱谦益称“结轖”——郁积而发，相当于发愤著书[③]。变风变雅因为和时代的衰弊、激荡关联，具有一定的现实关怀甚至批评倾向，所以一般文人如果不是出于学术研究，在当时是不会轻易使用的。而黄宗羲明确称之为变风变雅，又明确提倡变风变雅，表现了遗民的风骨。

其二，变风变雅的出现具有必然性。《黄孚先诗序》中的黄孚先，经

① 黄宗羲：《陈苇庵年伯诗序》，见《撰杖集》，即《南雷文案三刻》。

② 贺贻孙：《示儿一》，《水田居集·文》卷五，同治九年敕书楼刻本。

③ 钱谦益：《周元亮赖古堂合刻序》，《牧斋有学集》卷十七。按：钱谦益相关诗文中不厌其烦地提及“结轖”，并非只有一处，表现了其对现实的压抑与郁闷，但始终以自我感受来表达，不同于黄宗羲将其与时代精神相联的理解。

历丧乱，与作者多年不见，后来寄诗请序，黄宗羲序云：“声音之正变，体制之悬殊，不特中晚不可为初盛，即风雅颂亦自有迥然不同者。”所云正是动荡丧乱对诗产生影响，并使之具有了不可移易的时代特色，而这种特色声情体貌，都很难调整到与以往的“正”相统一的状态，因为所发为变声：“身之所历，目之所触，发于心，振于声，迫于中之不能自已，一唱而三叹，不啻金石悬而宫商鸣也。”变声出于情不得已，意思是说，诗之体貌、表现对象与表达形式的改变，不是诗人刻意的调整，而是因为人情为时势压迫而郁结，诗不变昔日所谓雅正的形态，便难以承载这些新的怨愤郁结之情。这里所说的怨愤郁结，在黄宗羲的文学理论之中很少是涉及自我一己之情的，而多为万古不灭之情，如他称变声之所以多，是由于“以时而论，天下治日少而乱日多；事父事君，治日易而乱日难”的历史现实。在这样的时代之下，“美而非谄，刺而非讦，怨而非愤，哀而非私”的和平之“正”是难以维系的。既然正难以承担不同以往之情感的抒发，变由此出现，这是文学自然演化的规律。变的出现在外即因时而生，在内为因情而动，可见变的出现，是内外作用的必然产物。此情之有无、此情之真假、此情之浓淡、此情之指向，是诗从正到变的机键。

这里引发变的“时”有两类，一为家国之时：“汉之后，魏晋为盛；唐自天宝而后，李杜始出；宋之亡也，其诗又盛：无他，时为之也。”所举的诗歌繁盛之时，集中在社会从繁盛走向衰落甚至有家国兴亡巨变之际，如魏晋之动荡，天宝之后唐朝的衰落，宋亡所引发的巨变，等等。一为一人之时：“即时不甚乱，而其发言哀断，不与枯荄变谢者，亦必逐臣、弃妇、孽子、劳人，愚慧相倾，惛算相制者也。此则一人之时也。”对一人而言，诗发变声多在这种人生所不堪的景况之中。

其三，正变之于创作，并非截然两分，各主其一，文学创作有正变兼具者。如评陈苇庵创作云：

> 先生风度闲绰，早优名辈，诗情所结，若开金石，曾靡榛蹊。其对扬恭纪诸诗，与早期大明宫贾、杜、王、岑并称典雅。逮夫笙管革文，先生流矢影风，顾有忧色，一唱三叹，凄人心脾，读之者但觉秋

> 风憀慄，中人肌肤。方其悲乐相生，掩卷不能，曾何忌讳之可言乎？此一人之身而正变备焉者也。

一人而经和平与变幻，心态情感的变化能够反映在诗篇之中，即为一人而兼正变，这样的现象在文学创作之中多为常态。这样的作品是一个国家民族的镜鉴，也是一个人的心路历程，对于后人而言，不仅仅具有艺术价值，还有史学价值。古人云“诗亡然后春秋作”，陈苇庵之子集录《春秋》传注，有对诗之失望，黄宗羲对他说：“亦知诗之有不亡者乎？不必舍先生之诗而别求也。”其意是说陈苇庵一身而兼正变的创作，具有《诗经》“可以观”的特质，有这样的诗在，诗的兴观群怨之功能皆具，就是有韵的历史，诗因此就未亡。①

其四，变风变雅的审美风格与传统的温柔敦厚并非两不相能。前面已经说过，作为基本的认识，正变分别体现为温柔敦厚与肃杀激烈两种审美情态，二者对立，激烈情感的发抒，很难保证艺术的所谓中正和平。但黄宗羲却在这二者之间架起了沟通之津梁，他对传统的温柔敦厚并没有否定，而是采取了一种迂回策略——扩大了温柔敦厚的外延，使之具有了更充分的包容性，继而使得变风变雅的风格纳入其中。《万贞一诗序》中云：

> 今之论诗者，谁不言本于性情。顾非烹炼使银铜铅铁之尽去，则性情不出。彼以为温柔敦厚之诗教，必委蛇颓堕，有怀而不吐，将相趋于恹恹无气而后已。若是则四时之发敛寒暑，必发敛乃为温柔敦厚，寒暑则非矣；人之喜怒哀乐，必喜乐乃为温柔敦厚，怒哀则非矣。其人之为诗者，亦必闲散放荡，岩居川观，无所事事而后可；亦必茗椀薰炉，法书名画，位置雅洁，入其室者萧然如睹云林、海岳之风而后可。然吾观夫子所删，非无《考槃》、《丘中》之什厝乎其间，而讽之令人低回而不能去者，必于变风变雅归焉。盖其疾恶思古，指事陈情，不异薰风之南来，履冰之中骨，怒则掣电流虹，哀则凄楚蕴

① 以上引文俱见黄宗羲《陈苇庵年伯诗序》。

结，激扬以抵和平，方可谓之温柔敦厚也。

在黄宗羲这个理论里，温柔敦厚是一种艺术形态，不是对所表现之诗歌情感内容的限定。如果温柔敦厚仅仅代表一种自始至终的情感与格调和平，那么便形成一种具有排斥情感多样化特征的套子。能够常常如此，非贤既圣，超凡入定，与现实情感有着巨大的反差。只有活生生的、富有情性的人，在与现实人生社会的遭际之中有兴有会，有感有慨，然而表达之际又能不为情使，不为性驭，不废倾吐渐而归之于平静，不因情性之溢而于作品之中狂肆放纵，这才是真正的温柔敦厚。他举万贞一为例，万贞一牢骚历落之士，被招入史馆，以遗民的身份修《崇祯长编》百余卷，当此之时，无暇为诗；“既而晨炊欲绝，自请外补，斗大一城，鹄面苍生，旱蝗孑遗，抚循委曲，继之涕泣”，这种景况又不忍为诗。有了如此痛切的感受，经历了情感的激荡，最后在时间的沉淀之中，情感实现了反思的升华：“贞一风尘困顿，锻炼既久，触景感物，无一而非诗，则以其不暇为、不忍为者溢而成之，此性情之昭著，天地之元声也。”无暇为者，是指遗民修史，感伤旧国之亡，难以为诗，不堪为诗，假借无暇，托词而已。外放小城，所谓鹄面苍生旱蝗孑遗，非仅仅指天灾，实为乱后遗黎，凄凉荒废，不忍为诗。所以家国之恨，天下苍生之落魄困顿，最终形成诗篇，自然是不得已而发，属于变声。然而天下大定，无力回天，因此激烈的怨愤最终归之于幽怨与平静，这就是所谓“激扬以抵和平”[①]。

综上所述，变风变雅理论是黄宗羲在国破家亡之际抒发这种不可抑制的家国情怀的理论武器，因此他的这个理论之中所涉及的情感，万古不灭的恻隐之心成为主流，这种情感，实则就是民族情感。这种情感在一些遗民如文中的泽望（即缩斋）那里以不可遏止的形态喷薄而出，黄宗羲将其概括为“彷徨于山颠水澨”之孤愤：

泽望之为诗文，高厉遐清，其在于山，则铁壁鬼谷也；其在于

① 黄宗羲：《万贞一诗序》，《南雷文定四集》卷一。

水，则瀑布乱礁也；其在于声，则猿吟而鹳鹤欬且哮也；其在平原旷野，则蓬断草枯之战场，狐鸣鸱啸之芜城荒殿也；其在于乐，则变徵而绝弦也。

这样的风格，只有黄宗羲扩大了外延的温柔敦厚才能接纳，但因其过于激烈，所以黄宗羲也不能不说："盖惊世骇俗之言，非今之地上所宜有也。"黄宗羲认为，此属于"能折困其身而不能屈其言"者。但缩斋不屈之言与苏轼的不屈之言并不相同，东坡是承平之际人生的不遇，而缩斋则为家国破灭之际的悲愤，所以黄宗羲说，同样是发出不屈的言辞，"至泽望而又为文人之一变"。因为劲直而不能屈己，清刚而不能善世，是古之所谓"隘人"："隘则胸不容物，并不能自容，其以孤愤绝人，彷徨痛苦于山颠水澨之际，此耿耿者终不能平，至于鼓胀而卒，宜矣。"有如此之人，如此之情，自然有不同的诗文。而这种诗文的诞生，和谢翱等宋代遗民的表现一致，所以黄宗羲将其都归入天地阳气的激发：

泽望之文，可以弃之使其不显于天下，终不可灭之使其不留于天地。其文盖天地之阳气也。阳气在下，重阴锢之，则击而为雷；阴气在下，重阳包之，则抟而为风……宋之亡也，谢皋羽、方韶卿、龚圣予之文，阳气也，其时遁于黄钟之管，微不能吹纩转鸡羽，未百年而发为迅雷。

亡国遗民之诗文，痛旧国，思志士，望兴复，因此谢翱等人之作，百年之后即演为元末义师对元统治者的摧枯拉朽，这是阳气的迸发。所以黄宗羲称："今泽望之文亦阳气也，无视葭灰，不啻千钧之压也。锢而不出，岂若刘蜕之文冢，腐为墟壤，文人之文而已乎？"[①] 其中明显寄托了等待风雷的情绪。

这种变风变雅的声音，由于其情的真而激烈，不可抑制，黄宗羲将其

① 黄宗羲：《缩斋文集序》，《南雷文案》卷一。

创作命为“气化”，它是“孤行一己之情”的气化：

> 夫此戚然孤露之天真，井底不能沉，日月不能老，乃从来之元气也。元气不寄于众而寄于独，不寄于繁华而寄于岑寂，盖知之者鲜矣。[①]
>
> 夫文章天地之元气也。元气之在平时，昆仑磅礴，和声顺气，发自廊庙而畅浃于幽遐，无所见奇。逮夫厄运危时，天地闭塞，元气鼓荡而出，拥勇（涌）郁遏，坌愤激讦，而后至文生焉。[②]

气化，就是创作之气的郁结而难以抑制。与黄宗羲同时，李邺嗣也有对变风变雅的宣扬，《非时吟序》中称类似于那些身既隐而自放于时者，应该卷舌销声自同木石；守之不严，而使一吟一韵落在人口，都属于非时。此处的身隐自放者也是就遗民而言。既然非时当然可以三缄其口，但却依然压抑不住创作的欲望，“此则有所不能自已者也”，而如此的创作便多为变风变雅：

> 六经之教，能以声感人，莫如风雅，其音安以乐，可以宣幽明，畅万物，此当其时之盛也。既而变风变雅作，则已有哀有怨，言之无罪，此非其声之异也，非其时也。然诗有正有变，而俱谓之风谓之雅，此先生之诗所以非时而作也。

这种变声，“众方歙歙，尔独咄咄”，表现为不随时而逆时，不随人而逆人的特征。为什么会这样不同于众呢？“岁有四时而骚人视之俱若秋，日有十二时而嫠妇视之俱若夜。彼之令节，吾之凄辰；彼之白日，吾之长夜也。吾岂忘吾之咄咄以从人之歙歙者乎?”长恨难销，发之于诗篇，自然不能和新朝顺民们一样一派升平；尽管这样的作品已经与风雅之正不同，但李邺嗣认为这仍然是“所谓变而能守其正者也”[③]。

---

① 黄宗羲：《吕胜千诗集题辞》，《南雷文定五集》卷一。

② 黄宗羲：《谢皋羽年谱游录注序》，《南雷文定前集》卷一。

③ 李邺嗣：《杲堂文续钞》卷二，四明丛书本。

有学者总结黄宗羲等这种气化理论的特殊运用："黄宗羲运用中国古代的元气论和阴阳相交的矛盾观来认识社会发展变化的内在原因，将明清之际疾风暴雨般的民族斗争和反抗压迫的正义精神与文学创作的血肉关系，高度抽象为具有普遍品格的诗文美学。"[①] 将民族斗争的斗争理论升华为普遍的文学理论，变风变雅也因此与风雅传统一样，强化了其在文学理论之中范式的地位。

此外，也有一些文人论及风雅正变，但有些却已经蜕变为地道的诗艺探讨，如毛奇龄便提出了"寓变于正，以正为变"的理论。清初诗坛，一如其时代，经历着巨变，毛奇龄推其根源，认为原因有三："一则厌常而喜新也，一则好矫异以骋绝俗也，一则有歉乎其正而于正不足，庶几于变有余也。"但变虽应该，他又提出："至常之极，至变生焉，是以正为变，而非以变为变也。"即如同音乐，雅颂之常乐，其制虽平，但精其数者自能"合神人"，不必"金槽铁钹，玉笙张缶之过为新声"。常与正是一切的根本与最高境界，其中变化无穷，没有必要为变而求变。[②]

政治斗争的诗学理论，被置换为艺术商榷。

清末，陈衍等同光体诗人，承接道光咸丰诗风，虽称学宋，但亦蕲向杜甫韩愈，发为变风变雅。其笔致凌厉突兀，情感痛彻，嬉笑怒骂，不无忧患之词。陈衍自己则在《山与楼诗叙》中明确表达了自己论诗主张变风变雅的思想，且将这种思想概括为两个字：挚与横；挚标真情哀乐过人，横则需要纵横快意而不谨守矩矱。

第三节 以正为尊 正变一体

一

就价值评判而言，先秦存在着重正抑变的倾向，这种倾向源自早期儒

---

① 黄保真等：《中国文学理论史》，北京出版社 1987 年版，第 103 页。

② 毛奇龄：《苍崖诗序》，《西河合集·序》卷十一，康熙二十五年刻本。此文文渊阁四库全书本《西河集》删去，更可见从诗艺言正变在当时也是忌讳。

家的基本价值选择。如《论语·子路》中云“名不正则言不顺”；《论语·卫灵公》主张“放郑声”；《论语·阳货》提出“恶紫之夺朱也，恶郑声之乱雅乐也，恶利口之覆家邦者”[①]。

故而在需要辨明正变之际，何者为正、何者为变往往成为价值认定中一个基本的形式。即使后世正变论与文学理论实现了高度融合，超越了《诗经》的言说语境，也依然保持了对正的尊奉：

如吴讷《文章辨体》凡例中，以四六为古文之变，律赋为古赋之变，律诗杂体为古诗之变，词曲为古乐府之变。而在具体文章选择上则继承前人，采取了以下标准：“西山《文章正宗》凡变体文辞皆不收录，东莱《文鉴》则并载焉。今遵其意，复辑四六对偶及律诗、歌曲共五卷，名为外集，附于五十卷之后，且以著文辞世变云。”[②] 虽然兼取正变，但却将变作为外集附录，已见其地位之别。

王夫之论诗，于唐代近体之作多有微词，却时时不忘表彰六朝的成就，究其原因，在于其作近乎自然：“六代之作，世称浮艳，乃取唐音与之颉颃，则唐益卑矣。卑其所高而高其所卑，韩退之始之，而宋人成之也。至文之于天壤，初终条理，自无待而成；因自然而昭其象，则可仪矣。”[③] 近乎自然又称为近乎元声正声，如评梁元帝《春别应令》：“元帝二诗，恰与刘梦得《浪淘沙》、白乐天《竹枝》合辙；盖中唐人于此一体殊胜盛唐，中唐以兴会为主，雅得元音故也。元帝五言，于诗家最为卑下，而于此体则为元音。”至唐人之王昌龄等，虽长于此，却多为“霸气”、为“闰统”[④]。毛先舒也曾声称：“诗人有作，必贵缘夫二南、正雅、三颂之遗风，无邪精义，美萃于斯。”[⑤]

文学理论批评中尊奉于正的表现形态很多，其中核心的形式是文统的编织维护、儒家正统思想的宣扬。

---

① 参阅刘文忠《正变·通变·新变》第一章。

② 吴讷：《文章辨体序说》凡例，于北山校点，人民文学出版社 1962 年版，第 10 页。

③ 王夫之：《古诗评选》卷六，岳麓书社 2011 年版，第 830 页。

④ 同上书，第 641 页。

⑤ 毛先舒：《诗辨坻》卷一总论，郭绍虞辑《清诗话续编》，上海古籍出版社 1983 年版，第 7 页。

尽管于理论言说之际不厌其烦地表达尊正，但具体艺术创作以及价值考量之际则又普遍提倡正变一体，兼备正变。徐乾学言唐诗“古风近体兼作，声文相宜，不差圭黍”，其中“杜子美极风雅之正变，千汇万状，兼古今而有之”①，故而成千古大家。姚鼐称古代诗人“兼雅颂、备正变”之作为“儒者之盛”②；论杜甫则曰：“杜公七律，含天地之元气，包古今之正变，不可以律缚，亦不可以盛唐限也。”③ 也以能兼备正变为伟人。分论如下。

尊崇文统是崇正的主要表现形态之一。论文而及文统，最早见于韩愈《送孟东野序》，文中从庄周、屈原、司马相如到唐代陈子昂，勾勒出一个文章谱系。但韩愈在《答李秀才书》中自道：“不惟其辞之好，好其道焉尔”，可见是文统与道统分而言之的。随后孙樵《与王霖秀才书》中自道：“樵尝得为文真诀于来无择，来无择得之于皇甫持正，皇甫持正得之于韩吏部退之。”专言文统未及道统，可见也是道统文统分说。至北宋初年的石介，其《尊韩》一文中云：“道始于伏羲氏，而成终于孔子。道已成终矣，不生圣人可也。故自孔子来两千余年不生圣人。若孟轲氏、扬雄氏、王通氏、韩愈氏，祖述孔子而师尊之，其智足以为贤。孔子后，道屡废塞，辟于孟子，而大明于吏部。道已大明矣，不生贤人可也。”将道统承续的重任交给了以古文著称的韩愈，而在《与裴员外书》中则明确宣称“文之弊已久”，而要振作起来其方法是“当思得韩孟大贤人出”，又公开让韩愈担当救文章积弊的使命：既承道统又救文弊，具有了明显的融合道统文统为一体的形态。但这种融合并未获得共识，宋代理学家将文人痕迹极重的韩愈排挤而出，直接承续孟子。宋代的文人也开始编织自己心目中的文学谱系，先是张为作《诗人主客图》，以白居易等六人为不同的宗主，每一主下分升堂、入室、及门等不同等级以为客，后人认为诗派由此而起，而这种诗派，是具有统绪沿承的。继而吕本中著《江西诗社

① 徐乾学：《渔洋山人续集序》，《憺园集》卷二十一，续修四库全书本。

② 姚鼐：《敦拙堂诗集序》，《惜抱轩全集》卷四，中华书局 1991 年版。

③ 姚鼐：《五七言今体诗钞序目》，王运熙、顾易生选编《清代文论选》，人民文学出版 1999 年版，第 580 页。

宗派图》，中有一祖杜甫，三宗黄庭坚、陈与义、陈后山，另含江西诗派附庸者 25 人。这个宗派具有相近的诗风、具有历史传承，因而也是文学之统。[①]

从此，建构文统便成为中国古代文学理论批评的形式之一。

南宋王十朋曾论及唐宋文章不易优劣，唐之韩柳与宋之欧苏并驾齐驱，很难分清谁先谁后，这种对唐宋文家的批评并没有什么太大的理论价值，重要的是他提出了文章学习与这些唐宋名家的关系：

不学文则已，学文而不韩柳欧苏是观，诵读虽博，著述虽多，未有不陋者也。[②]

这些唐宋诸家，是学文者必须上溯的源泉，脱离了和这些源泉根干的联系，就很难有所造就。随后元代戴表元又比较明确地提出了著述有统绪，而且将道的统绪与文的统绪作了区分，《紫阳方使君文集序》中云：

窃独怪夫古之通儒硕人，凡以著述表见于世者，莫不皆有统绪，若曾孟周邵程张之于道，屈贾司马班扬韩柳欧阳苏之于文。当其一时，及门承接之士，固已亲而得之；而遗风余韵，传之后来，犹可以隐隐不灭。

这段文字表达了文统道统并重的思想。且认为，有文统，则后人学习就有典则，不应该过于背离；另外也强调，道统和文统不同，不能妄加混淆。明初理学家大讲文道合一，实际上又隐含有继承石介道统即文统的意思，如方孝孺《张彦辉文集序》，在历数历代文章与其作者基本能够实现文如其人之后称：

虽然，不同者辞也，不可不同者道也。譬之金石丝竹，不同也，

① 郭绍虞主编：《中国历代文论选》，上海古籍出版社 2001 年版，第 248 页。

② 王十朋：《读苏文》，《梅溪前集》卷十九，文渊阁四库全书本。

有声则同；江河淮海，不同也，蓄水则同；日月星火，不同也，能明则同；人之文不同者也，犹其形也不可不同，天下之文根于新者一也。故立言而众者，文之隶也；明其道而不求异者，道之域也。人之为文，岂故尔不同哉？其形人人殊，声音笑貌人人殊，其言固不得而强同也，而亦不必拘乎同也，道明则止耳。然而道不易明也，文至者道未必至也，此文之所以为难也。呜呼，道与文具至者，其惟圣贤乎！圣人之文著于诸经，道之所由传也；贤者之文盛于伊洛，所以明斯道也：而其文未尝相通，其道未尝不同。

在方孝孺的理论里，有两类文，一是敷错而成与他所谓道无关的文章；一是文道具至的道文：前者他有所保留但并未否定，他所认可的是道文，道文人人面目未必相同，但明道的本旨一致。学文就要学习这类文章，这类文章的学习有统脉，先是圣人之文著于经，继而贤者明道之文见于伊洛诸贤的文章。当然，方孝孺对道文兼具之文又强调言未必同、文未必皆相通，这是专门就文章形式而言的，即只要明道，艺术形式是开放的。可见对文道具至之文及其统绪的论述，也没有抛弃艺术指标。

可关注的是，方孝孺在道文具至这个最高标准之外，并未将其他众多的在他看来也根于道然而却达不到道文具至程度的文人一笔抹杀，而是开列了一个从先秦到宋元的谱系——

战国秦汉：庄周、荀子、韩非子、司马迁、司马相如、贾谊、扬雄；

魏晋至隋：陶渊明；

唐：韩愈、柳宗元、李元宾、李习之；

宋：欧阳修、苏轼、王安石、曾巩、真德秀、魏华甫、陈亮；

元：姚宽甫、虞伯生、黄溍、欧阳原功。

这个文人谱系不是对历代著名文人的随意撷取，而是一个能够明道或者起码不背离道的文人集合，其间魏晋六朝，除了陶渊明没有其他一人入选，原因是这一段的文学“流丽淫靡，浮急促数”，和他要求的文相去甚远，所以“殆欲无文”；五代也是一人未取，因为“五代之弊，甚于魏隋之间”。由此看见，在方孝孺的文学理论之中，有两个统绪，一是文道具至者，一是退而其次者。文道具至者之统绪中虽然多为理学道学中人，但方孝孺却没有排斥艺术标尺；退而求其次者的统绪虽然也标榜明道或者起码不违背道，但所开列的名单几乎都是历代文豪。可见，尽管文章中他没有明确提出文统，但所论确实是文统的内容。

以上皆是从文统论的实践而言，从理论上最早明确发明文统的是明人茅坤。其《与王敬所书》云：

> 尝就世之所称正统者论之，《六经》者，譬则唐虞三王也，西京而下韩昌黎辈，譬则由汉而唐而宋，间及西蜀、东晋是也。世固有盛衰，文亦有高下，然于国之正统，或为偏安，或为播迁，语所谓寝微寝昌，不绝如带是也。其他虽高如崔蔡，藻如颜谢，譬则草莽之裂土而王是已。况于近代闻人学士乎哉？[①]

茅坤强调文有正统，一如国有正统与偏安，为文当从正统，所以标唐宋以为循正统之路径，并编制了一个以唐宋八大家为主的文统谱系。清代阮元继茅坤之后明言文统，且以骈体为正统，其《书文选后》云："自齐梁以后，溺于声律，彦和《雕龙》，渐开四六之体，至唐而四六更卑，然文体不可谓之不卑，而文统不得谓之不正。自唐宋韩苏诸大家，以奇偶相生之文为八代之衰而矫之，于是昭明所不选者，反皆为诸家所取，故其所著者非经即子，非子即史，求其合于昭明序所谓文者鲜矣。"[②] 如此论正统，又与唐宋派等相异，但从影响力而言，唐宋派所汇集的"唐宋八大家"却一直是文统论最具有理论含量、最能直观体现文统之形态的命名。

作为一个具有文化意味命名，"唐宋八大家"将历代笼统的文统明晰化，并获得了学术界与世俗舆论的普遍认可。

在八大家的称呼出现之前，唐代就有韩柳之称，宋代有欧苏、三苏之称，这些唐宋文章大家因此便经常被各种选本一起纳入。宋代吕祖谦《古

---

① 茅坤：《与王敬所书》，《茅鹿门先生文集》卷五，《茅坤集》，张大芝等校点，浙江古籍出版社 1993 年版，第 303 页。

② 参阅朱东润《中国文学批评史大纲》，上海古籍出版社 2001 年版，第 244 页。

文关键》首次跨唐宋而选，将韩愈、柳宗元、欧阳修、曾巩、苏洵、苏轼、张耒七家并列。明初浙江临海人朱右选《唐宋文衡》，因为篇幅庞大，后来约选为《唐宋六家文衡》，其中包括：韩愈、柳宗元、欧阳修、王安石、曾巩、苏氏（未详为苏轼抑或苏洵），依据贝琼序中言“苏轼父子”，则此苏氏乃是苏洵、苏轼、苏辙之总，如此的话八家于此已备。这是八家之名化成前已经很接近八家的一个选本，贝琼论其名所以为“衡”：“为学文之法，如物平于衡。”正是为学文者提供师法。更主要的是，六家“虽于道有深浅，皆本诸经为说”，因而其文发挥圣人之纯，宗其大道而不失，是文统而未背离道统者：

> 战国以来，孟轲扬雄氏发挥大道，以左右六经，然雄之去孟轲，其纯已不及矣。降于六朝之浮华，不论也。昌黎韩子倡于唐，而河东柳氏次之，五季之败腐，不论也。庐陵欧阳子倡于宋，而南丰曾氏、临川王氏及蜀苏氏父子次之。盖韩之奇，柳之峻，欧阳之粹，曾之严，王之洁，苏之博，各有其体，以成一家之言，固有不可至者，亦不可不求其至也。予尝读之，若《原道》、《原毁》，由孟轲之后，诸子未之能及；至宗元《守原议》、《桐叶封弟辫》，凿凿乎是非之公，使圣人复作，无以易之。其他驰骋上下，先后相发，诚乐之而不厌。[①]

对诸家的师法，在表彰了其各自有着不同艺术审美特质之后，核心落实在其对道的坚守上。

至于“八家”之目，也并非茅坤首创，如上所述，也有朱伯贤（右）之功，据《四库全书总目》集部六《白云稿》提要称：“右为文不矫语秦汉，惟以唐宋为宗，尝选韩柳欧阳曾王三苏为八先生文集，八家之目实权舆于此。”此书当即其《唐宋六家文衡》，其中已经有八家之实。因此说“八大家”之选肇始于朱右当是实至名归。

在此基础上，茅坤顺理成章地推出了“唐宋八大家”的名号，并赋予

① 贝琼：《唐宋六家文衡序》，《清江文集》卷二十八，文渊阁四库全书本。

其文统的地位，阐释了其与道统一的价值。

“唐宋八大家”的命名是通过选辑《唐宋八大家文钞》完成的，茅坤确立“唐宋八大家”的目的，在于对抗七子“文自西京、诗自天宝而下俱无足观”的观点。《唐宋八大家文钞总序》中认为七子的这种观点属于文章与时高下之论：

> 世之操觚者，往往谓文章与时相高下，而唐以后且薄不足为。噫！抑不知文特以道相盛衰，时非所论也。

以时之高下论文实则就是以时代的先后论文，依照七子的逻辑，越古则越好；而茅坤认为：文以道相盛衰，道盛文盛，道衰文衰；反之，文盛道盛，文衰道衰——文之盛衰是不可以因时间先后来论的。这是一个文道合一的结论，为此他回顾了孔子以后文学史上文章的兴衰历程以及原因。他说，孔子去世之后，而游夏辈各以其学授予诸侯之国，已而散逸。汉代承秦焚书之局面，直到晁错、董仲舒、司马迁、扬雄等人出现而始号尔雅。随后从东汉末至隋唐之前，“文日以靡，气日以弱”，一派强弩之末的残败。真正的复兴恰恰在属于“后”的唐宋：

> 昌黎韩愈首出而振之，柳柳州又从而和之，于是始知非六经不以读，非先秦两汉之书不以观。其所著书、论、序、记、碑、铭、颂、辩诸篇什，故多所独开门户，然大较并寻六艺之遗略相上下而羽翼之者。贞元以后，唐且中坠，沿及五代，兵戈之际，天下寥寥矣。宋兴百年，文运天启，于是欧阳公修，从隋州故家覆瓿中，偶得韩愈书，手读而好之，而天下之士，始知通经博古为高。而一时文人学士，彬彬然附丽而起，苏氏父子兄弟，及曾巩、王安石之徒，其间材旨大小，音响缓急，虽属不同，而要之于孔子所删六艺之遗，则共为家习而户晓之者也。

只要回归到六经圣人，就能振作文风，所以才说“文特以道相盛衰”；唐宋二代韩柳欧阳等大家，虽然出于后代，但由于承接了道的统绪脉络，所以能够辉耀万代，其成就并不亚于七子所推崇的秦汉。

从学习古文而言，必须路头正，方不会浪费工夫。他举了一个例子，骑骏马驰骋在千里之间，行到中间忽然停留一下，这并没有什么问题；但假如“途之蓟而辕之粤”，则南辕北辙了。因此学必须有路径，沿着路径上溯于古，方能不迷失，这个学习的路径就是文统。

从总序来看，茅坤的文统是这样的：孔子—孔门中属于文学科之子游子夏—汉之诸家—唐之韩柳等诸家—宋之欧阳曾王等诸家，他称“斯固伏羲以来人文不易之统也”。这个统是比照着道学家编织道统而创立的，又是随着道的兴衰而起伏的，因此，其中所列的文人，实际上是在茅坤眼里文家之能载道明道者的集大成。而从师法古人的学习角度看，以统系之，自然应该取法乎上，但具体入门必须从近而及远，更不能为了取法乎远而遗弃近，七子动辄法盛唐法两汉，超越唐宋，就如同仅仅以“太羹玄酒”、“茅茨土簋”为美，追求一种素朴，这样“明堂玉带、云罍牺樽”等只能成为多余了。而这些后世眼中的非朴素之美就连孔子都没有放弃：“孔子之所谓其旨远，即不诡于道也；其辞文，即道之粲然，若象纬者之曲而布也。”以此为依据，师法古人就要依照文统循序而进：宋—唐—汉—孔子。[①]

从以上论述可以看出，作为明代唐宋派的主要成员，茅坤的文法唐宋之说是在确立文统的核心任务时确立的，其中有两个内涵：

其一，唐宋文章的确达到了很高的造诣，从其中能够接续上道统。《复陈五岳方伯》中说，文章如李梦阳之铿金戛石，不过是割裂字句。真正的文章应该载道，这个倒没有什么稀奇，尽在六经之中，文人“当于六籍中求其吾心之至，而深于道”，然后发之于文。而唐宋八大家正是如此作文，其中曾巩最为木讷蹇涩，却也“翩然能得古六籍之遗而言之”[②]，其

---

① 茅坤：《八大家文钞总序》，《茅鹿门先生文集》卷十四，《茅坤集》，张大芝等校点，浙江古籍出版社 1993 年版，第 489 页。

② 茅坤：《茅鹿门先生文集》卷八，《茅坤集》，张大芝等校点，浙江古籍出版社 1993 年版，第 360 页。

他人便无须多论了。既然八大家文章中载有六经之道，其传的文统因此便是道统。

其二，师法唐宋，非是以唐宋为最终标准，而是视唐宋为法古上溯不可回避的一段路途。《复唐荆川司谏书》中论汉、唐与宋在学习之中的关系：

> 窃谓马迁譬之秦中也，韩愈譬之剑阁也，而欧曾譬之金陵、吴会也。中间神授，迥自不同，有如古人所称百二十二之异。而至于六经，则昆仑也，所谓祖龙是矣。故愚窃谓之有志于为文者，当本之六经以求祖龙。而至于马迁，则龙之出游，所谓太行华阴而之秦中者也。故其气尚雄厚，其规制尚自宏远。若遽因欧曾以为眼界，是犹入金陵而览吴会，得其江山逶迤之丽，浅风乐土之便，不复思履崤、函以窥秦中者已。①

文章根本的原则是师法六经，如游山之朝昆仑。但具体的路径却比较漫长，其中宋最近，欧曾等是登堂入室的第一关，如处于吴会濒海之地；上行溯而至于唐之韩愈，如同进入了剑阁；再者至于汉代司马迁，则如同进入了秦中之地，昆仑至此才展现在眼前。唐宋之所以特别提倡，因为它是文统道统接续的起点。

与文统论呼应的还有文脉论，它同样打通道统文统，标榜传承之中文心的稳定。

文脉理论重要的发明者是明代的王文禄。王文禄嘉靖十年举人，浙江海盐人，著有《文脉》。他出生的年代较完成唐宋八大家命名的茅坤要早9年，但大体都生活在一个时代。《文脉》共三卷，其主要的理论思想是：文自产生至今，有一条贯穿其中，显示文心之未灭的脉存在，此为文脉。王文禄用形象的语言描述文脉的状态："蕴于冲穆之密，行于法象之昭，根心之灵，宰气之机，先天无始，后天无终。譬山水焉，发源于昆仑也；譬星宿也，禀耀于日也；譬荣卫焉，包络于心也。"所谓的文脉，是就文

---

① 茅坤：《茅鹿门先生文集》卷一，《茅坤集》，张大芝等校点，浙江古籍出版社1993年版，第191页。

学产生后在整个文学史上的演化而言的。有脉，这个演化就前后贯穿，没有中断，从而维系了一个整体的艺术生命，彰显出一个民族艺术精神的统一性。王文禄为此对整个中国文学史的进程进行了梳理，以汉魏以后为例：

> 莽、卓丧乱，典籍沦消，曹氏父子延邺下七才，倡为黄初体，亦文之一聚也。六朝浮艳，江左绮风，逸于竹林，放于麈柄，竟陵之招纳，昭明之选编，亦文之一大聚也。王仲庵龙门聿启，函丈弥盈，希圣续经，匡君陈策，又文之一聚也。唐兴，太宗右文，房杜作辅，贞观、开元，蔚然炳乎。韩退之友子厚，授籍、湜，湜授之来无择，无择授之孙樵，又文之一聚也。五季革命，五星缠奎，文运重光焉。周程张朱以穷理，欧苏曾王以达词，金溪、横浦以尊性，涑水、金华以攻史，冀方以探数彰，永康以谙兵胜，又文之一大聚也。胡元易世，宋学犹存，容城之高标，鲁斋之弘任，草庐之该博，铁崖之藻思，亦文之一大聚也。惟我大明，鼓舞神睿，赫濯声灵。刘郁离、宋潜溪、王华川、刘简迪，御阁门、侍内苑，同游赓和，又文之一大聚也。接一元之文脉，指人心之文原，美矣！至矣！近若河津、白沙、一峰，有志而未遂；空同、大复、昌穀，有言而未深；阳明、甘泉，聚矣而未久；不若鲁、邹、河、汾、濂、洛、关、闽之聚也。[①]

从开辟一直到明代，文学虽然有过沉浮，但始终如一个活泼的生命得以延续，如生命之脉而不断绝。但王文禄的文脉不是任何创作都可以纳入的，尽管他观照的是整个文学史，但真正着眼的是能够代表一个时代风气，具有一定的辐射能力、传承特征的创作团体或者重要文人、重要文学贡献，他称为“聚”，聚与聚之间的沟通就是文脉。而文脉何以不绝？聚又为什么能够沟通呢？他认为，虽然文的体貌代变，但文“心”未变：

① 王文禄：《文脉总论》，《文脉》卷一，王水照辑《历代文话》，复旦大学出版社 2008 年版，第 1691 页。

> 夫文之聚不一也，随时变焉，心一也。

“心”从文而言是文的本质特征，本体特点；从体派而言是指体派得以维系的共性审美风范；对作文之人而言是指文最终本源于心这个特性。他将历史演革之中不变的文“心”称之为“质本完素”，基本特征没有改变，因此每个时代文之所“聚”便维系了本质上的关联，文脉便得以贯通古今，故有“观心不亡，则脉不亡；脉不亡，则文脉不亡”之说；不仅如此，有文脉贯通，维系文心不变，则曾经被对立起来的道文与非道文便获得了统一：

> 是故圣学息而变纵横，纵横变为经术，经术变为名节，名节变为清谈，清谈变为诗赋，诗赋变为学究明经，又变为道学。故曰：人心圆巧，审变争名，若绘妆万模，质本完素，岂曰某文道，某文非道？

在当时道学盛行的环境下，王文禄以有文心、贯文脉而统一道学之文与艺术之文，这实际上是为不言道学圣经或者非史非子的文争取地位。所以论诸选，他首推《文选》：“《昭明文选》，文统也，恢张经子史也，选文不法文选，岂文乎？”此处所谓“文统”，是指《文选》包揽全面，能够统摄诸体的特点，继而具有垂范后学之用。他承续关于《文选》的相关文学理论，仅从学习文章蓄养积累的角度提倡六经子史的学习：“析理丕六经，骋奇肴诸子，纪事括诸史”，学习辨析道理要从六经始，学习驰骋奇思要以诸子为资源，学习纪事要谙熟史书：所有这一切都是文学技能的积蓄。而论“摛词”这种文学第一位的本领则推诸集部。对《文选》的尊奉，使得他所编织的文脉理论有了反道学的特征。

当然，文脉论的出发点是师古的需要，所以又说：“今变复古，必选历代之文定其格。”而从文脉论复古，主要也是为师法古人提供一个谱系，他将文人分了两类：命世之才，“为宰为辅，提酌文衡”；又有生为闰余者，“为导引，护留文谱”。他认为自己以及这类身份不达者正当此护留文谱之任。

通过以上分析，“文脉”这个提法与文统有重合之处，但文脉的范围更为宽泛，这里所谓的宽泛，是指王文禄将道文与非道文都纳入了其文章之脉的范围之内。由于二者过去一归之于道统，一归之于文统，因而要想将二者包纳则需要一个能够超越“统”之上的概念，王文禄从二者都体现了传承之特征入手，又从道学出自诗赋出发，提出了文脉说。因此，文脉说是道统文统融合说的一个表现形式，它既强调了文学民族精神在传承之中的统一性，也在前后七子盛行的复古语境之中为复古理论提供了一个学习谱系，是对文统观的一种强化。

王文禄《文脉》将道统文统融会为文脉，但其中曾强调：“人心圆巧，审变争名，若绘妆万模，质本完素，岂曰某文道，某文非道?”意在冥合道文非道文的界限，而以《文选》为指归，更鲜明地体现了冥合二者界限的意图乃在于提升非道之文的地位。茅坤以唐宋八大家编织文统，又倡言以学习此文统恢复道统，则视文为学道的手段，也意在提升文章的地位。因此，我们可以说，通过和道以及道统攀附而为文章文统张目的理论，既是文学突破道之束缚的前奏，同时也是尊奉于雅正的一种形态。

二

崇正另一个主要表现就是传统意义的崇儒，尊奉雅正。历代文人，其文学思想中多标榜此道，只是或出自信念，或则纯粹属于影附与应付。检点历代文人相关之论，通套空泛之论最多。以宋代几位文士为代表略作说明。

智圆，宋初文士，与柳开同时，早年出家，但他的文学理论却是儒化的，甚至于比真正的儒士还要虔诚，这从他的古文观念中能够清晰感受。宋初承五代声偶丽靡的文风，一些文人力思振作，古文成为抵御这种五代体（当时又称为晚唐体）的有力武器。但在古文的内涵、语言形态、表现内容以及其所附丽的今古关系等问题上大家意见并不一致：王禹偁有易言易晓说，石介有宗经说，孙复有文教说，柳开则有意古辞古之论，等等；而智圆的观念在当时也有着一定的代表性，他认为，古文当明古道，道即仁义。《送庶几序》中说：“夫所谓古文者，宗古道而立言。言必明乎古道也。”古道是什么呢？“圣师仲尼所行之道也”：儒家先师开辟的准则就是道，概言之，“无越乎仁义五常”。《答李秀才书》对此也有阐释：

> 愚尝谓文之道者三，太上立德，其次立功，其次立言。德，文之体；功，文之用；言，文之辞也。德者何，所以畜仁而守义，敦礼而播乐，使物化之也。功者何，仁义礼乐之有失，则假威刑以防之，所以除其灾而捍其患也。言者何，述其三者以训世，使履其言，则德与功其可知矣。然则体以正宗，用以权既，辞而辟之，皆文也。

立德、立功与以仁义为文辞核心之立言皆为文，三者是并列的。进而智圆阐述了以下观点：

一则古文要言仁义五常，当节情以中。同文中称，要立言并非人人可行，必须“用心存公，性其情者，然后可以立于言”；假如“情之不性”，即使艰其句，险其辞，貌似古雅，也必然是反经非圣之说。因此，古文写作要“性其情”——以性制约情感，不能率情而发，“率情之所为，未见有益于教也”。制约的尺度是达到“中”，他称之为“节情以中”：“夫喜而不节则其言佞，怒而不节则其言讦，哀而不节则其言懦，乐而不节则其言淫。”因而古文的体貌就要保持中和：“中也者，天下之大本也；和也者，天下之达道也。”是为立言之大要。

一则古文以意古为上，言辞形式不是标准。《送庶几序》中说：“夫所谓古文者，宗古道而立言。言必明乎古道也。”古之道为仁义五常，能明古道，述仁义五常就是古文，“古文之作，诚尽此矣”，并非只有“涩其文字、难其句读然后为古文”。可见当时存在着将滑熟、流畅以及丽偶语言颠覆即为古文的观念。智圆又云：“与其古其辞而俗于儒，岂若今其辞而宗于儒也？今其辞而宗于儒谓之古文可也，古其辞而背于儒谓之古文不可也。”只要能够传播仁义五常，宗法儒学，语词形式根本没有什么限定，哪怕是以当时倡导古文的文人们反对的时文之言写作也没有问题。可惜的是，这种今辞却未见有根仁柢义，模贤范圣之作，连篇累牍，不出风云月露之状，趋炎附势之谈，“伤风败俗”，无益于教化。对古文而言，尽管不限定言辞形式，但智圆还是认为："辞意俱古，吾有取焉。"

智圆的儒家文学观在古文之外的诗歌理论上也有体现，人问其"诗之道"，他回答："善善恶恶。"对方觉得过于简约，问还有什么增加的，他说："善善，颂焉；恶恶，刺焉。"[①] 继承的是诗教美刺说，亦为诗道之雅正，只不过兑换为了佛家的劝惩语码。

据智圆《钱塘闻聪师诗集序》中记载，宋初雕篆丛起，变其声偶其字的形式追求、"写山容水态述游仙洞府"的创作更是浸以成风。当时有些文人以此类游戏娱乐的消遣态度对待诗歌，甚至出现了这样的现象：

> 及夫一言涉于教化，一句落于谲谏，则伟呼族噪，攘臂眦睚，且曰："此诟病之辞也，讥我矣，詈我矣，非诗之谓也。"

谁要是被认为诗中有讽喻，关教化，那么作者就会认为那是在骂自己。如此风气，确实有着与政教传统的严重背离。而在当时的文学批评领域，除了智圆之外，还有一批对儒家基本文学观的守护者。如梅妻鹤子的林逋，一生流传下来的作品以诗为主，也多遣兴之作，看其《诗将》、《诗家》、《诗匠》、《诗狂》、《诗魔》、《诗牌》、《诗筒》之类的题目就可晓其一二，但在其《省心录》中却大谈儒家的正统诗学思想，如他尽管称"华藻见于外者谓之文"，但又称："苟见道不明，用心不正，适只以文过饰非，文学所以在德行政事下。"又有"绮语背道杂学乱性"之类的教戒[②]。

作为同出浙江的文人，沿袭了智圆崇儒思想并又有所发挥的是赵湘，于古文他提出了"文之本"的说法。所谓文之本，就是文以道为本，道即仁义礼智信五常。以五常为道系儒家本旨，智圆已经有过阐释，但以五常为文本则是赵湘新义。在《本文》之中，他这样概括自己这个思想："灵乎物者文也，固乎文者本也。本在道而通乎神明，随变以发，万物之情尽矣。"文章是文加本而成的，本就是道，文章有道而辅助以可实现"通乎神明，随变以发"的文，可以尽万物之情态。有人疑问：古代的文章，能

① 智圆：《钱塘闻聪师诗集序》，见续藏经本《闲居编》，以上引文皆出此。

② 林逋：《省心录》，丛书集成初编本。

够固其本者都是圣贤，今日文人等而下之，如何能够做到以道为本呢？赵湘回答：

> 圣与贤不必在古而在今也。彼之状亦人尔，其圣贤者，心也，其心仁焉、义焉、礼焉、智焉、信焉、孝悌焉，则圣贤矣。以其心之道，发为文章，教人于万世，万世不泯，则固本也。

圣贤并非超人，只是因为他们有仁义礼智信与孝悌之心，如果具有此心即使不是圣贤也能明道固本。《王象支使甬上诗集序》又从诗入手阐释自己的儒学文学观，他称："诗者文之精气，古圣人持之摄天下邪心，非细故也。"既然诗为文精，起到的是持摄邪心的作用，因而"天惜其气，不与常人"，也就是说不是随便什么人都能作诗，即使在圣门之中，弟子不能诗者也大有人在。什么人才能作诗呢，他认为不是小人，而是明章句的君子。这种君子，"温而正，峭而容，淡而味，贞而润，美而不淫，刺而不怒"。这样的君子实则就是儒家气象的化身，其所作的诗才是真诗，才符合教化天下的要求。又通过太原王公的创作，描绘了这种作品的体貌："造意发辞，敻在言外。戛击金石，飘杂天籁。闳邃淳浑，幽与玄会。其为美也，无娇媚之志，以形于内；其为刺也，无狼戾之气，以奋于外。"① 如此婉而成章，就是章句君子，其诗就可以持摄天下邪心，消除烦郁之毒。

又如南宋文人同样多讲雅正而摒弃鄙俗、邪思与淫艳。杨简将其与"思无邪"建立起关系。孔子称《诗经》，一言以蔽之，无非"思无邪"。关于这个无邪，有人觉得恐怕有深意；有人甚至以为这个无邪"必非常情所谓无邪"。杨简《家记》则云：圣言夷坦，用不着穿凿，"无邪者，无邪而已，正而已矣"，正则不"越乎常情"，无放辟邪侈。叶适从不虚假入手阐释雅正，《题荆公诗后》记载程正叔见秦少游，问："'天知否？天还知道，和天也瘦。'是学士作耶？上穹尊严，安得易而侮之？"很多文学之士

① 以上引文见赵湘《南阳集》，文渊阁四库全书本。

听到这样的指责觉得好笑，但叶适却说：

> 如此等风致流播世间，可谓危矣。且《华严》诸书，乃异域之放言，婆须密女岂有声色之实好？而遽以此裁量友朋乎？志意想识，尽堕虚假。然则元祐之学，虽不为群邪所攻，其可操存亦不足赖矣。此苏黄之流弊，当戒而不当法也。[①]

从语词和修辞等方面，要求不能意象不实，过于空幻，与经典圣学相背离。

王柏以反对淫艳来维护雅正，《雅歌序》中他首先从《诗经》入手，提出孔子杂列郑卫之淫声于其中的目的在于“存之以为世戒”，使得读者“悚然知所羞恶”。这样就将《诗经》之中所谓的淫艳之辞与当时流行的“怨月恨花、殢红偎翠之语，艳丽放浪、迷痼沉溺者”作了区分。但即使这样，他仍然觉得郑卫之音罪不可逭，故又说：“郑卫之音，二南之罪人也；后世之乐府，又郑卫之罪人也。凡今词家所称脍炙人口者，则皆导淫之罪魁耳，而可一寓之于目乎？”将宋代流行的词整体纳入到放而弃之的行列。[②]

当然，雅正的内涵不仅仅表现在情之无邪与辞的不虚、意之不淫上，最主要的是这种精神应该融入诗体，化为一种内在持守的要求。关于这一点，赵孟坚有过论述，他先从“诗非一艺”入手，将诗从文艺之事当中分离，赋予其“德之章，心之声”的含义。由于将诗与道德、情志粘连，顺理成章地得出了诗需要雅正的结论——道德情志主于雅正是儒家的基本要求：

> 其（道德与情志——著者）寓之篇什，随体赋格，亦犹水之随地赋形。然有浅有深，有小有大，概虽不同，要之同主忠厚，而同归于正。

这个思想和孔子“有德者必有言”的要求大致相似，不过孔子是从道德论

---

① 叶适：《水心先生文集》卷二十三，四部丛刊初编本。

② 王柏：《鲁斋集》卷五，文渊阁四库全书本。

及文字，赵孟坚则是从文字而论及道德。倡导雅正，则视国风、雅、颂、离骚以及杜诗为诗家正者之流；而从汉代苏李五言开始，建安七子之余，晋宋之清虚、齐梁之靡丽，至唐代歌行、吟谣、怨叹、词曲，进而律诗诞生，“诗体备而诗亦变矣”。诗变而至律并不代表诗本该如此，也不代表诗的能事已经止于此，更不意味着诗雅正之脉至此断绝，律诗只要守雅正之义，便依然可以纳入雅正之脉流。如何实现这种雅正呢？“其发也正，则演而春容大篇，忠厚也；束而二十余字，亦忠厚也。”[①] 所谓“发也正”，就是发乎情止乎礼，赵孟坚在此将“发情止礼”的大道揉进了律诗诗学风格的建构，雅正又被风格化了。

直接倡导儒家诗学诗教思想的论述中，推崇雅正是其主要内容之一，相关思想在词学繁荣之际也被纳入了词学理论，并在《词源》中有较为充分的论述。

学者们一般认为，张炎的《词源》受到了杨缵《作词五要》的影响，杨缵的《作词五要》大致是：择腔，即选择乐谱；应月择律，即传统的候气说在词创作中的应用，要求律要和创作的月份配合；填词按谱，依照乐谱平仄清浊的要求，填写文字；随律押韵，早先当是对吟唱而提出的完整的音乐性要求，后来具体为韵脚的谐和呼应；要立新意，此就主题义旨而言。《词源》将这五要都吸收了进来，并作了进一步的引申，同时又以雅正和清空确立起了自己的词学理论体系。

雅正说是宋代词学理论之中得到普遍认可的。北宋初年，万俟咏词集已经分为“雅词”和“恻艳”二体，后编辑为《大声集》，又以恻艳无赖太甚而削去[②]。南渡之后，词选多以雅相标，如《乐府雅词》、《复雅歌词》、《典雅词》、《紫微雅词》、《书舟雅词》、《宝文雅词》等，已经营造出浓厚的尚雅氛围。理论上，从曾慥《乐府雅词序》的较早倡导，至鲖阳居士的《复雅歌词序略》，都延续了这个思想。雅正的宣扬，一是黜淫靡的需要，二是尊体的前提。陆游的《跋花间集》，对纤靡艳冶的词风虽无过多弹射，但却也发出了这样的反思：

① 赵孟坚：《赵竹潭诗集序》，《彝斋文编》卷三，文渊阁四库全书本。

② 参阅王灼《碧鸡漫志》卷二，文渊阁四库全书本。

《花间集》皆唐末五代时人作，方斯时，天下岌岌，生民救死不暇，士大夫乃流宕如此，可叹也哉！或者亦出于无聊故耶？

诚如学者们所说，这种声音在北宋是很难听到的，只有当国家衰微、前途渺茫之际才有这样的反思。但此处要注意的是，陆游的反思集中于文人不当于天下岌岌之际从事这种靡靡之音，那么其他时间呢，似乎对这种形态留有一定的余地。不过到了晚年，遵雅之意还是得到了鲜明的体现，其词集自序云：

雅正之乐微，乃有郑卫之音。郑卫虽变，然琴瑟笙磬犹在也。及变为燕之筑，秦之缶，胡部之琴笆箜篌，则又郑、卫之变矣。风、雅、颂之后，为骚、为赋、为曲、为引、为行、为谣、为歌，千余年后乃有倚声制辞，起于唐之季世。则其变愈薄，可胜叹哉！予少时汩于世俗，颇有所为，晚而悔之。然渔歌菱唱，犹不能止。今绝笔已数年，念旧作终不可掩，因书其首以识吾过。①

其中，有倚声制辞尚不如郑卫之音的意思，可见遵雅之意，对这个文体本身动摇了信心。张炎也是雅正路线的坚决贯彻者，其雅正说主要表现为以下几个方面。

其一，以礼以性节情。《词源·杂论》云：

词欲雅而正，志之所之，一为情所役，则失其雅正之音。

节情反性，达到发情止礼，这是诗的标准。张炎还列举了一些不合雅正条件的句子，诸如周美成的“为伊落泪”、“最苦梦魂今宵不到伊行”、“天便教人霎时得见何妨”之类，认为都是有违淳厚而渐近浇风。当然，这样的要求并非是阻断言情之路，他也认为：“簸弄风月，陶写性情，词婉于

① 陆游：《长短句序》，《渭南文集》卷十四。

诗。”即词本身具有写婉约之情的优势，但写情要有约束，“声出莺吭燕舌间，稍近情可也”，假如背离了“稍近情”而“邻乎郑卫”，与“缠令何异”？缠令是北宋兴起的一种民间说唱艺术，从形态而言应该是较为粗俗而无所拘系的。而要避免对情过分的渲染，“景中带情”，是一条有效的艺术法则。[①]

其二，反对浅露粗豪。雅本来就与俗对应，标榜对大众化的超越、反对粗俗也因此成为分内之事。前面主张词不能流于缠令便有反对粗俗的意思；《杂论》中批评辛稼轩与刘过的豪气词“非雅词”，乃是文章余暇“戏弄笔墨”，所作虽然叫词，实际上无异于“长短句之诗”。这又表明张炎所谓的雅正之中，还有倾向于婉约的反豪放倾向。

词学尚雅的立场，在清代西陵词派的理论也有体现。西陵词派是从晚明蜿蜒而来的，因此见证了晚明词坛的鄙俗。但由于在词选辑录与评论之中不得不顾及乡人、先贤的体面，因此相关批评之中对一些词人往往不乏溢美之言，如对后来朱彝尊极力排斥的马浩澜，西陵词人就曾多次奉为巨擘：

> 且喜作者，前有美成后有浩澜……皆出吾乡曲，使倚声歌之，亦足以豪矣夫。[②]
>
> 吾杭秀毓湖山，向多作者，宋之清真，明之浩澜，久为词坛矩矱。[③]

《西陵词选》作为乡邦文献，表彰先贤是分内之事，因而有时不易辨析其理论倾向。但值得注意的是：虽然严沆在《见山亭古今词选序》中有如此表彰，但这部由西陵词人陆次云辑录的词选之中马浩澜的词却一首未选；而与马浩澜同时获得激赏的周邦彦却有 7 首入选，远远高于人均 2 首的数量。马浩澜是明代词坛知名人物，但被视为鄙俗靡丽；由此可见西陵词人的真实用心。这一尚雅倾向在西陵词人卓回编选的《古今词汇》以及

① 张炎：《词源》，夏承焘校注，人民文学出版社 1963 年版，第 23 页。
② 严沆：《见山亭古今词选》序，《见山亭古今词选》卷首，康熙十四年见山亭刻本，同上。
③ 俞士彪：《西陵词选》序，《西陵词选》卷首，康熙十四年刻本，同上。

西陵词人严沆、陆堦的序言之中也能得到印证，闵丰论云：

> 《古今词汇》刊刻之时，编者在集前附载了严沆《古今词选序》一文的节录部分，此文即严氏为《见山亭古今词选》所撰之序，其中包含有严氏品评古今选本之语，在论及卓人月《古今词统》时，他认为“珂月《词统》差为善本，然俚者犹未尽去”，对明人填词、选词中的鄙俗习尚深以为戒。《见山亭古今词选》的崇雅趋向上文已述，卓回摘出严沆词论附于《古今词汇》之前，可见他在接续其兄选词事业的同时也有匡正《词统》选词格调的目的。西陵词人陆堦在《古今词汇序》中提出：“其族从九如亦云，宋人偶涉淫亵者，俚鄙不可传，《词汇》严斥此种，然则是编之掺三尺法也审矣……掺性情之正而严辨于文字之间，以求当乎声音之道，则《词汇》一书，诚发乎情、止乎礼义者也。”他赞赏《词汇》选词精严，并引《毛诗》大序中“发乎情止乎礼义”的儒家诗论来评价卓回所选“掺性情之正”，这与《见山亭古今词选》追溯《诗经》、“使不失四始六义之旨”的理论立足点不谋而合，都力图将词体导入雅正的规范。清初西陵词人的词学观念，相比于《古今词统》的时代，的确已发生了明显的变化。[①]

当然，对雅的宗尚从尊体之论中也能得到印证。不过，西陵词派词学理论的提倡与创作实践往往实现不了统一。首先，作为郡邑类的词派，诸多词派往往没有非常鲜明的纲领，不鲜明因而有时表现为门户阔大，一些理论的提倡很难形成对词派中人的指导；另外，词而崇雅从宋代就是文学理论之中的主调，这和词人们尊体的诉求有关，却没有能完全落实到创作之中。

三

正变之中，正是皈依推崇的对象，但就艺术创作品位的实现而言，正

① 闵丰：《清初清词选本考论》，上海古籍出版社 2008 年版，第 182 页。

变一体则是这种艺术价值实现最大化的必由之路。历代文学理论及批评分别从以下诸方面论述了正变一体作为一种文学创作境界的必然性——当然，这里所谓的正变也是正变论泛化的运用，未必尽属于针对同一对象而言的正变，而是包含对文学创作这种艺术实践中不同要素的要求：

其一，体辞之不变与变的统一。挚虞《文章流别论》言颂，先言此体："颂，诗之美者也。古者圣帝明王，功成治定而颂声兴，于是史录其篇，工歌其章，以奏于宗庙，告于鬼神。"作为文章一体，"体"有着稳定的格式要求。但文辞表现是变异的，常有荡出时代之外者，诸如颂美之际言辞细微而及其形声，如扬雄《赵充国颂》本为颂但言辞似雅；傅毅《显宗颂》文与《周颂》相似却杂以风雅之意等，皆为文辞之变。《文心雕龙·通变》总结这种创作现象说："夫设文之体有常，变文之数无方……凡诗赋书记，名理相因，此有常之体也；文辞气力，通变则久，此无方之数也。"体有常为正，辞无方为变，二者统一。又如《通变》所云"望今制奇，参古定法"；《颜氏家训·文章》所云"以古之制裁为本，今之辞调为末，并须两存，不可偏弃"等，皆是就此正变统一而言。

其二，体法之不变与变的统一。邵长蘅《与魏叔子论文书》言文"有不变者，有至变者"，不变者为体："文体有二，曰叙事，曰议论，是谓定体。"与不变之体呼应的还有不变之法："辞断意续，筋络相束，奔放者忌肆，雕刻者忌促，深赜者忌诡，敷演者忌俗，是谓定格。言道者必宗经，言治者必宗史，导情欲婉而畅，述事欲法而明，是谓定理。此法之不变也。"在此之外，尚有变者："若夫川横驰骛，变化百出，各视工力之所及，巧拙不相师，后先不相袭，此法之至变者也。"因此创作便当实现这种不变与变的统一："吾得其所为不变者，不左史，不班范，不韩柳欧苏而不可，骇其创也；吾得其所为至变者，即左史，即班范，即韩柳欧苏而不可，訾其袭也。"体、理、格式有定，不轻为破坏；法度变异，因机因势而得，不必墨守。变与不变也必须实现有机融合。[①]

沈德潜等多有类似论述，如言理者宗经，言治者宗史，词命贵典要，

① 邵长蘅：《与魏叔子论文书》，王运熙、顾易生选编《清代文论选》，人民文学出版社 1999 年版，第 379 页。

叙事贵详晰，议论贵条畅，此为体之不变；有辟有合，有呼有应，有操有纵，有顿有挫等，皆为法之不变。而引经断史，援史断经，词命中叙事，叙事中议论等，皆为体之变；消弭合辟、呼应、操纵、顿挫之迹象，实现意动神随，纵横百出，此又法之至变。文字正当融而会之。

其三，情辞之不变与变的统一。黄宗羲以“深湛之思，一唱三叹”为文之不变者，此即“情理”二字，不变为正；而所变者在辞：

> 余观古人，自唐以后为一大变。唐以前字华，唐以后字质；唐以前句短，唐以后句长；唐以前高山深谷，唐以后如平原旷野，盖画然若界限矣。然而文之美恶不与焉，其所变者词而已，其所不可变者虽千古如一日也。得其所不可变者，唐以前可也，唐以后亦可也；不得其所不可变，而以唐之前后较其优劣，则终于愦愦耳。

既然诗文自具正变，就当以其“正”是否得以充分表现为评判依据，而不当以时代论文。所以得出结论：“使其时而变之者以深湛之思、一唱三叹而出之，无论沿其词与不沿其词，皆可以救弊。”[①] 以至变之词表现人类永恒之情理，二者统一。

其四，于词而言，豪放婉约统一。词产生于贵族佐觞佑欢的绮靡情境，婉约是其本色，所以李清照批评苏轼、黄庭坚等以诗为词。到了清代，浙西词派推崇姜夔的创作，姜词长调较多，婉约多致。但吴锡麒则又将豪放风格的苏轼、辛弃疾等纳入师法对象，其《董琴南楚香山馆词钞序》认为，姜夔、张炎与苏轼、辛弃疾乃为“双峡分流”，从词史来看，恰为一正一变，后人不当割裂，而应当“正变斯备”，兼容并蓄。二者各有短长，姜夔等作，其极“飘渺而无附”；苏轼等作，其极“流荡而妄归”。合正变而师法，则既可得高健又可谐声律，且能避免各自的弊病。[②]

其五，变复统一。诗论变复，出自皎然，前面已有论述，其意主要是

---

① 黄宗羲：《庚戌集自序》，《南雷文案》卷一。

② 吴锡麒：《董琴南楚香山馆词钞序》，《有正味斋骈体文》卷八，续修四库全书本。

作诗须知变复，以反古为复，以不滞为变。吴乔以为：诗文必有变，变则有极，如："两晋之诗渐有偶句，至沈宋而极。齐梁始有声病，至唐律而极。宫体始淫，至晚唐而极。休文作韵，其时诗人亦不遵用，唐以立功令始用于诗，至步韵而极。五柳以小言寓意，晚唐为甚，至宋而极。"正因为变有极致，所以诗道不出变复二途，正所谓无往不复：

> 诗道不出变复。变，谓变古；复，谓复古。变乃能复，复乃能变，非二道也。汉魏诗甚高，变三百篇之四言为五言，而能复其醇正。盛唐诗亦甚高，变汉魏之古体为唐体，而能复其高雅；变六朝之绮丽为浑成，而能复其挺秀。

即使晋宋陈隋，大历唐末，变多于复，不免于流荡，但"犹不违于变"，故而多有名篇。宋、明之际，"宋人惟变不复，唐人之诗意尽亡；明人惟复不变，遂为叔敖之优孟"。所以必须变复一体。[①]

变复一体中有拟议以成变化的内涵。有人动辄即言自辟门户，不蹈前辙，毛先舒则以为："上溯玄始，以迄近代，体既屡变，备极范围。后来作者，予心我先，即有敏手，何由创发？"因此，正确路径是："借旨酿蜜，取喻熔金，因变成化，理自非诬。然采取饮冶，功必先之，自然之效，罕能坐获。要亦始于稽古，终于日新而已。"[②] 稽古与日新的统一，正是拟议以成变化的统一。

纪昀以为，自汉魏以至今日，源流正变不过拟议变化二途。众多文人虽明晓此胜负得失，但具体创作中往往偏颇，走入歧途，或仅得拟议，或仅得变化：

> 从拟议之说最著者无过清丘，仿汉魏似汉魏，仿六朝似六朝，仿唐似唐，仿宋似宋，而问清丘之体裁如何，则莫能举也；
>
> 从变化之说最著者无过铁崖，怪怪奇奇，不能方物，而卒不能解

① 吴乔：《围炉诗话》卷一，郭绍虞辑《清诗话续编》，上海古籍出版社 1983 年版，第 471 页。
② 毛先舒：《诗辨坻》卷一，郭绍虞辑《清诗话续编》，上海古籍出版社 1983 年版，第 13 页。

文妖之目，其亦劳而鲜功者乎?[1]

及乎明代，至嘉隆七子，变无可变，转而复古，古体必汉魏，近体必盛唐，非如是不得入宗派。此为拟议而不见真识。公安竟陵二派乘机别出，么弦侧调，纤诡相矜，风雅遗音至此扫地。论此二者："王李之派，有拟议而无变化，故尘饭土羹；三袁钟谭之派，有变化而无拟议，故偭规破矩。"[2] 因此，必合拟议变化为一体。纪昀又将其总结为"逆挽其弊"与"节取其长"的统一，他说："诗随运会，亦莫知其然而然。论诗者不逆挽其弊，则不足以止其衰；不节取其长，则不足以尽其变。"[3] 止衰，则可以挽救正之病；尽变，又可以因正之长。

正变一体方能臻乎上乘，其理论依据主要是中国哲学中的正变二者阴阳依附。郎瑛曾论文盛乃衰之道："古人云：诗盛于唐，乃衰于唐也。字盛于晋，乃衰于晋也。盖以诗虽至唐而警拔，闾里之人不知矣；字虽至晋而神变，巧媚之态极矣。"[4] 叶燮在《原诗·内编》讨论正变这个文学经典话题之际，也关注到了这种正而变、变而复正的循环论：就一时而论，有盛必然有衰；综千古而论："则盛而必至于衰，又必自衰而复盛。"盛衰依附一体，因循而生化。因此，"正"应当学习，但不能拘守不变，类似明清之际的论诗者，五言必道建安黄初，其余诸体必是初盛唐，似李梦阳不读唐以后书，李攀龙又谓唐无古诗等，都是不知变的拘泥之说。变是"古今世运气数"，是"理"，是"势"，天下无事无物不然，"宁独诗之一道，胶固而不变乎"？从文学史发展的历程考察，都可印证这个特征：诗三百之中有正风，复有变风变雅；汉代苏李五言首创，而建安黄初之际的献酬、纪行之作由此而创；继而晋有陆机之缠绵铺丽、左思之卓荦磅礴。明

---

① 纪昀：《鹤街诗稿序》，《纪晓岚文集》卷九，孙致中等校点，河北教育出版社 1991 年版，第 206 页。

② 纪昀：《四百三十二峰草堂诗钞序》，《纪晓岚文集》卷九，孙致中等校点，河北教育出版社 1991 年版，第 207 页。

③ 纪昀：《书韩致尧翰林集后》，《纪晓岚文集》卷十一，孙致中等校点，河北教育出版社 1991 年版，第 251 页。

④ 郎瑛：《七修类稿》卷十八，安越点校，文化艺术出版社 1998 年版，第 216 页。

确了文学“孰为沿为革，孰为创为因”，就不至于动辄被一时一人一体一派所拘束了。

再者，叶燮认为：正有渐衰，变能启盛。诗之大势是盛，缘于正变作用，但是诗的大势为盛并不意味着“正”能长盛，如果考究汉魏以来诗歌的具体阶段，循其源流升降，会发现“正有渐衰”，正衰而变，随之“变能启盛”。回到文学历史，从建安之后，诗由盛而之于衰，“殆开宝诸诗人，始一大变”；有人说唐诗乃诗之正所以能够盛，实则是唐前诗坛由正之致衰，由衰而致变所造就的局面。“唐诗为八代以来一大变，韩愈为唐诗之一大变”，此后：“或数十年而一变，或百余年而一变，或一人独自为变，或数人而共为变：皆变之小者也。其间或有因变而得盛者，然亦不能无因变而益衰者。”变可以启盛，但变也有加速衰朽的一种可能。

既然正变关系如此，于是学诗的路径便不能仅仅拘束于一代，而是应该广为师法。叶燮总结当时诗人作诗二弊：其一为过于袭古，奉老生常谈为圭臬，动以道性情、托比兴文饰，但非俚即腐；其二为一味尖新，遗弃一切，故有怪戾、浓抹、涩险、拗幻等貌。他认为学诗应该力避二过：

> 吾愿学诗者，必从先型以察其源流，识其升降。读三百篇而知其尽美矣，尽善矣，然非今之人所能为；即今之人能为之，而亦无为之之理，终亦不必为之矣。继之而读汉魏之诗，美矣善矣，今之人庶能为之，而无不可为之，然不必为之；或偶一为之，而不必似之。又继之而读六朝之诗，亦可谓美矣，亦可谓善矣，我可以择而间为之；亦可以恝而置之。又继之而读唐人之诗，尽美尽善矣，我可尽其心以为之，又将变化神明而达之。又继之而读宋之诗、元之诗，美之变而仍美，善之变而仍善矣；吾纵其所如，而无不可为之，可以进退出入而为之。

以上描述的是从源头开始到流变的学习过程，学之而不拘之，渐渐得其正变美善之所在，最终达到纵其所如、无不可之的状态。他说这是“古今诗相承之极致”，而学诗者的方法就在于“循序反覆”，从源到流地学习，最终达于极致。[①]

最后，正变问题涉及作品内容、表现形式，那么在一定的内容之下应该采用什么样的艺术表现形式，就涉及了雅俗适用对象以及何者更具宣教效果的问题。就小说而言，胡应麟以先秦诸子以及唐代之前的笔记为标本，贬抑唐以后的创作，而且以唐代文人致力于小说创作为楷模，批评宋代俗儒里人的创作无唐人的文采生气，可见他是倾向于艺术形式之雅的。但历史演义诞生之后，其欣赏者多市井小人，高其意、雅其词的手段便受到了挑战，蒋大器有关以"俗"为追求的相关理论于是诞生了，《三国志通俗演义序》云："夫史，非独纪历代之事，盖欲昭往昔之盛衰，鉴君臣之善恶，载政事之得失，观人才之吉凶，知邦家之休戚，以至寒暑灾祥、褒贬予夺，无一而不笔之者，有义存焉。"但是，"史之文，理微义奥"，史家之法虽然如此，于常人观览却大不当意，所以往往有"舍之而不之顾者"，原因是其"不通乎众人"：这样历史的诸般作用便难以发挥，这是过雅之弊。有鉴于此，也曾有一些普及性的探索，如前代野史作为评话，令瞽者演说，但"言辞鄙谬，又失之于野"，其病在于粗俗，故而君子厌弃。在雅与野之间权衡，蒋大器认为《三国志通俗演义》所采取的"通俗"之形式最为得体，他说：

> 若东原罗贯中，以平阳陈寿《传》，考诸国史，自汉灵帝中平元年，终于晋太康元年之事，留心损益，目之曰《三国志通俗演义》。文不甚深，言不甚俗，事纪其实，亦庶几乎史，盖欲读诵者，人人得而知之，若《诗》所谓里巷歌谣之义也。

正是采取这种文不甚深、言不过俗的"通俗"形式，所以书成以后才出现"争相誊录"的盛况，对读者而言："一开卷，千百载之事豁然于心胸矣。"达到了普及和鉴戒的目的。

通俗理论表面上是历史普及以史为镜的需要，事实上则是市场消费的

① 叶燮：《原诗》，霍松林点校，人民文学出版社1979年版，第35页。

需求，市民阶层的壮大以及其他底层文化需求的旺盛，促使小说戏曲等文体被推上舞台，成为非自娱自乐的大众狂欢性的文体，而且也促成了社会对此的需要。另外，由于其间存在着文化产品的大众化需求，于是文化生产也便逐步形成了规模，进而纳入了产业，明清之际书商队伍壮大，他们所秉持的小说理论，就是以获得最大读者群体为基础的通俗理论，因此蒋大器的通俗说预示了一个新的文学时代的到来。明末书商夏履先就是这种理论的继承者和市场转化者，他说："书称通俗演义，非故谐谑，以伤雅道。理奥则难解，辞葩则不真。欲期警世，奚取艰深?"又云：

> 史中圣主贤臣、庸君媚子、义夫节妇、恶棍淫娼、清廉婞直、贪鄙奸邪、盖世英雄、幺么小丑；兵机将略、诈力阴谋、释道儒风、幽期密约，以至世运转移、人情翻覆、天文地理之征符、牛鬼蛇神之变幻，靡不毕具而描写精工，形容婉切，处处咸伏劝惩，在在都寓因果，实堪砭世，非止解颐。[①]

意在警世，形式要通俗；意在劝惩，形式要逼真：这是一个典型的社会伦理与市场原则嫁接而产生的小说理论。

变由此成为实现正的手段，变的权宜性是正的效用实现的前提。

① 夏履先：《禅真逸史凡例》，丁锡根编《中国历代小说序跋集》，人民文学出版社 1996 年版，第 1532 页。

第二章　难易论

文学批评中的难易论首发于汉代文人对创作精苦的反思。六朝之际刘勰《文心雕龙》专设“养气”一节研讨文学创作与养生的关系，其人兴贵闲、弄闲于才锋等思想便是如何摆脱创作艰涩繁难的基本策略。从唐代开始，众多诗人从创作经验、皎然从理论总结上都开始关注到诗歌创作与苦吟的关系，也就是说，诗歌之难成为当时的共识。宋代之后，难易论全面展开，涉及诗文难易、诗词难易、五言七言难易、古体近体难易以及不同题材、风调难易等论题，并逐步形成了绝句之中五绝最难、律诗之中七律最难以及诗难、词难、曲难等结论。

在中国文学史上，诗曾被讥讽为玩物丧志；词则出于青楼楚馆，属于搓粉滴酥之物，名曰“诗余”；小说之“小”已明示其地位：也就是说，从实用主义立场而言，不同的文体以及从事不同文体创作的文人都有着自我的身份危机。之所以在文学批评中讨论难易，目的在于尊体，也恰是为了尊人。不可轻易企及是提高一种审美对象地位与品位的重要策略。

第一节　难易论的源流与表现类型

一

难易论的源头在于文学批评中对创作艰苦与否的反思。就文学创作实践而言，陶冶涵养所成就的“诗材”与才情兴会融合，方能进入创作。具体创作中二者融合主要体现于文思运掉：

或为《文心雕龙·神思》所谓“神思方运，万途竞萌，规矩虚位，刻镂无形”的结构布置。

或为《文心雕龙·神思》“意授于思，言授于意”，即思转化为具体之意义，即成“意思”，进而形成文字，这与《筱园诗话》所云“惨淡经营于方寸之中，以思引意……以笔宣意，使意发为词”是一致的[①]。

或为“情实呦渺，必因思以穷其奥”的“情义”发现[②]。

更为普遍的一种表现是：文思还体现于文辞的锻炼，《文心雕龙·隐秀》云：

> 夫立意之士务欲造奇，每驰心于玄默之表；工辞之人必欲臻美，恒溺思于佳丽之乡。呕心吐胆，不足语穷；锻岁炼年，奚能喻苦？故能藏颖词间，昏迷于庸目；露锋文外，惊绝乎妙心。使蕴藉者蓄隐而意愉，英锐者抱秀而心悦，譬诸裁云制霞，不让乎天工；斫卉刻葩，有同乎神匠矣。若篇中乏隐，等宿儒之无学，或一叩而语穷；句间鲜秀，如巨室之少珍。若百诘而色沮，斯并不足于才思，而亦有愧于文辞矣。[③]

能否创作出篇中独拔、句有重旨的秀句，也依赖才思。

但是，情意形成篇章构架，表现为言辞，这一体化的创作过程由于受到才之禀赋迟速、创作体制大小、心境是否虚静、腹笥是否足供驱遣等因素的影响，我才之多少与风云并驱的状态是很少见的。因此文思在具体创作中便多表现为殚精竭虑、呕心沥血之“苦吟”。“苦吟”的反思是文学批评难易论的滥觞。

汉代文人已经注意到创作运思中的苦吟现象。桓谭《新论》记载：“余少时见扬子云之丽文高论，不自量年少新进，而猥欲逮及，尝激一事

① 朱庭珍：《筱园诗话》卷四，郭绍虞辑《清诗话续编》，上海古籍出版社 1983 年版，第 2404 页。

② 徐桢卿：《谈艺录》，何文焕辑《历代诗话》，中华书局 1981 年版，第 765 页。

③ 刘勰：《文心雕龙》，范文澜注，人民文学出版社 1958 年版。

而作小赋，用精思太剧，而立感动发病，弥日瘳。子云亦云：成帝时，赵昭仪方大幸。每上甘泉，诏令作赋，为之卒暴，思精苦，赋成，遂困倦小卧。梦其五脏出在地，以手收而内之。及觉，病喘悸大少气，病一岁。由此言之，尽思虑，伤精神也。”[①]《文心雕龙·养气》也从养生视角有过总结：“仲任置砚以综述，叔通怀笔以专业，既暄之以岁序，又煎之以日时，是以曹公惧为文之伤命，陆云叹用思之困神。”钻砺过分、神疲气衰的后果于如此大家都在所难免，这就使苦吟力索成了文学创作的常态，并与特寡思功、须其自来、不以力构并列为天籁、人工两个创作形态，或曰伫兴而成与苦吟而就。

唐人作诗尽一生心力为之，是苦吟的典范。其诗中多有自摹之象，如“吟安一个字，拈断数茎须”；如“句向夜深得，心从天外归”；如“尽日觅不得，有时还自来”；如“两句三年得，一吟双泪流”；如“欲识吟诗苦，秋霜若在心”；如“吟成五字句，用破一生心”；如“才吟五字句，又白几茎须”；如“蟾蜍影里清吟苦，舴艋舟中白发生”；如“为人性僻耽佳句，语不惊人死不休”；如“诗思入冥搜”；如“搜天斡地觅诗情”；如“夜吟晓不休，苦吟鬼神愁。如何不自闲，心与身为仇”[②]。

又如杜甫“更觉良工心独苦”之雕琢、李贺之狂搜险觅、孟浩然苦吟眉毛脱尽、王维构思误入醋瓮等皆是。

其中卢延逊《苦吟》诗最具代表性：“莫话诗中事，诗中难更无。吟安一个字，拈断数茎须。险觅天应闷，狂搜海亦枯。不同文赋易，为著者之乎。”本诗首次对比诗歌与文赋创作的难易，得出诗难于文赋的结论，是中国文学批评明确以难易论文的最早资料。

皎然第一个从理论上论述了苦吟。其《诗式》有“作用”一项，按照皎然的解释：作者用识与才进行酝酿，即“蹂践理窟”；“如卞子采玉，徘徊荆岑，恐有遗璞”，是说这种酝酿精心、专注，要考虑周全。这种“作

---

① 严可均辑：《全后汉文》卷四、卷十四，《全上古三代秦汉三国六朝文》，中华书局影印清光绪刻本。

② 镏绩：《霏雪录》下，文渊阁四库全书本。

用”就是苦吟。[①]

作用即锻炼。所谓锻炼之路，从《诗式》之中提出的诸如“四不”、“四深”、“三讲”、“二废”、“四离”、“六迷”、“六至”等的具体要求以及这种要求所要达到的效果就可以看出。如此繁琐细致的要求，包罗全面，无微不至，如同一块玉石，横切竖割，旁敲侧击，左顾右盼，精打细磨，唯恐有所遗憾。罗根泽先生认为，皎然如此众多的作诗条款，皆“扣其两端”，以希望“恰到好处”，这种理想就是“惨淡经营，出于自然”[②]，即经过严格的锻炼而最终展示出自然的体貌。可见锻炼实则就是苦吟。

有人质疑诗歌过于锻炼容易丧失自然之质，主张不必苦思，皎然回答：“夫不入虎穴，焉得虎子？取境之时，须至难至险，始见奇句。”

宋人重苦吟，江西诗派以字句的点化、脱换为能事，如此之诗法，多仰赖于经典沉浸、机键灵动、义法谙熟。阮阅《诗话总龟》于卷十一专设有“苦吟门”，诸如潘阆“发任茎茎白，诗须字字清”，欧阳修“一句坐中得，片心天外来”等，可为其代表。[③]

以《雅伦》所辑“工力”一门中的大家创作为例：

> 《笔谈》云：唐人虽小诗，必极工而后已，所谓旬锻月炼，信非虚语也。崔护《题城南诗》第二句，其始云“人面不知何处去”，后以意未完未工，改“不知”为“祇今”，改“去”为“在”。唐人工诗大率类此。
>
> 李商老云：尝闻徐师川说，一士大夫家藏老杜墨迹诗，其初云“桃花欲共杨花语”，自以淡墨改三字，乃知古人文字不厌其改也。
>
> 《室中语》云：赋诗十首，不如改诗一首。少陵有“新诗改罢自长吟”之句，虽少陵之才亦须改定。
>
> 张文潜云：世人谓白乐天诗得于容易，尝于洛中一士人家见公诗草数纸，点窜涂抹，乃至成篇始与初作不侔。

---

① 皎然：《诗式》，李壮鹰校注，人民文学出版社 2003 年版，第 153 页。

② 罗根泽：《中国文学批评史》，古典文学出版社 1957 年版，第 44 页。

③ 阮阅：《诗话总龟》前集卷十一，周本淳校点，人民文学出版社 1987 年版，第 129 页。

陈无己云："学诗如学仙，时至骨自换。"无己每登临得句，即急归卧一榻，以被蒙首，恶闻人声，谓之吟榻，其用意精专如此。自咏绝句云："此生精力尽于诗。"

孙氏《谈圃》云：孙公昔与杜挺之、梅圣俞同舟溯汴见圣，俞吟诗日成篇，众莫能和，因密观圣俞如何作诗。盖寝食游观，未尝不吟讽思索也。时时于座上忽引去，奋笔书一小帖内袋中。同舟窃取而观之，皆诗句也。或半联，或一字，他日作诗有可用者入之。

陆务观跋韩子苍诗云：先生诗擅天下，然反复涂乙，又历疏语所从来，其严如此，可以为后辈法矣。予闻先生诗成，既以予人，久或累月，远或千里，复追取更定，无毫发恨乃止。①

以上修改锻炼孜孜不倦、呕心沥血的资料皆为唐宋文人事迹。宋人也直接将这种修改之苦与诗之难结合了起来，如《唐子西语录》中云：

诗最难事也。吾于他文不至蹇涩，惟作诗甚苦，悲吟累日，仅能成篇。初读时未见可羞处，姑置之，明日取读，瑕疵百出。辄复悲吟累日，反复改正，比之前时稍稍有加焉。复数日取出读之，疵病复出。凡如此数四，方敢示人，然终不能奇。李贺母责贺曰："是儿必欲呕出心乃已！"非过论矣。②

苦吟之力，实为文学创作之要。尽管诗学重悟，必有其才，但如胡应麟所云，禅道与诗道不同，禅道能悟则超，"诗虽悟后，仍须深造"。他指出历代不乏奇瑰之士，却往往"识窥上乘，业阻半途"，原因即在于没有力学不懈、苦吟而求。

有人以为苦吟为我去寻诗，不如诗来寻我的创作状态更为自然，袁枚以为不明甘苦，改诗寻诗实则难于兴会而成。兴会所至自然容易成篇，改

---

① 费经虞撰，费密增补：《雅伦》卷十七。

② 胡仔：《苕溪渔隐丛话》前集卷八引，廖德明校点，周本淳重订，人民文学出版社1993年版，第51页。

诗则在诗兴过后，大局已定，一二字于心不安，却千百气力，求易不得。即使斗酒百篇、嬉笑怒骂皆成文章，如果认真研味，也多有粗疏不堪之处，所以说："人安得恃才而自放乎？维摩惟苎，美谷也，而必加舂揄扬簸之功；赤堇之铜，良金也，而必加千辟万灌之铸。"①

以诗文苦吟的反思为基础，至严羽《沧浪诗话·诗法》成篇，开始建构起了后世难易论的几个主要论题：

律诗古诗难易；绝句律诗难易；七言律诗五言律诗难易；五言绝句七言绝句难易。②

后人在此基础上，从文体出发，又衍生出了四言古五言古难易，五言古七言古难易，绝句律诗难易等论题。

二

以严羽难易论为基础，中国文学批评中涉及的难易论大致包括以下两种样态：每体单独强调其难；在比较中论不同体裁或者同一体裁之下不同具体体式的难易，或者在比较中研讨不同作品、不同题材的难易。

就每体单独强调其难易而言，具体如：

诗不易说。前节所列诸般诗歌苦吟之例，皆可视为诗不易之说。又如元代诗僧释英《奉赠赵似之架阁》云："休文瘦损只耽诗。"《读李芳卿吟卷》："半世尚清苦，五言能琢磨。"《言诗寄致祐上人》："作诗有体制，作诗包六艺。名世能几人，言诗岂容易。"③ 从琢磨之苦、用心之广论诗之难。

赋难说。《西京杂记》曾引司马相如论赋之语："合纂组以成文，列锦绣而为质。一经一纬，一宫一商，此赋之迹也。赋家之心，包括宇宙，总览人物，斯乃得之于内，不可得而传。"王世贞《艺苑卮言》以为作赋之法已尽于此数语，实则这种高自标置的自诩，是对赋体不易为的宣示。汉代文士与儒士不尽相同，文士被倡优蓄之的现象较为突出，司马相如此

① 袁枚：《随园诗话》卷七，《袁枚全集》第三册，王英志校点，江苏古籍出版社 1993 年版，第 227 页。

② 严羽：《沧浪诗话》，郭绍虞校释本，人民文学出版社 1998 年版，第 127 页。

③ 释英：《白云集》卷一、卷三，文渊阁四库全书本。

论，自有自高身份之意。《艺苑卮言》又道其创作情态："其变幻之极如沧溟开晦，绚烂之至，如霞锦照灼，然后徐而约之，使其有所在。若汗漫纵横，无首无尾，了不知结束之妙。"① 谢榛《四溟诗话》又道其修养："汉人作赋，必读万卷书以养胸次，《离骚》为主，《山海经》、《舆地志》、《尔雅》诸书为辅。又必精于六书，识所从来，自能作用。"又道及境界："命意宏博，措辞富丽，千汇万状，出有入无，气贯以篇，意归数语。"② 如此要求，同样在彰显赋之不易。

此外诸如词难、曲难，皆有涉及，详见后面论述。

四言古最难。张蔚然云："四言古难于五言古，五言古难于七言古，七言古难于绝，绝难于律。"依照这种推论，四言为最难，这是从诗歌特征及文学史实践感受而言的，但具体操作中，"古可以欺人，而律不可以欺人也，故人反难之"③。乔亿同乎此说："太白谓寄兴深微，五言不如四言。然四言极难，故自汉迄晋，能者只落落数公，唐自韩柳外，亦未见其人。"④ 张谦宜又从其不易学而论之："古四言之难，学其艰啬，既失其和平；学其平雅，又伤于繁芜。求其字峭句苍，真气浮动，未见其人。"⑤

当然，也有不同的声音，王夫之评嵇康《杂诗》："中散五言颓唐，不成音理，而四言居胜。足知五言之檃括为尤难。"⑥

六言为难。洪迈《容斋随笔三笔》则从其编辑《万首唐人绝句》的实际考量，其中七言绝句七千五百首，五言绝句二千五百首，而六言绝句不足四十首，因此以为六言为尤其难者。

五绝最难。《葚原诗说》云：

> 绝句固难，五言尤难，离首即尾，离尾即首，而腰腹亦自不可

---

① 王世贞：《艺苑卮言》卷一，丁福保辑《历代诗话续编》，中华书局 1983 年版，第 962 页。

② 谢榛：《四溟诗话》卷二，丁福保辑《历代诗话续编》，中华书局 1983 年版，第 1175 页。

③ 张蔚然：《西园诗麈》，吴文治主编《明诗话全编》，江苏古籍出版社 1997 年版，第 1098 页。

④ 乔亿：《剑溪说诗》卷下，郭绍虞辑《清诗话续编》，上海古籍出版社 1983 年版，第 1091 页。

⑤ 张谦宜：《絸斋诗谈》卷二，郭绍虞辑《清诗话续编》，上海古籍出版社 1983 年版，第 801 页。

⑥ 王夫之：《古诗评选》卷二，岳麓书社 2011 年版，第 578 页。

> 少，妙在愈小而愈大，愈促而愈缓。吾尝读《维摩经》得此法："一丈室中，置恒河沙诸天宝座，丈室不增，诸天不减。"又"一刹那定位六十小劫"。须如是观乃得。[①]

绝句为诗中"寸刃"，由于近体之中其体制最短小，又要成就诗歌所必需的意境、韵味，故而寸幅需具千里之势，字字如金，言言如玉，实不易为。

在对比之中强调难易，具体如：

诗文难易论。唐代卢延逊《苦吟》诗最早慨叹过："莫话诗中事，诗中难更无……不同文赋易，为著者之乎。"以文赋创作为易，借以衬托诗歌之难。

《老生常谈》则认为恰恰相反："古文更难于诗，不可轻易捉笔。古人兼工者已少，韩、柳、东坡、介甫辈才力甚大，人不能及。前代归震川、王遵岩不能诗。本朝壮悔堂诗，又当别论。魏叔子、姜宸英未见其有诗。"此外方望溪也一意为文而不为诗。以上所举，除了韩柳欧苏等大家可以诗文兼能之外，其余皆是专心致志于文章方成文名之例。

又则，汪琬诗文兼长，但诗不及文；邵长蘅诗文兼修，诗不能过其文；尤侗全才，但其文恃才而怪，不可为法。以上试图通乎诗文者，最终却显其偏能；

再则，吴伟业、王士祯、赵执信、朱彝尊等诗人，虽刻有文集，却非专门。[②]

总而言之，诗文相较，古文最难，为之不易。

诗词难易论。陆游跋《花间集》中曾谓："唐季五代，诗愈卑，而倚声者辄简古可爱，能此不能彼，未可以理推也。"《四库全书总目》提要早就称，其中没有什么"未可以理解"者："犹能举七十斤者，举百斤则蹶，举五十斤则运掉自如。"首肯陆游诗词有难易，而诗为难的思想。王国维

---

① 冒春荣：《葚原说诗》卷三，郭绍虞辑《清诗话续编》，上海古籍出版社 1983 年版，第 1602 页。

② 延君寿：《老生常谈》，郭绍虞辑《清诗话续编》，上海古籍出版社 1983 年版，第 1795 页。

《人间词话》征引以上观点之后驳斥："其言甚辨，然谓词必易于诗，余未敢信。"[①]

古体、律体难易。此论发于严羽，《沧浪诗话·诗法》中已经有"律诗难于古诗"之说。方回沿袭此说，评韩愈《春雪间早梅》云："束大才于小诗之间，惟五言律为最难。"又云柳宗元《早梅》诗为古体仄韵，由于此诗单赋早梅，不是律诗，因此容易锻炼。最终亦归结于"律体尤难，古体差易"。当然，这个观点遭到了后人的驳斥，冯班云："古体难，律体易。方君殊聩聩。古易于律，真小儿语。"纪昀也道："此一段全不中肯。视古体易而律体难，岂知诗者之论？平生底蕴，毕露于此。"[②]

又有将此条名之为古体近体难易者，其意见多与冯班、纪昀相同。如《萇原诗说》云：

> 五言古，诗之根本也。其余诸体，诗之枝叶也。盖溯所从来，自风骚而汉魏，自汉魏而唐，唐虽创为近体，实奄有前代之规。屈指当时，"古"有兼工，律无独胜，惟晚唐人弃古不务，始专为近体。由此观之，则其难易之数可知，其本末之辨亦可知。后人畏难就易，故多攻律体，少制古风，非所谓知本也。[③]

作者之意在于，必须学习好了古体，方可言近体，古体有得则律诗可就；后人不明此道，一味从律诗入手，俨然古体容易，律诗难为，实为误解。许印芳也持此见，他以严羽律诗难于古诗之论为不然，且视律诗为"俗体"[④]。

五律七律难易论。此论亦首发于严羽《沧浪诗话·诗法》："七律难于五律"。有人以为此语颇为骇俗，陈仅则认为"深得诗中三昧"，并引管韫

---

① 王国维：《人间词话》，徐调孚、周振甫注，王幼安校订，人民文学出版社1998年版，第217页。

② 李庆甲：《瀛奎律髓汇评》卷十三，上海古籍出版社2005年版，第749页。

③ 冒春荣：《萇原诗说》卷四，郭绍虞辑《清诗话续编》，上海古籍出版社1983年版，第1615页。

④ 张国庆辑：《云南古代诗文论著辑要》，中华书局2001年版，第177页。

山之语证之曰："五律人可顿悟，七言则非积学攻苦不能致也。"又引鄞县薛千仞之语："七言律，法度贵严，纪律贵整，音调贵响，不易染指。余见初学后生，无不为七言律，似反以此为入门之路，宜其欲入而自闭其门，终身不得窥此道藩篱，无怪也。"五律可出乎天籁，只要禀才高妙，即使妇人童子，当其兴会之所至也可偶然而得；但七律关乎才学法度，要兼其能方可。[①]

体裁之外，也有从体制不同论难易者，如小诗大篇难易。叶矫然云：

> "匆匆不暇草书"，方知草书非易就者。小诗亦然。盛唐诸体诗，中、晚、宋、元名家间有仿佛者。惟李杜绝句，浑成天趣，开元千百年后不能一至其妙，乃知小诗之难，难于大篇也。子瞻云："文章曹植今堪笑，却卷波澜入小诗。"然则小诗岂易涉笔也乎？[②]

大篇与小诗之难易不能单独从体制大小认定，作品的难易也不可能依照篇幅、字数规模确认，最终应该从作品的境界趣味获得难易考察，叶矫然此论有其偏颇。

也有从诗歌内部位置比较者，如律诗诸句创作难易。徐师曾论律诗："若论其难易，则对句易工，结句难工，发句尤难工。"[③] 方世举则将这种难易进一步具体到一联："七律八句，五六最难。此腹耳，腹怕枵，一枵则《孟》之陈仲子、《庄》之子桑户，有匍匐耳，尚何助于四体之手舞足蹈哉！"[④]

也有从题材论难易者。王思任论《琵琶记》与《西厢记》优劣云：

> 《西厢》易学，《琵琶》不易学。盖传佳人才子之事，其文香艳，易于悦目；传孝子贤妻之事，其文质朴，难于动人。故《西厢》之

---

① 陈仪：《竹林答问》，郭绍虞辑《清诗话续编》，上海古籍出版社1983年版，第2224页。

② 叶矫然：《龙性堂诗话续集》，郭绍虞辑《清诗话续编》，上海古籍出版社1983年版，第1007页。

③ 徐师曾：《文体明辨序说》，罗根泽校点，人民文学出版社1962年版，第107页。

④ 方世举：《兰丛诗话》，郭绍虞辑《清诗话续编》，上海古籍出版社1983年版，第776页。

后，有《牡丹亭》继之；《琵琶》之后，难乎其为继矣。[①]

也有从书写用实用虚论难易者。王嗣奭辨李杜优劣云：李白在唐代早有定价，少陵其时则难望其项背。韩愈借李白伸张杜甫，故有“李杜文章在，光明万丈长”之说，后人不乏由是以杜凌驾于李之上者。大致李白善于用虚，杜甫则善于用实；用虚者犹如摹画鬼魅，而用实者则如工画犬马。王嗣奭并非沿袭传统虚实论的基本倾向——即认为画虚可以无所凭依，天马行空，故而不难；写实者有物可稽，尺寸不能失检点，反而不易——他通过虚实对比所要强调的是：虚者需要神思方得，所以为难。[②]

也有从雅俗论难易。韩锡胙《渔村记自序》引俗语“画鬼物易，画狗马难”、“写神仙幽怪之文易，写布帛菽粟之文难”，自道其《渔村记》正是择其易者而为之，即传奇写怪，并非难事。其易处表现在：

腹笥空虚，少所考据，随意敷衍，易于成篇，一；

驰思溟涬，于世无讥，毁誉非真，易于寡怨，二；

点缀神天，光辉杂沓，洞洞属属，易于感人，三；

优孟俳谐，妍媸并进，多多益办，易于献能，四；

前作今受，非有非无，善念惟坚，易于留后，五。

作者认为，从诗骚到词曲，“其为体益俚，而其为文益易。”[③]

三

难易论一般都是文学体裁、体格风调等操作感受的比量；值得注意的是，这个批评范式有一定的理论缺陷，即这种强调个体感受的批评在探讨客体之际，多无意之间忽略了审美主体之间的差异。事实上，不同的审美主体，由于其才学情识素养的有异，由于其际遇地位经验不同，对同一文体写作的感受往往难以划一。断然区分文学体裁以及题材风体的难易因而

① 蔡毅编：《中国古典戏曲序跋汇编》二《琵琶记》评语，齐鲁书社 1989 年版，第 602 页。

② 王嗣奭：《杜臆》，中华书局 1963 年版。

③ 蔡毅编：《中国古典戏曲序跋汇编》三，齐鲁书社 1989 年版，第 1843 页。

也多有偏见。这一点明代赵士喆早有洞察，有人问他“诗中各体何者为难”？他回答：

> 此未可以偏见执也。据愚所见，四言诗第一最难，故从来诗人不敢多作。乐府五言古次之；七言、歌行、五七律、排律次之，五绝句又次之。然必求其精则皆不易。即五言绝一小技，且非老手不能办，而况乎其他。严沧浪谓七言律难于五言律，五言绝难于七言绝，此言良是；谓近体之难于古体则非。近体之难，难于才情法度；古诗之难，难于学识及胸襟。故人有为近体则精工，而为古诗则卑弱；亦有古诗则奇奥，而为近体则支离者。天分各殊，难以相强。[①]

首先，他认为文体难易问题是各执所见的，因此表达自己的看法，他表述为“据愚所见”；人各不同，所以没必要偏执于其己见；

其次，难易，是针对同一个主体的个体性感受，且多属于入门学习之际引发的感慨，如若求其精美，则无体不难；

再次，不同文体难易的论述，也许因为其能够体现这种文体的文化内涵，且符合普遍的主体心灵层次而形成多数人的共同感受；

最后，不同文体，或难于才情法度的施展，或难于学识胸襟的敷衍，先天后天，各有相关，因而所谓的难易便难以划同。所以才有精于此而弱于彼的现象，故云“天分各殊，难以相强”。

文学诸体皆难，便是有鉴于以上思想而诞生的。陈子龙《六子诗稿序》曾分论乐府、五言古、七言古、五言律、七言律、五言绝、七言绝，各体有各体的圭臬尺度，致其极诣则皆难之：

> 乐府谣诵，调古而旨近，似其音节，侧笔可追。然而太文则弱，太率则俗，太达则肤，太坚则讹，太合则袭，太离则野。此一难也。
>
> 五言古诗，苏李而下，潘陆而上，意存温厚，辞本婉淡，声调上

① 赵士喆：《石室谈诗》，吴文治主编《明诗话全编》，江苏古籍出版社 1997 年版，第 10548 页。

口，便欲揣摩。然集彼常谈，侈为新制，宛然成章，实见少味。至于宗六季者多组已谢之华，法盛唐者每溢格外之语。此一难也。

七言古诗，初唐四家极为靡沓，元和而后亦无足观。所可法者，少陵之雄健低昂，供奉之轻扬飘举，李颀之隽逸婉娈。然学甫者近拙，学白者近俗，学颀者近弱。要之体兼风雅，意主深劲，是为工耳。此一难也。

五七言律，用意贵隐约而每至露直，使事欲新变而每至陈显，轻与重必均而殊少合作，雄与逸并美而未见兼能。此一难也。

五七言绝句，盛唐之妙在于无意可寻，而风旨深永。中晚主于警快，亦自斐然。今之法开元者，取谐声貌，而无动人之情；学西昆崑者，颇涉议论，而有好尽之累，去宋人一间耳。此一难也。[①]

贺贻孙则论各体有其本色，然兼容其相对之体格则甚为不易：

五言诗为澹穆易，为奇峭难。四言诗为奇峭易，为澹穆难。陶公四言诗如其五言诗，所以独妙。七言诗作澹穆尤难，惟摩诘能之，然而稍加深秀矣。[②]

从中国阴阳哲学的本义来看，凡孤阴孤阳或曰亢阴亢阳皆违背物质负阴抱阳为一体的状态。就文学而言，如此的风格体调也是病态，姚鼐与鲁絜非书中于此辨析甚详，且对阴阳各有其一而对立面绝无者提出了批评。因此，文学最高的境界，便是以一种风格，涵摄与其对立的风格体调；就如同阴阳二气谐和方可熔铸为浑然一气一样。从这个意义而言，无论何种文体，要做到体涵二极，都不是一件容易的事。至此，客体难易的讨论已经被转移为主体才力的较量。

清人邹弢也认可诸体皆难："律诗须沉着，绝句须超逸，各有造诣，

① 陈子龙：《六子诗稿序》，《安雅堂稿》卷三，孙启治校点，辽宁教育出版社 2003 年版，第 39 页。

② 贺贻孙：《诗筏》，郭绍虞辑《清诗话续编》，上海古籍出版社 1983 年版，第 159 页。

未可猝几。近体易作而难工，古体难作而易工。一韵固见才雄，转韵总由气贯。七言易于今体而难于古体，五言易于古体而难于今体。均之，其难则一。”在确定了主体的情境下，诸体依据与其才性的切合与否，的确存在着一定的学习之际的难易感受，但要实现各体的审美要求，实则“其难则一”。其难易近似，于是，决定创作难易者他认为当是以下诸方面：“要知所难，在佳题可遇而兴会未至，意理虽足而人地不称。”如果不讲究兴会意理，而是一味的“分体界格，称韵量言”，即仅仅设定体格以言辞声韵敷衍成篇，则所就者无论难易，皆为“枯木死灰”[①]。

近人钱振锽也从一法通万法通论诗“正不必分其难易”，其意正是诸体皆不易。[②]

诗之难易论在才情学识以及兴会等因素的影响之外，还有一些学者从入手与成就分言难易，赵士喆所云“然必求其精则皆不易”、邹弢所云“近体易作而难工，古体难作而易工”等皆是此意。杭世骏以为，入手处难，则成就之后可易：

> 康节邵子之学，浅学所不能窥，强学所不能企。观物外篇，几于一字不解；吾非不学者也，盖其难也。至其诗，脱口而出，无深文，无棘句，若人人可以学而至，又若人人可以不学而能者。难与易之间，吾试一论焉。凡学有难有易，而究皇极之微则甚难。诗有难有易，而为击壤之诗则甚易。姑以诗论，其出之也甚易，而其初必备历诸艰，尽心养性，一难也；察物观变，一难也；选声作色，一难也。乾坤清气，散入心脾，阅历之深，夫而后妙手乃能偶得以为易而不知其甚难者，立乎其先也。[③]

入手之际备尝诸难，则成家之后妙手偶得，便不为其所难。难易之间

---

① 邱炜萲：《五百石洞天挥麈》卷六，续修四库全书本。

② 钱振锽：《谪星说诗》卷一，张寅彭主编《民国诗话丛编》，上海书店出版社 2002 年版，第 579 页。

③ 杭世骏：《邵屺云然叶斋诗序》，《道古堂文集》卷一，续修四库全书本。

既有分界，也能转化。王国维也云："散文易学而难工，骈文难学而易工。近体诗易学而难工，古体诗难学而易工。小令易学而难工，长调难学而易工。"[①] 其中学也为入手，工则境界；易学为入手之际的基本感受，而难工则是欲实现更高艺术境界之际的实际体验。

第二节　以至难尊体　以不易立品

一

难易之难为困难、繁难，难易之易也含二义：一般之论取其容易，再者还兼取其轻易之义，即论一体不易，既包括为之不容易，也包括不可轻视的意蕴。

与至难说对应，难易论中不仅仅有不易说，也有对为文之易的论述，近人王葆心曾撷取相关资料论曰：

论易者亦有，实不多，且多对博学、明道、富才、备识之大家而言。如苏子由云："孟子、史公未尝执笔学为如此之文，气充于中，见于文而不自知。"刘融斋云"从来足于道者，文必自然流出"等。

然又有泛言文之易者，如曾文正："论辩类、注释类及其他属告语、记载之七类，佔毕小儒，夫人而能之。"

许鲁斋："诗文只是《礼部韵》中字，已能排得成章。"

朱子："有一等人知读圣贤书，亦自会作文。"

以上诸论，许鲁斋所论并非强调诗文之易，而是强调诗文不必过于搜检繁难险奇之韵；曾国藩之论也不仅仅是讲为文甚易，而是说在他的诸般文类区分中，所罗列的几种体类不同于诗赋一类，属告、记载等人皆可为，而诗赋则恰恰是不易的。其他诸人之论都是就"博学、明道、富才、备识之大家"而言。如果说此外还有什么诉求的话，就是王葆心所云：

---

① 王国维：《人间词话》，徐调孚、周振甫注，王幼安校订，人民文学出版社 1998 年版，第 225 页。

"凡文家之至易立说者，皆所以广大文之途辙也。"[1] 如同佛家以立地成佛、儒家所谓人人皆可成圣贤劝人一样。

在诗文创作论上，除了这种劝学意味的鼓舞需要，历代文人更多的则是论其不易，诸如卢延让以"吟安一个字，拈断数茎须"论诗难，如宋代浩然子《吟窗杂录序》论诗有十难，如臧懋循《元曲选序》论曲有三难，如陈子龙《三子诗余序》论词有四难等。究其原因，在于以难尊体，以不易立品。王葆心在论及"文家有至难之说"的原因时说：

> 必视为至难者，所以申发文家精美之地位，使妄者不得而依托，鲁者不得而猝济。必树立此盛大优良之闲，范其外使无可溢，域其内使有所守，千古盛业非可贸居而劫夺也。

又曰："凡文家主至难立说者，皆可以尊贵文之品位也。"[2]

以难尊体，彰显此体的精英特质；以不易立品，避免舆论的俚俗身份指认。

论诗文之难，核心手段之一就是强化一种文体创作对主体文才的需要。

如明代凌云翰《剪灯新话序》言瞿佑"志确而勤，故其学也博，其才充而敏"。备此才华，所著《剪灯新话》方能雅赡，如非"好学博雅，工于文而审于事"，其"何能臻此"[3]？

朱彝尊《高户部诗序》论诗："诗也者，非夫人而能为之者也。或失则愚矣，或失则辟矣，虽为之不工也。"其中"非夫人而能为之"，或愚或辟等，即指天赋之中有无诗才。又曰："有溺志者矣，有奸声感人者矣，有狄成涤滥之音作者矣，虽工不传也。"如此溺志而不宣、奸声感人或烦滥之作等，是为有才而不能驾驭才，其作一样难以流传。所以说，诗歌创作的难易是相对的，"语其难则有终身为之不合者，语其易或偶为之而辄

---

① 王葆心：《古文辞通义》卷十七，王水照辑《历代文话》，复旦大学出版社 2008 年版，第 7912、7916 页。

② 同上。

③ 凌云翰：《剪灯新话序》，丁锡根编《中国历代小说序跋集》，人民文学出版社 1996 年版，第 600 页。

工焉。”[①] 关键在于有才无才以及如何驾驭才。

邱炜萲论绝体与律体云：“绝体之高者在音节，律体之高者在格律，音节取办天才，格律胥关造诣。即以李杜二公而言，李妙音节，杜善格律，不相非薄不相师；迨其成也，亦自不相掩。”[②] 格律须赖造诣，然非无才者能办；音节待于天才，同样不可无造诣。

在中国文化的价值评估系统里，但凡与天相关者皆具有超凡的地位，由此也成就了文才这种不可移易、难以苟得甚至历世难逢、可遇不可求的稀缺性，使之成为历代舆论尊奉与大众景仰的对象。于是，在中国文学史上，但凡能够说明具有天才或者成自天才，其人以及其相关创作便可以获得非同一般的价值认定与价值升华。具体而言：

其一，就文人的身价而言，以才论者方居上品。以钟嵘的《诗品》为例，他将收入《诗品》的诗人概以“才子”相称，《诗品序》中明确表示：“凡百二十人，预此宗流者，便称才子。”但上中下三品论诗人，上品中品不惜笔墨，动辄以才相称，如陆机“才高词赡”，谢灵运“兴多才高”，鲍照“才秀人微”，颜延之“经纶文雅之才”，郭璞“用隽上之才，变创其体”。至于下品诗人，仅仅在下品开端称班固“梦坚才流，而老于掌故”——其中含有对开拓者尊崇的意味，随后的下品诗人罕见以才评论。进入下品的诗人，不仅用才称誉的频率明显降低，而且即使偶然论其才，也多道其才与其他创作要素难以达到和谐，或具有明显的偏失。才，由此可见本是一种不可轻易假借于人的重器名器。虽然钟嵘称入《诗品》者皆为才子，但上中下品中的才子，在以才批评上却有着如此的悬殊。

其二，就具体创作的艺术价值而言，成于天赋之才者方可获得异乎寻常的魅力，即得于天者人力不可企及。刘将孙《须溪先生集序》云：

> 盖尝窃观于古今斯文之作，惟得于天者不可及。得于天者不矫历而高，不浚凿而深，不斫削而奇，不锻炼而精。若人之所为，高者虚，深者芜，奇者怪，精者苦。三千年间，惟韩欧苏独行而无并。两

① 朱彝尊：《曝书亭集》卷三十八，文渊阁四库全书本。

② 邱炜萲：《五百石洞天挥麈》卷九，续修四库全书本。

汉以来，六朝南北，盛唐名家，岂不称雄一时？而莫之传者，天分浅而人力胜也。[①]

天虽然不排斥人力，但唯有得于天者方能不可企及。《洪驹父诗话》论柳宗元《江雪》诗："子厚此诗，信有格也哉！殆天所赋，不可及也。"[②]王夫之以"倾情、倾度、倾色、倾声，古今无两"论曹丕《燕歌行》，如此绝诣之境界也是"殆天授，非人力"[③]。

其三，具体到文体而言，能以才论者即可获得文体地位的提升。小说与诗文辞赋相比，一直属于下里巴人，由于不登大雅之堂，历代为正统的文学思想所贱视。明代中后期开始，尤其明末清初一班性灵思想浓厚的文人开始为小说翻案，致力于提升其在诸般文体中的地位，其采取的主要手段便是从称谓与理论上将小说与才建立关系。他们以才论小说的创作，以才子论小说的作者，以"才子书"命名那些通俗小说及戏剧。在提携小说戏剧等文体地位的同时，又以才作为小说的批评核心，对其品质提出了更高的要求。如金圣叹推《离骚》、《庄子》、《史记》、《杜诗》、《水浒传》、《西厢记》为"六才子书"，并将《水浒传》和《西厢记》作为第五、第六才子书加以评点。毛宗岗等则以为，才子书之目，宜以《三国演义》为第一。其他沿袭才子书以高自标置的是"才子佳人"小说，如天花藏主人创作或批评的作品《玉娇梨》、《平山冷燕》按主人公人数分别称为"三才子书"和"四才子书"，后被书贾合并出版，名曰《天花藏七才子书》。《好逑传》早期以"第二才子书"流传，《白圭志》、《花笺记》又被称为"第八才子书"，等等。明代刘敬《剪灯余话序》则明确提出了作旧说须"才学识"兼长之论，"才"作为主体素养已经成为小说创作的根本。

以上已成潮流的以"才子书"名作品、以"才"论作品、以"才子"赞作者的现象，所依据的理论就是才为禀赋、授之于天，稀缺又可创化，因而凡物论才则贵则难。通俗小说因为以才创作、以才赏评，因此作者不

① 刘将孙：《养吾斋集》卷十一，文渊阁四库全书本。

② 洪刍：《洪驹父诗话》，郭绍虞辑《宋诗话辑佚》卷下，中华书局1980年版，第425页。

③ 王夫之：《古诗评选》卷一，岳麓书社2011年版，第504页。

可掉以轻心，读者不可移易视之，由此实现了小说这种文体世俗价值的重新定位。

诗文之难，其难又难在创作主体在文才之外，尚需要学识。

“才学识”作为素养被整体拈出，首见于唐代史学家刘知几的“三长”说：“史有三长，才学识，世罕兼之，故史才少。夫有学无才，犹愚贾操金，不能殖货；有才无学，犹巧匠无楩楠斧斤，弗能成室；善恶必书，使骄君贼臣知惧，此为无可加者。”[①] 其中才学识分列其用，才主其能，学主其材料，识主乎既明善恶又能善恶必书的决断。另外唐代独孤及论李华伟辞丽藻云：“学博而识有余，才多而体愈迅。”[②] 也已经兼才学识而讨论同一个审美对象了。后来章学诚《文史通义·史德》中将刘知几“三长说”作了进一步阐发：“非识无以断其义，非才无以善其文，非学无以练其事。”[③] 由于传统的文学理论观念中，史文就是文学的范围，因此，如果笼统而言，从刘知几开始，“才学识”作为一个整体已经进入了文学批评。

宋人论文学素养兼才学识而言者逐步增多，黄裳《言意文集序》云：“识性为之根蒂，才性为之文饰，记性为之证据，合是三性而本于心，禀其可否，著为群言，犹之读书万卷，历历可引其文义，胸间洞然。”[④] 兼称才性、识性、记性，即由才学识而论文。卫宗武以为：“人之文者也，学以本之，识以充之，才以融之。”[⑤]

文才之外，学识亦为文学创作的重要素养，二者的基本关系是：学可以开识，识可以引领才学。

以学开识之论，可以追溯到《沧浪诗话·诗辨》，严羽所论诗道在于妙悟，而妙悟之道有孟浩然式，虽乏学力但才情洋溢，此为顿悟之途；但更多的则指向以学而入其门径：

---

① 宋祁：《新唐书》卷一百三十二，《二十五史》第六册，上海古籍出版社、上海书店出版社1986年缩印版。

② 独孤及：《检校吏部员外郎赵郡李公中集序》，《毗陵集》卷十三，四部丛刊初编本。

③ 章学诚：《文史通义》，叶瑛校注，中华书局1994年版，第219页。

④ 黄裳：《言意文集序》，《演山集》卷十九，文渊阁四库全书本。

⑤ 卫宗武：《秋声集自序》，《秋声集》卷首，文渊阁四库全书本。

> 工夫须从上做下，不可从下做上。先须熟读《楚辞》，朝夕讽咏以为之本；及读古诗十九首、乐府四篇、李陵苏武、汉魏五言皆须熟读。即以李杜二集枕藉观之，如今人之治经，然后博取盛唐名家，酝酿胸中，久之自然悟入。

此类门径属于佛教中的渐悟，所以敏泽先生总结严羽的禅悟之道称："严羽所说的悟实际上也就是学。如他在'诗辨'开宗明义所说的'夫学诗以识为主……'"[①] 由学而悟，则能成识，这里的识也指向诗歌学习方法与效果。由学而渐渐抵达识悟之说，形成了后来的以学开识论："读书只可开识见，助笔阵。"其中的"只"是就学有济于才思识见却不能以学为诗材而言的[②]。

又如许学夷《诗源辨体》论学诗："学诗者识贵高，见贵广。不上薄三百篇、楚骚、汉魏则识不高；不遍观元和、晚唐、宋人则见不广。"[③] 识见皆得于穷搜博览之学。邵经邦云：

> 诗要见识，如季札观周乐，便知是兴是亡。当时岂是篇篇歌过？又岂是章章辨验？无非他心中理会得多。未闻乐时，先知唐风如此，卫风如彼，一闻之间即赞其美，知其兴亡。今人陈杜沈宋不能熟记，王杨卢骆亦未全知，便议人优劣，如何使得？[④]

所谓"未闻乐时，先知唐风如此，卫风如彼"，就是论起初平素的工夫。诗要见识，见识必须要经历前期的苦学。再如《秋星阁诗话》云："诗须识高，而非读书则识不高。"[⑤]《岘斋诗谈》云："人生惟识见胸次不

① 敏泽：《中国文学理论批评史》，人民文学出版社 1982 年版，第 596 页。

② 邓云霄：《冷邸小言》，道光二十七年邓仁声刻本。其文云："余尝谓读书只可开识见、助笔阵，如食参木丹砂，自能返老还童。若取参木丹砂挂在脸上，何补于颜？反益老丑。"

③ 许学夷：《诗源辨体》卷二十四，杜维沫校点，人民文学出版社 1987 年版，第 249 页。

④ 邵经邦：《艺苑玄机》，吴文治主编《明诗话全编》，江苏古籍出版社 1997 年版，第 2946 页。

⑤ 李沂：《秋星阁诗话》，丁福保辑《清诗话》，上海古籍出版社 1963 年版，第 915 页。

可勉强，当随其阅历学问以渐而高。”[①] 皆是纪昀“儒者识见，系乎学问之浅深”之意，因与学相关，随时而化，所以纪昀说：“吾党十年以前所诋诃，十年后再取阅之，帖然悔者不少矣。”识见与个人情性嗜好虽然相关，但真识则往往未必一味迁就自我之所近，这也是纪昀慨叹“安知惬吾意者必是，不惬吾意者必非”的原因[②]。邓绎也说过：“识非学不明。”[③] 从学到识所要追求的效果是“明”，明者豁然开朗，也就是以学开识之意。

以识引才学之论。严羽称“学诗者以识为主”，本意就在于以识引导文人们学习前人与经典，防止依附攀扯而沦于流俗。许学夷称：“学者以识为主，则有阶级可循，而无颠踬之患。”而当时学者，或先平正而后诡诞，或先藻丽而庸劣，其学习对象不定，或者选择不当，因而诡诞庸劣，原因正在于“识见不足”[④]。吴乔也说：有学力而识见不高远，亦不能见古人用心深苦之处——无识而学，难收成效。吴乔还用了一个比喻：“识为目，学为足。有目无足，如老而策杖，不失为明眼人；有足无目，则为瞽者之行道也。”[⑤] 目所起到的就是判断引领作用，这样足才能有所措置，明晓趋向，这就是以识引学。

《文史通义·妇学》也将识列为才学之首，他说：“夫才须学也，学贵识也。才而不学，是为小慧。小慧无识，是为不才。不才小慧之人，无所不至，以纤佻轻薄为风雅。”[⑥] 无识者难以称才，识不仅引领学，而且又是成就才的核心要素。

恃才者往往纵才而不学，此外还有一类所谓正统之士，以道学自居，以圣人学问自任，因此往往不屑于诗文，李邺嗣绘其造像云：“今学者稍从间道，未知其中曾有所得否，但见人亲书卷，辄以为玩物；见人操翰，辄以为务华。即使彼稍窥仿佛或有所解，亦如萤火熠熠，仅堪自照，终生

① 张谦宜：《絸斋诗谈》卷三，续修四库全书本。

② 纪昀：《张为主客图序》，《纪晓岚文集》卷九，孙致中等校点，河北教育出版社 1991 年版，第 181 页。

③ 邓绎：《藻川堂谈艺》，光绪刊本，贾文昭编《中国近代文论类编》，黄山书社 1991 年版，第 696 页。

④ 许学夷：《诗源辨体》卷三十四，杜维沫校点，人民文学出版社 1987 年版，第 316 页。

⑤ 吴乔：《围炉诗话》卷四，郭绍虞辑《清诗话续编》，上海古籍出版社 1983 年版，第 592 页。

⑥ 章学诚：《文史通义》，叶瑛校注，中华书局 1994 年版，第 536 页。

死于腐草间耳。”之所以有如此结果，就在于他们贱视诗文之能，以为明道则必有其文，诗文可以不学而能，事实上这一类文人传播其学所依赖的文章之能往往不济。在李邺嗣看来，道自然要学，但文章也非不学而能者。因此，要实现传道之使命，就必须谙熟文章，“夫道与事皆藉吾言而得传，则惟其辞之修，言之有文若云汉昭回烂然可见，而后足传于后世”；而将从事于斯文，则首先需要治学：“必本诸六艺，折衷于夫子而始得与文章之事。故必先之以经学，是为载道之言；次之以史学，是为载事之言。”

传播道学不仅仅依靠文章，韵文实则也是重要手段，故又云：“立言之体不易，而其有韵之文，则为诗，今学者论及诗益以为小道不足言。某亦以为不然。夫诗本于三百篇，固所谓载道与事之文也……或以为后世之诗其言俳丽，近乎雕虫纂组，故不足为。然诗人之言曰：不闻亦式，不谏亦入。曰：昊天曰明，及尔出王；昊天曰旦，及尔游衍。辞工而理精，无出其上，此非俳之始也?”因此，无论有道与否，传道与否，都需要在诗文上下工夫，非是有道即可一劳永逸：“今人谓既学道之后，便可不费吟绎，徒取先儒一二陶写性情之作奉为典型，肆笔而出，无复顾惜，几与禅门所谓颂古说偈相类，顿使风雅荡然。”①

有才也好，有道也罢，无学无识仍然不足以成就与传世，因此诗文为难，不易染指。

二

历代尊体之论，其核心往往集中于其必兼才学情识及法度等方可建功。

先是必备妙才。以曲为例，曲学在明代的繁荣，引发了一个尊体的理论热潮。所谓尊体，就是通过对曲本体性特征的研究、挖掘，确立其在文学门类、文学史中的地位，摆脱小道、末艺的尴尬局面。早期一些文人，对词曲创作存有偏见，如胡应麟就说：“汉文唐诗宋词元曲，虽愈趋愈下，要为各极其工。然胜国诗文绝不足言，而虞杨范揭辈皆煊赫史书。至乐府绝出古今如王关诸子，无论生平履历，即字里若存若亡，故知词曲游艺之

① 李邺嗣：《上黎洲先生书》，《杲堂诗文钞》卷四，四明丛书本。

末途，非不朽之前著也。"[①] 元代以诗文实不足言，但类似杨维桢四家以如此不足言之造诣依然能够皆彪炳史书，而王实甫、关汉卿等杂剧大家却连履历都难以保存下来，这是从元代就流行的对待曲学的态度。所以胡应麟从功利的立场出发，以之为游艺末途，贬低得已经无以复加；但又承认元曲亦为"极其工"者，可见其思想之中对曲是有矛盾的。但在明代，为词曲正名翻案的声音已经高涨起来，如明末茅一相就从代胜的角度论述了元曲的伟大地位：

> 夫一代之兴，必生妙才，一代之才，必有绝艺：春秋之辞命，战国之纵横，以至汉之文，晋之字，唐之诗，宋之词，元之曲，是皆独擅其美而不得相兼，垂之千古而不可泯灭者。

尽管这些体类之中，"惟词曲之品稍劣"，但是："风月烟花之间，一语一调，能令人酸鼻而刺心、神飞而魄绝，亦惟词曲为然耳。"[②] 地位最低者最能动人心魄，于曲言其需妙才，而备妙才则可成一代之胜。

其次尊体又体现在创作主体在才情之外需积学而就。依然以曲为例，《曲律》之中拿出了相当的篇幅论述曲之不易，需要付出相当的努力，除了"论须识字"外，尚有"论须读书"，目的在于求雅："词曲虽小道哉，然非多读书以博其见闻，发其旨趣，终非大雅。"所读之范围又多设定在发挥才情的诗文之上："须自《国风》、《离骚》、古乐府及汉魏六朝三唐诸诗，下迨花间、草堂诸词，金元杂剧诸曲。"最后又提到"古今诸部类书"。读书要达到的状态，是当如王实甫、高则诚"下笔有许多典故，有许多好语衬副"，而非堆垛学问以吓三家村人，最终实现"作诗原是读书人，不用书中一个字"。"论用事"之中对用事念念不忘：

> 曲之佳处，不在用事，亦不在不用事。好用事，失之堆垛；无事可

① 胡应麟：《庄岳委谈》，《少室山房笔丛》卷二十五，文渊阁四库全书本。

② 茅一相：《题词评〈曲藻〉后》，蔡毅编《中国古典戏曲序跋汇编》，齐鲁书社 1989 年版，第 31 页。

用，失之枯寂。要在多读书，多识故实，引得的确，用得恰好，明事暗使，隐事显使，务使唱去人人都晓，不须解说。又有一等事，用在句中，令人不觉，如禅家所谓撮盐水中，饮水乃知咸味，方是妙手。①

在用事与不用事之间游移，实则对用事大加称道，既体现了王骥德文人的积习，也可以看出他努力在以诗文所共用的创作手段论曲，以显示曲之不易为。

其次必备真情、识见。张衢《芙蓉楼偶言》曰：

是书成，讥我者谓余不习举子业，竟效俳优者之所为，此真井蛙之见。夫文章莫大于传奇，悲欢必尽其情，贤奸各呈其态，非熟于人情世故，不足以与此。且其中或技能，或术语，咄嗟立办；或典故，或方言，触绪纷来，既非枵腹人所能袭取。即南人不能北语，北人不能操南音者，其于声律，终未许其置喙焉。况数十出众，回环照应，打成一片，是真一大八股也。故善读书者不必定此书，善作文者不必定此文。一以贯之，吾于传奇，盖有得焉，奚必沾沾于举子业哉！②

悲欢尽情为人情，熟悉人情世故为识理，术语典故方言等为学问，一气浑然为才华。才学之外，又标情识。有如此素养要求，因此才说文章莫大于传奇。

尊体的第四个表现，以词曲为主的文体难于才律兼备，即在才学情识之外，必备法度。

宋末仇远直接继承李清照的思想，强调诗词之不同："世谓词者诗之余，然词尤难于诗。词失腔犹诗落韵，诗不过四五七言而止，词乃有四声、五音、均拍、重轻、清浊之别。"其不同者，多在此法度讲求之异。又云当时腐儒村叟不明词之本色过于诗化之病象：

① 王骥德：《曲律》卷三，中国戏剧研究院编《中国古典戏曲论著集成》第四册，中国戏剧出版社 1959 年版，第 127 页。

② 蔡毅编：《中国古典戏曲序跋汇编》，齐鲁书社 1989 年版，第 2041 页。

以词为易事，酒边兴豪，即引纸挥笔，动以东坡、稼轩、龙洲自况。极其至四字《沁园春》、五字《水调》、七字《鹧鸪天》《步蟾宫》，拊几击缶，同声附和，如梵呗，如步虚，不知宫调为何物，令老伶俊倡面称好而背窃笑。

如此为词，“是岂足与言词哉”[①]！不仅仅强调诗词不同，而且明确宣扬词难于诗，以示尊体。

又如毛先舒继承李清照“词别是一体”而发展出了“词有别肠”说：

杨慎作长短句，有沐兰浴芳、吐云合雪之妙，其流丽辉映，足雄一代，较于花间、草堂，可谓俱擷其长矣。杨初以博洽名，当时有子云之目，而长篇巨什，顾以芜累纤靡而失之，迹其蒐猎弹射，亦多所挂漏，未足称功，瑕不胜摘。独于填词，染笔称俊，岂其技之独工，抑词有别肠耶？[②]

杨慎因博洽好学，记忆力惊人，所以著述旁征博引，但又错误百出，因此明代有《正杨》之书，胡应麟于《艺林学山》对杨慎更是百般诋毁。如此人物，却于词称工，雄视一时，原因在于词有不同于他人的要求，而主体具备这种独到的素养就可以有所作为。

这种独到的素养，一方面属于这种文体对创作主体才赋的独到要求，《今词初集跋》中毛先舒重申云：“少陵云：读书破万卷，下笔如有神。千古奉为诗圣。至于词，非天赋以别才，虽读万卷书，总无当于作者。使少陵为《忆秦娥》、《菩萨蛮》诸调，必不能与清莲争胜，则下此可知矣。”[③]诗学之中的别才别趣之说被引入了词论。

还有一方面则是对此体本色特征及要求的坚守，对词曲而言，主要表

① 仇远：《山中白云词序》，《山中白云词》附，文渊阁四库全书本。

② 毛先舒：《诗辨坻》卷四“词曲”，郭绍虞辑《清诗话续编》，上海古籍出版社 1983 年版，第 91 页。

③ 顾贞观等辑：《今词初集》卷末，续修四库全书本。

现为律度的讲求。吴兴祚《词律序》便是为词律张目之作：

诗之变古而律，其法犹宽，至诗变而为词，其法不得不加密矣。何者？词为曲所滥觞，寄情歌咏，即取丰神之蕴藉，尤贵音调之协和。其倡为名目，诸公皆才士，而又精于声音节簇之微妙，故凡其篇幅短长，字句平仄，皆非无故，决然为一定不可移易焉者。

不可移易意味着律的严格紧密，而不问古人作词之所以然，仅仅着眼于“裁割字句、交互平仄之间”，而且“无事拘泥”、“任情率意”者，不仅仅是古调尽失，而且会造成“词之名存而言实亡”。作者如此严于词律，其存词之实的用心十分良苦，存词之实才是尊词之体，所以他说：“设词可不拘成格，惟凭臆是逞，则何不以诗以骚以赋，不必句节字比者为之，而必词之为邪?”清初万树《词律》本来就是针对当时词坛漫然操觚轻视词律创作的，李慈铭领会其旨，故称此书是万树不满词坛摒弃词律的“发愤之作”；针对时人“伸纸染翰，率尔而作”的现象，李慈铭也以“词即乐也，可易言乎”奉劝，律严而词之道尊。[①]

嘉庆道光时期，吴县戈顺卿也以律论词，长洲孙月坡与之龃龉，提倡用才。杜文澜则独推戈顺卿：“词当以韵律为主，未可越戈氏之范围。”尽管孙月坡言趣并非就为肆才，也讲敛才：“无才固不可作词，然逞才作词，词亦不佳。须敛才炼意，而以句调运之。”但杜文澜还是强调：“词以纤秀为佳，凡使气使才，矜奇矜僻，皆不可一犯笔端。”[②] 可见对才的警惕极高，似有才多反破词体之意，其旨就是守律。

而长洲宋铭之则取中和：守戈氏之界，可以峻词体；游孙氏之宇，可以畅词趣。二者皆是，不可执一。具有别才别肠，又须法度谙熟操作森严，词因其难而尊。

① 吴兴祚：《词律序》，见金启华等编《唐宋词集序跋汇编》。

② 杜文澜：《憩园词话》卷一，唐圭璋《词话丛编》，中华书局1986年版，第2857页。

三

难易论中的不易之论，意在以不易立品格，同样是自重身份之举。其尊体立品的手段还包括在源流追溯之中体现源远流长，对比诸体从而分辨所尊者的独到特征，从其兼教化与审美二用见尊贵。

第一，在源流的追溯之中体现源远流长。以词为例，这种追溯的目的在于关注词相对于诗的文体发展意义与独立价值。从李清照论词别是一体开始，词与诗的关系问题以及创作之中二者关系的处理问题便成为文人们的关注重点，郑刚中《乌有编序》云：

> 长短句亦诗也。诗有节奏，昔人或长短其句而歌之。被酒不平，讴歌慷慨，亦足以发胸中之微隐。余每有是焉。①

其意是词本通于诗。张镃则以为词为诗之变，即从正变而言，诗为正，而词为变，《梅溪词序》中他先从《诗经》论词源："《关雎》而下三百篇，当时之歌词也，圣师删以为经。后世播诗章于乐府，被之金石管弦，屈宋班马由是乎出。"《诗经》本来就是被乐章的歌词，属于后世词的源头。陆游也有论词产生的文字：

> 唐自大中后，诗家日趋浅薄，其间杰出者，亦不复有前辈闳妙深厚之作，久而自厌，然梏于俗尚，不能拔出。会有倚声作词者，本欲酒间易晓，颇摆落故态，适与六朝跌宕意气差近……故历唐季五代，诗愈卑而倚声者辄简古可爱。盖天宝以后，诗人常恨文不逮；大中以后，诗衰而倚声作，使诸人以其所长格力施于所短，则后世孰得而议？②

从词出于诗歌创新压力这个角度立论，既强调了词为诗中新变这一源流关

---

① 郑刚中：《北山集》卷十三，文渊阁四库全书本。

② 陆游：《跋花间集》，《渭南文集》卷三十。

系，同时又说明词与诗的差异在于词为诗之“变”：前辈之诗闳妙深厚，但习尚已深，久而生厌，故而求变求开拓，词这个时候应运而生，因此是文体代变而成，是诗歌发展求变而成，是气运文运之变而成。既然此变是后人胜前人之优势所在，属于“以其所长格力施于所短”，因而可以自成一家，“后世孰得而议”？这不仅是说词出于诗又发展了诗，同时也是对词独到价值的公开捍卫。

胡震亨《宋词二集叙》将词与礼乐建立了关联，他以为，词这种文体，“近言之则曲，正言之即乐也”；“曲可小而乐不可小也”①。

浙西词派汪森《词综序》也追溯至诗三百篇：他以为，自有诗歌便出现了长短句，《南风》之操、《五子之歌》等皆是。《诗经》之中的《颂》诗三十一篇，长短句居其十八。汉代郊祀歌十九篇，长短句居其五；至短箫铙歌十八篇，则皆是长短句。可见词与诗早已分镳并骋，非有先后。

毛奇龄《西河词话》卷一有“古乐府语近词”一条，将词和诗建立了关系：

> 白乐天《花非花》诗，唐人《醉公子》词，长孙无忌《新曲》，杨太真《阿那曲》，自是词格。他若《回鹘》、《石州》、《阿鞞回》、《回波乐》、《乌盐角》、《鹦滥堆》、《水调歌头》诸名，俱是乐府。然其语有近词者，则亦可以词名之。如隋帝《望江南》，徐陵《长相思》，初亦何尝是词，而句调可填，即为填词。由是推之，则梁武《江南弄》诸乐，以及鲍照《梅花落》、陶弘景《寒夜怨》、徐勉《迎客》《送客》、王筠《楚妃怨》、梁简文《春情》、隋炀帝《夜饮朝眠曲》，皆谓之古词，无不可哉。

诗正词变，词与诗相关，也就是变从正沿革而来，并非外道。当然，毛奇龄没有从基本形态入手将词之源头局限在古乐府上，而是继承宋明文人的思想，将作为词之源的诗继续追溯，从乐府诗具体为了作为中国诗歌之源

① 胡震亨：《宋词二集叙》，毛晋编《宋名家词》第二集卷首，上海古籍出版社 1995 年版。

的《诗经》与《离骚》：

> 以诗余者，其流为曲，而其源直本于《国风》、《离骚》。故《离骚》名辞，诗余亦名辞，自非沿波讨源，涤流卻会，导天渊而濯下泉，孰能使涓涓细流一归浩荡？

丁澎对此则有更为详细的论述，其《定山堂诗余序》云：

> 文章者，德业之余也，而诗为文章之余，词又为诗之余。然则天下事，何者不常用其有余者哉？若竟量而出，索焉遽尽，此坳堂之泛觞，而非洪淮巨河之有源有本者也。即以诗论，古人之乐章也，乐因诗以传声，诗藉声而验乐，三百篇者，瞽史之徒所按声而歌者也。古者歌《鹿鸣》，必歌《四牡》、《皇皇者华》三诗以节之，而用《南陔》、《白华》、《华黍》三笙以赞之。迨后而四诗亡矣，仅存《鹿鸣》一歌，汉之乐府由是以起，乐府之纪系不传。于是诗为有律之文章，而非匏笙之辞曲矣。其近乎乐而可谱以八音者，莫善乎诗余。然则诗余者，三百篇之遗，而汉乐府之流系也。其源出于诗，诗本文章，文章本乎德业，即谓诗余为德业之余，亦无不可者。

丁澎视词为诗余，《西陵词选序》中也说过："词者何？诗之余也。"他对"诗余"的阐释，意在摆脱词边缘化的地位。在他的论述中"诗余"这个名称有两个内涵：

一则词为诗之变："何以不曰诗，而名之以词？曰：以其变也。夫有正，必有变，犹之风有变风，雅有变雅，遂变而为词也。其变也奈何？由世降而体愈繁，体愈繁而声弥变，或流为骚，或流为艳，或流为歌曲，皆诗之余也。"以诗之变而关联起《诗经》、骚、乐府、词。

二为这个"余"有着独到的内涵，《定山堂诗余序》中，他从对诗余之"余"分析，将"余"字释为了满溢以后所得者，即词是诗和德积累过盛而最终流溢于外的必然表现形态，也就是从源至流的形态；而不是诗或者修德之空余无聊之际的消遣之意。毛奇龄也曾说：“词为诗余，不必更为乐府余。”原因是，“但穷极其工妙为诗，而词之沨沨乎不可迫遏有此”[①]，即诗穷极工妙则词便自然不可抑制而发抒。词与诗通过与德业的联系，确立了词与诗近乎相近的地位；词与诗艺之纯熟相关，又确立了词与诗相近的艺术品位。

而从音乐性之相通分析，也是视《诗经》为词之源头。西陵词人陆进在《西陵词选序》中称：“三百篇亡后有骚赋，骚赋难以入乐而后有古乐府，古乐府不谐俗而后以唐绝句为乐府，绝句少宛转而后有词。”此为常论，可见共识之广泛。

另外，从表现内容上，丁澎认为词又是对《诗经》义旨的继承展开，其评龚芝麓词云：

> 取是编而读之，沨沨乎有三百篇之遗音焉。其珥玷槐掖，濡笔承明，则雅音亮节，依然《彤弓》、《湛露》之赋答也；其遣情山水，放目云烟，抚白石以流连，漱清漪而沦沂，则逸兴遄飞，陶然《卷阿》、《苓隰》之高致也；其凄心悄志，悱恻缠绵，寄悲怨于花晨，托遥思于月夕，则殷然忧谗畏讥、离夫思妇之萧骚也；其香闺忆别，霜塞鸣笳，听木叶于宵砧，响愁红于铁马，则杨花雨雪，色然以惊，凄然以悲，而瞻望勿及者也。

将龚芝麓词一一与《诗经》的篇目对应，表示其内容上的传承关系。诗有风教，而读其词，同样能够“性情以是正”、“风会以是醇”，这又是风化之用的承续。不仅如此，丁澎还从具体句法体式上将词的源头追溯到了《诗经》，《西陵词选序》中，他将《诗经》中《还》、《丽鱼》等篇参差的句法视为长短句句法，将《江汜》、《东山》、《行露》等篇看作词叠句换韵的滥觞，并称：“凡此烦促相宣，短长宜用，以启后人协律之源，岂非三百篇实祖祢哉？”[②]

---

① 毛奇龄：《付雪词第二刻序》，《西河集》卷三十一。

② 丁澎：《定山堂诗余序》，见陈乃乾辑《清名家词》，上海书店出版社 1982 年版。

对于词与诗之间的这些关系，后来道咸间张炳堃概括为："固风雅之余响，亦骚辨之苗裔"。[①]

追溯源流本是古代文学理论的首要任务，词如此，曲也不例外。关于曲的源头，郎瑛但称其中的南词起源于唐[②]；胡应麟虽然也轻视杂剧传奇，但从其对杂剧传奇的深入研究恰恰体现了他对戏曲的另一种态度，《庄岳委谈》之中他论杂剧传奇起源于优伶："优伶戏文自优孟抵掌，孙叔敖实始滥觞。汉官者傅脂粉侍中亦后世装旦之渐也。魏陈思王傅粉墨椎髻胡舞诵俳优小说，虽假以逞其豪俊爽迈之气，然当时优家者流装束因可概见，而后世所为副净等色有自来矣。"从古代优伶传统论起，至《乐府杂录》中的弄参军以及后来的范传康、上官唐卿、吕敬迁三人"弄假妇人"，正是装扮副净、旦角，皆为优伶传统。而到了唐代，优伶分工日益细化并衍生出了专门的演习，使得优伶活动空间受到挑战：

> 古教坊有杂剧而无戏文者，每公家开宴，则百乐具陈……唐制自歌舞之外特重舞队，歌舞之外又有精乐器者，若琵琶羯鼓之属。此外俳优杂剧不过止供一笑，其用盖与傀儡不甚相远。非雅士所留意也。

早期的百乐具陈之中也包括杂技优伶，汉代大赋之中对此有具体的描绘；到了唐代乐舞分工渐细，优伶被边缘化，而且这种局面一直持续到宋代。其改观在于元代文人给优伶赋予了戏文，使得优伶的演出有了戏文的依据，并综合了乐舞的特征，故云："浸淫胜国，崔蔡二传奇迭出，才情既富，节奏弥工，演习梨园几半天下。"他称这是"古今一大变革"[③]。

如果说以上诸论尚且是一般性的历史溯源的话，王骥德《曲律》对曲源的探讨则开始具有了明显的尊体诉求。

《曲律》开篇第一条就是"论曲源"，这个源头的探讨，侧重于杂剧、传奇之中套曲的源头，王骥德将其和"乐"建立了联系。他说："曲，乐

---

① 张炳堃：《倚晴楼诗余序》，见陈乃乾辑《清名家词》。

② 参阅《七修类稿》卷三十一诗文类"花间词名"条，安越点校，文化艺术出版社 1998 年版。

③ 胡应麟：《少室山房笔丛》卷二十五。

之支也。”古乐从《康衢》等作开始，至西汉乐府，声渐其靡，六代延之。到了唐代以绝句为曲，如清平、凉州之类，由于难尽音声变化，所以又创立了《小秦娥》、《菩萨蛮》等调，因此说李白、温庭筠为曲之“始作俑”者。宋代词兴，与曲接近，“然单词只韵，歌止一阕，又不尽其变”。金章宗时渐渐发展为北词，入元则漫衍为北曲。北曲“滞于弦索，且多染胡语，其声近噍以杀，南人不习也”，所以至明变为南曲：“婉丽妩媚，一唱三叹，于是美善兼至，极声词之致。”论源头而及乎乐，乐为礼乐文化的重要组成，因此与雅正接上了血脉，通过溯源而确立了曲的地位。

通过与乐的关系梳理，进而将曲与《诗经》建立了联系。臧懋循《元曲选序》中云：“三百篇亡而后有骚赋，骚赋难以入乐而后有古乐府，古乐府不入俗而后以唐绝句为乐府，绝句少宛转而后有词，词不快北耳而后有北曲，北曲不谐南耳而后有南曲。”[①] 同王骥德一样，以乐为线索，将《诗经》、骚赋、词、曲贯穿，论述的起点上溯到了《诗经》。祁彪佳也称：“今之曲即古之诗，抑非特古之诗耳，即古之乐也。”[②] 当时的王世贞、何良俊均持类似观点，以乐为依据，将曲之源头推及诗三百，其体出于《诗经》，其用等于《诗经》，后来又衍入古诗，由此提高曲的地位。正因为这种关系的确立，具体的创作论中，诗学的标准经常成为曲学批评的重要尺度，如《曲律·论声调》中以唐诗格调作为曲的最高规范：

> 夫曲之不美听者，以不识声调故也。盖曲之调犹诗之调。诗推初盛之唐，其音响宏丽圆转，称大雅之声。中晚以后，降及宋元，渐萎苶偏诐，以施于曲，便索然卑下不振。故凡曲调，欲其清不欲其浊，欲其圆不欲其滞，欲其响不欲其沉，欲其俊不欲其痴，欲其雅不欲其粗，欲其和不欲其杀，欲其流利轻滑不欲其乖刺艰涩而难吐。其法须先熟读唐诗，讽其句字，绎其节拍，使长贯注融液于心胸口吻之间，机括既熟，音律自谐，出之词曲，必无沾唇拗嗓之病。

---

① 臧懋循：《负苞堂集》卷三，续修四库全书本。

② 祁彪佳：《孟子塞五种曲序》，《祁忠惠公遗集补编》，道光二十二年增刊本。

从对唐诗格调的学习之中获取曲的格调，其方法就是体格声调的涵咏，“讽咏之久，有金石宫商之声”。通过模拟，能够渐得其似，这种思想颇近似于七子的诗学思想，所以有学者称这可以看出王骥德受七子影响之深。但同时也说明了另一个问题：王骥德将诗学标准纳入了曲学批评，而且以作为诗学标尺的盛唐法式要求曲的创作，在表示曲不易为的同时，体现了其提升曲学地位的策略。

而在有的批评文章中，他则干脆打通了诗、曲：

> 《西厢》，风之遗也；《琵琶》，雅之遗也。《西厢》似李，《琵琶》似杜，二家无大轩轾。然《琵琶》工处可指，《西厢》绳削甚严，旗色不乱；《琵琶》之妙，以情以理，《西厢》之妙，以神以韵。①

以风雅比曲，以李杜喻曲，以神韵评曲。其他曲品之类以神、逸、妙、能等论曲，以趣味、情景等论曲，皆是诗学标准的直接运用。如吕天成《曲品》评《双卿》：“景趣新逸。”《修文》：“穷其幻妄之趣。”《投桃》：“甚有情趣。”又如祁彪佳《远山堂曲品》论《太平乐事》：“无深趣耳。”《小春秋》：“曲本平实，便觉趣味不长。”《地狱生天》：“不作禅语而作趣语。”他如“全不入趣”、“尽竹林诸贤之趣”、“趣复不长”、“有何景趣”等等。诗文与曲批评尺度的统一，体现了彼此隔阂的冥合。

冯梦桢也曾论曲云：“词曲本诗余、词余，本唐人之诗，唐人之诗本汉魏古选，汉魏古选本三百篇。虽曰愈趋愈下，其为宣达性情，古今雅俗一也。”② 曲本于诗词，诗词出唐人之作，唐人之作最终又溯源于诗三百。于是曲在具有宣达性情之用以外，也获得了与诗词同等的艺术地位。

清人朱亦栋论《三星圆》之美则上溯至六经：

> 尝以此推作者之用心，温柔敦厚，《诗》之正而葩也。疏通知远，

① 王骥德：《新校注古本西厢记》评语，蔡毅编《中国古典戏曲序跋汇编》，齐鲁书社 1989 年版，第 666 页。

② 冯梦桢：《序田子艺先生〈缦园心调〉》，《快雪堂集》卷一，续修四库全书本。

《书》之典而则也。广博易良，《乐》之和而节也。恭俭庄敬，《礼》之简而文也。清静精微，《易》之奇而法也。属词比事，《春秋》之劝善而惩恶也。

一部传奇，兼包了《诗》、《乐》、《书》、《礼》、《易》、《春秋》六经的精华，由此得出结论："传奇非小技，以文言道俗情，约六经之旨而成者也。"[①] 所以不可轻视。

第二，在对文体差异的辨析之中分辨其独到特征。以曲为例，在通过对诗的依傍获得合法地位之外，明代文人们又致力于对曲与其他文体差异性的辨析。辨析的过程是一个文体自觉的过程，在辨析之中曲的自我审美内涵获得了定位。除了最基本的曲有套数、有宾白、有故事，呈现综合性之外，《曲律·杂论》又从曲更近自然、更加婉曲地表达情感这一点强调了曲的本体特征：

吾人言：丝不如竹，竹不如肉，以为渐近自然。吾谓：诗不如词，词不如曲，故是渐近人情。夫诗之限于律于绝也，即不尽于意，欲为一字之利不可得也。词之限于调也，即不尽于物，欲为一语之益不可得也。若曲，则调可累用，字可衬增。诗与词不得以谐语方言入，而曲则惟吾意之欲至，口之欲宣，纵横出入，无之而无不可也。故吾谓：快人情者，要毋过于曲也。

曲与诗、词在自由度上有着很大的差异，因此表达情感上也有能否充分的差异，通过这种对比，曲显示了诗词所不可替代的作用：它的表现形式更自由，它表达情感的效果更加突出，因此："词之异于诗也，曲之异于词也，道迥不侔也。诗人而以诗为曲也，文人而以词为曲也，误矣，必不可

① 朱亦栋：《〈三星圆〉序》，蔡毅编《中国古典序曲序跋汇编》，齐鲁书社 1989 年版，第 2062 页。

以言曲也。”“曲与诗原是两肠。故近时文士辈出，而一搦管作曲，便非作家。”[①] 又从曲的独特性入手，以为诗词曲彼此不可以一道统之。

又则，元杂剧、明传奇等具有一定的虚构性，关于这一点明代形成了戏剧虚实问题的论争。所谓虚实问题，是指从本质上讲，戏曲是应该反映真实的现实人生，还是虚幻的尤其是虚构编纂的充满奇异色彩的传奇故事。从传奇的名字上本来就体现了这个艺术品种传演奇事的特征，人们对此也多有接受。胡应麟从杂剧传奇源自优伶剧戏探讨这个问题，认为所谓的生旦净末丑等角色，其本质都是出于幻设虚构：

> 凡传奇以戏文为称也，无往而非戏，故其事欲谬悠而无根也，其名欲颠倒而无实也，反是而求其当焉，非戏也。故曲欲熟而命以生也，妇宜夜而命以旦也，开场始事而命以末也，涂污不洁而命以净也。凡此咸以颠倒其名也。

生旦净末的角色设置，全部来源于颠覆现实，以见戏与实的区分，并举当时著名的《荆钗记》、《琵琶记》、《香囊记》等为例：“中郎之耳顺而婿牛也，相国之绝交而娶崔也，荆钗之诡而夫也，香囊之幻而弟也，凡此咸以谬悠其事也。”[②] 都以谬悠其事为根本，其中的谬悠，是就不滞于事实而言的。这一观点在当时有着较为广泛的认同，如《琵琶记》诞生之后，有人附会此曲是意在影射[③]，就连王世贞也认为是讥讽当时一士大夫，其意是说，虽然名字假托，但故事是真实的。但吕天成却质疑：“讽友人夫其信然?”并申说其对虚构的支持：

> 赏其绝技，则描画世情，或悲或笑；存其古风，则凑泊常语，易

① 王骥德：《曲律》卷三十九杂论下，《中国古典戏曲论著集成》第四册，中国戏剧出版社1959年版，第160页。

② 胡应麟：《庄岳委谈》下，《少室山房笔丛》卷二十五。

③ 明代田艺衡《留青日札》记载：“有王四者，以学闻，则诚与之友善，劝之仕。登第后，即弃其妻而赘于太师不花家。则诚悔之，因作此记以讽谏，名之曰《琵琶》者，取其上四王字，为王四云尔。元人呼牛为不花，故谓之牛太师，而伯喈曾依附董卓，乃以之托名也。”

晓易闻。有意驾虚，不必与实事合；有意近俗，不必作绮丽观。[①]

徐复祚也说：“要之传奇皆是寓言，未有无所为者，正不必求其人与事以实之也。”[②] 都是从对“虚”的认可而言。对虚的认可，不是说故事违反真实，而是不照搬真实。同样的事例也出现在屠隆的《昙花记》上，沈德符《顾曲杂言》中记载，冯开之曾经诠释《昙花记》有寄托，约谓：屠隆晚年自恨往时孟浪，致累西宁侯宋世恩夫人被丑声，而前途未可限量的宋世恩也因此坐废，因而此曲乃是“忏悔文”。沈德符认为：“此乃著色《西游记》，何必诘其真伪?”[③] 从鉴赏的角度认为没有必要考察虚实问题，观众是否喜爱才是第一位的，对虚构持开放态度。

当然，艺术虚构也应该以符合情理为标准。晚明之际，传奇之奇演为神奇怪异，牛鬼蛇神大兴，与现实人生出现脱离，因此引发了部分文人的批评。凌濛初认为，作为戏曲结构故事的方法，“略附神鬼作用”是无可厚非的，但要自然不牵强，做到“大雅可观”，但当时很多作品却远远背离了这个限制：“今世愈造愈幻，假托寓言，明明看破无论，即真实一事，翻弄作乌有子虚。”装神闹鬼，致使真实反而化作虚无，“兼以照管不来，动犯驳议，演者手忙脚乱，观者眼暗头昏，大可笑也”。因此他认为，“人情所不近，人理所必无，世法既自不通”的怪异应该有所收敛，要维系基本的情理尺度。[④]

张岱对传奇之中一意作怪的现象也有深刻的批评，他以《合浦珠》为例详细进行了分析：

盖郑生关目，亦甚寻常，而狠求奇怪，故使文昌、武曲、雷公、电母奔走趋跄，闹热之极，反见凄凉……今人开场一出，便欲异人，乃妆神扮鬼，作怪兴妖，一番闹热之后，及至正生冲场，引子稍长，

① 吕天成：《曲品》卷上，吴书荫校注，中华书局 1990 年版，第 1 页。

② 徐复祚：《曲论》，《中国古典戏曲论著集成》第四册，中国戏剧出版社 1959 年版，第 234 页。

③ 此事原委参阅《顾曲杂言》“昙花记”条。

④ 凌濛初：《谈曲杂札》，《中国古典戏曲论著集成》第四册，中国戏剧出版社 1959 年版，第 258 页。

便觉可厌矣。

他引苏轼之语，认为“凡人文字，务使和平知足”。又道《琵琶记》、《西厢记》：“布帛蔬粟之中，自有许多滋味，咀嚼不尽，传之永远，愈久愈新，愈淡愈远。”而这些作品却毫无奇怪之处，尽为常情常理。又通过《西楼》一剧的成功阐述称：“只一情字，讲技、错梦、抢姬、泣试，皆是情理所有，何尝不闹热，何尝不出奇？何取于节外生枝屋上起屋耶？”[①] 意在倡导情理之中的传奇，而非无所依托的捏造。

以词为例，其尊体的表现之一也是从文体上突出词的个性特征，以摆脱依附性。曹溶序《古今词话》以“上不牵累唐诗，下不滥浸元曲者”为“词之正位”[②]。李渔所论相同，以为词难就难在“上不似诗，下不似曲”，有着自己独到的特性。一般文人，由于情性学问不同，作词往往有所偏，大约呈现为以下特点：“空疏者作词，无意肖曲，而不觉仿佛乎曲；有学问人作词，尽力避诗，而究竟不离于诗。”词介于其间，因此需要有所抑扬，抑扬的一般原则为：浅者深之，高者下之，一俯一仰，至乎“才与不才之间”，才能得词之三昧[③]。具体而言，词与诗、曲的差异表现为：

诗有诗之腔调，曲有曲之腔调。诗之腔调宜古雅，曲之腔调宜近俗，词之腔调则在雅俗相和之间。

从腔调区分词与诗曲，一雅一俗，一在雅俗之间。从词用字而言，其原则为“存稍雅，而去甚俗”：“如称闺人，口中之自呼为妾，呼婿为郎，此可词可曲之称也。若稍异其文，而自呼为奴家，呼婿为夫君，则止宜在曲，断断不可混用于词矣。”这就是李渔定位词的所谓才与不才、雅与俗之间。

另如沈谦《填词杂说》也有“词承诗启曲”一条：“承诗启曲者，词

① 张岱：《答袁箨庵》，《瑯嬛文集》卷三，夏咸淳校点，上海古籍出版社 1991 年版，第 230 页。

② 曹溶：《古今词话序》，《古今词话》卷首，唐圭璋辑《词话丛编》，中华书局 1986 年版，第 729 页。

③ 李渔：《窥词管见》，唐圭璋辑《词话丛编》，中华书局 1986 年版，第 550 页。

也，上不可似诗，下不可似曲，然诗曲又俱可入词，贵人自运。”[①] 词有着自己的个性特征，不能与诗曲面目近似；不过沈谦较李渔等不同的地方是，以为诗与曲的文字又尽可以入词。毛先舒也论述了词有自己的特性，以为其体与曲诗异，不当淆乱，批评柳永情语多俚俗，如“祝告天发愿，从今永无抛弃”之类“开元曲一派，词流之下乘”[②]。

第三，从体兼教化与审美二用见所尊体之重要。对本身效用的论述和强调是不同艺术门类、文学体裁彰显自我地位的手段之一。以曲而言，很多文人都已经论述了曲承接《诗经》，有着兴观群怨之用。王骥德《曲律》将曲之用具体定位在两个方面，教化与审美。

教化之用的论述承接了兴观群怨论：

> 古人往矣，吾取古事，丽今声，华衮其贤者，粉墨其慝者，奏之场上，令观者借为劝惩兴起，甚或扼腕裂眦、涕泗交下而不能已，此方为有关世教文字。

由于崇教化，因此称“不关教化，纵好徒然”；又批评《拜月亭》“只是宣淫，端士所不与”，称那些“徒取漫言”的创作为无所贵。可注意的是，王骥德论教化有两个层次：

一为“令观者借为劝惩兴起”，因善而得激励，因恶而得惩戒，这仅仅是戏剧内容、故事情节给读者直观的影响，此为基本的兴观群怨的阶段；

一为“甚或扼腕裂眦、涕泗交下而不能已”，其中“甚或”是相比于“劝惩兴起”而言的，表示程度的加深。故事能够令读者观众彻底投入，同情共感，获得心灵深处情感深处的洗礼与震撼，这种文字他说为“有关世教”文字。[③]

可见王骥德的教化说里已经深深植入了艺术审美的因素，在美的沉浸

---

① 沈谦：《填词杂说》，唐圭璋辑《词话丛编》，中华书局1986年版，第629页。

② 毛先舒：《诗辨坻》卷四“词曲”，郭绍虞辑《清诗话续编》，上海古籍出版社1983年版，第91页。

③ 王骥德：《曲律·杂论》，《中国古典戏曲论著集成》第四册，中国戏剧出版社1959年版，第160页。

之中获得教化比一般的劝惩兴起要高一个层次的看法，提升了他的教化论的理论层次，可以说对当时一般的教化说是一个超越。

从审美上论曲，《曲律》提出了动人与快人两个问题。“论套数”中云：“摹欢则令人神荡，写怨则令人断肠。不在快人，而在动人。此所谓风神，所谓标韵，所谓动吾天机。”高则诚《琵琶记》开场词中曾说过：“论传奇，乐人易，动人难。”喜怒哀乐属于人的基本生理情感，既曰生理情感，则其具有官能的色彩。官能由于其生理的特征，因此对快适、舒畅而不阻滞者都有好感，但它因为注重消遣娱乐而处于审美的浅层。动人的“动”则具有广泛的包容性，是对审美感觉的敞开与对诱发审美感觉的对象的收纳，它表示一种超越了官能刺激之外的具有反思色彩的审美感动；同时，将戏剧的审美尺度从快人调整为动人，也表现了王骥德对戏剧故事审美形态的取向：大凡快人者，往往要注重故事外在情节、人物个性、矛盾冲突的夸张与提炼，我国古代类型化的戏剧作品多具有这种直接感发人之情感的特点，大忠大孝、大悲大喜、大起大落，另有大团圆，都使人基本的审美理想在故事之中得到抒发并与观众在世俗人生热情上获得共鸣。而“动人”则具有一定的对张扬夸张的收缩与内敛，似乎更加注重以含蓄而真实的现实力量打动读者；同时兼容了悲戚、哀感的内容，拓展了审美的空间。王骥德将高则诚的“乐人”上升为“快人”，并强化了快人和动人的差异，明确倡导戏剧以“动人”为高，显示了很高的理论辨析能力。相比于臧懋循“事必丽情，音必谐曲，使闻者快心而观者亡倦”的戏剧尺度①，的确不可同日而语。

晚明茅一相也关注到了词曲易于动人这个特征，他在历数诸代之胜，诸如唐诗宋词之后说：“虽然，即是数者，惟词曲之品稍劣，而风月烟花之间，一语一调，能令人酸鼻而刺心，神飞而魄绝，亦惟词曲为然耳。”②尤可注意的是，戏曲与人生、历史与现实、实际与虚构之间，事实上有着惊人的一致性，如朱亦栋所云：“大地一梨园也，曰生曰旦曰净曰丑曰外

① 臧懋循：《玉茗堂传奇小引》，《负苞堂集》卷三。

② 茅一相：《题词评〈曲藻〉后》，蔡毅编《中国古典戏曲序跋汇编》，齐鲁书社1989年版，第31页。

曰末。场上之人，即场下之人也。贫富贵贱，倏升倏沉，眼前景也。离合悲欢，欲歌欲泣，心头事也。忠孝廉节，为圣为贤，意中人也。”[①] 因而其感染教化之功便越发不可估量。

李渔论传奇可传与否，列出三条标准：“曰情，曰文，曰有裨风教。”情不奇不传，词不警拔不传，但这都是手段，关键还要做到有劝惩，假如“情文具备而不轨于正道，无益于劝惩”，观者哑然一笑而已[②]。《闲情偶寄·词曲部·结构》中云：

> 传奇一书，昔人以代木铎。因愚夫愚妇识字知书者少，劝使为善，诫使勿恶，其道无由，故设此种文词，借优人说法，与大众齐听，谓善者如此收场，不善者如此结果，使人知所趋避，是药人寿世之方，救苦弭灾之具也。[③]

毛奇龄分析戏曲对大众进行教化的迅捷与力度：

> 夫爨演之感人甚矣。今有家不悦于亲，出不顺于朋友，冠裾毁慝，秉性忮害，似非保惠诰诫所能引激。而一旦过勾栏，见忠孝节义遗事，目触而心悲，初绚于眶，既而溢于睫，又既而涕唾垂颏，雪前襟而观，口讼心愬，一若身处其地，而必欲为之较量而不可已者，岂其人则善变哉，诚触之者有殊而感之者有异也。[④]

这些劝惩之论，不是堂面之语，都属于深切之言。所谓的劝，当时主要表现为歌功颂德。文学的歌颂功能，是从《诗经》就确立的传统，王充

---

① 朱亦栋：《〈三星圆〉序》，蔡毅编《中国古典序曲序跋汇编》，齐鲁书社 1989 年版，第 2062 页。

② 李渔：《香草吟传奇序》，蔡毅编《中国古典戏曲序跋汇编》，齐鲁书社 1989 年版，第 1558 页。

③ 李渔：《闲情偶寄》，《中国古典戏曲论著集成》第七册，中国戏剧出版社 1959 年版，第 11 页。

④ 毛奇龄：《何孝子传奇引》，《西河集》卷五十八。

《论衡》之中列“须颂”一篇，倡言为大汉歌功颂德；明代王祎也有此说。以戏曲歌颂，李渔是重要的倡导者，《闲情偶寄》凡例之中即云：“武士之戈矛，文人之笔墨，乃治乱均需之物：乱则以之削平侧，治则以之点缀太平。”《闲情偶寄·词曲部》也称：“借三寸枯管，为圣天子粉饰太平；揭一片婆心，效老道人木铎里巷。”兼教化与歌颂而言曲，政教之用的劝惩已经全部包容。

俞樾《余莲村劝善杂剧序》也从其教化的迅捷与力度立论：“天下之物最易动人耳目者，最易入人之心。是故老师巨儒，坐皋比而讲学，不如里巷歌谣之感人深也；官府教令，张布于通衢，不如院本平话之移人速也。君子观于此，可以得化民成俗之道矣。”之所以如此，在于管子曾说：“论卑易行。”卑则近俗近大众，以俗的形式教化，“其感人深，其移风易俗易”[①]。

以上论述戏曲可以教化愚氓，其教化之诉求与其情、其文必兼而有之方有其效用，也就是说，既有伦理之用又有艺术审美之效，既能化俗也能动雅，雅俗共赏。从这个意义上来看待曲学，它便超越了“品稍劣”的传统认定，理论界自然不应“轻易”视之，而应该给予其相应的地位。

词论也是教化审美兼宗。如陆以谦的《词林纪事序》就是如此，序中说，诗论兴观群怨，人人都认可，而词却以为是“弄月嘲风”、“浅斟低唱”的“娱心”工具，实则不然：东坡《水调歌头》“琼楼玉宇，高处不胜寒”，神宗以为苏轼终是爱君；吴毅夫《满江红》“报国无门，济时有策”，其自负何如？刘须溪《宝鼎砚》，词意凄婉，与《麦秀》歌无殊。以上所举三例，词或有寓托，或言其志，或宣其黍离麦秀之情，都属于可观可兴可怨之作。对于很多刚直之士却偏偏写下赠妓柔惠之词的现象，他分析道：

> 诗多男女之咏，何也？曰夫妇，人道之始也，故情莫甚于男女，廉耻莫大于中闺。礼义养于闺门者最深，而声音发于男女者易感。故

① 俞樾：《春在堂杂文续编三》，舒芜等编选《近代文论选》，人民文学出版社1959年版，第346页。

凡托兴男女者，和动之音，性情之始，非尽男女之事也。

原来，艳情之作中，男女之情事往往是有为而发，有托而发，如此读词的话："闺房琐屑之事，皆可作忠孝节义之事观。"[①] 这种看法当然发源于《诗经》之中比兴手法的运用，带有一些附会，但也符合多数作品的实际。李慈铭论南宋之词，称王鹏运所刻《南宋四名臣词》"欲廉贪立懦，使人兴起"；而当时临安一隅，歌舞湖山之作，他认为至少有两个方面的效用："贤者当知其谲谏主文，感时伤事；不贤者当知其导谀亡国，陷溺君心。"于是"兴观群怨之旨庶几在焉"[②]。

词至清代，词坛通过尊词体、审音律，实现了词学历史上空前的繁荣，"词为小道"、"诗庄词媚"等一系列传统观念至此才被彻底打破。

小说同样是通过教化与审美的兼宗实现尊体。小说而言教化、假此以提升其地位是文学史中的常态。小说本为消闲之具，或豆架瓜棚，夏日南窗，手持一编，观"雨窗、长灯、随航、欹枕、解闷、醒梦"以度长闲[③]；其为正统理论所接纳，关键则在于其"为之犹贤乎已"的遣兴娱情功效之外的教化之用。如胡应麟便曾更定九流，其条目为：一儒，二杂，三兵，四农，五术，六艺，七说，八道，九释。并补充说明："子之为类，略有十家。昔人所取凡九，而其一小说弗与焉。"将小说纳入诸子之中，命之曰"说"，而此前小说是不入流的。之所以如此排布，关键原因在于："说主讽刺箴规"，至于浮诞怪迂等乃其附属功能，尽管如此，其言淫诡而失实，亦足以备采择洽闻见。[④]

明代众多小说理论，皆兼审美教化而言之。瞿祐《剪灯录自序》（即《剪灯新话序》）论小说：对读者而言，小说之中的内容"皆可喜可悲可惊可怪者"，不关义理经济，属于情感官能的刺激。对作者而言，有"哀穷悼屈"的目的，属于以小说遣发郁积，是艺术发抒的范畴。无论作者读

---

① 陆以谦：《词林纪事序》，张宗橚《词林纪事》卷首，上海古籍出版社 1998 年版。

② 李慈铭：《南宋四名臣词序》，见金启华等编《唐宋词集序跋汇编》，江苏教育出版社 1990 年版，第 443 页。

③ 《清平山堂话本》刊刻之初共分此六集。

④ 胡应麟：《少室山房笔丛》卷十三。

者，都有着疏散情怀的期待，至张岱，则将其概括为“痛快”二字：

> 天下事不痛不快，不痛极则不快极。强弩溃痈，力锥拔刺，鲠间臃肿，横冰无余，立地一刀，郁积尽化，人间天上，何快如之？

痛因为作者选取了可悲可惊之事，快为将悲苦倾倒而出，使得作者和读者同时获得情感的洗礼。张岱细致描述了大痛则大快的阅读感受：“余于节义之士，窃以为亦然。当其负气慷慨，肉视虎狼，冰顾汤镬，余读书至此，为之颊赤耳热，眦裂发指。如羁人寒起，颤栗无措；如病夫酸嚏，泪汗交流。”[①]阅读之中，可悲可泣之事激发起读者的同情，如自己深入冰炭，对眼下俗务恰恰是一种屏蔽，因此虽痛却不关功利，这样才有真正的快意。

以上“可喜可悲可惊可怪”或者痛快说是从艺术欣赏效果对小说的讨论。在此之外，以瞿祐为例，他又将劝惩明确引入小说利理论，劝惩理论也是他最突出的小说理论贡献，其《剪灯新话序》为自己编辑古今奇怪之事辩护云：

> 《诗》、《书》、《易》、《春秋》，皆圣笔之所作，以为万世大经大法者也；然而《易》言“龙战于野”，《书》载“雉雊于鼎”，《国风》取淫奔之诗，《春秋》纪乱贼之事，是又不可执一论也。今余此编，虽于世教民彝莫之或补，而劝善惩恶，哀穷悼屈，其亦庶乎言者无罪、闻者足以戒之一义云耳。

劝惩说与历代统治者提倡的教化异曲同工，但于小说更注重手段，也没有单向的、居高临下的姿态，因此一经推出迅速蔓延，成了以后小说创作之中无论何种内容能够存在的护身符或者遮羞布。凌云翰《剪灯新话序》中也提道：“是编虽稗官之流，而劝善惩恶，动存鉴戒，不可谓无补于世。”但凌云翰的序言自署作于“洪武三十年夏四月”，而瞿祐的自序自

① 张岱：《古今义烈传自序》，见《张岱诗文集补编》，夏咸淳校点，上海古籍出版社 1991 年版，第 408 页。

署作于“洪武十一年”，可见凌云翰的序言所提到的“劝惩”是对瞿祐自序之劝惩的呼应与认可。田汝成后来通过《夷坚志序》又对这个理论给予了包装，使其更加完善：

其一，只要能够劝善惩恶，形式是不应该有限制的，哪怕是孔子所不言的怪力乱神：“宇宙之大，事之出于意料之外者往往有之。若姜嫄之孕，傅岩之梦，独非大神大怪者哉？而垂之六经，非谩诬以资谈谑者，固仲尼之所存笔也。然则不语者，非不语也，不雅，语以骇人也。苟殃可以惩凶人，祥可以凭吉士，则虽神且怪，又何废于语焉？”从子不语怪力乱神说起，孔子不言之是惟恐不雅之语骇人而影响自己思想的传播。但只要有利于劝勉善士，惩戒凶人，言之又有何妨呢？

其二，劝善惩恶是对天人之道的艺术演示：“盖治乱之轴，不握于人，则握于天。天有常运，人有常经，天乱其运则善恶倒植，人乱其经则赏罚无章。天乱则人治之，于是乎爵于朝，戮于市，播于大诰，而铸于刑书；人乱则天治之，于是乎翼于无形，呵于无声，锡夺其资基，而延缩其寿夭。是惟天人交辅，以持世故，彝伦所以常存，而乾坤赖以不毁也。人之为治也，显而易见；天之为治也，幽而难明。”以阴阳五行天人交辅来说明劝惩为治乱大道，小说能表而出之，自然有益于世教。

其三，以《夷坚志》为依据，列举了现实之中劝惩所涉及的具体内容：

> 知忠孝节义之有报，则人伦笃矣；知杀生之有报，则暴殄弭矣；知冤怼之有报，则世仇解矣；知贪谋之有报，则并吞者惕矣；知功名之前定，则奔竞者息矣；知婚姻之前定，则逾墙相从者怍矣。其他赈饥拯溺，扶颠拥孺，与夫医卜小技，仙释傍流，凡所登录，皆可以惩凶人而奖吉士，世教不无补焉，未可置为冗籍也。①

劝惩的内容，包罗了现实社会的方方面面，在基本的美刺内涵外，又嵌入了佛家果报思想，从而使之从宗教义旨转化为了化世之良筹。劝惩也

① 田汝成：《夷坚志序》，丁锡根辑《中国历代小说序跋集》，人民文学出版社 1996 年版，第 108 页。

因此获得了舆论与官方共同认可。

又如《西游记》的艺术性自不待言，历代评论者多强调其“幻中有理”、“幻中有趣”、“幻中有实”，李卓吾评《西游记》称其“游戏中暗藏密谛”，也是就其艺术展示之中有所寄托而言的。这种寄托自然不仅仅一方面，单就孙悟空这个形象来说，其中就寓有以这个放任自流天真烂漫者的遭际变化宣扬心学思想的用意。比如，心学的基本思想在于经过自我的修为与涵养——其手法源于三教的体悟与领会——使自我放纵迷惑而流浪不归难以羁束的心能回归到良知的境界，也就是所谓的“求放心”、“致良知”。孙悟空这个形象，事实上就是现实人生之中“心猿意马”之“心猿”的幻化与具象。

明清时代，出现了数量可观的艳情小说，其中不少篇目于色情内容上肆意泼墨，艺术表现也不乏卓绝者，而作者同时多以劝惩标榜，其代表作品就是《金瓶梅》。欣欣子序《金瓶梅》开篇第一句话就揭出了其“寄意于时俗”的特征，所谓“寄意于时俗”，就是通过对现实人生琐碎日常的描绘表达作者某种理念。《金瓶梅》开篇第一回就有一首戒色诗：“二八佳人体似酥，腰间仗剑斩愚夫；虽然不见人头落，暗里教君骨髓枯。”继而明确提出了小说的劝惩主题：

> 说话的为何说此一段酒色财气的缘故，只为当时有一个人家，先前恁地富贵，到后来煞甚凄凉，权谋术智，一毫也用不着，亲友兄弟，一个也靠不着。享不过几年的荣华，倒做了许多的话靶。内中又有几个斗宠争强，迎奸卖俏的，起先好不妖娆妩媚，到后来也免不得尸横灯影，血染空房。正是：善有善报，恶有恶报；天网恢恢，疏而不漏。

而小说的整体框架与故事演绎的结果，可以说与此相较毫厘不爽：西门庆纵欲丧命，李瓶儿争宠亡身，潘金莲等偷奸亡命。原先富贵荣华之豪族，转瞬家破人亡。由此看来作者本来颇有道学色彩，但其描写这个家庭破落主人公淫纵的过程却相当露骨，文人们称之为“以淫说法”。尽管小说本身香艳甚至淫邪，活色生香的描摹引来历代读者的趋骛，但教化劝惩的自命又为其平添了郑重其事的意味。

第三节　经典难易论举例

一

难易论包罗广泛，文学批评史上为历代反复探讨并大致形成共识者以如下数端为主：诗难，词难，五绝难，七律难。

诗难。在唐代苦吟等论之外，明确而密集的诗难之论始于宋代。陆游曾经论曰：

> 诗岂易言哉？一书之不见，一物之不识，一理之不穷，皆有憾焉。同此世也，而盛衰异；同此人也，而壮老殊。一卷之诗有淳漓，一篇之诗有善病，至于一联一句，而有可玩者，有可疵者，有一读再读至十百读，乃见其妙者。有初悦可人意，熟味之使人不满者。大抵诗欲工，而工亦非诗之极也。锻炼之久，乃失本指；斫削之甚，反伤正气。虽曰名不可幸得，以名求诗，又非知诗者。纤丽足以移人，夸大足以盖众，故论久而后公，名久而后定。呜呼艰哉！[①]

其中涉及诗歌鉴赏之难、诗歌创作之难。才学丰蹇、遭逢盛衰、年寿壮老皆能影响对诗的认知；诗病万端，难以尽除；机缘相异，好恶异趣；有盛名者其名气当然不是侥幸而得，但诗歌赏鉴又当由实而入，不当循名。不同风格作品对赏鉴主体的影响不同，有两类最为容易耸人心目：一是纤丽之作，其靡丽足以移人性情；一是夸大之作，其声气容易惑人。从诗歌的境界而言，达到工致已经极为不易，但工致不是诗歌的最高境界，而是仅堪入门。创作需要天人之合，即文才之外，需要人工锻炼，但锻炼

① 陆游：《何君墓表》，《渭南文集》卷三十九。

的分寸实难把握，尤其人工施为过度反容易造成作品正气的磨损。从以上诸方面衡量，诗实不易为。浩然子也曾总结诗有十难：

> 一曰识理难，二曰精神难，三曰高古难，四曰风流难，五曰典丽难，六曰质幹难，七曰体裁难，八曰劲健难，九曰耿介难，十曰凄切难。[①]

其中主要涉及的是作品的意蕴、神气、格调等。明代黄溥《诗学权舆》卷九论诗有十难，是对本条资料的照搬。

总结历代论述，具体而言，大致诗之难分别体现为以下名目：

诗难于诗有别才。严羽有“别才”之论，《沧浪诗话·诗辨》云：

> 诗有别材，非关书也；诗有别趣，非关理也。然非多读书多穷理则不能极其至，所谓不涉理路不落言筌者上也。诗者吟咏情性也，盛唐诸人，惟在兴趣，羚羊挂角，无迹可求。故其妙处透彻玲珑，不可凑泊，如空中之音，相中之色，水中之月，镜中之象，言有尽而意无穷。

后人所谓胎性、宿根、诗种等，皆就此而言，才禀自天，得其偏长于诗文已经不易，更何况还要陶冶于学问情兴。

诗难于病忌不易尽行规避。宋人屡发此论，陆游“一卷之诗有淳漓，一篇之诗有善病”之说便是由病而论诗之难。俞德邻《纪德伟诗序》云：“诗难言也，平易者近浅，艰深者近怪，事谬则语难，理诬则气馁。斯皆诗之所忌，而非周游万里涉猎万卷者不能知也。”[②]

明代安磐云：“循者失之剽，新者失之怪，振者失之夸，径者失之浅，速者失之率，奥者失之沉。诗之难如此！”[③]

邵经邦也云：

---

① 浩然子：《吟窗杂录序》，陈应行辑《吟窗杂录》，中华书局 1997 年影印明钞本，第 5 页。

② 俞德邻：《佩韦斋集》卷十，文渊阁四库全书本。

③ 安磐：《颐山诗话》，吴文治主编《明诗话全编》，江苏古籍出版社 1997 年版，第 2118 页。

> 诗之病，昵而不亲，远而不疏，空而不淡，厌而不文；直而不可见，晦而不可明；高而自抗，卑而自谄；美而谀，祷而妄；凄凄而不忧，扬扬而不喜；泛而无止，捷而无激；乱不断，足不续；雷同而不偶，反比而不叶；呼而无应，滞而无辟。此皆不足以为诗也。[①]

以上之病忌皆是气体发挥未得其中和，致使过或者不足，由此病生。因此，正如屠隆所论，为诗之道必须先从规避诸病开始，避免病忌即为诗法：

> 诗道有法，昔人贵在妙悟：新不欲杜撰，旧不欲剿袭，实不欲粘滞，虚不欲空疏，浓不欲脂粉，澹不欲干枯，深不欲艰涩，浅不欲率易，奇不欲谲怪，平不欲凡陋，沉不欲黯惨，响不欲叫嚣，华不欲轻艳，质不欲俚野。

由于以上境界“如禅门之作三观，如玄门之炼九还，观熟斯观心珠，炼久斯结黍米”，需要倾心投入，因此屠隆才叹息“岂易臻化境哉”[②]！

诗病并非仅仅表现为文辞技法，还渗透入创作主体的主体人格、修为。主体之病与相对客观的文辞技法之病互相影响，融就一体，难分彼此。如钱谦益列“萌于骄，甲于易，翳于昧，杀于欺”为四病，四者皆为主体人格之不修的体现。而如此主体之无行浸淫于作品之中，哪怕“四者得一”，则“即有下劣诗魔入其心肺”，如此则牛鬼蛇神，飞精说法，无可救药。[③]

诗难于求工、及古。陆游上文已言“大抵诗欲工，而工亦非诗之极也”。虽然工不是诗歌的极境，但要达到工已经是一般诗人很难做到的了。南宋何梦桂曰：“学诗易，学诗而工难。三尺童髫丱而诗之，至纷白而不得其径庭者，故诗不易言也。”工即难抵，及乎古人就更无从谈起：“今之

---

① 邵经邦：《艺苑玄机》，吴文治主编《明诗话全编》，江苏古籍出版社 1997 年版，第 2944 页。

② 屠隆：《鸿苞节录》卷六上“论诗文”。

③ 钱谦益：《湖外野吟序》，《牧斋有学集》卷十八，钱仲联标校，上海古籍出版社 1996 年版，第 803 页。

学诗，未梦到唐人影响，其去魏晋益远矣！故诗未易言也。”[①]《贵德诗集序》又申古人不易及：

晋魏而上诗古，律诗初盛于唐，唐以下岂少诗，诗终不竞于唐耳。近世诗满南北，当轶唐，淩厉晋魏。然诗难，操觚弄墨，抽黄对白，四声八音，人人亦能。求其仿佛古人，卓成一家者不多见。余尝漫吟，拟学古人语言，卒不到，以是知诗不易言也。[②]

不仅古人难以企及，而且入门习古之际又有不易措手之处。如陈子龙即称：“生于后世，规古近雅，创格易鄙。然专拟则貌合而中离，群汇则采杂而体乱，此一难也。”[③] 虽然学习古人是必经之路，但如何师法实际上极不易行：专门模拟一家，容易有得却易生貌合神离之病；杂采众家又容易失之无体，成百衲衣。

钱谦益再作发挥：“吾非专爱今人也，纵吾之睢盱跳梁，不能轶今人之辙迹……吾非不欲薄古人也，竭吾之刻画抉擿，不能窥古人之毫毛，其敢评泊古人以自树乎？”[④] 虽童而习之，但至白首而不敢轻今人、薄古人。钱谦益这种态度，代表了一种文学发展在某体之上存在巅峰而不可超越的思想，方苞也有此说：

盖自汉魏到今，诗之变穷，其美尽矣。其体质大备而不能创也，其径涂各出而不能辟也。自赋景历情，以及人事之丛细，物态之妍媸，凡吾所矜为心得者，前之作者已先具焉。故惊奇凿险，不则于古，则吊诡而不雅。循声按律，与古皆似，则习见而不鲜。以此知诗

---

① 何梦桂：《琳溪张兄诗序》，《潜斋集》卷七，文渊阁四库全书本。

② 何梦桂：《贵德诗集序》，《潜斋集》卷六。

③ 陈子龙：《青阳何生诗稿序》，《安雅堂稿》卷二，孙启治校点，辽宁教育出版社 2003 年版，第 29 页。

④ 钱谦益：《湖外野吟序》，《牧斋有学集》卷十八，钱仲联标校，上海古籍出版社 1996 年版，第 803 页。

之难也。[①]

古人变穷美尽，后人自然难以超越，所以为诗极难。

诗难于才学识法兼备。从文人主体素养而论，如屠隆所言："诗大难言矣。思过淹纬（滞）者，多乏天才；才气俊迈者，或疏冥讨；气韵高胜，惧少体裁；法律森严，时灭风致。"[②] 其中要求才学气韵神识法度等不仅要兼备，而且能够运之自如。此论上一节有涉及，兹不赘言。

诗难二极相涵。文学创作所依赖的核心主体素养就是文学之才，严羽称之为"诗有别才"。才出乎各自体性，于是各如其面，各不相同。才有所偏长就必然意味着有所偏短有所不能，历代文人才子虽然多强调极才而见体、尽才而见功，甚至出现偏师必捷之论，但是就文学之才而言：所能者本身就裹挟着偏弊，虽然有时利病一体，呈现鲜活本色之美，但病弊本身却绝不是审美的对象。而有所不能虽然可以止于分、得乎性来自解，但它却注定是一种必然缺陷，于特定体裁表现出的拙涩，于性分之外风体格调的隔膜，这些仅仅是有所不能带来的表面不利。事实上，文学作品的神韵，必须在不同风体格调的融合中才能实现，单一的风格往往使得作品显示为袒露而乏回味。这主要源自文学作为主体生命之气赋形的产物，以气的一体、完型、贯通、充满活力为最高境界；如此作品中的浑然一气就如同元气，兼备阴阳，谐和融洽，随之才有阴阳氤氲之化生。也就是说，从文学的发生原理上，本然地就赋予了其体兼二极、不以亢阴亢阳为美的特质。因此，仅仅禀于自我之才之性，束手于一体的追求，违背了中国文学天人合一、救以功候的要义。于是破除禀赋限定便成为一种不可缺失的企望与努力，如姚鼐就说："天之生材，虽美不能无偏，故以能兼长者为贵。而兼之中又有害焉，岂非能尽其天之所与之量，而不以才自蔽者难得欤?"[③] 破除才之偏的手段就是先尽才之分，在自我之才充分的实现中，又

---

① 方苞：《蒋詹事牡丹诗序》，《方望溪全集》卷四集外文，中国书店 1991 年版，第 300 页。

② 屠隆：《玉茗堂文集序》，《汤显祖诗文集》附录，徐朔方笺校，上海古籍出版社 1982 年版，第 1520 页。

③ 姚鼐：《述庵文钞序》卷四，《惜抱轩全集》文集卷四，中华书局 1991 年版，第 46 页。

争取不为其所束缚。这当然是一种理想的设定，由于才本身难以改变，于是可以努力的都属于人工范围，如姚鼐所倡导的不为才所蔽的努力方向便是义理与考证。

因此，建立在才有其偏、才体相称、体涵二极这三个原理的基础之上，才体之间的关系于极才见体等论之外，还有以下两点得到文学理论界的普遍认同，并成为才体关系理论系统中重要的组成部分：

气含阴阳，体备二极，创作主体于修养上要在才性所宜之外，对才之短绌——即体所备二极中自己不擅长的一极要强化学习，古人称之为“救以功候”，如此则可以补才之不足；

对于创作而言，只有作品中兼具对待之二极，才能成就其审美境界。但这恰又是诗文之至难。明代安磐云：

> 诗岂易言哉？奇者诡而不法，兴者僻而不遂，丽者绮而不合，赋者直而不深，淡者枯而不振，比者泛而不揆，苦者涩而不入，达者肆而不制，巧者藻而不壮，质者理而不华，丰者奢而不节，约者陋而不变。[①]

诗文之体气如能奇而法、兴而遂、丽而合、赋而深、淡而振、比而揆、苦而入、达而制、巧而壮、质而华、丰而节、约而变，则兼一体之阴阳二极，既有其总的倾向，又不失之偏弊，则作品神韵自足。

屠隆也称：

> 雄浑悲壮，求之流利则穷；清蒨萧疏，责以沉着多窘。率意师心，托之自然，乃如啖蔗，都无回味。腐毫断髭，命曰精思，恒苦棘涩，不中宫商。平澹和雅，类有道之言，或太啴缓而无度；急节哀响，有快士之烈，或伤凄切而不和；豪宕激人，或骤惊四筵，无当独赏；幽洽自喜，或止宜野唱，不谐雅音。

---

① 安磐：《颐山诗话》，吴文治主编《明诗话全编》，江苏古籍出版社 1997 年版，第 2118 页。

雄浑而流利、萧疏而沉着、自然而有回味、精思而中宫商、平澹而不啴缓、急节而能和。如此之兼备阴阳二极，才能既当独赏又宜野唱。所以屠隆慨叹："夫诗乌有兼长哉！"[①]

陈子龙对此表述得更加明确，他说：

汉魏尚质，当求其文。晋宋尚文，当求其质。况声律既兴，虚实细大尤为巧构，必使体能载饰，绘能称素，沉而仍扬，浑而益密，斯则彬彬，此二难也。[②]

汉魏诗以质闻名，但学习它当探求其文之所在；晋宋开始追求文饰，学习它则当求其质之所在。真正的好诗应该是：既见其装饰，又能感其素雅，沉着之中能见飞扬趣，浑然无所布置裁剪之中能见匠心之密。由于这一点非常难以企及，所以与如何师法前人并列为学诗之二难。

诗难于牵系众多诗道广大。陈献章《与张廷实主事》书论诗曰：

承示诸作，骤看似胜前，细看词调欠古，无优柔自得忘言之妙。看来诗真是难作，其间起复往来、脉络缓急、浮沉当理会处一一要到，非但直说出本意而已。此亦诗之至难，前此未易语也。[③]

宋濂《清啸后稿序》中云：

诗之为学，自古难言。必有忠信近道之质，蕴优柔不迫之思，形主文谲谏之言，将以洗濯其襟灵，发挥其文藻，扬厉其体裁，低昂其音节，使读者鼓舞而有得，闻者感发而知劝，此岂细故哉！奈何习之

---

① 屠隆：《玉茗堂文集序》，《汤显祖诗文集》附录，徐朔方笺校，上海古籍出版社 1982 年版，第 1520 页。

② 陈子龙：《青阳何生诗稿序》，《安雅堂稿》卷二，孙启治校点，辽宁教育出版社 2003 年版，第 29 页。

③ 陈献章：《与张廷实主事》，《陈献章集》卷二，孙通海校点，中华书局 1987 年版，第 163 页。

者多如牛毛，而专之者少如麟角也。[1]

张谦宜《絸斋诗谈》亦有类似论述：

诗学三百篇，凡有数难：性情不调适，一也；气骨不坚定，二也；吐词欠蕴藉，三也；斫炼欠精密，四也；体制难恰好，五也。幸而得句，未必通章似之；幸而成章，未必连篇匀称。设色则浮艳，用意则浅薄。艰深必拚意，平易必庸肤。故问津者千百，中无一二焉。[2]

以上所论，陈献章涉及创作之中架构布置与文气的变化；宋濂所论涉及创作主体素质、德性以及创作手段、诉求、效果等；张谦宜则兼性情、气骨等主体要素与吐词、斫炼、体制、章句、设色、用意以及风体等论诗之难，所论皆在诗道至广，牵扯多端。所以钱谦益才称："诗之为道，感荡天地，陶冶性情，牢笼庶物，穷极神逵。童而习之，婆和成韵，白首吟哦，而片言只韵，不得其形似。诚难之也！"[3]

二

词难曲难。作为文体正变关系链条上的诗词曲，诗歌论难，多为创作甘苦的抒发；而词曲为诗之变，其难之论，则实践经验之外，尊体意味更加鲜明。

词难之论首发于宋元之际，沈义甫对比诗词之不同，提出词道广大之说："盖音律欲其协，不协则成长短之诗；下字欲其雅，不雅则近缠令之体；用字不可太露，露则直突而无深长之味；发意不可太高，高则狂怪而失柔婉之意。"因此得出结论："词之作难于诗。"[4]

① 宋濂：《清啸后稿序》，《宋学士文集》卷七。

② 张谦宜：《絸斋诗谈》卷三，郭绍虞辑《清诗话续编》，上海古籍出版社 1983 年版，第 801 页。

③ 钱谦益：《湖外野吟序》，《牧斋有学集》卷十八，钱仲联标校，上海古籍出版社 1996 年版，第 803 页。

④ 沈义府：《乐府指迷》，蔡嵩云笺释，人民文学出版社 1963 年版，第 43 页。

总结历代之论，词之难者难在以下诸目：

词有别才，非此难成。以词而言，从宋代开始，李清照就开始注意到它和诗文的差异，称为“词别是一体”，自然需要独到的才调。此论后人多有继承，如毛际可云：“……词，非天赋以别才，虽读万卷书总无当于作者。”[①] 毛先舒也有词具别肠之论，邹祗谟评董以宁《闲中好》，云其“染笔称俊，珠蕾玉尘”，一如毛驰黄推誉杨用修词：沐兰浴芳，吐云含雪，可谓“词有别肠”。他如“骚情赋骨”之类，皆是词所当备之别才。

词表达的是诗难以表现的情怀。陈子龙《三子诗余序》便是由此入手论述：“代有新声，而想穷拟议，于是以温厚之篇，含蓄之旨，未足以写哀而宣志也。”陈子龙是从文学代变的维度讨论这个问题的，新声时时出现，但模拟古人则有其可穷尽之处。也就是说，以古人的艺术经验艺术手段去书写那种愁思杳渺、无可奈何之情绪，已经力不从心了。在这样的情境之下，艺术表现便应当实现新的超越，达到一个前所未有的境界：“思极于追琢，而纤刻之辞来；情深于柔靡，而婉娈之趣合；志溺于燕婧，而妍绮之境出；态趋于荡逸，而流畅之调生。”其中之纤刻、婉娈、妍绮等，皆是诗歌境界中罕见的，属于词学的新创。如此新情自然要有独到的表现形态与技巧，所以说：“是以镂裁至巧，而若出自然；警露已深，而意含未尽。虽曰小道，工之实难。”[②]

要表现这种非诗境所长的词境，又有四难：

> 盖以沉至之思，而出之必浅近，使读之者骤遇如在耳目之表，久诵而得沉永之趣，则用意难也。
>
> 以嬛利之词，而制之实工练，使篇无累句，句无累字，圆润明密，言如贯珠，则铸调之难也。
>
> 其为体也纤弱，所谓明珠翠羽，尚嫌其重，何况龙鸾？必有鲜妍之姿，而不藉粉泽，则设色难也。

---

① 毛际可：《今词初集跋》，顾贞观《今词初集》附，续修四库全书本。

② 陈子龙：《三子诗余序》，《安雅堂稿》卷三，孙启治校点，辽宁教育出版社 2003 年版，第 47 页。

其为境也婉媚，虽以警露取妍，实贵含蓄，有余不尽，时在低回唱叹之际，则命篇难也。[①]

用意、铸调、设色、命篇皆与诗不同。故而其难又非同一般。各具章程法度，其严如律。吴允嘉云：

词调六百六十体，凡千一百八十有奇。一调有一调之章程，一体有一体之变化。作法既殊，音响亦异，殆难于诗远矣。[②]

与诗相比较，词的诞生与诗的可歌咏性淡化密切相关。因此，论词者往往着眼于词的音乐特质；词之体调也多是这种音乐特质的体现。既关乎文辞，又关乎音声，故而不易。

词处诗曲之间，声情并茂又意内言外，把握困难。郑板桥《与金农书》云：

词学始于李，唐人惟青莲诸子，略见数首，余未有闻也。太白《菩萨蛮》二首，诚千古绝调也。作词一道，过方则近于诗，过圆则流于曲。甚矣，词学之难也！[③]

词出于诗，曲源自词，皆属于一个源流，本体特征细微，这种细微之处核心体现于声情并茂意内言外。清人朱锦称词“视他体为微难”，所以宋元名家，能遗世独立、脍炙人口者亦不多见，究其原因正在“诗余虽云绮语，而倚声属事”[④]，所言正在一音声一情意之上。又如黄燮清云：

宫商之声有五，文字之别累万，以累万之繁，配五声之约，高下

① 陈子龙：《王介人诗余序》，《安雅堂稿》卷三，孙启治校点，辽宁教育出版社 2003 年版，第 48 页。

② 吴允嘉：《秋林琴雅序》，厉鹗《秋林琴雅》，续修四库全书本。

③ 郑燮：《与金农书》，《郑板桥文集》，吴可校点，巴蜀书社 1997 年版，第 132 页。

④ 曾王孙、聂远：《百名家词钞》竹香词引，续修四库全书本。

低昂，思力靡举。矧乃参差变唱，曲折赴节，意内言外，滋润婉切；锱铢精讨，乐章有府，比音成文：固风雅之余响，亦骚辨之苗裔也。[①]

意内言外承于诗，声情并茂贯乎曲，二者融会又得于风雅，方可为词。

论词之难，又引申出诸如长调难抑或小令难等论。一般文人以为长调更难，但清代词学中兴，众多词人纷纷染指长调，究其缘由，乃在于长调可以驰骋书卷；反倒是小令，虽然寥寥数语，却因最需才情反而佳作无多，所以便出现了词难于小令的说法："词之难于令曲，如诗之难于绝句。不过十数句，一句一字闲不得。末句最当留意，有有余不尽之意始佳。当以唐《花间集》中韦庄、温飞卿为则。"[②] 此论从词体与才学关系入手探讨，有一定的道理；但在清代而言，也有纠炫耀学问之偏弊的目的。

曲难。论曲之难，一如以上诗难、词难之论，首难在作曲当备别有之才。就曲这种文体而言，明清文人也多论述到它与词与诗文不同的特征，以及其对相应才思需要的不同。如祁彪佳评《露绶》："全是一片空明境地，即眼前事、口头语，刻画入髓，决不留一寸余地容别人生活，此老全是心苗里透出聪颖，真得曲中三昧者。"[③] 与"曲中三昧"对应的"心苗里透出聪颖"，就是指曲创作所依赖的独到之才。黄周星也曾引一友人之说："制曲之难，无才学者不能为，然才学却又用不着。"他很赞赏这个观点："余见新旧传奇中，多有填砌汇书、堆垛典故及琢炼四六句以示精工者，望之如饾饤牲筵，触目可憎。夫文各有体，曲虽小技，亦复有曲之体。若典汇四六，原自各成一家，何必活剥生吞，强施之于曲乎？"[④] 从文各有体出发，指出才学应该"各自成家"，不能混淆，意思是说，曲有其相对应的才华需要。刘熙载则通过北曲名家白朴、马致远、关汉卿所制之曲"圆溜潇洒，缠绵蕴藉"，径直得出了这样的结论：这些名家，于制曲"固若

① 黄燮清：《倚晴楼诗余序》，见陈乃乾辑《清名家词》。

② 张炎：《词源》，夏承焘校注，人民文学出版社 1963 年版，第 25 页。

③ 祁彪佳：《曲品》，《中国古典戏曲论著集成》第六册，中国戏剧出版社 1959 年版，第 13 页。

④ 黄周星：《制曲枝语》，《中国古典戏曲论著集成》第七册，中国戏剧出版社 1959 年版，第 120 页。

有别材也"[①]，即他们有着文学之才中善于制曲的独到才调。

李渔将能够填词作曲者称为"填词种子"，并称："填词种子，要在性中带来，性中无此，做杀不佳。人问性之有无，何处辨识？予曰：不难，观其说话行文，即知之矣。说话不迂腐，十句之中定有一二句超脱；行文不板实，一篇之内但有一二段空灵：此即可以填词之人也。不则，另寻别计，不当以有用精神，费之无益之地。"李渔极为推崇这种素养，以之为"夙根"，以之为"天授"，以之为"夙慧"。无此本领，即使描龙绣凤，也是"半路出家"，不能"成佛作祖"[②]。

其次曲能当行不易。当行之说，除了《沧浪诗话》当行本色的提法，南宋楼昉《过庭录》中也曾使用："太史公作苏秦、张仪、范雎、荆轲传分外精神，盖子长胸中有许多侠气，所谓爬着他痒处。若使之作董仲舒等传，则必不逮，以其非当行也。"[③] 这个当行是说作者的精神与所书写对象有着共性，因此驾轻路熟分外传神，当行因此也就具有了熟稔且能够轻松驾驭的内涵。

明代对当行的理解大致分为四类，其一如王骥德等的观点，当行本色并列，大致视为无甚区别。其二如冯梦龙《太霞新奏》卷十二所云："当行也，语或近于学究；本色也，腔或近于打油。"视当行为文人化，本色为村朴之创作。其三，当行侧重于对曲的本质特征尤其是音律的把握，代表是沈璟，其《二郎神》套曲《金衣公子》中云："怎得词人当行，歌客守腔？大家细把音律讲。"其四则是在明代较为流行的看法，即本色侧重于曲词宾白，当行则兼论关节局段，倾向于对故事编撰、演绎以及实现舞台化的内行，还包括创作表演可传神写照的本领，和楼昉所说的早期的当行有着共性。臧懋循就是这种以关节局段故事编撰论当行的代表，其《元曲选后集序》中发表了著名的"三难"说：

---

① 刘熙载：《艺概》，《刘熙载文集》，薛正兴点校，江苏古籍出版社 2000 年版，第 151 页。

② 李渔：《闲情偶寄》，《中国古典戏曲论著集成》第七册，中国戏剧出版社 1959 年版，第 25 页。

③ 楼昉：《过庭录》"太史公有侠义"条，王水照辑《历代文话》，复旦大学出版社 2008 年版，第 454 页。

诗变而词，词变而曲，其源本出于一，而变益下，工益难，何也？词本诗而亦取材于诗，大都妙在夺胎而止矣；曲本词而不尽取材焉，如六经语、子史语、二藏语、稗官野乘语无所不供其采掇，而要归断章取义，雅俗兼收，串合无痕，乃悦人耳。此则情词稳称之难。宇内贵贱妍媸幽明离合之故，奚啻千百其状，而填词者必须人习其方言，事肖其本色，境无旁溢，语无外假，此则关目紧凑之难。北曲有十七宫调，而南止九宫，已少其半。至于一曲中有突增数十句者，一句中有衬贴数十字者，尤南所绝无，而北多以是见才，兹非精审于字之阴阳、韵之平仄，鲜不劣调，而况以吴侬伧父喉吻，焉得不至河汉！此则音律之谐叶之难。[1]

其中所论三难是：情辞稳称之难、关目紧凑之难、音律谐叶之难。以难而不易为尊体，前面已经屡次论及，形式是传统的，但也是经典的，结论也是划时代的。当然，三难是就元曲而言，但适用于明代的传奇。三难之中，情辞稳称虽然从串合、雅俗上对语言形态有要求，但对诸般取材没有限制，六经子史稗官诸语都可用，曲能如此兼收并蓄，和明代流行的小品的语言特点也相近，此条作为曲的个性尚不甚鲜明；音律谐叶也与乐府、词等的要求可以相通。但关目紧凑事肖本色一条，则突出了曲的故事性以及结构的重要性，凸显了人物个性化典型化塑造的重要，是曲的独到之处。

不仅创作难，而且论曲也难，臧懋循随后批评了王世贞“北曲字多而声调缓，其筋在弦，南曲字少而声调繁，其力在板”的南北之辨不得要领，抑之为“未知曲”。根据以上标准，继而对名家创作进行了点评：

新安汪伯玉《高唐》、《洛川》四南曲，非不藻丽矣，然纯作绮语，其失也靡；山阴徐文长《祢衡》、《玉通》四北曲，非不伉爽矣，然杂出乡语，其失也鄙。豫章汤义仍，庶几近之，而识乏通方之见，

① 臧懋循：《元曲选后集序》，《负苞堂文选》卷三。

> 学罕协律之功，所下句字，往往乖谬，其失也疏。他虽穷极才情，而面目愈离，搜拍者既无绕梁遏云之奇，顾曲者复无辍味忘倦之好，此乃元人所唾弃而戾家畜之者也。

因为有着以上诸难，所以名家之作都很难尽合人意，他人则更是等而下之了。大才者都望而生畏，因此曲非末技杂艺。继而臧懋循将曲家分为名家与行家，名家文采斐然，大凡闳通之士，皆可为之，但多可奉于案头，难以搬演。所以独重行家之当行：

> 随所妆演，无不模拟曲尽。宛若身当其处，而口忘其事之乌有，能使人快者掀髯，愤者扼腕，悲者掩泣，羡者色飞。是惟优孟衣冠，然后可与于此，故称曲上乘，云曰当行。①

曲所需要的能力，远非诗词的花鸟比兴所能就，能够将人物写活，而且再现于舞台之上，不以文辞动人而以人物故事的逼真感染观众者才是上乘，能达此上乘者即为“行家”即为当行。孟称舜在臧懋循三难以及推崇“行家”的基础上又提出了“未若称当行家之为尤难也”：

> 盖诗辞之妙，归之乎传情写景，顾其所为情与景者，不过烟云花鸟之变态、悲喜愤乐之异致而已。境尽于目前而感触于偶尔，工辞者皆能道也。迨夫曲之为妙，极古今好丑贵贱离合死生，因事以造形，随物而赋象。时而庄言，时而谐诨，孤末靓狚，合傀儡于一场，而征事类于千载。笑则有声，啼则有泪，喜则有神，叹则有气。非作者身处于百物云为之际，而心通乎七情生动之窍，曲则恶能工哉！

以当行为曲家最高境界，其核心就在于“极古今好丑贵贱离合死生，因事以造形，随物而赋象”：也是从舞台人物形象、命运塑造与展开入手，以

---

① 臧懋循：《元曲选后集序》，《负苞堂文选》卷三。

大千世界芸芸众生的命运为主而“因事造形，随物赋象”，可见题材的源泉是现实，造形、赋象属于艺术加工。随物赋象有人理解为坚持按事物本来面目塑造舞台艺术形象，未必准确，应当指根据故事的情景需要而设计人物，而且所塑造的人物要做到“笑则有声，啼则有泪，喜则有神，叹则有气”：笑、啼、喜、叹是演绎人物形象与命运的具体手段，也是打动观众的直观形式。要能达到“笑则有声，啼则有泪，喜则有神，叹则有气”的境界，即实现“当行”，若非深入大千世界，领悟世态，与各类人物获得同情，是不可能实现的，因此其难更甚。[①]

三

在诗难这一大的命题之下，又衍生出五绝最难与七律最难两个具有普遍认同的观点。

首先是五绝最难。此论首见于严羽《沧浪诗话·诗法》：“五言绝句难于七言绝句。”严羽的结论，是在五绝与七绝对比中得出的，虽然没有直言“最难”，但近体之中，绝句仅此二目，难于七绝，自然可以视为绝句中最难了。后世响应者很多，如王世贞《艺苑卮言》卷一云：“绝句固自难，五言尤甚。”王士祯云：“五言绝近于乐府，七言绝近于歌行，五言难于七言，五言最难于浑成故也。”[②] 清人冒春荣评价严羽此论：“严沧浪谓‘七律难于五律，五绝难于七绝’，近体四种，判若白黑。即唐人复起，不易其言。”[③]

五绝之所以难，其根本难在需要盘马蚁穴一气而成。吴乔《围炉诗话》云：

五绝即五古之短篇，如婴儿揶笑，小小中原有无穷之意，解言语

① 孟称舜：《古今名剧合选自序》，蔡毅编《中国古典戏曲序跋汇编》，齐鲁书社 1989 年版，第 443 页。

② 刘大勤问，渔洋老人答：《诗问》卷四，周维德辑《诗问四种》，齐鲁书社 1985 年版，第 81 页。

③ 冒春荣：《葚原诗说》卷三，郭绍虞辑《清诗话续编》，上海古籍出版社 1983 年版，第 1603 页。

者定不能为。

诗至于五绝，而古今之能事毕矣。窃谓六朝、三唐之善者，苏、李犹当退舍，况宋以后之人乎？以此体中才与学俱无用故也。

五绝，仙鬼胜于儿童女子，儿童女子胜于文人学士，梦境所作胜于醒时。[1]

贺贻孙《诗筏》将五言绝这种特征概括为千里马盘蚁封。他认为，七言绝句难于七言律，因为七绝是于四句中体现起承转合，一气浑成如一句，而非仅仅作四句诗。尽管如此，与五绝比较，结果又自不同："五言绝尤难于七言绝。盖字句愈少，则巧力愈有所不及，此千里马所以难于盘蚁封也。"所谓盘马蚁穴，并非仅仅指向尺幅寸波之类的效果，而是就此体之中才学俱无用而言的。这里的才学无用是一种强调之说，意在说明五绝二十字中才学不能纵恣，过多的人工与所谓的聪明也无从施展，恰恰需要其一气而至，得自天籁。但所谓的得自天籁、才学不能纵恣，就其本质而言恰是才学高妙的体现。所以贺贻孙说：

长篇难矣，短篇尤难。长篇易冗，短篇易尽，此其所以尤难也。数句之中，已具数十句不了之势；数十句之后，尚留数十句不了之味。他人以数十句难了者，我能以数句便了；他人以数句易了者，我能以数十句不了。因由才情，亦关学力。[2]

《甚原诗说》对比七绝与五绝，以为七绝主乎风神："然七绝主风神是矣，或风神太露，意中言外无复余地，则又失盛唐家法。然此体中晚人多有妙者，直是风神太露，得在此，失亦在此。"而五绝则主乎气格："至如五绝，人多以小诗目之，故不求至工。然作者于此，务从小中见大，纳须

---

① 吴乔：《围炉诗话》卷二，郭绍虞辑《清诗话续编》，上海古籍出版社 1983 年版，第 525 页。

② 贺贻孙：《诗筏》，郭绍虞辑《清诗话续编》，上海古籍出版社 1983 年版，第 138—139 页。

弥于芥子，现国土于毫端，以少许胜人许多。谓五绝难于七绝，夫岂欺我哉！”[①] 依据创作的经验，风神是可以通过言辞错综抑扬表现而出的，因而文气容易暴露；相反，气格是就创作之中主体潜气内转的蕴藉与力量而言的，因而呈现为包蕴沉实。

不同的意见也有，如胡应麟《诗薮》内编卷六云：“谓五言绝难于七言绝，则亦未然。五言绝调易古，七言绝调易卑。五言绝，即拙匠易于掩瑕；七言绝，虽高手难于中的。”五绝本就简古，容易藏拙；七绝则虽然易为，却难以成就。也是经验之谈。

再者为七律最难。此论首发于南宋，吴可《藏海诗话》中云：“七律诗极难作，盖易得俗。”[②] 严羽《沧浪诗话·诗法》称：“律诗难于古诗，七律难于五律。”

元明文人承之，于五律、七律皆以为难，如元代董师谦即言“律诗最难工”：“在唐人已难之，况今人承之大家数之后，好意说尽，好语道尽，如酿酒然，前者取其醇，后者取其醨，取之不已，今不知其第几醨矣。欲追古作，岂不难哉！”[③] 此为盛极难继之说。陈子龙《熊伯甘初盛唐律诗选序》则从格、气、思、意能得其中，才、学、词、色、字、句能各尽其用，如此大匠运斤八言如贯入手，论述了律诗皆非易事。[④]

但更多的文人则在五律七律的对比之中倾向于七律最难。明际谢肇淛即云：

> 诗中诸体，惟七言律最难，非当家不能合作。盛唐惟王维、李颀颇臻其妙，然颀仅存七首，王亦止二十余首，而折腰叠字之病时时见之，终非射雕手也。自少陵精粗杂陈，议论间出，后人效颦，反以是为藏垢之府矣。今人初学为诗，便作七言律，不知如蚁封盘马，到此

---

① 冒春荣：《葚原诗说》卷三，郭绍虞辑《清诗话续编》，上海古籍出版社 1983 年版，第 1603 页。

② 吴可：《藏海诗话》，丁福保辑《历代诗话续编》，中华书局 1983 年版，第 335 页。

③ 董师谦：《真山民诗集序》，祝尚书《宋集序跋汇编》，中华书局 2010 年版，第 2216 页。

④ 陈子龙：《熊伯甘初盛唐律诗选序》，《安雅堂稿》卷三，孙启治校点，辽宁教育出版社 2003 年版，第 23 页。

未有不踣者。[①]

有人举严羽七律难于五律之论以为“颇似骇俗”，陈仪答曰：

沧浪此语，深得诗中三昧，学者自昧昧耳。管榅山曰：“五律人可顿悟，七言律则非积学攻苦不能致也。论者谓‘如挽百石弓，非腕中有神力者，止到八九分地位’。此言最善名状。”吾乡先辈薛千仞先生曰：“七言律法度贵严，纪律贵整，音调贵响，不易染指。余见初学后生无不为七言律，似反以此为入门之路，宜其欲入而自闭其门，终身不得窥此道藩篱。无怪也。”两先生之言旨哉！[②]

七律惟其难，所以历代作者虽多，佳者极少，李攀龙即以为七言律为诗家所难，王维、李颀能臻其妙；彭端淑即以为“七律最难，惟少陵、右丞乃造其极”[③]。但王维仅有二十余首，且谢肇淛已称其折腰叠字之病在在皆是。而杜甫自李攀龙就称其于七律篇什虽众却颓然自放，谢肇淛也称之为精粗杂陈。即使如此，事实上杜甫律诗的创作量也极少，冒春荣有一个统计：

按其正集诗凡一千四百二十四首，别本附录四十八首，其中七律仅一百五十首。每称唐人七律之多，无如子美，而七律于诸体，才十之一。子美圣矣，犹严于法，则其难也可知。[④]

唐人七律之作，在后代学者眼里多是慎重严谨，不敢轻易染指的。杜甫虽然一生有百五十首，已经属于量多者；但动笔则每每严谨，乔亿云：

① 谢肇淛：《小草斋诗话》卷一内编，吴文治主编《明诗话全编》，江苏古籍出版社 1997 年版，第 6672 页。

② 陈仪：《竹林答问》，郭绍虞辑《清诗话续编》，上海古籍出版社 1983 年版，第 2224 页。

③ 彭端淑：《雪夜诗谈》卷上，续修四库全书本。

④ 冒春荣：《葚原诗说》卷二，郭绍虞辑《清诗话续编》，上海古籍出版社 1983 年版，第 1588 页。

“七言律古人所难，试观大历前，唯老杜下笔五首八首，余子率皆矜贵。及后人逞博，择焉不精，有多至三二十首者。然三二十首细看只是一首，无浅深层次变化也。”[①]

林昌彝屡道“诸体诗以七律为最难”，他举清代诸大家为例：“国初顾亭林、朱竹垞、吴梅村、宋玉叔而后，作者实无几人。”[②]

既然历代作者林立，能者了了，自然说明七律并不易为。历代文人习诗多有误解，才出现了以七律为应酬之具、开卷十倍他体的风气。所以厉志提醒：凡人学诗往往先作七律，皆为错了路头，做到一定程度，一首都不得其佳。恰为七律太难，所以学诗不如从五律入手，因为五律为众体之基础，如有问题尚可周防。[③]

七律之所以难，在以上所论诗之共性困难之外，清初刘体仁有一个形象的比喻，七律之难：“尝取譬七札强弓，古今人能开到十分满，恰无几人。”[④] 管世铭引为“如挽百石之弓，非腕中有神力者，止到八九分地位”[⑤]；林昌彝承之，也有“诸体诗以七律为最难，如开强弓劲弩”之论。[⑥]

作七律类似引强弓劲弩，具体体现为两点：

其一，既具阴阳之势又要章法井然，才气与法度融合。方东树云：

> 诗之诸体，七律最难，尚在七言古诗之上。何则？七古以才气为主，而驰骤疾徐，短长高下，任我之意以为起讫。七律束于八句之中，以短篇而须其纵横奇恣开阖阴阳之势，而又必求起结转折章法规矩井然。所以为难。[⑦]

---

① 乔亿：《剑溪说诗》卷下，郭绍虞辑《清诗话续编》，上海古籍出版社1983年版，第1094页。

② 林昌彝：《射鹰楼诗话》卷十四，王镇远等标校，上海古籍出版社1988年版，第319页。

③ 厉志：《白华山人诗说》卷二，郭绍虞辑《清诗话续编》，上海古籍出版社1983年版，第2286页。

④ 邱炜萲：《五百石洞天挥麈》卷九，续修四库全书本。

⑤ 管世铭：《读雪山房唐诗序例》，郭绍虞辑《清诗话续编》，上海古籍出版社1983年版，第1552页。

⑥ 林昌彝：《射鹰楼诗话》卷七，王镇远等标校，上海古籍出版社1988年版，第145页。

⑦ 方东树：《昭昧詹言》卷十四，汪绍楹校点，人民文学出版社1961年版，第375页。

七律与七古同为七言之体，当备其才气驰骤的特点；身为律体，则又要备严明的法度；短篇之中还需包孕绽放之势以见力量。

其二，五十六字如一气，不能去二字而可作为五言。方世举云："体制惟七律最难，须五十六个字无一牵凑，平近而不庸熟，清老而不俚直，高响而不叫号，排宕而不轻佻。尤忌删去两字便可作五言诗读。"①

冒春荣也有类似说法："七律难于五律，七言句若可截去二字作五言，便不成诗。须字字去不得，方是好诗。所以句要藏字，字要藏意，如连珠不断方妙。"②

以上意思是说：七律又与五律不同，不同在其如一个完整的生命体，是自己一体长成，而非五言加字而就，如此的话，七言减去二字又照样可以成为五律。况且七律"平叙易于径遂，雕镂失于佻巧"，其病忌最易触犯，所以贵在血脉动荡而首尾浑成。

其三，还有很重要的一点，五言与七言相比，五言本身更近乎声吻自然，如李调元之论曰：

> 天然之音，止有五字。今笛中之五六工尺上，配合宫商角徵羽之五音，犹琴之五弦。加文弦、武弦而成七，所谓变宫、变徵而成七调也。故南北正调，原止有五，唐律之五言是也。若七字则为变调，而名变宫、变徵矣。七言难于五言十倍，以其杂变调故也。故虽变调，必须排荡而成，不可轻易下笔。盖八句不出起承转收，神而明之，存乎其人尔。③

五言律与七言律比较，五言本为自然之音，及乎七言已经属于变调。自然之音当然便于吟咏、激发；而变调则必须在本然才性情绪兴会之上，

① 方世举：《方南堂先生辍锻录》，郭绍虞辑《清诗话续编》，上海古籍出版社 1983 年版，第 1941 页。

② 冒春荣：《葚原诗说》卷二，郭绍虞辑《清诗话续编》，上海古籍出版社 1983 年版，第 1588 页。

③ 李调元：《雨村诗话》卷上，郭绍虞辑《清诗话续编》，上海古籍出版社 1983 年版，第 1517 页。

辅助以人工学问，且还要一气而成，神明变化，因此为难。

当然，不同的意见也有，如梁佩兰即称五律为难，其难有二：其一为谐律难："律以言乎其协也，不协，则非律矣。然试思乐之作也，笙、镛、磬、管、琴、筑、鞞、鼗，五音谐，八风舞，律也。"其二为有神难："其未作之先，人各肃然，若有一太和元气蕴于胸中，候时而发；与作乐以后，人各翕然而不能舍，若留元音于神明寂寞之间。此何为也？则神也。此非律中之律，而律外之律也。"[1] 但从后人的学术总结来看，对七律更难的接受的确更为普遍而深入。[2]

---

① 梁佩兰：《五律英华序》，《六莹堂集》佚文，吕永光校点，中山大学出版社 1992 年版，第 409 页。

② 参阅陈伯海《唐诗学引论》，知识出版社 1988 年版，第 158—160、204—205 页。

第三章　家数论

在春秋战国之际，家是具有一定世俗势力，在一国之中能够与其他力量集团分庭抗礼且通过权力分配获得一定社会地位的政治称谓。在社会学范围内，家是通过婚姻、血缘而形成的社会组成的最小单元。尽管作为人员组合形态它最小，但一个男人与一个女人，从咿呀学语到童蒙初开再到成人，其成长获得社会认同的核心标志正是“成家”。文化批评以家论人，本初内涵中便兼容了以上两个家的基本含义：既包括一定身份定位的确定，也包括自我身份获得社会认同的意思。所以龚鹏程先生说：“以家论诗文……是把家族观念运用到风格判断上的语词。凡创作能显示出某种特殊成熟的风格，就好像一个人已有能力自立门户一样，可以自成一家了。”① 他认为以家论诗文大致确立在宋代。当然，在宋之前，家进入文化批评还有一个漫长的积累过程。

战国之际，百家争鸣，其时各种思想的代表集团都被以家命名，诸如儒家、法家、农家、名家、墨家、道家等等。这是以家总结文化创造与传承者的第一个高潮。

至汉代，经学师徒授受的传播方式，更推进了不同学问的分家立宗。《史记·儒林列传》记载，汉代言《诗》者于鲁为申培公，于齐则辕固生，于燕则韩太傅；言《尚书》自济南伏生；言礼自鲁高堂生；言《易》自菑川田生；言《春秋》于齐鲁自胡毋生，于赵自董仲舒。至汉武帝时专设五经博士，儒者以专经名世，此即为专家。如所谓“公羊家多不见

① 龚鹏程：《中国文评术语零释》，《中国文学批评史论》，北京大学出版社 2008 年版，第 489 页。

从，愿请内侍郎许广，使者亦并内穀梁家中郎王亥”等说法，便是以公羊、穀梁名家。

至宣帝时，《易》自田生等人以下，有施、孟、梁丘三家；

言《尚书》自伏生而下有欧阳、大小夏侯数家；

鲁《诗》自申培公而下有韦氏、张、唐、褚氏；韩《诗》自韩婴以下有王、长孙等家；齐《诗》自辕固生而下有翼、匡、师、伏数家；

《礼》则有大小戴、庆氏数家。

汉人治经，各守家法，博士教授，专主一家，不得自由发挥，因而形成各自一家之法，此为家法。家、家法在传承不易这个内涵上很早又被称为“家数”。余正燮梳理其源流云：

> 《墨子·尚同》下篇云：“天下惟家数也甚多。”《列子·仲尼篇》云：“漫衍而无家。”张湛注云：“儒墨刑名乱行而无定家。”《后汉书·法真传》：“好学而无常家，博通内外图典。”古人学行皆称家数。《汉志》编古书籍，以家分流，在六艺外。时六经有师承，各守家法，短在务攻异己，其长在精思古训，不作无稽之言。至王肃、皇甫谧私作妖孽之书，以伪为工，以似乱真。后人好怪，开门揖盗，儒者反无家矣。[①]

“家数”之说自《墨子》已经出现，此后言学术源流、图书编纂，皆以家或者家数为依托。家、家法、家数等内涵一致，其带有一定自我封闭色彩的延续传承，保障了传统学术原典精神的播布。

魏晋之际，开始将这种家法、家数传播作为批评范式引入文学批评，并将一家之体式风格为人师法、敬仰、继承称为“宗”，“宗”于创立者或者受敬仰者而言为身份至高无上之意，于敬仰者而言即为宗法师法之意。“文宗”说也由此确立。家数与宗尚，在源流统一上有着一致性。齐梁之际，钟嵘《诗品》核心的批评形态便是对诗人宗尚源流的辨析，也可以视为诗歌家数的追溯。宋代严羽《沧浪诗话》提出作诗当明辨“家数”，至

① 余正燮：《癸巳存稿》卷十二，辽宁教育出版社 2003 年版，第 373 页。

此，以“家”或者“家数”论诗论文得以全面确立。

家论或者家数论确立之后，文学批评中衍生出种种具体的批评形态，其中唐宋论便是最为典型的代表。

第一节　家数论源流

一

魏晋之前，诗不论家，也不言家数，正如朱庭珍所论：“古今大家，至曹子建始。汉代去古未远，尚无以诗名家之学，如十九首，不著作者姓氏；苏李诗，乃情不容已，各抒心所蕴结之意，非欲立言见长，自炫文采……西汉之诗，不可以家数论也。自建安作者，始有以诗传世之志。”① 自炫文采，其当世名家之心已起；传世之志可见，则已经关注到自我声名以及诗歌本身价值的延续与传承。因此，魏晋之际，文人们开始较多地关注文学创作领域的家数，当时虽然尚未明确以之评文，但已经开始从自我才学所备与传承维度研讨文学创作。如当时言及著述，便动辄要成“一家之言”，曹丕《典论》道徐幹：“唯于著论，成一家之言。”曹丕《与吴质书》：“伟长著《中论》二十余篇，成一家之言。”曹植《与杨德祖书》：“定仁义之衷，成一家之言。”以上所论，延续了汉代司马迁《报任安书》中所宣扬的思想：“究天人之际，通古今之变，成一家之言。”而成一家之言所追求的，正是“能自树立”。

又如《世说新语·文学》篇注引檀道鸾《续晋阳秋》论“文宗”：

> （许）询有才藻，善属文。自司马相如、王褒、扬雄诸贤，世尚赋颂，皆体则诗、骚，傍综百家之言，及至建安而诗章大盛。逮乎西朝之末，潘陆之徒，虽时有质文而宗归不异也。正始中，王弼、何晏好庄、老玄胜之谈，而世遂贵焉。至过江，佛理尤盛，故郭璞五言始

① 朱庭珍：《筱园诗话》卷三，郭绍虞辑《清诗话续编》，上海古籍出版社1983年版，第2370页。

> 会合道家之言而韵之。询及太原孙绰转相祖尚，又加以三世之辞，而诗、骚之体尽矣。询、绰并为一时文宗，自此作者悉体之，至义熙中谢混始改。[①]

这则材料从对前人的宗法论创作：汉代司马相如等“体则诗、骚”，正始中人“好庄老玄胜”，许询、孙绰祖尚郭璞之会合儒道佛，“体则”即为师法，宗尚。“文宗”之说也因此出现，所谓“文宗”，就是文章为天下所宗之意，孙绰、许询崇尚玄学，其玄言诗在当时影响巨大，百年间诗坛玄风劲吹，所以称宗；其沿袭玄风者，便是宗尚此家法。

齐梁之际，钟嵘作《诗品》，所论皆从源流发端，如李陵：“其源出于楚辞。”班婕妤：“其源出于李陵。”陆机：“其源出于陈思。”潘岳：“其源出于仲宣。”所论皆格外重视诗人家数。北魏祖莹也曾说过：“文章须自出机杼，成一家风骨，何能共人同生活也？”[②] 以上皆可视为以家论文的基本形态。

明确以“家数”论诗文始于宋代。严羽《沧浪诗话·诗法》云：

> 辨家数如辨苍白，方可言诗。

严羽此处的家数，已经具备了以下两个含义：其一，表示成名成家者自我特征与价值的舆论认可；其二，表示这种自我特征还具有传承的价值与自我期许。当然，严羽所论之家数是以其所谓“妙悟”为本，倡导如空中音，如相中色，如镜中花，如水中月，如羚羊挂角，无迹可寻，此即司空图《二十四诗品》“不著一字，尽得风流”之体的传承。所以纪昀论流派之历史曰：

> 两汉之诗，缘事抒情而已；至魏而宴游之篇作，至晋宋而游览之什盛。故刘彦和谓“庄老告退，山水方滋”也。然其时门户未分，但

① 刘义庆：《世说新语》，徐震堮校笺，中华书局1999年版。
② 魏收：《魏书》卷八十二，中华书局1974年点校本，第1798页。

一时自为一风气，一人自出一机轴耳。

钟嵘《诗品》阴分三等，各溯根源，是为诗派之滥觞。张为创立《主客图》，乃明分畦畛。司空图分为二十四品，乃辨别蹊径，判若鸿沟，虽无美不收，而大旨所归，则在清微妙远之一派，自陶谢以下，逮乎王孟韦柳者是也。至严羽《沧浪诗话》始独标“妙悟”为正宗。[①]

其意正是说，魏晋之前，人自为家；齐梁之际钟嵘论诗已有诗派家数之滥觞；至司空图、严羽，已经从理论上明确开始标榜宗派，宗派则必然循依共同的家数。严羽之外，以家数、家法、家论诗文，在宋代已经蔚为大观。如《王直方诗话》：

宋景文云：“诗人必自成一家，然后传不朽。若体规画圆，准方作矩，终为人之臣仆。”故山谷诗云：“文章最忌随人后。”又云：“自成一家始逼真。”诚不易之论。[②]

刘克庄《中兴绝句续选》：

南渡诗尤盛于东都，炎绍间，则王履道、陈去非……一二十公，皆大家数。[③]

舒岳祥《刘正仲和陶集序》：

自唐以来，效渊明为诗者皆大家数，王摩诘得其清妍，韦苏州得其散远，柳子厚得其幽洁，白乐天得其平淡。正如屈原之骚，自宋玉、景差、贾谊、相如、子云、退之而下，各得其一体耳。[④]

---

① 纪昀：《田侯松岩诗序》，《纪晓岚文集》卷九，孙致中等校点，河北教育出版社 1991 年版，第 201 页。

② 阮阅：《诗话总龟》卷九，周本淳校点，人民文学出版社 1987 年版，第 103 页。

③ 刘克庄：《后村大全集》卷九十七。

④ 舒岳祥：《阆风集》卷十，文渊阁四库全书本。

家数之外，诸如流派宗派之派，宋代即已出现“江西诗派”的命名，陈藻《寄黄景咏》：“柳下和风今有惠，江西诗派又传黄。”[①] 刘克庄有《江西诗派小序》；《诗人玉屑》卷十八即有“宗派图”一条，录吕居仁江西诗社《宗派图序》。

至此，文学批评所言之家数、家法便形成了其稳定的基本内涵：文人创作具有一定的成就和地位，对当时文坛及对后学产生一定的影响，时人后学主动师法。形成一套具有区别于他人的体格法度，具有规范性又具有指导性，具有排他性又具有自我确立的条件，此为家法，为家数。家数分大小，大家小家或者大家数小家数的区别是：“所谓大家、大家数，指其风格可以沾溉后人者多，犹如一家之中，门庭可容方士，不像小家那样局促狭窄。”[②]

宋代之后，以家数及与家数相关者论文大行其是，常见者如以下不同表达：

不失家数。明代朱权《西江诗法》：“诗能不失家数，不失法度，虽疏拙亦不害也。不然，则大好只大谬尔。”[③]

到家。明代费经虞《雅伦》曰：“诗家数甚多，清新也可，雄浑也可，古奥也可，幽细也可。只要是到家句。”[④]

成家与不足成家。许学夷《诗源辨体》曰：“晚唐七言绝，周昙有咏史一百四十六首，胡曾一百首，孙元晏七十余首，汪遵五十余首，罗虬比红儿诗一百首，俱庸浅不足成家。”[⑤]

有家法。《带经堂诗话》云：“余既刻《华泉集》，又删存《仲子诗》一卷附刻于后。其佳句云：‘野风欲落帽，林雨忽沾衣。’‘薄暑不成雨，夕阳开晚晴。’宛有家法。”[⑥]

---

① 陈藻：《乐轩集》卷三，文渊阁四库全书本。

② 龚鹏程：《中国文评术语零释》，《中国文学批评史论》，北京大学出版社 2008 年版，第 489 页。

③ 朱权：《西江诗话》，吴文治主编《明诗话全编》，江苏古籍出版社 1997 年版，第 565 页。

④ 费经虞撰，费密增补：《雅伦》卷二十四。

⑤ 许学夷：《诗源辨体》卷三十二，杜维沫校点，人民文学出版社 1987 年版，第 300 页。

⑥ 张宗柟辑：《带经堂诗话》卷十二，戴鸿森校点，人民文学出版社 1963 年版，第 288 页。

当家。叶矫然云："韩柳二家以诗论，韩具别才，柳却当家。"[①]

不落小家数。《白雨斋词话》云："余独爱彦高《人月圆》（宴张侍御家有感）云：'南朝千古伤心地，还唱《后庭花》。旧时王谢，堂前燕子，飞入人家。恍然在遇，天资胜雪，宫鬓堆鸦。江洲司马，青衫泪湿，同是天涯。'感激豪宕，不落小家数。"[②]

涉小家致。张裕钊《夏午》诗："高捧离骚百回读，藤床自在倚庭槐。懵腾老子忽眠去，书卷随抛石上苔。"贺培新评曰："此等涉小家致。"[③]

此外诸如家学、家风、家世等往往也兼容着家数绵延的内涵。

但凡能够确立为家数者，古人视其为作家，名之为成家；能够成家、成为作家者称为"自成一家"。文学界倡导自成一家出现于宋代，《室中语》云："学诗须是有始有卒，自能名家，方不枉下工夫。如罗隐、杜荀鹤辈，至卑弱，至今不能泯没者，以其自成一家耳。"[④]《风月堂诗话》论李商隐：

> 李义山拟老杜诗云："岁月行如此，江湖坐渺然。"直是老杜语也。其他句"苍梧应露下，白阁自云深"、"天意怜幽草，人间重晚晴"之类，置杜集中亦无愧矣。然未似老杜沉涵汪洋，笔力有余也。义山亦自觉，故别立门户，成一家。后人挹其余波，号"西昆体"[⑤]。

明代皇甫子循也说过"我与吾周旋久，自成一家"的话[⑥]。赵翼论韩愈风格的形成，以为其平生心摹力追李杜，由于二人才气恣肆，各开生面，独有千古，所以至昌黎之时，欲有所变化以超越李杜已经极难，只有"少陵奇险处，尚有可推扩"，所以一眼觑定，从此开山辟道，故而"自成

---

① 叶矫然：《龙性堂诗话初编》，郭绍虞辑《清诗话续编》，上海古籍出版社 1983 年版，第 940 页。

② 陈廷焯：《白雨斋词话》卷三，杜维沫校点，人民文学出版社 1959 年版，第 54 页。

③ 张裕钊：《张裕钊诗文集》诗卷一，王达敏校点，上海古籍出版社 2007 年版，第 304 页。

④ 魏庆之：《诗人玉屑》卷五，文渊阁四库全书本。

⑤ 朱弁：《风月堂诗话》卷下，文渊阁四库全书本。

⑥ 叶矫然：《龙性堂诗话续集》，郭绍虞辑《清诗话续编》，上海古籍出版社 1983 年版，第 1035 页。

一家”[1]。

自成一家者的创作即为“一家之言”。成一家之言发自司马迁，文学领域以一家之言论文同样盛于宋代，如姜夔《白石道人诗说》中就称：“一家之语，自有一家之风味。模仿者语虽似之，韵亦无矣。”刘辰翁评杜甫《送孔巢父谢病游江东兼呈李白》：“其跌宕创体类，自得意，均成一家言。”[2] 后人又称之为“一家之文”、“一家风味”；李渔自负其才，名其诗文集即为《笠翁一家言》。

二

依据文人创作的实际成就以及其风格体调等对时人、后人的影响规模，可以分文人为不同的家数：大家、小家、名家、行家等，其中大家、小家等往往也称为大家数、小家数。诸如：

刘克庄云大家数：“曾茶山，赣人；杨诚斋，吉人。皆中兴大家数。”[3]

杨慎言大家：“晚唐惟韩、柳为大家。韩、柳之外，元、白皆自成家。”[4]

沈际飞评汤显祖《赵仲一鹤嗅草序》“赵仲一如相如抱璧睨柱”一段云“小家”[5]。

明代以家数论诗影响最大者是高棅的《唐诗品汇》，其以正始、正宗、大家、名家、羽翼、接武、余响等区划唐诗，在三唐正变的基本线索之下，唐代诗人具体成就的划分依据就是家数大小。如七言古诗，以李白为正宗：

> 太白天仙之词，语多率然而成者，故乐府歌辞咸善。或谓其始以《蜀道难》一篇见赏于知音，为明主所爱重，此岂浅才者徼幸际其时而驰骋哉？不然也，白之所蕴非止是。今观其《远别离》、《长相思》、《乌栖曲》、《鸣皋歌》、《梁园吟》、《天姥吟》、《庐山谣》等作，长篇

① 赵翼：《瓯北诗话》卷三，霍松林等校点，人民文学出版社1998年版，第28页。

② 吴文治主编：《宋诗话全编》，江苏古籍出版社1997年版，第8915页。

③ 刘克庄：《茶山诚斋诗选》，《后村先生大全集》卷九十七。

④ 杨慎：《升庵诗话》卷十一，丁福保辑《历代诗话续编》，中华书局1983年版，第851页。

⑤ 汤显祖：《汤显祖诗文集》卷三十，徐朔方笺校，上海古籍出版社1982年版，第1030页。

短韵，驱驾气势，殆与南山秋色争高可也，虽少陵犹有让焉，余子琐琐矣。揭为正宗，不亦宜乎？

正宗则家数之源头，有开门立宗之意。又以杜甫为大家：

王荆公尝谓杜子美之悲欢穷泰，发敛抑扬，疾徐纵横，无施不可。故其所作有平淡闲易者，有绮丽精确者，有严重威武若三军之帅者，有奋迅驰骤若泛驾之马者，有澹泊闲静若山谷隐士者，有风流蕴藉若贵介公子者。盖其绪密而思深，观者苟不能臻其阃奥，未易识其妙处，夫岂浅近者所能窥哉？此子美所以光掩前人，后来无继也。余观其集之所载，《哀江头》、《哀王孙》、《古柏行》、《剑器行》、《渼陂行》、《兵车行》、《洗兵马行》、《短歌行》、《同谷歌》等篇，益以斯言可征。故表而出之为大家。

大家无施不可，兼容并蓄。又以高适、岑参、李颀、王维、崔颢为名家：

盛唐工七言，古调者多，李杜而下，论者推高、岑、王、李、崔颢数家为胜。窃尝评之：若夫张皇气势，陟顿始终，综核乎古今，博大其文辞，则李杜尚矣。至于沉郁顿挫、抑扬悲壮、法度森严、神情俱诣、一味妙悟而佳句辄来远出常情之外，之数子者，诚与李杜并驱而争先矣。今俱列之于名家。

名家往往专工一体。大家不同于名家，大家更有别于小家。其间区分古人多有论述。

王夫之从是运才情还是摹蹊径区分。其论曰：

艺苑品题有大家之目，自论诗者推崇李杜始。李杜允此令名者，抑良由故。

齐梁以来，自命为作者，皆有蹊径，有阶级。意不逮辞，气不充

> 体，于理情志，全无干涉，依样相仍，就中而组织之。如廛居栉比，三间五架，门庑厨厕，仅取容身；茅茨金碧，华俭小异，而大体实同，拙匠窭人仿造，即不相远，此谓小家。
>
> 李杜则内极才情，外周物理，言必有意，意必由衷。或雕或率，或丽或清，或放或敛，兼该驰骋，唯意所适，而神气随御以行，如未央、建章，千门万户，玲珑轩豁，无所窒碍，此谓大家。[①]

大小之别，一在出自我之情意，显自我之才情；一在理意皮附，循人而为。

朱庭珍《筱园诗话》以才学识为根基，从创作者所能兼容的范围以及变化之能力区分。他将家数差异依照这种兼容范围具化为大家、大名家、名家、小家。其论曰：

> 大家如海，波浪接天，汪洋万状，鱼龙百变，风雨分飞；又如昆仑之山，黄金布地，玉楼插空，洞天仙都，弹指即现。其中无美不备，无妙不臻，任拈一花一草，都非下届所有。盖才学识俱造至极，故能变化莫测，无所不有，孟子所谓"大而化，圣而神"之境诣也。
>
> 大名家如五岳五湖，虽不及大家之千门万户，变化从心，而天分学力，两到至高之诣，气象力量，能俯视一代，涵盖诸家。是已造大家之界，特稍逊其神化耳。
>
> 名家如长江、大河，匡庐、雁荡，各有独至之诣，其规格壁垒，迥不犹人，成坚不可拔之基，故自擅之美，特不能包罗万长，兼有众妙，故又次之。
>
> 小家则如一丘一壑之胜地，其山水风景，未始不佳，亦足怡情悦目。特气象规模，不过十里五里之局，非能有千百里之大观，及崇山叠嶂，千崖万壑，令人游不尽而探不穷也。然其结撰之奇，林泉之丽，尽可擅一方名胜，故亦能自立，成就家数也。

① 王夫之：《夕堂永日绪论外编》，王水照辑《历代文话》，复旦大学出版社 2008 年版，第 3265 页。

大家才学识俱足，具有神变，入乎化境；大名家才学高深，涵盖诸家，微欠大家于神变之自由；名家具独擅之美，无包罗之能，对于学习者而言，则当熊蹯鸡跖，宜知所取；小家气象局促而小有情志趣味，足以怡情悦目。但四者皆可为家，俱成其家数。朱庭珍根据以上标尺，对古今著名文人进行了分类：

今古大家：曹植、阮籍、陶渊明、谢灵运、李白、杜甫、韩愈、苏轼；

名大家：左思、郭璞、鲍照、谢朓、王维、韦应物、李商隐、岑参、黄庭坚、欧阳修、王安石、陆游、元好问；

名家：王粲、陆机、颜延之、沈约、江淹、陈子昂、张九龄、孟浩然、高适、李颀、常建、王昌龄、柳宗元、白居易、杜牧、刘长卿、李贺、陈无己、陈与义等；

小家：张华、潘岳、钱起、罗隐、秦观、范成大等。

其中名家又分出正副，所谓副者如贾岛、孟郊等人，可以列附于名家之列，但本身虽有其名，实际又属小家，故而只可附论。小家又分为上中下之级。至于其余旁枝别流者，并小家亦难入，即不可入流，所以不可以名其家数，概言之为诗人而已。①

当然，以上所论，如果的确包罗众妙，自然可为大家；但如承袭了明人的偏颇，“以集中无体不备、汗牛充栋者为大家”，如此从体裁包纳论大小家数，就未免皮相了。所以吴乔曾批评：“诗岂学大家便是大家？要看工力所至，成家与否乃论大小。”②

大家小家名家之外，尚有行家名家之论，行家即是当行，其标准偏于不失本体之色。臧懋循《元曲选后集序》即云：

曲有名家、行家。名家者，出入乐府，文才烂然，在淹通闳博之士，皆优为之。行家者，随所妆演，无不模拟曲尽。宛若身当其处，而口忘其事之乌有，能使人快者掀髯，愤者扼腕，悲者掩泣，羡者色

① 朱庭珍：《筱园诗话》卷二，郭绍虞辑《清诗话续编》，上海古籍出版社1983年版，第2368页。

② 吴乔：《围炉诗话》卷一，郭绍虞辑《清诗话续编》，上海古籍出版社1983年版，第475页。

飞。是惟优孟衣冠，然后可与于此，故称曲上乘，云曰当行。

名家偏于案头，文才斑斓；行家则更关注戏曲的舞台特征、音乐特性。因此郑若庸的《玉玦记》、梁辰鱼的《浣纱记》、梅禹金的《玉盒记》、屠隆的《昙花记》等作品，皆因堆砌辞藻、饾饤故事不遵舞台规范而受到批评。因此在沈璟与汤显祖的论争之中，他这样评价汤显祖：其作品北曲虽然"骎骎乎涉其藩矣"，但"独音韵少谐，不无铁绰板唱大江东去之病"；且其南曲"绝无才情，若出两手"，"识乏通方之见，学罕协律之功，所下字句，往往乖谬，其失也疏"[①]。正是从"当行"的标准衡量。

又分为名家、作家、当家，三者依照成就而分。毛奇龄《霞举堂集序》云：

> 文有名家，有当家，有作家。夫名家只如书画家之有标格尔；而金元词曲每以平行协时族者为当家；至于作者家，则毋论当行与及格，而必有作者之意存乎其间。[②]

近人刘咸炘阐释云："名家者，稍具工趣者也；当家者，合体式者也；作家者，有所以为言之意者也。所以为言之意，即章先生所谓'有物'。"[③]其论作家之意甚得其微，当家则在合体式之外，依照毛奇龄之论，也含有同辈人之间的尊称之意。

依据一种家数体格法度等对时人、后人的影响，其形成一定规模、其文学思想有着一定近似性追求的文人集团就称为宗派或者流派。这种集团有的是当下性的，也有的是针对其继承者的延续而言。

因家数近似而以宗派论文学的现象最早也出现在宋代，其时张为作有《诗人主客图》，以白居易为广大教化主；吕居仁有《江西诗社宗派图序》，推黄庭坚为祖。

① 臧懋循：《元曲选后集序》，《负苞堂文选》卷三。

② 毛奇龄：《霞举堂集序》，《西河集》卷三十九。

③ 刘咸炘：《文学述林》，王水照辑《历代文话》十，复旦大学出版社 2008 年版，第 9719 页。

宋末方回《瀛奎律髓》则更加鲜明地以宗派论文：

《瀛奎律髓》卷一评晁端友《甘露寺》诗云："山谷法老杜，后山弃其学而学焉，遂名黄、陈，号江西派，非自为一家也，老杜实初祖也。"已有一祖二宗之初说。卷十六评陈与义《道中寒食诗》云："余平生持所见，以老杜为祖，老杜同时诸人，皆可伯仲。宋以后，山谷一也，后山二也，简斋为三，吕居仁为四，曾茶山为五。其他与茶山伯仲亦有之，此诗之正派也。余皆傍枝别类，得斯文之一体者也。"此论也可视为一祖五宗之说。卷二十六评陈与义《对酒》诗云："此诗中两联俱用变体，各以一句说情，一句说景，奇矣！此非深透老杜、山谷、后山三关，不能也。"又评《清明》诗云："呜呼！古今诗人，当以老杜、山谷、后山、简斋四家，为一祖三宗，余可预配飨者有数焉。"此为一祖三宗的明确揭示。其间方回所谓"派"、"正派"、"一祖三宗"以及对一祖五宗等的模糊表述等，皆以宗派论文。

宗派、流派之说由此于文学中传布，至明代演为极盛，北地、济南、公安、竟陵等，及乎晚明的复社、几社等，则由文学宗派进而形成政治派系。流派宗派在家数传习上差别不大，但流派侧重于习性相近、才气相投、趣味相接的自然传承；宗派则有确立宗主，利益趋奉，有时有着唯我独尊的排他性。具体而言，主要包括诗派、文派、词派、曲派等：

诗派。如唐诗之流派，清人李石桐有《重订诗人主客图》，称量文人体格，分唐代贞元时代诗歌创作为二派："一派张水部，天然明丽，不事雕镂，而气味近道，学之可以除躁妄，祛矫饰；一派贾长江，力求险奥，不吝心思，而气骨凌霄，学之可以摒浮靡，却凡俗。"①

如宋诗之派。纪昀论江西诗派之演化：

> 诗到少陵而诣极，然唐人自李义山外，罕学杜。元结、殷璠以下，选当代之诗者，亦无一家录及杜，其故莫详也。
>
> 至于南宋，始以少陵为一祖，而黄山谷、陈后山、陈简斋为三

① 林昌彝：《射鹰楼诗话》卷十六，王镇远等标校，上海古籍出版社1988年版，第369页。

宗。于是江西体盛，而吕紫微《宗派图》作焉。故江西者，少陵之流别也。所列二十七家，人不尽江西，诗亦不尽似杜，并不尽似黄、陈。盖黄、陈因杜诗而莩甲新意，吕紫微诸家又沿黄、陈而极其变态，各运心思，各为面貌，而精神则同出一源。故不立学杜之名，而别得杜文外之意。①

从杜甫之家数，流衍而渐渐成为江西诗派。

如明代诗派。清人江弢叔论曰：

自明之高青邱学而不自成，前后七子者作，益不究观乎古今文学之通，画时代而狭取之：五言非汉魏必王、孟，近体必盛唐，七言古风必高、岑、王、李。甚至人取数篇，以为之的，选本出而伪诗作，句准而字仿之，合万喙为一声，张甲李乙之名可互易也。总而譬之，如小儿学语焉，如鹦鹉猩猩为人言焉，如易市人之衣冠而汉唐之焉，如优伶登场之喜怒不出于己而强为焉，如刻木为偶人牵以动而无生气焉。而后生承学之士目不见古诗之全，乐其说之可以欺时，而掩陋且速成也。②

所言明代前后七子便是画地为牢，时人及后生承学者，既乐其说可以欺时，又可以速成以炫耀，故而演为宗派。明代是中国文学史上标宗立派格外突出的时代，以上矛头丛集于七子，实则明人诗派众多，诸如明太祖时吴有北郭十子，越有会稽二肃（唐肃、谢肃），粤有南园五子，闽有十子。景帝时有景泰十才子。孝宗时有前七子、十子。世宗时有嘉靖八才子、后七子、后五子、广五子、续五子、末五子、南园后五先生。神宗时有嘉定四先生、公安派、竟陵派等。

又如厉鹗总结宋明诗派的形成：

---

① 纪昀：《二梓诗钞序》，《纪晓岚文集》卷九，孙致中等校点，河北教育出版社 1991 年版，第 199 页。

② 丘炜萲：《五百石洞天挥麈》卷八，续修四库全书本。

> 自吕紫薇作西江诗派，谢皋羽序睦州诗派，而诗于是乎有派。然犹后人瓣香所在，强为胪列耳。在诸公当日，未尝断断然以派自居也。迨铁崖滥觞，已开陋习。有明中叶，李何扬波于前，王李承流于后，动以派别概天下之才俊，啖名者靡然从之，七子五子，叠床架屋。本朝诗教极盛，英杰挺生，缀学之徒，名心未忘，或祖北地、济南之余论，以锢其神明，或袭一二巨公之遗貌，而未开生面。篇什虽繁，供人玩者，正自有限。①

厉鹗是反对依附于诗派的，所以通过对派的源流梳理，对清初以来拜服在唐宋古人脚下叠床架屋的创作提出了规劝。反对派系与尊奉诗体是一体二极，最终以达到“吸揽前修，独造意匠”为旨归。

文派。中国文学史上最著名的文派当属于清代的桐城派。曾国藩曾道其历程：

> 乾隆之末，桐城姚姬传先生鼐善为古文辞，慕效其乡先辈方望溪侍郎之所为，而受法于刘君大櫆及其世父编修君范。三子既通儒硕望，姚先生治其术益精。历城周永年书昌为之语曰：“天下文章，其在桐城乎?”由是学者多归向桐城，号桐城派，犹前世所称江西诗派者也。②

词派。除了后世诸如西陵、浙西、常州等郡邑词派，在词派的区划中，体格是划分的重要依据，诸如豪放派、婉约派便是如此。具体而言，郭麐以为“词之为体，大略有四”：

> 风流华美，浑然天成，如美人临妆，却扇一顾，花间诸人是也。晏元献、欧阳永叔诸人继之。

---

① 厉鹗：《查莲坡蔗塘未定稿序》，《樊榭山房文集》卷三，四部丛刊初编本。

② 曾国藩：《欧阳生文集序》，《曾国藩诗文集》文集卷三，王澧华校点，上海古籍出版社2005年版，第285页。

施朱傅粉，学步习容，如宫女题红，含情幽艳，秦、周、贺、晁诸人是也。柳七则靡曼近俗矣。

姜、张诸子一洗华靡，独标清绮，如瘦石孤花，清笙幽磬。入其境者，疑有仙灵；闻其声者，人人自远。梦窗、竹窗或扬或沿，皆有新隽，词之能事备矣。

至东坡以横绝一代之才，凌厉一世之气，间作倚声，意若不屑，雄词高唱，别为一宗。辛、刘则粗豪太甚矣。

其余幺弦孤韵，时亦可喜，溯其派别，不出四者。①

风流华美、施朱傅粉、独标清绮、雄词高唱，明确以词之四种体格家数为四个派别。

汪懋麟论宋词有三派："欧、晏正其始，秦、黄、周、柳、姜、史之徒备其盛；东坡、稼轩放乎其言之矣。"宋词之派的总结并非仅仅是为了学术研讨，尚有为当下创作提供镜鉴的作用，所以又论其时创作："若今日之专事故实，蠹窃幽险，神韵索然，恐莫知其派之所由矣。"② 无流派之所依循，最易有此类病累。

而家数的坚守在当下创作中体现为一定程度的复古、保守与拘泥，如王先谦《续古文辞类纂》凡例曾论文学宗派之形成："宗派之说，起于乡曲竞名者之心，而浅学者据以自便，有所作不合于轨乃谓吾文派别焉耳。"③ 也是兼创立者之竞名屈理与追随者之趋附自便而言，家数利病一体，由此可见。但从实际效用而言：

欲成家者必由家数入手。朱庭珍云："诗人欲求成名家大家，千秋不朽，非得真传，契自古大家心法，安可得哉！若夫无所师承，而能成家者，自非生知天纵之才，未之有也。"④ 又如陈衍云论清代道光以后诗坛之流派：

---

① 郭麐：《灵芬馆词话》，《灵芬馆诗话》卷十一附，续修四库全书本。

② 聂先、曾王孙辑：《百名家词钞》，续修四库全书本。

③ 丘炜萲：《五百石洞天挥麈》卷八，续修四库全书本。

④ 朱庭珍：《筱园诗话》卷三，《清诗话续编》，上海古籍出版社 1983 年版，第 2338 页。

前清诗学，道光以来一大关捩。略别两派：

一派为清苍幽峭。自古诗十九首、苏、李、陶、谢、王、孟、韦、柳以下，逮贾岛、姚合，宋之陈师道、陈与义、陈傅良、赵师秀、徐照、徐玑、翁卷、严羽，元之范椁、揭奚斯，明之钟惺、谭元春之伦，洗练而熔铸之，体会渊微，出以精思健笔……此一派近日以郑海藏为魁磊，其源合也。

其一派生涩奥淹，自急就章、鼓吹词、铙歌十八曲以下，逮韩愈、孟郊、樊宗师、卢仝、李贺、黄庭坚、薛季宣、谢翱、杨维桢、倪元璐、黄道周之伦，皆所取法。语必惊人，字忌习见。郑子尹（珍）之《巢经巢诗钞》为其弁冕，莫子偲足羽翼之。[①]

由此可见，流派的坚持，有着文学体格精神历久不变的传递，是文学传统得以延续的重要形式。学习之初推排所有流派而过于自我张扬又会如何呢？不深其根不可以探微，不历其变不可以穷态，不定其宗不可以摧魔。如同汪懋麟在总结宋词三派之后所论："若今日之专事故实，蠹窃幽险，神韵索然，恐莫知其派之所由矣。"不讲求家数、流派、宗尚，率性而为，随意而为，总难入正门，见大风范；反而容易魔障丛生。

但学习、创作讲究家数，也要注意以下几点：

其一，有无家数不是诗好与否的唯一标尺，家数之外，"真"之一字更宜讲求。江盈科《雪涛诗评》论某人诗云："所为诗未必成家，然自有诗趣。"其中"贵真"一条又申之曰："夫为诗者，若系真诗，虽不尽佳，亦必有趣。若出于假，非必不佳，即佳亦自无趣。"[②] 趣出于真，真是诗歌的灵魂；即使承袭家数，流光溢彩或者穿衣戴帽皆合规范，恰恰毫无真情真意，则仅为木偶而已。

其二，家数只论大端，并非事事切合。费经虞《雅伦》云：

---

① 陈衍：《石遗室诗话》卷三，张寅彭主编《民国诗话丛编》，上海书店出版社 2002 年版，第 47 页。

② 江盈科：《江盈科集》，黄仁生辑，岳麓书社 1997 年版，第 834、807 页。

> 严仪卿云："辨家数如辨苍白。"然家数大端而已，非以一人定一时。如工部诗有绝类中晚者，中晚亦有类盛唐者，不可不知。若断谓此为盛唐，此为中晚，是痴人前说梦也。[①]

不仅唐人，历代大家数皆是如此，如称豪放者，何曾无婉约？如言诗宗盛唐者，何曾无中晚？这就提醒借鉴前人、研习家数者不应当胶柱鼓瑟。

其三，有所擅长则成家数，不在体之多寡。冒春荣论唐诗："元和律体屡变，其间卓然成家者，皆自鸣所长，若李商隐之长于咏史，许浑、刘沧之长于咏古，此其著也。"[②] 长于咏史、咏古一体，则自足成家，具备家数。又如唐之《游仙诗》、《比红儿诗》以及宋之《梅花百咏》，乃成就于一题，同样千古流传，所以李调元说："诗有于一人一物一事，用全神全力而成家者，亦可传。"[③] 此为一题而成家。综而论之：无论得一题抑或成一格，皆足以成家，尽管所成者有大小之别。管世铭以唐人五律为例：

> 陈、张为先声，王、孟为正响。常建、刘昚虚几于苏李天成，李颀、王昌龄不减曹刘自得。陶翰慷慨，喜言边塞；储光羲真朴，善说田家。岑嘉州峭壁悬崖，峻不得上；元次山松风涧雪，凛不可留。李供奉襟情倜傥，集建安六代之成；杜员外气韵沉雄，尽乐府古词之变。韦、柳以澄澹为宗，钱、李以风标相尚。韩、孟皆戛戛独造，而涂畛又分；乐天若平平无奇，无裨益自远。

以上具自我优长者"一吟一咏，各自成家"。也就是说，但备自我之体格风调，则一吟一咏，皆可成其家数。[④]

---

① 费经虞辑，费密增补：《雅伦》卷二十四。

② 冒春荣：《葚原诗说》卷二，郭绍虞辑《清诗话续编》，上海古籍出版社 1983 年版，第 1595 页。

③ 李调元：《雨村诗话》卷下，郭绍虞辑《清诗话续编》，上海古籍出版社 1983 年版，第 1524 页。

④ 管世铭：《读雪山房唐诗序例》，郭绍虞辑《清诗话续编》，上海古籍出版社 1983 年版，第 1547 页。

其四，家数各有极诣，不相胜又不相摄。家数如同武学之中的擅长，或刀剑，或枪棒，或力取，或巧施，及其登峰造极，则莫不可以一鸣惊人，难以说武当必长乎少林，崆峒必优于峨眉。诗文家数正是如此，所以纪昀总结云：

> 同一书也，而晋法与唐法分；同一画也，而南宋与北宋分：其源一而其流别也。流别既分，则一派之中自有一派之造极，不相摄，亦不相胜也。惟诗亦然。①

既然如此，则流派宗派之间的攻讦、独尊便皆失之公允。

其五，家数易成束缚。这一点在家数利病兼呈的说明中已经包括，如徐渭《叶子肃诗序》曰：

> 人有学为鸟言者，其音则鸟也，而性则人也。鸟有学为人言者，其音则人也，而性则鸟也。此可以定人与鸟之衡哉？
>
> 今之为诗者，何以异于是！不出于己之所自得，而徒窃于人之所尝言，曰某篇是某体，某篇则否；某句似某人，某句则否。此虽极工逼肖，而已不免于鸟之为人言矣。②

抱定家数而无所变通、拟议他人而忘却自主，则如鹦鹉学舌，所言者并非自我之言。袁枚干脆称这种死守家数为“权门托足”：

> 诗称家数，犹官称衙门。衙门自以总督为大，典史为小。然以总督衙门之担水夫，比典史衙门之典史，则典史虽小，尚属朝廷命官；担水夫衙门虽重，与他无涉。今之学杜、韩不成，而矜矜然自以为大家者，不过总督衙门之担水夫耳。

① 纪昀：《田侯松岩诗序》，《纪晓岚文集》卷九，孙致中等校点，河北教育出版社 1991 年版，第 201 页。

② 徐渭：《徐文长三集》卷十九，第 519 页。

又曰："抱韩、杜以凌人，权门托足。"[①] "摹韩学杜，自负大家，则又如赵文华夸在太师门下，举以傲人。而不知他人之门面，不足以为自己之牌坊也。"[②]

厉鹗则从过依诗派必有失我之体入手论其弊端：

> 诗之有体，成于时代，关乎性情，真气之所存，非可以剽拟似、可以陶冶得也。是故去卑而就高，避缛而趋洁，远流俗而向雅正，少陵所谓多师为师，荆公所谓博观约取，皆于体是辨。众制既明，炉鞴自我，吸揽前修，独造意匠，又辅以积卷之富，而清能灵解即具其中。盖合群作者之体而自有其体，然后诗之体可得而言也。[③]

体成于时代，关乎诗人性情，不可模拟。但却能通过对诸体的钻研，博采众长而融会一炉，最终创生出自己之体。因此，诗当有体的思想便自然衍生出诗不当有派，所以说"诗不可以无体，而不当有派"。

家数的束缚即表现于一定的排他性，排他并非尽皆出于理论的自负，其间尚包括定一尊博虚名的心思。陈衍曾论此现象："自来文人好标榜，诗人为多，明之诗人尤其多。以是也者，易能难精，而门径多歧，又不能别黑白而定一尊，于是不求其实，惟务其名，树职志，立门户，是丹非素，入主出奴矣。"不易精反而不愿费尽心力钻研，不求其实更易虚声假势以夺人，所谓"是丹非素，入主出奴"，正是固守自我家数以定其一尊的套路。[④]

易成束缚是家数诸弊之中为害最重也最易着人者，如何既得家数之利，又规避其弊呢？首先要分清家数学习的适用阶段。陶明濬《诗说杂记》专有论家数一条，核心思想是："以家数言诗，不过作诗之初桄，而未足尽诗之能焉。"就是说，以家数为初学之进阶，及乎有成则不当再过

---

① 袁枚：《随园诗话》卷三、卷五，王英志校点，江苏古籍出版社 1993 年版。

② 袁枚：《与罗甥》，《小仓山房尺牍》卷五。

③ 厉鹗：《査莲坡蔗塘未定稿序》，《樊榭山房文集》卷三。

④ 陈衍：《石遗室诗话》卷十八，张寅彭主编《民国诗话丛编》，上海书店出版社 2002 年版，第 249 页。

拘束，拘守最易成习套：

尝见老生宿儒，则以此傲少年新进者，曰：彼造语似佳，不似古人，用意自如，未有家数。以此夭阏人之志气，而扬露所长，而不知用心之私，不堪追溯也。虽然，彼虽号称有家数者，其成绩当然良好，而亦不尽然。其为弊也，腔易空，调易滑，意易陈，调易腐，千词万语，万指一意，所谓清新俊逸之妙，于此焉穷。岂不大可笑哉？①

进乎初阶之后，诗学的要求便不应依然是循依家数，而是倡自得、法众善。

其次提倡自得自立。如此提倡者与公安派等对性灵的提倡有关联，但也有区别；其前提是从家数而入，再由家数而出。朱彝尊《冯君诗序》云：

吾于诗而无取乎人之言派也。吕伯恭曰：诗者，人之性情而已。吾言其性情，人乃引以为流派，善诗者不乐居也。温、李之作派，流为西昆，试取杨、刘诸诗诵之，未见其毕肖于温、李也；黄、陈之作派，流为江西，试取三洪、二谢、二林诸诗诵之，未见其悉合于黄、陈也。譬诸水然，河出乎昆仑虚本白也，所渠并千七百一川斯黄矣。泉源于马邑本清也，流而为桑乾跃为卢朐斯浊矣。瀑悬乎庐山之北本直也，导双石经三峡迤逦入于宫亭之湖斯曲矣。派之不同乎源，非可爪区而芋畴之也。②

源流变化，为理之常，文学上后人变前人家数，成自家生机，也是常态。因此朱彝尊提倡虽出自家数而能自得，推崇冯君之诗，正因为其主张“吾特言吾性情焉”。

陈散原也主“能自树立不因循”，并云：

① 陶明濬：《诗说杂记》卷十一，郭绍虞《沧浪诗话校释》，人民文学出版社 1998 年版，第 136 页。

② 朱彝尊：《冯君诗序》，《曝书亭集》卷五十八。

自周汉以来，积数千余岁之诗人，因应风尚有推移，门户有同异，轻重爱憎互为循环，莫可究极。然尝以谓凡托命于文字，其中不死之处，则虽历万变万哄万劫终亦莫得而死之，而有幸有不幸之说不与焉。①

能自树立当然不是说无所因依，但应当由所习之家数入手，先约旨敛气，归之于综贯，继而别成其体，尤其以能够见其与人迥别的“不死之处”为追求。

又则提倡法众善。袁枚《再答李少鹤》，首先批判对方用力于杜甫、韩愈所带来的局限：“足下用力于杜、韩二家，以为取法乎上，仅得其中，此外可一切决舍。此是学究常谈，不可奉为定论。”随后从杜、韩师法家数之源远流长论曰：“杜初学庾、鲍，后取法乎二雅；昌黎以文为诗，初学李、杜，后得力于三颂。此又取法乎上之上者也。足下饮水思源，登枝求本，又何以姑舍是而不穷追之哉?”又曰：“今夫山，泰岳居五岳之首，一登可以小天下矣。然有人焉，终其身结篷于泰山之顶，而其余武夷之幽深、罗浮之奥妙，至死不知。其得谓之善游山者乎?”由此得出他对于师法前人的态度：

仆道取法者，师之之意也。《尚书》云：“德无常师，主善为师。”孟子曰：“予归而求之，有余师圣人。师蝼蚁而立战阵，师蜘蛛而制网罟。”蝼蚁、蜘蛛，可谓下之下矣，而圣人不曰姑舍是者，何也?以故仆论诗，岂特不敢薄古人哉，即足下有一篇之善，一句之佳，仆必师之，而终身不敢忘也。②

《与稚存论诗书》也申此意：“文学韩，诗学杜，犹之游山者必登岱，观水者必观海也。然使游山观水之人，终其身抱一岱一海以自足，而不复知有匡庐、武夷之奇，潇湘、镜湖之妙；则亦不过泰山上一樵夫，海船中

① 陈三立：《散原精舍文集》卷十六，钱文钟校点，辽宁教育出版社 1998 年版，第 243 页。

② 袁枚：《小仓山房尺牍》卷十，《袁枚全集》第五册，江苏古籍出版社 1993 年版，第 208 页。

一舵工而已矣。”[①]

清人论岭南著名诗人黎二樵，其诗由山谷入杜，取炼于大谢，取劲于昌黎，取幽于玉溪，取瘦于东野，取僻于阆仙。最终成就了“峻拔清峭，刻意新颖，刿目怵心，戛戛独造”的风格，“于是以成其为二樵之诗”[②]。其意就是，德无常师，后学者应当集思广益，法乎众善，如此可破家法之孤陋。

三

事实上，学习大家数、规避其间诸弊、成就自我家数的过程，就是古代文学批评中所讨论的成家，即成为“作家”的过程。创作以能够成家为贵，凡纳入理论研讨者，其基本的条件便是先要成家。如《雅伦》曰：“三十年为一世，合天下计之，其人之诗文在数人之间者上之上也，在数十人之间者上也，在百人之间者上之次也。”当然还有可以排列到百人之外或者二百人之外者，但这些多可略而不论，因为“此论其成家者也”[③]。惠栋引前人之论曰：“诗以成家为贵，非独为华藻也。”言其华藻表现有二：“从而绣其鞶帨，其失雅靡；濯锦江波，其中宁无一片是卫文之服，其失也杂。二者皆不能成家。”[④] 如此强调成家，就是指文人已经堪称作家，但凡能够被冠以“作家”者，皆可以说已经具备了自我的家数。

文论而言作家滥觞于唐代，《文镜秘府论》西卷有云：“制作之家，特宜监察。”“如斯之类，寡义繁文，制作之家，特宜详察。”[⑤] 唐人卢言《卢氏杂记》记述王维、王缙兄弟一段故事云：

> 王缙好与人作碑铭，有送润毫者，误叩其兄右丞门。维曰：“大

---

① 袁枚：《小仓山房文集》卷三十一，《袁枚全集》第二册，江苏古籍出版社1993年版，第564页。

② 林昌彝：《射鹰楼诗话》卷十二，王镇远等标校，上海古籍出版社1988年版，第263页。

③ 费经虞辑，费密增补：《雅伦》卷二十四。

④ 惠栋：《范湖诗钞序》，《松崖文钞》卷二，续修四库全书本。

⑤ 遍照金刚：《文镜秘府论》，王利器校注，中国社会科学出版社1983年版，第438页。

作家在那边。”①

《卢氏杂记》已经散逸，本条资料宋代叶廷珪《海录碎事》卷二十一、宋代王谠《唐语林》卷五、宋代李昉《太平广记》卷二百五十九皆有收录，“大作家”之说从唐代便流行开来。宋代以作家论文渐多，如刘辰翁评李白《秋浦歌》：“后联活活脱脱，真作家手段。”② 俞文豹《吹剑三录》曾具体区分作家与秀才的创作：

> 近世诗人，攻晚唐体，句语轻清，而意趣深远，则谓之作家诗；饾饤故事，语涩而旨近，则谓之秀才诗。

此为当时的普遍观点，具有一定的代表性，他自己引韦应物之诗，认为“无一字援引，而超清高远”，为作家之诗，显然也是首肯这种区分标准的。

总结历代成家与作家所必备的素养条件，大致包括以下两端：备文学之才，有创造之素质；具学养、法度等后天的修为。

（一）备文学之才，具有创造的素质。作家之“作”，本义就在于创造，所以《礼记·乐记》有“作者之谓圣，述者之谓明”的说法。可见“作”本身就是一种高标，以此论文人，自然有着文人的自诩与矜夸，但也的确涵括了文学创作本身异想天开的特征。因此，古人论作家必言其创造：

徐渭标之为变化而有意味，他评友人之作“细腻中有老刺，老刺中有娇丽，且复间出新鲜”，又能“嚼之不已，更有余味”，所以“真可称大作家也”③。而作为具体实现的艺术手段，“情景相触而成诗，此作家之常也”④，兴会为一种艺术素养，创作之际则必须还要转化为情景交融敷写意

---

① 叶廷珪：《海录碎事》卷二十一，文渊阁四库全书本。

② 吴文治主编：《宋诗话全编》，江苏古籍出版社 1997 年版，第 9974 页。

③ 徐渭：《与钟天毓》，《徐文长佚草》卷四，《徐渭集》，中华书局 1983 年版，第 1122 页。

④ 谢榛：《四溟诗话》卷四，丁福宝辑《历代诗话续编》，中华书局 1983 年版，第 1224 页。

象的能力，此为无中生有。

陈祚明强调为创作当“有作意”，如评刘祯《公宴诗》云：“极善写言外之景，起句前，结句后，更有许多文情。”又云“月出照园中，珍木郁苍苍”二句“景活，所含者广”；而“清川过石渠，流波为鱼防”为“有作意”。何谓“作意”？其解释为：“凡言有作意者，写景写事，须与寻常不同。天下事物与寻常不同者，始堪歌咏，故诗以有作意为贵。”[①] 作家之创造，正在此与物不同上。

田同之从超越蹊径言创造：“情景妙合，风格自上，不为古役，不堕蹊径者，最也”；相比之下，“随质成分，随分成诣，门户既立，声实可观者，次也”。后者因质性而成，难以阔达，却可自成一派。二者虽有高下之别，但皆为成家者。除此之外，“或名为闰继，实则盗魁，外堪皮相，中乃肤立”，即仅摹袭于人，无所自立者，“以此言家，久必败矣”[②]。叶矫然论欧阳修诗：“心手经营，较子瞻尤多作意”，很多作品“翩翩唐调，不落宋习”。又举其佳句，诸如“山河识天府，风雨度幽关”、“清江万古流不尽，白鸟双飞意自闲”、“瑶华伤远道，芳草送归鞍”等，以为“皆作家语也”[③]，也正是从超越蹊径论作家。

能创造则奇。方东树论黄山谷便由“奇”字立论：“山谷之妙，在乎迥不犹人，时时出奇，故能独步千古，所以可贵。若子由、立夫皆平近，此才不逮也。”“奇”有诸多表现：

或奇于句法：“大抵山谷所能，在句法上远：凡起一句，不知其所从何来，断非寻常人胸臆中所有；寻常人胸臆口吻中当作尔语者，山谷则所不必然也。”

或奇于章法：“山谷之妙，起无端，接无端，大笔如椽，转折如龙虎，扫弃一切，独提精要之语。每每承接处，中亘万里，不相联属，非寻常意计所及。此小家数何由知之，亦无此力。故作家不易得也。”[④]

---

① 陈祚明：《采菽堂古诗选》卷七，李金松点校，中华书局 2008 年版，第 203 页。

② 田同之：《西圃诗说》，郭绍虞辑《清诗话续编》，上海古籍出版社 1983 年版，第 751 页。

③ 叶矫然：《龙性堂诗话续编》，郭绍虞辑《清诗话续编》，上海古籍出版社 1983 年版，第 1013 页。

④ 方东树：《昭昧詹言》卷十三，汪绍楹校点，人民文学出版社 1961 年版，第 313 页。

能创而有作意则于格调有所树立。赖虚舟论诗云：

> 作诗不问其工不工，但问其成不成。成者，成一家之谓。未有不成家而能传者，如郊岛辈虽属寒瘦，而寒瘦即二公之成也。韩昌黎好用生字拗句而归于自然，香山好为浅语而无俚俗，此所谓自成一家。长吉好作险语，所谓语不惊人死不休也，其母谓此儿必呕出心肝乃已，一语便可作长吉诗序。[①]

有所树立，则我有人未必有，人有我与其不同，即为创造。有所树立又称为“有身分”，叶矫然论曰：

> 作诗须著身分语，所谓身分者，又非若七子之叫嚣张大也。春容和雅中自见风裁，如尹之清风，黄之千顷；如颖之处囊中，鹤之在鸡群；如捉刀床头之知为曹公，稠人广坐之辨为士龙：此诗品也。昔范荣期读孙兴公《天台赋》曰：“声虽未叶宫商，然中有得意佳句，应是我辈人语。”此即身分是也。

此处强调的身份即为诗品所应有，合乎“作家”所具之能，如内在本然之英气不可磨灭隐蔽。又云：

> 摩诘《山居秋暝》诗：“空山新雨后，天气晚来秋。明月松间照，清泉石上流。竹喧归浣女，莲东下渔舟。随意春芳歇，王孙自可留。”第七句颇费解。予揣诗意，以众芳摇落之辰，悲感易生，自达人观止，春荣秋歇，乃天之道，随意处之，则王孙无芳草之怨，而自可留，亦招隐之意也。盖此诗前六句信口不假思索，到结故作蕴藉语，俾轻浅人不得效颦，此诗人身分处也。[②]

---

① 邱炜萲：《五百石洞天挥麈》卷五，续修四库全书本。

② 叶矫然：《龙性堂诗话初集》，郭绍虞辑《清诗话续编》，上海古籍出版社 1983 年版，第 947 页。

此处之“身分”表示创作者矜严而不率意，有自我人格文品的坚守。林昌彝也有类似之论：

> 作诗贵有身分，贵有抱负，方为大家。杜少陵诗“许身一何愚，窃比稷与契”，其胸次可想。陆放翁诗“譬如凡村遇事见，平日乃与常人同”，大有身分。[①]

林昌懿所言之“身分”，更侧重于指创作主体人格俊逸，抱负远大，不为琐屑鄙俗。总而言之，以上所论之“身分”，也就是诗学中所张扬的“诗中有人”。诗中有人，则见此人风骨，故而苏子美“风骨矫矫”，梅圣俞“风格遒上”，张谦宜便称之为“自是作家”[②]。诗中有人则见此人之生气，如方东树所云：“又有一种器物，有形无气，虽亦供世用，而不可以例诗文。诗文者，生气也。若满纸如剪彩雕刻无生气，乃应试馆阁体耳，于作家无分。”[③] 所谓诗中有人，皆就其本然之生气而言，所以张裕钊以“作家所以不磨灭者”即为“自然郁勃雄劲，真气动人”[④]。

那么创造源自什么呢？《雅伦》引临川吴氏之论曰：

> 诗之变不一也：虞廷之歌邈矣弗论，余观三百五篇，南自南，雅自雅，颂自颂，变风自变风，以至于变雅亦然，各不同也。诗亡而楚骚作，骚亡而汉五言作。迄于魏晋颜谢以下，虽曰五言而魏晋之体已变；变而极于陈隋，汉五言至是几亡。唐陈子昂变颜谢以下，上复晋魏汉，而沈宋之体别出，李杜继之，因子昂而变。柳韩因李杜又变，变之中有古体，有近体，体之中有五言有七言有杂言。诗之体不一，

---

① 林昌彝：《射鹰楼诗话》卷二十一，王镇远等标校，上海古籍出版社1988年版，第495页。

② 张谦宜：《絸斋诗谈》卷五，郭绍虞辑《清诗话续编》，上海古籍出版社1983年版，第862页。

③ 方东树：《昭昧詹言》卷一，汪绍楹校点，人民文学出版社1961年版，第25页。

④ 张裕钊：《韩昌黎文集批语》，《张裕钊诗文集》附录，王达敏校点，上海古籍出版社2007年版，第532页。

人之才不一，各以其体，各以其才，各成一家言。[①]

创造就是各见面目，而代变不尽、新新不已的源泉则在于各自之才，以自我之才成自我之体，则可成作家。方回评陈止斋《止斋即事》："此二诗高古，缘才高也。"冯班评曰："止斋诗不多见。睹此二首，真作家也。"有高古之作，故而名曰"真作家"，而其本源之力则在于"才高"[②]。

从成为作家、作者的根本素养来看，相关文献也分别都指向了文学之才。

唐代刘知几论史有才学识三长，随后此三长说便被纳入了文学素养体系，如方东树则从七言长篇出发，提出此体"不过一叙一议一写"而已。具体解释称："一叙也，而有逆叙、倒叙、补叙、插叙，必不肯用顺用正。一议也，或夹叙夹议，或用于起最妙，或用于后，或用于中腹。一写也，或夹于议中，或夹于叙中，或用于起尤妙，或随手触处生姿。"三者之中尤重"写"："无写但叙、议，不成情景，非作家也。"当然，但恃乎写，也难以入妙，"必加倍起棱汁浆，或文外远致，此为造极"。

所谓"叙、议、写"三法，叙与史书之能同，议出自诸子性理之研讨。较为特殊者为写，在方东树的论述中，写就是写景之能，此景不仅指向物色，还包括现实情景，故曰无写不成情景。又曰："其能处，只在将叙题、写景、议论三者，颠倒夹杂，使人迷离不测。"又曰："叙在法，存乎学；写在才气，存乎才；议在胸襟识见，存乎识。一诗必兼才学识三者。"[③] 叙为史法书法，由学可得；议为论辩摘斥，见人之识；写则由乎才气。可见写景之能、敷衍物色情事之能就是文学创作的核心素养。

（二）成家、为作家则当备学识法度之修养。才为禀赋所有，难以改变；不论所赋之才如何，要成为作家，必须同时具备学识法度等后天的素养，这一切皆来于人工的努力。具体而言：

于诗学用功必专心。事难两立，双骛无成，必专心致志始能有造诣，诗文也是如此，仅仅具有上等才智，缺乏认真的习练、涵咏，依然不会臻

---

① 费经虞辑，费密增补：《雅伦》卷十八。

② 李庆甲：《瀛奎律髓汇评》卷二十三，上海古籍出版社2005年版，第984页。

③ 方东树：《昭昧詹言》卷十一，汪绍楹校点，人民文学出版社1961年版，第234—235页。

乎上乘。冒春荣称：

> 近代诗流，非上智之士，不能擅专家而称国能。何也？以其非童而习之，为父兄师长所耳提而面命者也。大抵于举业之暇偶为之，既不用以取科名，则于斯事，未必专心致志，深造自得，以到古人所必传之处。故凡称诗而成家者，人非上智，未易获此。[①]

于各句各联当尽锻炼之功。方回评唐人于良史《春山夜月》中“掬水月在手，弄花香满衣”二句：“恐是偶然道着。先得一句，又凑一句，乃成全篇。于六句缓慢之中，安顿此联，亦作家也。”虽然如许印芳所云，小家数每每如此，其弊至于有句无联，有联无篇；大家则运以静思，行以灏气，一气而成。但是，偶然得句且所得有出句无对句，或者有对句无出句者在在皆是。因此，能够在全篇中锤炼各联，且能安顿稳妥，自然为作家。[②]

具体各联相关二句的锻炼，方回以为下句胜上句者为作家；朱庭珍矫正曰：“大抵名句须上下相称，不得已而对胜于出者，终非作家手段；若出胜于对，直是村夫子伎俩矣。”而要实现大家二语皆工、精力相敌的境界，必须“字字经称量熔铸而成”[③]。

清代诗人黎二樵，类似其“天胡困我至此极，使我有田不得食”、“即此一钵饭，亦自沿乞得”等句，评家以为意致虽苦，至其炼意炼句，则恰是其“得力处”，而其“所以成家者在此”[④]。也是从锻炼而论其成家。

贯通于学。诗不可无学，其妙不在于学，要能运裁融会。才学识三者，学识多从后天修养中得来，因此读万卷书、行万里路便成为学的重要手段。具体而言，学或源自师承，如曹能始云：“作诗如书者、画者、弈

---

① 冒春荣：《葚原诗说》卷三，郭绍虞辑《清诗话续编》，上海古籍出版社1983年版，第1600页。

② 李庆甲：《瀛奎律髓汇评》卷十，上海古籍出版社2005年版，第326页。

③ 朱庭珍：《筱园诗话》卷四，郭绍虞辑《清诗话续编》，上海古籍出版社1983年版，第2412页。

④ 邱炜萲：《五百石洞天挥麈》卷五，续修四库全书本。

者、讴者、击剑者，必藉师承指教，而后当家。若自作聪明，虽极奇别，终是外道。”[①] 论家数便是重学之意。或源自经籍，韩愈、柳宗元早就论述过学习先秦典籍对诗文创作的影响，张裕钊敷衍其意曰：

长于《易》者，其言精深而奥洁；长于《诗》者，其言文雅而飘荡；长于《书》者，其言重硕而通达；长于《礼》者，其言严慎而暇愉；长于《春秋》者，其言浑朴而简峻；长于史者，其言恢奇而浩博；长于子者，其言纵厉而峭实。[②]

此皆研习经典以及前辈大家而脱胎。至于行历、漫游以及社会实践、自我的认知等，皆为学之所由，这一点元代陈绎曾《文章欧冶》中有详细论述。而作者论此，正是以之为创作之涵养。

学的具体运用中，事典运用是其核心，学而益乎诗文的境界在于融化事典，为才所用。《西江诗话》云：“故事略引贴证尔，使多则堆垛。要在使得融化，暗合道妙，不露斧凿痕，是为作家。”[③]

明于体法。诗文体法，关涉面很广，诸如古代文学批评中时常言及的字、词、句、联、声、调、体、格、意等都与其相关。各要素又皆有其诸多特有的规范要求或者法门病忌，只有明乎此法，才能创作。如陈献章云：“概观所论，多从意上求，语句、声调、体格尚欠工夫在。若论诗家，一齐要到。庄定山所以不可及者，用句、用字、用律极费工夫。初须仿古，久而后成家也。”[④] 其中所论工夫皆在诗法。

方东树提出了近体诗四条评量尺度：“诵要好，听要好，观要好，讲要好。”诵之当如行云流水，听之当如金声玉振，观之当如明霞散绮，讲之当如独茧抽丝。诵听关涉声调语句，观讲则要透过音调语句探寻其格调

① 叶矫然：《龙性堂诗话初集》，郭绍虞辑《清诗话续编》，上海古籍出版社 1983 年版，第 940 页。

② 张裕钊：《张裕钊诗文集》论文，王达敏校点，上海古籍出版社 2007 年版，第 508 页。

③ 朱权：《西江诗话》，吴文治主编《明诗话全编》，江苏古籍出版社 1997 年版，第 567 页。

④ 陈献章：《批答张廷实诗笺》，《陈献章集》卷一，孙通海校点，中华书局 1987 年版，第 75 页。

情意韵味意境，四条标尺皆须从这些鲜明的要素入手，并云："此诗家四关，一关不过，即非作家。"[1] 方东树极重作家法度，《昭昧詹言》中涉及颇多。如评王安石《送程公闢守洪州》，深赞其超脱世俗应酬气，类似本诗这种不是一味赞颂对方才德的赠诗，非"深于律法者"不能：

> 必于此用意，将欲赞换入他人口气，则立意不同人，以不如意先作一曲折垫起，用两人作局阵，此乃深曲迷恋，气骨不轻浮矣。纯是古文命意立局章法，所以为作家，跳出寻常庸人应酬套。此非深思有学人不能作。[2]

王安石外，又论苏轼之诗歌纵横如古文，因此"须学其使才恣肆处，尤当细求其法度细致处"，如此"乃为作家"[3]。又专论法度与作家关系：

> 用意深，用笔布置逆顺深，章法疏密，伸缩裁剪。有阔达之境，眼孔心胸大，不迫猝浅陋易尽。如此乃为作家，而用字取材，造句可法。[4]

必精于用意、用笔、布置、章法、裁剪者，方可为作家。又如被其视为"古作家不传之秘"的"超悟"："豪语须于困苦题发之；失志时不可作颓唐语；苦语须于佛仙旷达题发之；流连光景须有悟语，见道根；山水凭吊须发典重语；酬赠应答须发经济语。"[5] 这些他所谓的"超悟"，实则尽是一种可以纳入操作的法度。

能够兼备才学法度识见，总揽天人，则自成作家、大家。吴梅村本富天才，又且神韵本于唐人、取材多用正史，如此"才情书卷又自澜翻不穷"，故而"不得不推为近代大家"[6]。惠栋又概括为根柢、兴会："诗之

---

① 方东树：《昭昧詹言》卷二十一，汪绍楹校点，人民文学出版社 1961 年版，第 477 页。
② 方东树：《昭昧詹言》卷十二，汪绍楹校点，人民文学出版社 1961 年版，第 288 页。
③ 方东树：《昭昧詹言》卷十一，汪绍楹校点，人民文学出版社 1961 年版，第 241 页。
④ 方东树：《昭昧詹言》卷十二，汪绍楹校点，人民文学出版社 1961 年版，第 284 页。
⑤ 方东树：《昭昧詹言》卷十一，汪绍楹校点，人民文学出版社 1961 年版，第 236 页。
⑥ 赵翼：《瓯北诗话》卷九，霍松林等校点，人民文学出版社 1998 年版，第 130 页。

道，有根柢，有兴会，根柢原于学问，兴会发于性情。二者兼之，始足称大家。"①

关于如何能够成为真正古典意义的作家，在以上总括的论述之余，我们还可以通过毛奇龄等清代文人具体的阐发再作进一步的说明。

毛奇龄喜好诗歌，没有随时人命之为末艺小道，他敏锐地注意到世人在诸般文体之中，对诗歌情有独钟，何以于诸文体中大家偏好诗歌呢?《勤郡王诗集序》云：

> 诗者文之一体也，世虽好文，必不能按体而具为之，独于诗则为者十九，岂篇短易成，抑好者多而趋之众哉？夫亦以诗能达景，无问身所值身所不值，而皆得见之；诗之能移意，不必思有所及与思有所不及，而讽咏焉而皆有以遇之。且夫人之遭逢亦大殊矣：或悲而离，或欢而并，举凡登临游燕、感激触发，其为事不一而其为情也屡迁，乃一展卷而无不得。夫乃叹诗之不可已矣。②

其中论及诗的三个重要特征：达景，可以在创作与鉴赏中徜徉于古往今来天地四方，神思所到即为诗景；移意，可以在创作与鉴赏之中体验到自己无法实际获得的意境；包纳众情于一卷，可以使创作者与鉴赏者备阅人情幻化，既延续其汲汲之梦，又警醒其匆匆之怀，或感之或激之或悲之或喜之，有着对主体精神的洗礼。能够实现这种精神洗礼的作品是佳作，而能够创作出如此作品的诗人他称之为"作家"。

他将文人分为三类，名家、当家、作家。名家："只如书画家之有标格尔。"即有一技之长，由此名世，但仅为一技而已。当家："金元词曲每以平行协时族者为当家。"各从其艺，又无所伯仲，然而也仅仅是技艺。作家，又被称为"作者家"："毋论当行与及格，而必有作者之意存乎其间。"名家、当行，需要他人的认可，也以获得他人的认可为目的；而作家可以有名可以有技艺，但不是为了名与技艺，而是为了发抒自我之意之

---

① 梁章距：《退庵随笔》，郭绍虞辑《清诗话续编》，上海古籍出版社1983年版，第1983页。

② 毛奇龄：《西河集》卷五十一。

情。他推崇作家，以为汉魏六朝之文“散题闲牍，皆足自存”，其原因正在有作者之意。宋代以后，无论文体巨细、事类多寡，多随着时代兴衰而遗散，能够留存于世者，必然是“作者家经营部署罗络”的结果。可见作家在创作上的独到地位。①

要达到作家诗中有作者之意的要求，就要将诗歌创作当作一项并非随意的事业，即必专攻于诗；也不能将其视为载道的工具，即必专注于艺术美的塑造。因此他批评了“不以诗为诗”说。陈士业序施愚山诗，其中有“唐人以诗为诗，宋人不以诗为诗”，又云：“仁义忠孝何恶于高、岑、王、孟，而为高、岑、王、孟者必讳之?”其意思是说：唐人仅仅把诗当作技艺，所以有王、孟、岑、高等著名诗人的作品月露风华却无仁义忠孝的内容；宋人不把诗仅仅当作艺术，而是将其视为言说性理的工具，因而值得推崇。毛西河批驳云：“屈平杜甫者，皆忠孝中人也，而屈道齐桓、述帝喾，今杜诗所称者可按而得也。夫洵如士业言也，则必屈之歌杜之诗皆诚明性教文也。乃屈以帝妃简狄为淫逸之辞，杜以仲尼原宪作抵俳之语，而读者终不以为非，何则？其旨微也。”诗不以显言忠孝仁义为高，不论载道明性理，是由诗的特征决定的。屈原之作中多有帝妃淫逸之描写，杜诗中甚至出现类似“纨绔不饿死，儒冠多误身”之类对圣人的讥笑，读者所以不以此为非，正是因为诗有“微旨”，不可以等同于性理著述，理学大全。而其时言性理者于诗则过求其甚，所以毛奇龄反诘道：

> 今之为高、岑、王、孟者，安知其所为者诗也，而其旨不又有在也，乃必曰言诚则诚，言明则明，则固之乎为诗也。诗不特平与甫也，上之姬旦、召奭，其为仁义忠孝者有逾于屈与杜，而业为南风，彼其诵后妃何如哉?

以诗写性理的诗人们假如坚持其说，那么周代圣人之忠孝仁义要远过于屈原与杜甫，但其同样有诵后妃之诗又当作何解呢？因此毛奇龄说，尽管诗

---

① 毛奇龄：《霞举堂集序》，《西河集》卷二十九。

不排斥宣教，但不是公开的三从四德之类的直接宣扬，诗就是诗，宋人不以诗为诗没有什么值得嘉许：“假曰不以诗为诗而诗传，则何不曰不以仁为仁而仁传也?”诗只能依托诗所固有的审美特性鉴赏评判，它具备了审美的要求，也自然具备了可以流传的条件，所以称施愚山的诗：“毋论愚山所传者有学有才有名实有行止如是，即使愚山如宋玉之轻浮、司马长卿之薄劣、陈琳阮瑀辈流连迁就漫无足道，犹必传之如宋如陈如司马成都，不可谓非文章之林囿也。”[①] 这种理论在尖锐富于战斗性的同时，也极其惊世骇俗。

另外，要达到作家的境界，就要做到创作之中对审美对象能够出乎其外又入乎其内。毛奇龄有一个诗与山水关系的理论：人人可见也爱见山水，但不是人人都能从山水之中见到诗；而从诗中读者却可以时时见到山水，所以：“求诗于山水而不得也，求山水于诗而得之。”其意在于说明：“得山水易，得诗难也。”得诗难一是从山水之中发现诗难，二是将山水相亲互相映发的情兴见之于诗篇同样不易。又云：“求山水于诗而得山水，求山水于山水而不得山水；得诗难，得山水又难也。”人人可见山水，但不是人人都能领略山水的真美，反而是诗人的诗中可得山水的精神，所以读者可以悬领，这需要观赏者出于山水之外，又要入乎山水之中，所以又称：“仅出于外者亦不可。”诗人捕捉到了山水之魂，所以作为山水之观者，他们出乎其外；而能见山水之神，自然又入乎其内，如此内外兼得才得诗也得了山水。而“陇人生陇上不知所谓陇上曲”，正是入乎其内而不知其外，所以难以明其真谛。“即征行者过之，陇水流离，睹之生悲，顾欲求其记一辞而不得也。”这就如同见山水者那么多，而终于发现不了诗一样，这又是领乎其外而未能入乎其内。所以：“惟不得山水，故终无诗。”“得”就是出乎外又入乎内；不能得，虽然有诗，读者也不能从其诗中见到山水，这样的诗没有作的必要，即使写了，也“终无诗”[②]。

要成为“作家”，能够成家数，则必从其他之家数的笼罩中超脱而出，毛奇龄尤重能够不为唐宋家数所遮蔽。

---

① 毛奇龄：《施愚山诗集序》，《西河集》卷二十九。

② 毛奇龄：《周秋驾闽游咏跋》，《西河集》卷六十。

清初文坛，在承袭晚明风气的同时，兴起了对宋诗模拟的风潮，黄宗羲等人都是其开拓者，中期形成的浙派诗歌，便滥觞于此时。这种苗头一出现，文学批评界便出现了对这种过于依赖家数风气的质询。

毛奇龄曾描绘清初文坛的乱象："自陋者倡为赵宋之习，争趋弇鄙……不数年来而遽已厌弃，非弃如骨余，即呕若粪秽，其为长安高髻且安在也？乃补救之徒，重加镘腰，饰细词而劓琐字，舍宋而元，舍元而初明。"短短时间内，风习变幻，毫无定见。其中影响最突出的便是对宋诗的宗尚，其弊有二：

一是叫嚣粗俗。毛奇龄说，习宋体者"每以农谚当良耜之诗"[①]，使得诗歌"一变而为京师叫卖之音，村言市词，动以亵嫚相往来"[②]，因而形成了叫嚣粗疏之习。"调必辘轳"，"语必起伏"，却"不晓转变"，"不识对待"。其内容"猪栌鸭蒜，零糟秽溲"，不甚检点，而风格则是"袒膊张齿"[③]，率意粗豪。

二是矫饰。《陆孝山诗集序》中还描述了粗疏叫嚣之外的矫饰之风："就其形之弇啬者而拭其唇，拂其眉宇，易如山如河之貌而假以修容，即其言之谈谈者而巧之俊之，改黄钟为瓦釜，何其细也。"如此之风又是晚明纤巧之习的蔓延。

王士祯当时选《唐贤三昧集》，其意也在排斥宋诗，姜宸英为之作序，则并当时宋诗派、明代七子遗风等一并给予了批评：

> 昔夫子删诗，不斥郑卫，而三百篇中有淫辞无俚辞，俚之病至于无所不尽，既无蕴藉停蓄之意于中，则其于言也求其依永而和声必不得矣。夫郑声之宜放，以其淫也，然其声故在也。诗至于无所不尽而俚，将并其声而亡之，而风雅委地矣。故朱元晦谓今人之诗如村里杂剧，诚恶其俚也。

---

① 毛奇龄：《偶存序》，《西河集》卷五十四。
② 毛奇龄：《陆孝山诗集序》，《西河集》卷五十三。
③ 毛奇龄：《星槎诗序》，《西河集》卷四十四。

这是针对宗宋者的俚俗而发的。而当时“廓落其体，规模浮响慢句以为气象”者，又是指宗法盛唐的七子后尘。姜宸英认为，盛唐就气运而言出于极盛之际，但作者心思所注却“常有不及其盛之意”，即阔大雄壮之外，盛唐诗人心思所注射者有更多的审美追求。“不涉理路，不落言筌，言有尽而意无穷”正是其重要的特征，也是禅宗所谓透彻之悟，不求于此而仅仅貌袭，就难免皮相而叫嚣了。[①]

朱彝尊对依附家数风气的批判也从晚明入手，于公安派尚无微词，但以“空疏浅薄诡谲是尚”批评了竟陵派[②]。于宗宋者同样不以为然：

> 今之言诗者多主于宋。黄鲁直，吾见其太生；陆务观，吾见其太缛；范致能，吾见其弱；九僧四灵，吾见其拘；扬廷秀、郑德源吾见其俚；刘潜夫、方巨山万里，吾见其意之无余而言之太尽：此皆不成乎鹄者也。[③]

朱彝尊批判宗宋的方法略不同于毛奇龄，毛奇龄是摹绘宗法于宋以及其他门派者的病弊，不乏言辞激烈的评点；但朱彝尊本为大儒，因此言辞侃侃，心平气和，而且他所采取的方法不是直接批判，而是釜底抽薪，即就宗法乎宋者的宗法对象进行批评，如同进入庙宇之中，拆毁神像，而非当面指斥信徒。由于受到追捧的宋代诸大家都被贬抑，不值得学习，因而说：“尤而效之诗，何异越人之学远射参天而发适在五步之内也乎？”

在对种种依附家数的批判过程中，毛奇龄和朱彝尊分别确立了其不依傍、要自立自主的思想。毛奇龄从三个方面表达了这种自立的理论思想：

其一是要有骨气。《偶存序》中宣称：“高山大河，不磷而不渫，以质具也；含齿戴发，昂然自立于天地之间，以体全也。今体质俱微，才气亦尽，上之为口脂面药熨衣胶鬓之态，而下之竟如门摊货郎勾栏子弟之不可名状。”如此谄媚于人，何以立人立品？所以他呼吁文人应该唾弃奴性：

---

① 姜宸英：《唐贤三昧集序》，《湛园集》卷一。

② 朱彝尊：《胡永叔诗序》，《曝书亭集》卷三十九。

③ 朱彝尊：《橡村诗序》，《曝书亭集》卷三十九。

“历诸迁变之时而不为所动，阅江河之下而傲然得以自立”，能够独存本性者，就是真正的“疾风劲草”。《陆孝山诗集序》中也表达了类似立场：“今夫生世为丈夫，必当有昂藏七尺之概行乎其间。故相如追琢，扬雄纂组，犹以为壮夫不为，而况研衣胶鬓，收货郎把玩以为宝秘，似非士君子所宜为者。”因而盛赞陆孝山：“当累变之际，乃独堂堂坦坦直抒其所言，而不诡不随，皇然为正始之音。其调之高而气之博，雄沉广大，词虽简而意甚长，其浩然自得为何如者？夫不为时移夫也。自抒所言，而高明爽闿昂然自立于天地之间。”因为能够独立而不依附，不为时风所转移，所以称其为“文章政事大丈夫”。《西河诗话》中明确标举“二气说”：“盖文人有士气，有丈夫气。旧人论诗极忌庸俗，以其无士气也；且又恶纤弱，以其无丈夫气也。”[①] 以士气和丈夫气论诗，实则是兼优雅与豪放而言的。

其二是扩地步。扩地步主要体现在眼光阔大，取径要高而广。《陆孝山诗集序》中论陆孝山之所以能够称为文章政事的大丈夫，除了骨气，还有一点就是不自窘束其地步：“子少为诗，必力排基殿，先扩其所为地步者，而后论裁构之法，格取其高，却喧卑也；气取其壮，绝薾弱也；调取其噌吰，斥嘤咿也；律取其浑涵而周密，去纤以弛也。”其他对意、旨、韵等都作了要求，而以取其不拘束为归依。

其三是从沿革关系确立变革的必然性。毛奇龄说：“文贵百变无容一是。”[②] 变是常态，难以有“一是”的稳态。既然如此，循依不可，相互之间排击也没有必要。

从沿与革的关系看，诗有沿革，沿为继承，革就是革新，这种基本规律从《诗大序》之中就已经以正变的形式体现出来，《文心雕龙》名之曰“通变”，通为因，变为革。所以应该尊重时代变化之中的创新。尽管文学史无论有什么样的论争流派，都会有其演进，假此实践文学沿革的基本规律，但毛奇龄认为，在特定时期内，沿与革之间的大方向也可能出现倒退：清初你方唱罢我登场的复古模拟风气，就是一个证明，他称当时的文坛是“革四字而沿五字七字，革律之六韵而沿四韵”，最终是“人从沿而

① 毛奇龄：《西河诗话》，宣统三年石印本。

② 毛奇龄：《回友笺》，《西河集》卷二十二。

不从革”。

从升降考察，诗有升降，“升厚而降庳，升雅而降俚，升博大而降纤靡”。但时人却仍然选择了降而不从所升[①]。这是他对清初文坛甚为不解的地方，因此也便更加彻底地倡导自立，反复开导不当依循，《唐七律选序》中称汉魏无三百篇、六代无汉魏乐词、唐无六代俳比古诗，既然如此，今人墨守三唐为金针，便为不达情变了。当然，三唐为诗之极盛，流而至于宋元，学习它本无过失；但如今不同流派因时而变其宗尚，时过境迁之后，宗唐也会化为宗宋、宗元，如此代代相因，“焉能自振”？只有明乎沿革，“不与物倏相转环”，才能立定脚跟，广收博取，自立于诗人之林。[②]

毛奇龄之外，朱彝尊也论自立自得，着眼于诗当写情志与“诗中有魂”。针对那些“取古人之声律字句而规仿”以求其合者，他认为与“务离乎古人以自鸣其异”者没有区别，其诗都不可能流传，原因在于二者不是尚同就是求异，却并未从情上考察，都不属于自得：“未有无情之言可以传后世者”。他以水为比论述了什么是自得：水从源头出，涌而滥觞，纳于百川：“石激之而鸣，风荡之而怒，雷霆车马，神物恍惚。水岂有意为奇变哉？决之不得不趋，鼓之不得不作，亦随所遇而已。”为诗文也当如此，有源则“无畔于经”，如水因所遇而兴起，此为“自得”，自得者不求同也不求异，只是为了“抒中心所欲言”，发自我之情志[③]。而规仿古人者，无论以宋为师，还是以唐为师，皆以他人之心性为心性，恰恰“己之性情汩焉不出”[④]。

诗言情志，则可以摆脱格式声调之类的纠缠，“吾言吾志之谓诗，言之工足以伸吾志；言之不工，亦不失吾志之所存”。而规模古人者动言体格声调，他认为这是对情志之初心的束缚：

> 乃旁有人焉，必欲进之古人之域，曰诗有格也，有式也。于是别

---

① 毛奇龄：《孙肖夫诗序》，《西河集》卷五十六。

② 毛奇龄：《唐七律选序》，《西河集》卷五十三。

③ 朱彝尊：《钱舍人诗序》，《曝书亭集》卷三十七。

④ 朱彝尊：《叶指挥诗序》，《曝书亭集》卷三十七。

> 时代之升降、权声律之高下、分体制之正变，范围之勿使逸出矩矱绳尺之外，于古人则合矣，是岂吾志之初心哉？且诗亦何常格之有？豳之诗不同乎二南，郑卫之诗不同乎唐魏，周颂简而鲁颂繁，大雅多乐而小雅多怨，亦各言其志焉而已。唐以赋诗取士，作者期见收于有司，若射之志于彀，故于诗有格有式有例有密旨有秘术有主客之图，无异揣摩捭阖之学。①

能够自立自得，便可“人各一家”：“作者不期其同，论者不斥其异，不为风会所移，附入四方之流派。”② 虽未必尽成一家之言，但却可见君子之守。

自得自立自主，朱彝尊又称之为“诗中有魂”。李重华《贞一斋诗说》引朱彝尊论诗之言曰：“七绝至境，须要诗中有魂，入神二字，未足形容其妙。”拈出“诗中有魂”。又云：“李白王昌龄后，当以刘梦得为最，缘落笔朦胧缥缈，其来无端、其去无际故也。老杜七绝欲与诸家分道扬镳，故而别开异径，独其情怀，最得诗人雅趣。黄山谷专学此种，遂独成一家，此正得杜之一体，西江人取配老杜。”有魂，强调了生命的活力与真切，在这一点上近似有神；即使在缥缈游走、无边无际这一特点上，神与魂也有近似的地方。但随即论及老杜绝句，以其情怀而得诗人雅趣。杜甫绝句的情怀，有不少现实之中的红尘牵系，并非似李白一般飘逸、刘梦得一般闲适风流，因此杜甫绝句的情怀恰有神的飘逸风流所不能包举的，这属于有魂。可见朱彝尊诗论于七绝的标的更为阔大，非有神、神韵之类婉媚者可以牢笼，而是兼刘、黄二境。而李重华主“神韵”，所以称朱彝尊扩大了的有魂之论为“僻见”③，因为有魂与他自己所主的神韵不能尽合。

但无论如何主张，有神、有魂即为有人有我，创作主体的“人格”由此被形象化，作家也由此诞生。

---

① 朱彝尊：《沈明府不羁集序》，《曝书亭集》卷三十八。

② 朱彝尊：《叶指挥诗序》，《曝书亭集》卷三十七。

③ 李重华：《贞一斋诗说·诗谈杂录》，丁福保辑《清诗话》，上海古籍出版社1963年版，第925页。

第二节　家数的表现形态

一

家数后世演化为很多形态或者不同的表达形式，根据其划分依据，主要体现为以下两类：由体裁的本体特征而言，包括诸如本色、当行、得体之论；由创作主体才性特征而言，包括格调、神气等。

由体裁特征而言。

首先是本色。

诗歌论本色。通过对诗歌本色的强调，意在区分其与其他体裁的不同，彰显这一体裁的本性。诗而论本色始于陈后山，《后山诗话》云：“退之以文为诗，子瞻以诗为词，如教坊雷大使之舞，虽极天下之工，要非本色。”[①]《五总志》又载陈后山“少陵不合以文章似吟诗样吟，退之不合以诗句似做文样做”的论断，折服了当时为少陵拙于文、退之窘于诗而争的众文人[②]。《沧浪诗话·诗辨》有如下一段著名文字，也论本色：

> 禅道在妙悟，诗道亦然。惟悟乃为当行，乃为本色……所谓不涉理路，不落言筌者上也。
>
> 诗者吟咏情性也，盛唐诸人，惟在兴趣，羚羊挂角，无迹可求。故其妙处，透彻玲珑，不可凑泊。如空中之音，水中之月，镜中之象，言有尽而意无穷。

《隐居诗话》隐承此论，从作品审美特质而言：“凡为诗当使挹之而源不穷，咀之而味愈长。至如永叔之诗，才力敏迈，句亦健美，但恨其少余

---

① 陈师道：《后山诗话》，何文焕辑《历代诗话》，中华书局1981年版，第309页。

② 吴垧：《五总志》，文渊阁四库全书本。

味耳。”[1] 杨万里从创作主体入手，以为诗必诗人方可为：

诗非文比也，必诗人为之。如攻玉者必得玉工焉，使攻金之工代之琢，则窳矣。而或者挟其深博之学，雄隽之文，于是檃其伟辞以为诗，五七其句读而平上其音节，夫岂非（疑衍文——作者注）诗哉！[2]

刘克庄也从文人、诗人的不同总结宋代诗歌之弊：

唐文人皆能诗，柳尤高，韩尚非本色。迨本朝则文人多，诗人少。三百年间虽人各有集，集各有诗，诗各自为体，或尚理致，或负材力，或逞辨博，少者千篇，多者万首，要皆经义策论之有韵者尔，非诗也。自二三巨儒及十数大作家俱未免此病。[3]

文章之士，融学入诗，以为分行设韵、激昂音节即可，实则大谬不然，违背了诗的本色。因此诗、文二体的创作，如同玉工与金匠，虽各极其能却不可更替。

所谓本色，就是从正面为诗、文正名，落实属于其各自本体的法、理及审美内涵审美要求。又有从反面对混淆文体甚至破体者进行批驳，进而确立诗文本色者。黄庭坚《书王知载朐山杂咏后》云：“诗者人之情性也，非强谏争廷、怨詈邻座之为也。”[4] 人以为影射苏轼。《西青诗话》引蔡元长云：“汝知歌行吟谣之别乎？近人昧此，作歌而为行，制谣而为曲者多矣。且虽有名章秀句，若不得体，如人眉目娟好而颠倒位置，可乎？”[5]《沧浪诗话·诗辨》云：“近代诸公乃作奇特解会，遂以文字为诗，以才学为诗，以议论为诗。夫岂不工，终非古人之诗也。”此论承其禅悟及本色

① 胡仔：《苕溪渔隐丛话前集》卷十八，廖德明校点，周本淳重订，人民文学出版社 1993 年版，第 119 页。

② 杨万里：《黄御史集序》，《诚斋集》卷七十九，四部丛刊初编本。

③ 刘克庄：《竹溪诗序》，《后村先生大全集》卷九十四。

④ 黄庭坚：《书王知载朐山杂咏后》，《山谷文集》卷二十六，四部丛刊初编本。

⑤ 吴曾：《能改斋漫录》卷十引，文渊阁四库全书本。

之论以后，是对整个宋代文坛背弃诗体本然的批判。

词论本色。诗文之外，宋代最引人瞩目的辨体还有诗词之辨，相关理论中杰出的代表是李清照的《词论》：

> 至晏元献、欧阳永叔、苏子瞻，学际天人，作为小歌词，直如酌蠡水于大海，然皆句读不葺之诗尔。又往往不协音律者，何邪？盖诗文分平侧，而歌词分五音，又分五声，又分六律，又分清浊轻重……王介甫、曾子固文章似西汉，若作一小歌词，则人必绝倒，不可读也。乃知别是一家，知之者少。[①]

尽管胡仔以为李清照自负词学出众，有韩愈所谓群儿撼树、不自量力者在，但对诗词差异性的关注，实则维护了文体的纯洁与发展。

由此可见，李清照是词的本色论的重要代表，她在严格词体的同时贬抑苏词的豪荡，其重婉约轻豪放的思想也初露端倪。清代词学界，对词之本色的论析大约分为三派，一是承续李清照的观点，以婉约艳丽为本色；二是沈谦、李渔既不同于绮丽也不是婉约又非豪放的本色自然说；三是兼容豪放婉约的调和。

其一，婉约艳丽为本色。这个思想清初西陵词派中就有倡导，如为《见山亭古今词选》作序的严沆就认为：论词北宋“当以美成为最醇”，推崇周邦彦，而称南宋辛弃疾、刘过等豪放之作“无复词人之旨”。彭孙遹《金粟词话》中明确提出：“词以艳丽为本色”，且认为这不是个人嗜好问题，而是“体制使然”。宋代张炎论词，极推秦少游、姜白石等人，而于周美成稍有微词，以为“草窗之词虽雕绘满眼，然情致缠绵，微为不足”，而彭孙遹却心仪草窗，究其原因：“美成词如十三女子，玉艳珠鲜，政未可以其软媚而少之也。”[②] 尽管仅提艳丽未涉及婉约，实际上书写艳丽者必然出之以婉约的形式，婉约和艳丽是一表一里。当然，对艳丽的提倡中，

---

① 胡仔：《苕溪渔隐丛话后集》卷三十三，廖德明校点，周本淳重订，人民文学出版社 1993 年版，第 267 页。

② 彭孙遹：《金粟词话》，唐圭璋辑《词话丛编》，中华书局 1986 年版，第 723 页。

淫靡是从来不会被公开推许的，彭孙遹也不例外，其《旷庵词序》又将纤靡艳丽的内涵作了一些门面上的括除："历观古今诸词，其以景语胜者，必芊绵而温丽者也；其以情语胜者，必淫艳而佻巧者也。"要摆脱情胜招致的淫靡，情景分离带来的儇浅与流荡，需要"情景合"，情景能合则浓艳之情可以托寓于景象，于是露骨的艳情可以达到"婉约而不失之淫"的艺术效果，因此推崇温庭筠、秦少游等人"以秾至之景写哀怨之情"①。婉约在此又成为约束艳丽的艺术手段。

毛奇龄也是词之本色绮靡的赞成者，《峡流词序》中云："经解曰：温柔敦厚，诗教也；夫诗尚温柔，而况其余乎？《文赋》曰：诗缘情而绮靡。夫诗尚绮靡，而况其余乎？然则诗余者，文人绮靡之余焉者也。"诗余既然是诗的溢流，于是诗温柔词也当温柔，诗绮靡词也当绮靡，这是其体必然的特征。于是"驰情于华滋臒饰"、"寄旨于闺帏窈窕"，其言柔媚，其音曼丽，其形态"组纠纂绘"，也就成为理所当然的了。尽管常有所谓壮夫不为的声音，但唐代李白、白居易等"争倡新声"，可见其魔力。②

"西泠十子"之一的柴虎臣论词也近于纤柔香艳本色论，他曾从境、语、景、情论云：

> 语境则咸阳古道，汴水长流；语事则赤壁周郎，江州司马；语景则岸草平沙，晓风残月；语情则江雨飞愁，黄花比瘦。③

境主悠远，事讲风流，景则清明，情为闲愁。杜文澜承袭王世贞论词："须宛转绵丽，浅至儇俏"，取其"香而弱"，而称"雄壮者固次之矣"。所以他论词也不主苏辛之豪。④

其二，修正以后而成的本色自然说。沈谦《填词杂说》"二李当行本色"条云：

① 彭孙遹：《旷庵词选》，王运熙、顾易生选编《清代文论选》，人民文学出版社1999年版，第336页。

② 毛奇龄：《西河集》卷二十九。

③ 毛先舒：《诗辨坻》卷四引。

④ 杜文澜：《憩园词话》卷一，唐圭璋辑《词话丛编》三，中华书局1986年版，第2861页。

男中李后主，女中李易安，极是当行本色。[1]

沈谦所谓的本色在当时有一定的代表性，分析当时学者的理论，这个本色有两个内涵：

先是不事雕绘，“宜浑脱自然”。他论秦少游“一向沉吟久”一句：“大类山谷《归田乐引》，铲尽浮词，直抒本色。而浅人常以雕绘傲之。”没有浮词，一任情感直接发抒。又论“夕阳如有意，偏傍小窗明”一联不若晏同叔“一场愁梦酒醒时，斜阳却照深深院”更自“神到”；又列举“眼波才动被人猜”、“更无言语空相觑”等，以为“传神阿堵，已无剩美”。这些被盛赞的词句，没有人工的渲染，多为动人情景细微之处的赋写。沈谦的自然浑脱论，与李渔的“一气如话”论近似，都是从语言特征上对词之本色的概括，李渔《窥词管见》说：

一气如话四字，前辈以之赞诗，予谓各种之词，无一不当如是。如是即为好文词，不则好到绝顶处，亦是散金碎玉，此为一气而言也。如话之说，即谓使人易解。

又云：“一气则无隔绝之痕，如话则无隐晦之弊。”李渔还将“一气”和“如话”具体为了方法论，“一气”：“总是认定开首一句为主，为二句之材料，不用别寻，即在开首一句中想出。如此相因而下，直至结尾，则不求一气而自成一气。”“如话”：“则勿作文字作，并勿作填词作，竟作与人面谈；勿作与文人面谈，而与妻孥臧获辈面谈。”他将这种一气如话的效果也称为“自然”，语言运用之际，不嫌“词语稍旧”，所谓“尤物衣敝衣，愈觉美好”，正因为其没有刻意装点的本色；如果用新奇之语，也要做到“一目了然，不烦思绎”，涉于追琢而出之，“恐稍稍不近自然”。而所谓的追琢，则包括诸如道学气、书本气、禅气等的刻意堆垛，李渔讥讽这些词家“未尝放过古事，饶过古人”。自然或者一气如话，李渔最终又将其归

① 沈谦：《填词杂说》，唐圭璋辑《词话丛编》一，中华书局1986年版，第631页。

结到情景关系，以为词就是“非对眼前写景，即据心上说情”，而且“情景都是现在事”，舍现在不求，而求于千里之外，百世之上，都是走错了“路头”。

再者是效果要能实现移情即为自然。沈谦《填词杂说》“词贵于移情”条云：“词不在大小浅深，贵于移情。‘晓风残月’、‘大江东去’，体制虽殊，读之皆若身历其境。惝恍迷离，不能自主，文之至也。”又“柳词能移我情”条云：“柳屯田‘每到秋来’一曲，极孤眠之苦。予尝宿御客舍，倚枕自歌，能移我情，不知文之工拙也。”考察、评赏词的标准，从单一的风格体式选择——雄肆还是婉约，转移为了从审美感受入手。至于这种效果的获得，他认为就词人而言应该“不亢不卑，不触不悖”，保持词心的闲雅；而这种效果的状态则是：“蓦然而来，悠然而逝。立意贵新，设色贵变。言情贵含蓄，如骄马弄衔而欲行，粲女窥帘而未出，得之矣。”兼词的审美状态与读者的审美感受而言。

对艳丽婉约为本色的修正理论之中，还有一种复雅的声音，词而论雅，在南宋词学界极为流行，其意是希望词能够承续风骚之雅正，反对淫靡之积习。但雅正是一个超越于纤艳豪放之外的评判尺度，它不是一般的风格标准，而是具有规范意义的约束；如果寻求雅正之中的风格倾向，则依然倾向于婉约，因为风雅传统之中重要的内涵就是温柔敦厚。李慈铭就是其中的提倡者之一，《霞川花隐自序》中将批评矛头直接指向淫艳与应酬：

> 今天下之学，未坠者，其词乎？盖其道卑下，其语轻弱，儇薄之士多为之。公卿大夫稍嗜风雅者，又喜其近乎俳优谄谀，而称重奖借，渐相模仿，于是上下靡然，以为天下之不必读书而工者，莫此若也。上之可以结欢贵要，为曳裙吐茵之媒，下之可以说闺襜，狎歌舞，采兰赠芍，为褰修之具。酒边花间，人为一集，而世之变遂日亟，词之雅道亦遂以亡。①

① 见陈乃乾《清名家词》。

批判淫艳应酬的目的，正是希望词能恢复雅道。《雨华庵词话》里，钱裴仲将言情词作之中所言之情分为两类：一为“情”，一为“亵”，二者根本不同。时人常常“流情入亵”，而钱裴仲认为，“好为亵语者，不足与言情”。将亵一类的内容以及表现形式剔除，但依然保留词言情的本质，而且还要达到“迷离惝恍”，显然仍是对婉约的迷恋。

其三，婉约与豪放的折中兼容。沈谦的移情之说，已经超越了婉约与豪放的论争，但他没有将这种思想深入。曹溶则直接论述到婉约豪放的兼容，他以“豪旷不冒苏辛，秽亵不落周柳”者为词之“大家”①：豪放不似苏轼辛弃疾，又不能落周邦彦柳永之秽亵，词风当介于二者之间。当然这个说法尚不是对豪放的兼纳，只是没有作非此即彼的选择，而且只是对苏辛一类的豪旷表示戒备而没有否定豪旷。

对豪放能够兼容的词人多为门径阔大文人。毛先舒针对词坛偏于艳情、“一涉雄高，谓非本色”的时尚，提出本色非一之说，又主张“雄爽”。毛先舒言雄爽，是不排斥艳情的，但倾向于有所托而言，防止成为纯粹的桑间墙阴之语。毛先舒曾师从于刘宗周，因而有一定的理学见识，所以便有了这种议论。卓回说得更为具体而直接：“香奁自有香奁之本色当行，吊古诸题自有吊古诸题之本色当行。倘概以软美塞当行之责，必非风雅之笃论也。”② 不同的题材，不同的情感，反映在词作之中有不同的要求，也就有不同的本色，没有必要统一。卓回将词从内容上分出了香奁与吊古等不同大类，前者柔远，后者激昂。王嗣槐也从登临、写景的分类论述了词对纤靡激壮二体的共容：

> 词之为体，描情写景，不嫌纤靡，而登临凭吊，则淋漓激壮，有所不免。列而论之，如王、李、钟、谭，互有讥评，总览诸家，求其艳而不流于靡曼，澹而不入于枯寂，亦几难之矣。③

---

① 曹溶：《古今词话序》，唐圭璋辑《词话丛编》一，中华书局1986年版，第729页。
② 卓回：《词汇缘起》第二则，《古今词汇》卷首，康熙十八年刻本。
③ 王嗣槐：《菊庄词序》，见陈乃乾辑《清名家词》。

因为或写情景或登临凭吊，这不同的内容题材自然对应着纤靡或者激壮，因此词可以兼备婉约与豪放；而即使单论婉约，也要注意虽然纤靡但不能流入靡曼，也不能成为枯寂：都是折中而言。

浙西词派崛起文坛之后，对婉约之类的提倡以对尊姜夔慢词的形式表现出来，而吴锡麒则又将苏辛纳人，《董琴南楚香山馆词钞序》中认为，姜夔、张炎与苏轼、辛弃疾乃是“双峡分流”，两派各有千秋。姜夔等“缥缈而无附”，苏轼等“流荡而忘归”，从词史看一正一变，各有利病。后人不当偏颇，而应该“正变斯备”，兼学综师，既得声律又得高健。[①]

曲论本色。本色当行论是明代曲学界讨论最为热烈的一个话题。本色与当行之间的关系明人理解上不甚统一，大致体现为以下规律：言本色者，往往兼言当行，视本色当行为一个基本内涵，如凌濛初就说：“曲始于胡元，大略贵当行不贵藻丽，其当行者曰本色，盖自有此一番材料，其修饰词章、填塞学问了无他涉也。”[②] 能够当行的创作必然本色，与学问词章之类无涉。强调当行者，则基本认为当行有着与本色不同的要求，这一点后面有论。

徐渭是较早对曲之本色发表观点的文人，他的本色论主要内涵是真实自然。《西厢序》中他提出了本色与相色说：“世上莫不有本色，有相色，本色犹言正身也，相色替身也。替身者，即书评中‘婢作夫人终觉羞涩’之谓也。婢作夫人者，欲涂抹成主母而多插戴，反掩其素之谓也。”自称贵本色而贱相色，原因在于反对相色的矫情作态，涂脂抹粉，此处并未明确本色的对象是事还是文辞，其实二者兼容，既要求文辞自然，又要求故事写真情、见真精神。《题昆仑奴杂剧后》论本色也是从文辞与故事着眼的，而文辞则包括曲词与宾白，如言散白：“散白太整，未免秀才家文字语，及引传中语，都觉未入家常自然。”一着点缀，往往成“锦绣灯笼，玉镶刀口，非不好看，讨一毫明快，不知落在何处矣”。又如言剧情“要紧处”也要本色自然：“不可着一毫脂粉，越俗越家常越警醒，此才是好

① 吴锡麒：《有正味斋骈体文》卷八。

② 凌濛初：《谈曲杂札》，《中国古典戏曲论著集成》第四册，中国戏剧出版社 1959 年版，第 253 页。

水碓，不杂一毫糠衣。”他认为这才是“真本色”。

徐渭本色论另一个内涵是易晓。《南词叙录》认为词学之中晚唐五代最高，原因在于“浅近”；元曲之所以如此辉煌，在于其学唐诗而得其“浅近婉媚”，且“去词不远”，因此绝妙。由此论及明代的南曲创作：“以时文为南曲，元末国初未有也，其弊起于《香囊记》。《香囊》乃宜兴邵文明作，习《诗经》，专学杜诗，遂以二书语句匀入曲中，宾白亦是文语，又好用故事作对子，最为害事。夫曲本取于感发人心，歌之使奴僮妇女皆喻，乃为得体；经子之谈，以之为诗且不可，况此类耶？直以才情欠少，未免凑补成篇。”徐渭认为以经子时文气而为，意在炫耀学问的《香囊记》“如教坊雷大使舞，终非本色”；而与此类创作相反，《拜月亭》等南戏虽然俚俗，但有一高处：“句句是本色语，无今人时文气。”雕饰多则晦而不清爽明畅，所以徐渭宣称：“与其文而晦，何若俗而鄙之亦晓耶？”鄙自然是不被提倡的，这里仅仅是作者对浅显易晓之肯定的一种策略。

徐渭本色论在对自然、易晓的提倡之中，还有一个被人们忽略的重要内涵：易晓而未必俗，且妙处要由读者观众领会，而不能在文辞字句上求显在的妙处。他说：“填词如作唐诗，文既不可俗，又不可自有一种妙处，要在人领解妙悟，未可言传。”这段话有两个需要仔细理会的要点：

其一“文既不可俗，又不可自有一种妙处”，其意是说，文辞虽然要易晓，但却不能俗气，这一点前面已经有论述；但也不能为了免俗而通过苛求文字上的人工以造姿态，以主观寄托深意，或者刻意于对文眼、务头的锻炼，以使曲辞漂亮如诗词。而是要自然写来，在易晓的前提下，使观众在其中能够领悟到妙处。所以才说“文既不可俗，又不可自有一种妙处”，明确指向了“文”不能俗又不可自有妙处，可见是针对文辞而发，它体现的正是鲜明的本色要求，有着徐渭对案头化的警醒。“不可自有”非是没有，而是顾及曲的整体是在“自然”下诞生的，某一处过分渲染辞采，雕琢义旨，会影响整体的和谐与自然的形态；要像唐诗，不能在字句之中求诗之美，而应该从整体上会悟，恰恰在简朴无奇的表面之外，有着令人流连的滋味。

其二，“要在人领解妙悟，未可言传”，要考虑如何使得观众在现场实现当下的领悟，而非刻意由作者赋予到文辞之中，试图通过文辞语言的表面语意信息去传递这种微妙。此处所谓“妙”，本意之中就有着玄而神的意思，一则他代表了文辞美，二则反映了文辞的奥，一眼看穿、一听就透者往往不能纳入这个行列。而因为文饰带来的晦与奥是徐渭坚决反对的：他批评《香囊记》以时文为曲，过于酸文，故云“与其文而晦，何若俗而鄙之亦晓”；本节文字在提出文不可俗，又不可自有一种妙处之后，提到一个例子：“名士中有作者，为予诵之，予曰：‘齐梁长短句诗，非曲子。何也？其词丽而晦。’”意为，其人之曲作如齐梁杂言诗，虽美丽却晦涩，这个晦也是针对观众而言，非是就案头读者而言。可见追求文辞之美妙影响晓畅，给观众在“看”戏的时候增加了寻味的时间——而戏剧是不提供这种反复索解时间的一个艺术门类，它可以供观众事后回味，但当下的一切应该使之明了，否则会影响欣赏过程的完整。而“未可言传”一句多数解读者都理解有误：这四个字并非是说“文要不俗又要不自有妙处”这个道理不易言传，也不是说自己领悟到的妙处有着不可言传的精微幽渺，而是和前面的“要在人领解妙悟”联系在一起，用以强调曲文之妙不在作者创作之中努力锻造隽语秀句，以文字语言来塑造玄逸意象表现奥妙，而应该通过达到晓畅，使观众在看戏赏剧的演出现场领悟，才是得体合格的。

“要在人领解妙悟，未可言传”强调了三点：一、曲辞要晓畅；二、妙处要由观众领悟，曲作既要具备令观众领悟的潜在因素，又不能过于依赖诗词的艺术手段将种种妙处进行表现；三、观众领悟不是针对案头的阅读而言，是观剧之际的明白易懂，但当下的明白并不排斥事后的回味与反思。可见徐渭对“不可自有妙处”、“未可言传”的强调，实则是对曲与诗词创作差异性的强调，是一种尊体的行为。

《南辞叙录》本条随后的一条正是对他这种既不俗又不可自有妙处之作的一个总结：

> 或言：“《琵琶记》高处在庆寿、成婚、弹琴、赏月诸大套。”此犹有规模可寻。惟“食糠”、“尝药”、“筑坟”、“写真”诸作，从人心

> 流出，严沧浪言“水中之月，空中之影”，最不可到。如“十八答”，句句是常言俗语，扭作曲子，点铁成金，信是妙手。

他所推崇的《琵琶记》中“食糠”、“尝药”诸场，其艺术特征首先真而不忸怩，不仅指情出于心，也指言出于衷，事出于理，没有刻意锻造文辞之中的隐秀义，一切从人心流出，全本自然；这样的曲辞又不美在句曲局部，而是有着镜花水月的超越文辞形式的整体之美；再次这些文辞不是刻意文饰的，而是常言俗语点铁成金。“常言俗语，扭作曲子，点铁成金”一句是对“不可自有妙处”的最好注解：不求文辞形式上的美妙，只需常言俗语；不是常言俗语的直接运用，而是对其裁剪、加工；最终能够使观众明晓又领悟其妙。

由此可见，文“不可自有一种妙处”乃是徐渭对曲之“本色”深刻的一种理解，也是对曲与诗词差异的深刻体察，源自他对戏剧艺术舞台特性的把握。不过一些研究者对此理解上不够全面，因此有人以为这句话有问题，《中国古典戏曲论著集成》第三册在收录《南辞叙录》的时候，对“填词如作唐诗，文既不可俗，又不可自有一种妙处，要在人领解妙悟，未可言传”这句话作了如下校勘：

> 此处似脱落一“不”字，“文不可自有一种妙处”，似应作“又不可不自有一种妙处”，文意才顺。①

如果这样修改的话，徐渭在曲辞创作上的主张就被修正为：文既不可俗，又不可不自有一种妙处。“文”既不能俗，又要自有妙处，这和他反对刻意于言辞而求浅显的观念，和他不喜欢锦绣刀口，重视观众感受领悟的一系列主张都有了抵牾。

---

① 参阅《中国古典戏曲论著集成》第三册，中国戏剧出版社1959年版，第255页，注[8]，本书引文依此。另外，郭绍虞主编：《中国历代文论选》第三册，第95页录本节文字，也以《集成》为底本，但标点断为“填词如作唐诗，文既不可，俗又不可，自有一种妙处，要在人领解妙悟，未可言传。”两种点法都可，主要是全面理解上需费琢磨。

凌濛初的本色论与徐渭相近，其本色的范围兼曲词与宾白，又本于曲之源头乃为教坊供应或者勾栏演练，所以也赞成“曲、白不为深奥”，并提出了这样的定义：“其间用诙谐曰俏语，其妙出奇拗曰俊语，自成一家言谓之本色。”凌濛初以及祁彪佳、王骥德等在继承徐渭相关思想上，又对本色作了进一步的辨析。其大致思想有以下两条：

其一，本色与炫耀学问文饰无关，关乎身份言行之切。凌濛初云：

> 今之曲既斗靡，而白亦竞富。甚至寻常问答，亦不虚发闲语，必求排对工切，是必广记类书之山人，精熟策段之举子，然后可以观优戏，岂其然哉？又可笑者，画面丫头，长脚髯奴，无不命词博奥，子史淹通，何彼时比屋皆康成之婢、方回之奴也？总来不解本色之义，故流弊至此耳。

本色要浅显、波俏，不能过文过丽，而且曲词、宾白还要符合语境以及人物身份。其中问题最为突出的是藻绘泛滥：“靡词如‘绣阁罗帏’、‘铜壶银箭’、‘黄莺紫燕’、‘浪蝶狂蜂’之类，启口即是，千篇一律。甚者使僻事、绘隐语，辞须累诠，意如商迷。”其弊端是：“不惟曲家一种本色语抹尽无余，即人间一种真情话埋没不露已。”本色要和真情对应。

其二，本色不等于粗拙。凌濛初批评沈璟“审于律而短于才”，也知道用故事套语非宜，但“欲作当家本色俊语却又不能”，于是浅言俚句牵凑，视鄙俚为不施脂粉，以生硬稚率为天然，这是对本色的误解。[①]

本色与文采之间的关系在当时是整个本色理论的核心内涵，也是文人们关注最为密切的。由于二者对立的强化，逐步使得本色演化为了素朴平易的代名词，其时很多文人讨论这个话题，反而遗落了徐渭本色论中有对故事、情感的关注，而基本上将视线转移到了文辞风格上：沈璟就以质朴近于民间为本色，徐复祚以非藻丽为本色。胡应麟称誉友人作品：“大雅堂四句，文采翩翩，而精严密丽，工极人间，自当为南音绝

① 凌濛初：《谈曲杂札》，《中国古典戏曲论著集成》第四册，中国戏剧出版社 1959 年版，第 254 页。

唱。元人第长本色耳，稍入风华即关、郑、汪、高不无冗复之累。”[1] 胡应麟是藻绘派的支持者，视元之大家为本色，乃有贬抑其无风华之意。沈德符则最喜《绣襦记》中“鹅毛雪”一折：“皆乞儿家常口头话，熔铸混成，不见斧凿痕迹。”[2] 显然是以家常为本色。祁彪佳则兼本色与藻饰并收，《曲品叙》中自称“或词有当于本色”者即收录，评其入选的作品如《合纵记》：“时出本色，令人会心。”《檀扇记》：“幸其词属本色。”可见重视家常本色。但同时不废词华，评《玉合记》：“词场中正少此一种艳手不得。”《蓝桥记》：“字字翠琬金镂，丹文绿牒，洵为吉光片羽，支机七襄也。”不仅兼收本色与辞藻，而且还讨论了本色与辞藻之间的关系，评《红蕖》云：

> 此词隐先生初笔也。记中有十分巧合，而情致淋漓，不啻百转，字字有敲金戛玉之韵，句句有移宫换羽之工；至于药名、曲名、五行、八音及联韵、叠句入调，而雕镂极矣。先生此后一变为本色：正惟极艳者方能极淡；今之假本色于俚俗，岂知曲哉？

视藻绘、艳丽为实现本色的一个阶段，这个说法虽然本于苏轼，但运用到曲学之中，则表现了相当的宽容精神，也只有对藻绘一派的这种宽容精神，才能说出“词场中正少此一种艳香不得”的话。[3]

而主张本色、藻绘兼容的是王骥德，《曲律》认为：“当行本色之说，非始于元，亦非始于曲，盖本严沧浪之说诗。沧浪以禅喻诗，其言禅道在妙悟，诗道亦然。惟悟乃为当行，乃为本色。”学者们认为，这个溯源对确定其本色论的内涵意义很大。严羽本色当行并言，所论为诗的本质特征，并非就艺术表达形式而言。有了这个前提，王骥德认为，凡是能够合乎曲之摹写物情、体贴人理这个本质特性的即为得体合本，能够达

---

① 胡应麟：《杂柬·汪公谈艺》，《少室山房文集》卷一百一十三，文渊阁四库全书本。

② 沈德符：《顾曲杂言》，《中国古典戏曲论著集成》第四册，中国戏剧出版社 1959 年版，第 211 页。

③ 祁彪佳：《远山堂曲品》，《中国古典戏曲论著集成》第六册，中国戏剧出版社 1959 年版，第 18 页。

到这个标准，则尽为本色当行。对本色当行如此宽泛的理解，抵消了本色说的排他性，这决定了他对素朴与词华兼收并蓄。“杂论”中称南北时曲小调如《打草竿》、《山歌》等，“皆北里之侠，或闺阃之秀以无意得之”，而这些作品皆“妙入神品”，恰恰是大雅者所不能作。其意在提倡民间本色。而“论须读书”则又称词曲虽然小道，非多读书，“终非大雅”；而王实甫、高则诚等皆为读书人：“下笔有许多典故，许多好语衬副，所以其制作千古不磨。”又是反对无学、浅俗。顾盼两端的姿态较为明显，因此在“论家数”一篇中，王骥德对本色与文调作出了调和：

> 曲之始，止本色一家，观元剧及《琵琶》、《拜月》二记可见。自《香囊记》以儒门手脚为之，遂滥觞而有文词一体。近郑若庸《玉玦记》作，而益工修词，质几尽掩。夫曲以模写物情，体贴人理，所取委曲宛转，以代说词，一涉藻绘，便蔽本来。然文人学士，积习未忘，不胜其靡，此体遂不能废，犹古文六朝之于秦汉也。大抵只用本色，易觉寂寥；纯用文调，复伤雕镂。《拜月》质之尤者，《琵琶》兼而用之。如小曲语之本色，大曲引子如“翠减祥鸾罗幌”、“梦绕春闱”，过曲如“新篁池阁”，“长空万里”等调，未尝不绮绣满眼，故是正体……至本色之弊，易流俚腐；文词之病，每苦太文。雅俗浅深之辨，介在微茫，又在善用才者酌之而已。

分析这段文字，王骥德大致从以下方面对本色、藻绘的调和作出了说明：

首先，从源头看，本色为源，藻绘为流，一正一变，变出于正，且成型之后便“不可废”。

其次，本色、文辞在一曲之中本来就应该兼用：“大抵只用本色，易觉寂寥；纯用文调，复伤雕镂。”

又次，一曲之中，大曲、小曲、过曲也需要本色、藻绘调和而用，如所云小曲用本色，则大曲之中诸般文饰之句也未尝不可。就过曲而言，大曲、小曲的过曲要求不同：“大曲宜施文藻，然忌太深；小曲宜用本色，然忌太俚。”[1] 也是本色与文藻兼施。

又次，宾白也是本色、文藻兼有，如“论宾白”继承了徐渭的观点：“定场白稍露才华，然不可深晦……对口白须明白简质，用不得太文字。”

从曲词到宾白，都需要本色与文藻的兼容，因此同时接纳本色与文藻二者也就成为王骥德的基本思想。也正是这种本色、文藻并举，更凸显了王骥德对本色独到性的认知。

不过，虽然王骥德主张本色、文藻的调和，但他的本色与徐渭以及沈璟等人所说的质朴家常也不尽相同，更不是一般的所谓民间代言。首先，他认可本色要做到易解，如论散套之中的闺情创作不易：“盖闺情古之作者甚多，好意、好语，皆为前人所道，不易脱此窠臼故也。白乐天作诗，必令老妪听之……作剧者，亦须令老妪解得，方入众耳，此即本色之说也。”又云：“世有不可解之诗，而不可令有不可解之曲。”但王骥德论易解就是要容易明白，却没有涉及家常、日常等说法，可见不同于一种文化价值取向，而是一种浅深、浓淡、雅俗之间的表达策略与平衡。因此在对具体民间语言的评价上便有了保留，如沈璟评一些剧作之中的“理合敬我哥哥”为“质古之极，可爱可爱”，评“三十哥央你不来”为“大有元人遗意，可爱”。而王骥德对此不以为然，称：“此皆打油之最者，而极口赞美，其认路头一差，所以己作诸曲，略堕此一劫，为后人之误甚矣。”[2] 为了防止粗俗，他甚至对词曲的雄劲险峻之类的风格都不赞同，认为只“一味妩媚闲艳，便称合作”，而类似苏轼、辛弃疾者，只能“并置两庑，不得入室”。

综上所述，王骥德所论的本色乃是兼有词章之美又合乎自然优美的一种审美状态，所以他认为，当时创作，“于本色一家，奉常（汤显祖）一人”。汤显祖的创作被一些后来研究者认为偏于词华，就是这样一位作家的作品，王骥德认为是唯一的本色，由此可见他的本色论对文辞的偏嗜。值得注意的是，沈璟等对汤显祖的批评以不谐律为主，很少见到对汤显祖曲词文藻的攻击，可见汤显祖的创作与当时《香囊记》之类时文为曲、四

---

① 王骥德：《曲律》，《中国古典戏曲论著集成》第四册，中国戏剧出版社 1959 年版，第 128 页。

② 同上书，第 160 页。

六饾饤等文藻派的极端迥然相异，视之为本色并非刻意拂逆时见。而王骥德所确立的文藻派代表是梅禹金："于文辞一家得一人，曰宣城梅禹金，摛华掞藻，斐亹有致。"而汤显祖的本色则表现为："其才情在浅深、浓淡、雅俗之间。"这是最高的本色，为"独得三昧"，可见本色在王骥德的理论体系里是居于最高地位的标准，是才情能够得乎其中的产物。当然，这个内涵之中尚有对合乎生活逻辑合乎故事情境人物身份的要求，如论《琵琶记》赵氏在丈夫别后景况："翠减祥鸾罗幌，香消金炉，楚馆云间，秦楼月冷"等语，认为"皆过富贵，非赵所宜"，便是对本色的生活真实的关注。

王骥德的本色理论来源于吕天成，吕天成《曲品》言本色："不以摹勒家常语言，此中别有机神情趣，一毫妆点不来；若摹勒，正以蚀本色。"本色就是指曲词宾白，而且不表现为模仿家常语言，这就和王骥德所论的本色达成了一致；其称"元人词手，制为南词，天然本色之句，往往见宝，遂开临川玉茗之派"，又和王骥德以汤显祖为本色最为杰出的代表相同。王骥德《曲律·杂论》中曾言自己与吕天成交游，且吕天成曾促其《曲律》之作，并为《曲律》作序，可见王骥德的本色理论，是直接受到了吕天成的启发。

概而言之的话，本色在古典剧论之中是指某种传统典范的审美特色，即所谓金元风格或者元人本色[①]。对照王骥德、徐渭以及当时何良俊、冯梦龙等众多文人对本色的理解，其易晓、传真、传神等内涵的确是从金元以来就积淀而成的戏曲文学精神。也正因为源自金元传统，因此更是一种家数。

二

当行之说，除了《沧浪诗话》当行本色的提法，南宋楼昉《过庭录》中也曾使用，认为当行是说作者的精神与所书写对象有着共性，因此驾轻路熟分外传神。明代对当行较为流行的看法，即本色侧重于曲词宾

① 参阅谭帆《中国古典戏剧理论史》，中国社会科学出版社 1993 年版，第 117 页。

白，当行则兼论关节局段，倾向于对故事编撰、演绎以及实现舞台化的内行，还包括创作表演可传神写照的本领，和楼昉所说的早期的当行有着共性。

臧懋循就是这种以关节局段、故事编撰论当行的代表，其《元曲选后集序》中发表了著名的“三难”说（前已引）：情词稳称难、关目紧凑难、音律谐叶难。能破此难，即为当行。继而臧懋循将曲家分为名家与行家，名家文采斐然，大凡闳通之士，皆可为之，但多可奉于案头，难以搬演。所以独重行家之当行：

> 随所妆演，无不模拟曲尽。宛若身当其处，而口忘其事之乌有，能使人快者掀髯，愤者扼腕，悲者掩泣，羡者色飞。是惟优孟衣冠，然后可与于此，故称曲上乘，云曰当行。①

通过“舞台”——这个不同于诗文表现手段的形式完成感化方为当行。

当行又被称为“当家”，是孟称舜所谓“当行家”的简称，如凌濛初《谈曲杂札》称《红梨花》“大是当家手”，其原因在于“佳思佳句，直逼元人”；尤其“排置停匀调妥”，也是就剧戏的编撰与可搬演性而言的。对当行的要求，在王骥德那里升华为曲需要“业有专门”，《曲律·杂论》引时人之言：元代从事杂剧创作的文人，多沉于下僚，如关汉卿乃太医院尹，马致远江浙行省务官，郑德辉杭州路吏，因此“多以有用之才，寓于声歌”，所谓不得其平则鸣。但王骥德认为不然，他举当时其他文人称：贯酸斋、白无咎、杨西庵、胡紫山、赵松雪等皆宰执贵人，而未尝不工于词；所以元曲繁荣的真正原因与曲家地位遭际之类关系不大，他认为关键是“胜国时上下成风，皆以词为尚”，这样的结果是形成了“业有专门”的局面。业无专门则曲非易工，将曲提升为需要专门而为的艺术事业。

当行又称之为当家。诸如：

---

① 臧懋循：《元曲选后集序》，《负苞堂文选》卷三。

《艺苑卮言》云："常明卿有楼居乐府，虽词气豪逸，亦未当家。"词气豪逸不是乐府诗歌的本体特征。

又论冯惟敏之北调："其板眼、务头、撺抢、紧缓无不曲尽，而才气亦足发之。止用本色过多，北音太繁，为白璧微累耳。《金陵金》、《白屿銮》颇是当家，为北里所贵。"[①]

以此为标准，论是否当行又多可表达为是否"当家"。就乐府而言："唐人如昌谷乐府，真是当家。若李于鳞之乐府，则是造赝鼎手，不足多珍。"又如竹枝词："竹枝词，此乐府之一部，又与宫词不同。意取谐俗，调宜鲜脆，然俚有媚趣，质带润色为佳。唐人尚有矜贵意，元宋则街谈矣。此中分际，非当家莫辨也。"[②] 如言排律，钟惺评沈佺期《昆明池侍宴应制》："古直淹雅，排律当家。"[③] 排律的本体特征当为古直淹雅，张谦宜补充曰："作排律，局要阔大，思要绵密，次第中有总分串递之法，方为当家。"[④]

当行、当家皆为从体裁而言能备其本色、得其家数之意。

得体说。得体也是家数传承中的表达方式。得体论滥觞于宋代，《崇文古诀》中多处论得体，如评王安石《扬州龙兴十方讲院记》："以儒者而为浮屠氏之文，得体者最难，自首至尾，抑扬高下，重彼者所以伤此。"以儒言佛而能得体，即得身份之体，符合儒者身份：大肆褒扬不妥，委婉而发则可，其态度正体现在抑扬高下的言外之意中。评王禹偁《待漏院记》："句句见待漏意，是时五代气习未除，未免稍俳，然词严气正，可以想见其人，亦自得体。"虽然文风近似俳偶，但并不绮靡而伤于轻浮，此得体是说得文风之雅正。评苏轼《代张方平谏用兵书》："说利害深切，得老臣谏君之体。"指合乎君臣关系要求，作为代笔，尤其能见体贴揣摩之细微。

---

① 王世贞：《艺苑卮言》卷九，续修四库全书本。

② 张谦宜：《絸斋诗谈》卷五，郭绍虞辑《清诗话续编》，上海古籍出版社 1983 年版，第 802、808 页。

③ 钟惺、谭元春：《唐诗归》卷三，张国光等点校，湖北人民出版社 1985 年版，第 48 页。

④ 张谦宜：《絸斋诗谈》卷五，郭绍虞辑《清诗话续编》，上海古籍出版社 1983 年版，第 806 页。

又如楼钥称道洪文安："禅位之诏、登极之赦、尊号改元等文皆出公手，从容应之，动合体制。"[①] 此处的体是指各文体所要求的程式和规范，也包括特定之体所规定的风格特征，如楼钥此文中赞誉洪文安天分素高，加以好学，因而"文体早成"，而早成之体又是"天生廊庙之文"这一体，具体说："文从字顺，随物赋形，非如寒士苦志悲鸣口吻。"廊庙之文属于高文大册，应该冠冕堂皇，而不能有凄惨愁苦之音。又如黄震评王安石《孔道辅铭志》："以击蛇为小事而附其后，得体。"[②] 系指根据人物的身份事功，文章所涉及的事体之轻重、缓急、大小处置得当而不失分寸。

王应麟甚至在论文之际将得体置于首位：

> 文章以得体制为先，精工次之。失其体制，虽浮声切响、抽黄对白、极其精工，不可谓之文矣。凡文皆然，而王言尤不可以不知体制。龙溪、益公号为得体制，然其间犹有非君所以告臣，人或得以指其瑕者。[③]

得体第一，而王言——庙堂之文体更当注重于此。宋代之所以论得体者渐多，自然有文学理论发展，辨体渐细的原因，但在当时更为主要而具体的原因则与博学宏词考试相关。《玉海·词学指南序》中对此有揭示：

> 博学宏词，唐制也，吏部选未满者试文三篇（赋、诗、论），中者即授官……皇朝绍圣初元，取士纯用经术。五月，中书言唐有辞藻宏丽、文章秀异之科，皆以众之所难劝率学者，于是始立宏词科。二年正月，礼部立试格十条（章表、赋、颂、箴、铭、诫谕、露布、檄书、序、记）除诏、诰、赦、敕不试。又再立试格九条，曰表章、露布、檄书（以上用四六）、颂、箴、铭、诫谕、序、记（以上依古今

① 楼钥：《洪文安公小隐集序》，《攻媿集》卷五十二。

② 黄震：《黄氏日抄·读文集第六》，文渊阁四库全书本。

③ 王应麟：《玉海·词学指南》卷二，文渊阁四库全书本。

体，亦许用四六）。

分析博学宏辞所立考试诸体，基本上属于实用范围，且多官府庙堂之中的文体，这些文体本身就与传统礼仪相关，规矩严格，极重体制。文人们为了应付考试而揣摩，于是对各体的体制规范便格外重视，由此影响到文学理论对得体的讨论。由于得体论关注的是诗文合乎体裁之体制，因此与合本色相近，是从体裁体制而论家数。

得体论也源自尊体的要求，庙堂文体因礼仪已经确立了其尊贵特性；其他文体但凡强调得其体，皆与尊其体制有关。

以曲为例。曲既然有着自己独立的体，创作之中就要将其诗文套路摆脱，依照曲所固有的本体特征与要求去创作，这就叫得曲之体。徐渭《南辞叙录》曾提到得体："夫曲本取于感发人心，歌之使奴僮妇女皆喻，乃为得体。"祁彪佳又具体为"得剧体"，《远山堂剧品》评《红莲记》："太乙传此，藻艳俊雅，神色俱旺，且简略，恰得剧体。"评《西楼夜话》："桐柏第记其淫纵一段耳，可以插入原记，非剧体也。"此处得体是就故事的叙述方法是否合乎曲之要求而言的。就整体而言，曲有着较为统一的要求，孙鑛概括为以下十条：

> 凡南戏，第一要事佳；第二要关目好；第三要搬演出来；第四要按宫调、协音律；第五要使人易晓；第六要辞采；第七要善敷衍，淡处作得浓，闲处作得热闹；第八要各角色分得匀称；第九要脱套；第十要合世情关风化。①

吕天成认为，这十条标准，"十得六七者便为玑璧，十得三四者亦称翘楚，十得一二者即非碱砆。"所说的"得"实则就是得体。

就曲而言，得体之具体要求中，论述最多的是结构布局。吕天成《曲品》多论"局段"：

① 吕天成：《曲品》卷下引，吴书荫校注，中华书局1990年版，第160页。

《琵琶记》评语："串插甚合局段。"

《蕉帕记》评语："情节局段能于旧处翻新。"

《鹦鹉洲》评语："局段甚难，演之觉懈。"

"局段"即情节结构的安排布置，对情节结构的安排布置进行的构思被称为"炼局"，如称王雨舟"颇知炼局之法，半寂半喧"。具体的炼局之法则是："布景写情，色色逼真，有运斤成风之妙；串插甚合局段，苦乐相错，具见体裁。"见体裁就是得体。

凌濛初《谈曲杂札》也称："戏曲搭架，亦是要事，不妥则全传可憎矣。"

王骥德对南戏结构的论述更为充分，《曲律·论剧戏》中云：

> 贵剪裁、贵锻炼——以全帙为大间架，以每折为折落，以曲白为粉垩、为丹雘。勿落套；勿不经；勿太蔓，蔓则局懈，而优人多删削；勿太促，促则气迫，而节奏不畅达；毋令一人无着落；毋令一折不照应。传中紧要处，须重著精神，极力发挥使透。

从剪裁锻炼保障整个戏曲整体的统一，要做到这一点，就要审轻重，于要紧处着力。"若无紧要处，只管敷衍，又多惹人厌憎"，这是不审轻重的弊端。祁彪佳的结构论述也十分突出且具体，《远山堂曲品》中屡屡言及结构："结构之法，不无稍疏"；"构局攒簇"；"无意结构而凑簇自佳"；"结构少胜"；"别有结构"；等等。具体评点中，又将结构具体化为头绪、剪裁、贯串、关目、节奏、呼应等，且认为"作南传奇者，构局为难，曲白次之"，将结构布置构思摆在首位。祁彪佳对结构的论述，主要体现为以下观点：

反对枝蔓，尚繁简得宜："赵子龙为生，传事能不枝蔓。但曲有繁简之宜，未必一简便属胜场。"①

贯串有条理："王景叔父子功业搬演殆尽，而能贯串有条，一洗诸作庸陋之习。"②

---

① 《保主》评语，（明）祁彪佳《远山堂曲品·副品》，下同。

② 《三槐》评语。

位置得体："传郭令公，前半全袭《琵琶》，后半虽多实迹，总如盲贾人张肆，即有珍玩，位置杂乱不堪。"[①]

自然，反对转折头绪过多："迩来词人，每喜多其转折，以见顿挫抑扬之趣。不知转折太多，令观者索一解未尽，更索一解，便不得自然之致矣……头绪过繁，大有可删削处。"[②]

所有情节布局都围绕着矛盾冲突展开。对作品而言，显示为"炎冷离合，如浪翻波叠。不可摸捉"[③]；对观众而言，则存在一种"不快人意处"："大凡情缘一起，必有一种大不快人意处，为之颠倒，为之龃龉，方见吾辈独有所钟。"[④] 对观众情绪的忤逆，正是故事矛盾的爆发，对引导观众的审美专注有着重要作用。

事之佳恶核实也是具体所关注者。吕天成《曲品》评语中多以事论曲，如《孤儿》："事佳，搬演亦可。"《金印》："季子事，佳。写世态炎凉曲尽，真足令人感激。"《连环》："事亦可喜。"《退带》："裴晋公事，佳，铺叙详备。"《投笔》："调平常，多不叶，但以事佳而传耳。"《千金》："韩信事，佳，写得豪畅。"故事佳恶，根据其敷衍为曲之后能否吸引人来确定。在论事之佳恶的同时，祁彪佳格外重视事之真与细腻，又称之为"核实"，如《远山堂曲品》论曲：

《请剑》："记魏珰事，详核不能过他体。"

《回天》："记杨中丞死谏事，不入里间影响之谈。"

《金牌》："精忠简洁有古色，而详核终推此本。"

《宁胡》："记王嫱事，颇核。"

对于达不到这个要求的，多以不切、不核、不实为评：

《鹦哥》："苏妃事，殊不经。"

《万金》："掇拾遗事，至于不经。"

《三节》："辽阳之役，高衷白仗节死难，且有义仆如高永者，至今凛

① 《玉鱼》评语。

② 《翡翠钿》评语。

③ 《樱桃梦》评语。

④ 《灵犀佩》评语。

然有生气。但附之以王君日宣，而许君亦强预其内，反遗不核之诮。”

又如曲词之得体。曲词的要求在前面论述之中已经见于当行本色的讨论，由于曲词宾白是关乎本色当行的关键问题，所以具体的曲评之中也仍然以之为讨论的重点。除了是否本色等问题之外，曲词的讨论还涉及很多其他的批评，和文人各自的审美情趣关系密切，如吕天成较为重视词在本色前提下的韵味，如评《杀狗》："词多可味。"《双忠》："词亦冲畅。"《牧羊》："词亦古质可喜。"味、畅、古质等在本色下统一，而对过质不文者则有微词，其评《孤儿》就是"其词太质"。祁彪佳则对逸藻表示钦佩，《远山堂曲品》评语中时有这种倾向流露，如《鹦鹉洲》："此记逸藻翩翻，香色满楮，衬以红牙檀板，则绕梁之音，正恐化彩云飞去耳。"《玉麈》："烟姿玉骨，隐跃词中；香色声光，氤氲言外。"不仅宗艳词丽藻，而且引入诗歌言外之意的尺度，另如《东郭》评语之中的"词尽而意尚悠然"亦是。

但无论宗本色的吕天成还是宗逸藻的祁彪佳，有一点是一致的，即曲词要做到"逼真"方得体。吕天成《曲品》评《琵琶记》："其词之高绝处，在布景写情，色色逼真。"评《荆钗》云："以真切之调，写真切之情，情文相生。"祁彪佳《远山堂曲品》评《四异》也云："净丑自用苏人乡语，谐笑杂出，口角逼肖。"

另外，如祁彪佳《远山堂曲品》评《西楼》论及曲须"极情之变"、孟称舜《古今名剧合选》评《智勘魔合罗》则单独拈出"传情"、"写景"、"叙事"，以"在叙事中绘出情景"为妙，都是得体论中重要的具体之体。而王骥德的《曲律》之"律"，实则就是曲体之体的具体规范，其所列举者基本上都属于这个范围：

"论剧戏"中言宫调："须称事之悲欢苦乐，如游赏则用仙吕、双调等类，哀怨则用商调、越调等类，以调合情，容易感动得人。"调当与事合。

"论句戏"中言词："大雅与当行参间，可演可传，上之上也；词藻工，句意妙，如不谐里耳，为案头之书，已落第二义；既非雅调又非本色，掇拾陈言，凑插俚语，为学究，为张打油，勿作可也。"雅而当行为上。

他如"论引子"中称引子："须以自己之肾肠，代他人之口吻。""论过曲”之中言过曲：“过曲体有两途：大曲宜施文藻，然忌太深；小曲宜用本色，然忌太俚。”“论尾声”中言尾声：“尾声以结束一篇之曲，须是愈著精神，末句得一极俊语收之方妙。”又如“论宾白”中道宾白：定场白稍露才华，对口白则明白简质；“论插科”中言科诨以“不动声色而令人绝倒”为体；等等。

依照以上创作规范而从事的创作就是得体，就是合乎家数。当然，正如吕天成分析孙鑛的曲学十条所说，全能吻合者毕竟是少数，因此，能够得具体之体的一部分，则即可以超乎侪类。

三

王士懋云：“诗必成家，而后可以言格。”[①] 就是说，体格是成家之后方能确立的。翁方纲曾说过：“夫诗有家数焉，有体格焉，有音节焉。是三者，常相因也而不可泥也，相通也而不可紊也。”[②] 意思是说，家数与体制格调等有着一定的相通性。后人论析诸如唐宋八大家、六大家以及四大家等不同名目，所采取的批评标尺也在体格，如王袆《四家文类自序》云：“四家者何？韩柳欧苏也。曷取于四家？文之最也。曷为以类？辨其体制格式也。”[③] 从创作主体才性出发而确立的诸如体制、格调、神气等为家数的另一大宗。当然，这些体制、格调、神气等特征，都是主体以体裁的本色当行为基础而创造出来的。

体制格调。早在宋代，严羽所论家数，就主要指向不同诗歌作为文类而形成的体制。严羽认为，这一点对于初学诗文者不可或缺，一涉混扰，便容易苍白不辨，其色杂，其体不纯，由此会影响其进境。所以严羽在辨家数之论后随之即云：“荆公评文章，先体制而后文之工拙。”表明其强调的家数意在前人留下的典范体制。《答出继叔临安吴景仙书》又申此意：

> 作诗正须辨尽诸家体制，然后不为旁门所惑。今人作诗，差入门

---

① 王世懋：《艺圃撷余》，何文焕辑《历代诗话》下，中华书局1981年版，第780页。

② 翁方纲：《新城县新刻王文简古诗平仄论序》，《复初斋文集》卷三，续修四库全书本。

③ 王袆：《春融堂集》卷四十一，续修四库全书本。

户者，正以体制莫辨也。世之技艺，犹各有家数。市缣帛者，必分道地，然后知优劣，况文章之事乎？

《沧浪诗话》首次兼综体裁、体类标设“诗体”，而括除其中四言、五言、七言、歌行杂体，古体、今体等体裁形式；括除歌行、乐府、楚辞、琴操、谣、吟、引等具体体裁名号；括除五杂俎、两头纤纤、回文、离合、字谜、人名、卦名、药名、州名等墨戏形态，严羽第一次从时间、从创作主体、从创作流派等入手，将体类纳入了文学理论观照的范围：

以时而论，则有建安体、黄初体、正始体、太康体、元嘉体、永明体、齐梁体、南北朝体、唐初体、盛唐体、大历体、元和体、晚唐体、本朝体、元祐体、江西宗派体。

以人而论，则有苏李体、曹刘体、陶体、谢体、徐庾体、沈宋体、陈拾遗体、王杨卢骆体、张曲江体、少陵体、太白体、高达夫体、孟浩然体、岑嘉州体、王右丞体、韦苏州体、韩昌黎体、柳子厚体、李长吉体、李商隐体、白乐天体、元白体、东坡体、山谷体、后山体、王荆公体、邵康节体、陈简斋体、杨诚斋体。

又有因选录流传或一时风气而成之体如选体、玉台体、西昆体、香奁体、宫体等。从宋末开始，至明清之际，另有一个被反复论难的唐体与宋体也同样属于这个体类范围。

元代范德机《木天禁语》中专设“家数”一门，从各体皆能造极出发，继承以上体制诸论与家数学说，总结概括了历代重要家数：

三百篇：思无邪；

离骚：激烈愤怨；

选诗：婉曲委顺；

太白：雄豪空旷；

韩杜：沉雄厚壮；

陶韦：含蓄优游；

孟郊：奇险斩截；

王维：典丽靓深；

李商隐：微密闲艳。[①]

这些体类，由于皆是一个才华横溢的文士，或者一个时代的代表才人、一个流派的才人审美风尚的集约体现，因此一般学习者都主张学则不可背离其体类特征。明代复古诗派标盛唐为极致，立为体格，动辄即要求得其格调，如胡应麟就说："文章自有体裁，凡为某体，务须寻其本色，庶几当行。"[②] 王世懋亦云："作古诗先须辨体，无论两汉难至，苦心摹倣，时隔一尘；即为建安，不可堕落六朝一语。为三谢，纵极排丽，不可杂入唐音。小诗欲作王韦，长篇欲作老杜，便应全用其体，第不可羊质虎皮，虎头蛇尾。词曲家非当家本色，虽丽语博学无用，况此道乎？"[③] 强调学就要不离其本色，就要得其精神，如此方可入体。

体制格调实则就是一种源自个体才性而形成的风格特质，与此主体才性相近、习性相近者往往能够实现这种体制格调或者风格的传习。这种现象有时在文风兴盛的家族中表现尤为突出，古代文学批评名之为"家世论"。何梦桂《胡柳塘诗序》云：

> 诗有谱，而家谱尤亲。歆、向家于文，谈、迁家于史，故诗不可以无家。胡氏家世于诗，诗源于静轩，派于庸斋、坦斋，而流衍于诸孙。[④]

其《胡氏清雅堂诗集序》亦云：

> 古之诗人，以诗闻于世多矣，而鲜世其家。杜审言有孙甫，牧之有子荀鹤，谢世有连、运，陆氏有机、云，然仅间一再世而已。清溪胡氏一家四世十二人皆以诗名，诗集题曰《清雅》。[⑤]

"家世"说是对有家学渊源的诗歌世家的称呼，同时也表明这样一种

---

① 范德机：《木天禁语》，何文焕辑《历代诗话》，中华书局 1981 年版，第 752 页。

② 胡应麟：《诗薮》内编卷一，上海古籍出版社 1979 年版，第 21 页。

③ 王世懋：《艺圃撷余》，何文焕辑《历代诗话》，中华书局 1981 年版，第 775 页。

④ 何梦桂：《潜斋集》卷六。

⑤ 何梦桂：《潜斋集》卷七。

观点：诗的成就是与家学的熏陶有关的，父兄对此技的言传身教、子弟的耳濡目染，形成了对诗歌早期的浸淫，是一种他人很难具备的积累；而风尚相传，又有近似之处。因此，“家”是就所形成的比较固定的体而言的；“世”是指历代相沿和对此体的继承或者发扬，以及能够继承和发扬这种体从而形成创作的相关素养的积累。

家世论是宋末文人关注的一个问题，严羽、何梦桂已经对此有论述，舒岳祥也是这个理论的支持者，《王任诗序》中先从诗句源流有自来论：

> 诗必有家也，家必有世也，不世非家也。唐诗人惟杜甫家最大，要自其祖审言世之也：“枝亚果新肥”，审言诗也，甫用之为“花亚欲移竹”之句；“飞花搅独愁”，审言之诗也，甫用之为“树搅离思花冥冥”之语。而甫亦自谓“诗是吾家事”，非夸也。

后人取法于先祖，肯构肯堂，延续艺术的灵机。又从体式之确立论家世之用：“盛唐之时，诗未脱梁陈之习，至审言始句律清切，华而不靡，典而不质。观其《和李嗣真奉使存抚河东》诗，则甫之《夔府书怀》等作有自来矣。”有家世，既能够为后人摹袭提供最近切情性的对象，传递诗的灵思，又能树立诗歌的体式，杜甫不事绮靡的儒家情怀赋形于诗，实则源自杜审言对梁陈诗风的跨越。舒岳祥论家世比何梦桂深入了一步，不仅涉及家世对诗人成长的左右，对诗体形成的影响，同时也提出了“诗必有家也，家必有世也”的思想：诗必有所传承才可成家，但家必须有世代的传承积累才能成大家。

神气神韵。有自我的体制格调，即形成了属于自我作品的神气、神韵。体制格调近乎法度，但不是一般意义的法度，必须建立在一定可操作性的法度之上方能获得，并必须最终转化为可操作性的法度方能落实。后世评文，但凡强调后人之作与前代名家作品有相似之神气、神理、神韵、气味、法度、机造等，实则在强调：于前人而言其已经备有家数；于师法者而言神气有所出而非模拟，往往具有师法之意。因为能够学习古人而得其神气，创作便往往能和古人之面目相似，这种创作被称为得神，是家数延续的手段。以《诗慰》评谭元春为例：

明人评《卖貂帽》："结亦是杜，而风韵自在，正非蹈袭一饭不忘者。"

明人评《卖笔履》："杜意。"

明人评《八弟归因忆四弟客中》"牵思仍惙惙，散步已频频"二句："散步从老杜忆弟句出，最是真情。"

明人评《柴桑桥寄刘同人白门》："极力唐人。"

明人评《出吴江城外同徐元叹远韵弟登同安期小阁望太湖吴门诸山》"野阁无多三郡出"一句："'出'字唐人神骨。"①

以清人评魏禧诗文为例：

魏善伯评《听鹂轩诗叙》："往复百折，情深无已。其音致苍凉渊忽，亦似从《离骚》、《史记》得力。"

彭躬庵评《赠万令君罢官序》："点缀廉吏，微带风神，格笔之妙，大有史公遗意。"

评《赠杨仲子六十叙》："连用十数知字，与《信陵传》中庸客字同，而神情总自《信陵传》来。"

曾止山评《赠程山五君子五十序》："序事简净，深得太史公合传之法。"

朱锡鬯评："叙战功处深含兵法，得左氏笔意。"

陈椒峰评《大铁椎传》："摹写处奕奕有生气，顿挫虚实之妙，真神明于左史者。"②

以清人评刘大櫆文章为例：

《海峰文集》卷一《解毁》："瘦折如屈铁，吾疑其为半山逸篇。"

卷一《书战国策后》："神韵高古似史记。"

卷一《男子三十而娶女子二十而嫁》："劲悍似老苏。"

卷二《与吴阁学书》："莽苍奔流，先秦西汉之文。"

卷三《送黟令孙君改任凤阳序》："其气古懋，疏荡，直逼西京。"

---

① 谭元春：《谭元春集》卷十七、卷十九，陈杏珍标校，上海古籍出版社1998年版，第487、493、529页。

② 魏禧：《魏叔子文集》外篇卷九，胡守仁等校点，中华书局2003年版，第460、528、584、605、791页。

卷四《顾备九时文序》："创意遣言，得蒙庄神髓。"

卷四《徐笠山时文序》："狷狂妄行，乃蹈乎大方，其行文大类荀子。"

卷六《钱节妇传》："气脉勇猛处从史记来。"

卷六《程书厚传》："叙孝行处本不多，而文自斐亹……神似史记。"

卷六《金氏节母传》："摹写苦节，令人涕满眶而横流，生气淋漓，得史迁之神髓矣。"

卷七《吴氏节母墓志铭》："气脉洪大，从史记来。"

卷七《方府君寄巢墓志铭》："简峭近昌黎。"

卷七《舅氏杨君权厝志》："极真极淡，熟于史迁乃知其妙。"

卷八《祭左和中文》："得屈原之哀，而抒词亦似之。"

卷八《方氏庶母传》："赞词雄杰，亦近昌黎。"

卷八《义士吴君传》："直叙三四事，扫除枝叶，独存老干，神味似史记。"①

以张裕钊评点《古文辞类纂》作品为例：

评韩愈《张中丞传后序》："拗折见笔力，此等盖从孟子化出。"

评司马迁《秦楚之际月表序》："雄逸恣肆，千古一人。其奇宕则韩欧之所自出也。"

评柳宗元《辨列子》："史公论赞，用意反侧荡漾，尺幅具寻丈之势。惟孙吴、白起、魏其传另是一体。子厚辨诸子文从此出。"

评欧阳修《五代宦者传论》："学韩公得其削刻。"评其《五代史伶官传叙》："叙事华严处得自《史记》。"

评韩愈《答吕毉山人书》："此文生杀出入擒纵抑扬，奇变不可方物，可谓极文章之能事矣。笔力似《孟子》，机趣似《国策》。"

评韩愈《答李翊书》："学庄子而得其沉着精刻者，惟退之此书而已。"

评韩愈《平淮西碑并序》："此文自秦后殆无能为之者。窃谓此文可追《尚书》，《原道》可追《孟子》，《画记》可追《考工》。"

评欧阳修《胡先生墓表》："从《史记》李广、程不识一段化出。"

评欧阳修《尚书职方郎中分司南京欧阳公墓志铭》："此篇从退之出。"

① 刘大櫆：《海峰文集》，同治年刘继重刊本。

评王安石《王平甫墓铭》:"此文颇脱胎《李元宾墓铭》。"

评王安石《建安章君墓志铭》:"意格从史迁《淮南王安传》首及韩退之《郑群墓铭》中段融化而出。"①

精者、佳者皆来有所自，本有所宗。或情思，或意旨，或结构，或遣词造句暗合遥接，或段落，或全篇，或得一人一篇启迪，或撷众人之神采。以我生命之气的运动规律，从作品文词至声调涵咏揣摩，二者适然融会之际，便是得其神气之时。因此，得古人之神之际，也便是我之神被启发并得以与古人之神接通之时，这既是把握经典神气运动轨迹的过程，也是自发我之心光的过程。在领略家数中发挥才气，是古代文人学习与提升的主要途径。

第三节　唐宋论:家数典型形态论析

一

从宋代开始，家数论便衍生出一个影响深远的批评范式，这就是唐宋论。在诸多家数之论中，唐宋论不仅贯穿了宋以后的中国文学史，而且也涉及了众多中国文人，无论是其入手涵养，还是自我体格的最终形成，几乎都离不开宗唐、宗宋抑或唐宋兼宗的选择。

以江西诗派为代表的宋代诗人起初追求宋人自我体调的实践诉求，宋末以四灵以及后来的江湖诗派为主的诗人们则以学习唐诗为旨归。由此形成了唐体与宋体的论争。

宋诗与唐诗各有成就，这一点不止渐被后人认可，即使在宋代一些学者对此也有清醒认识:"本朝诗人与唐世相亢，其所得各不同，而俱自有妙处。"② 对唐诗没有疑义，对本朝诗也能较客观评价，本来就不会有什么论争，问题出在诗歌流派宗尚的不同。江西诗派在宋末依然影响较大，

① 张裕钊:《张裕钊诗文集》附录《古文辞类纂》批语，王达敏校点，上海古籍出版社 2007 年版，第 515、516、519、524、525、526、529、533 页。

② 陈岩肖:《庚溪诗话》卷下，见丁福保辑《历代诗话续编》，中华书局 1983 年版，第 182 页。

四灵的别辟途径本来就是因为不满江西诗派的论议脱换以及以学问为诗，这样其支持者便必然与江西诗派传人之间产生矛盾。当时理论界对这个矛盾的反应比较热烈，甚至有樽酒论诗之际“赭面裂眦”、“裂眦怒争”[①]的现象。

宗唐之论。宗唐以永嘉四灵为代表，四灵由于叶适的揄扬而名誉甚盛，其文学理论批评的核心是以唐代贾岛姚合为模范，形式上提倡苦吟，格调上提倡清空甚至幽冷。

先是心仪唐体，宗尚贾岛姚合。《四库全书总目》在《清苑斋诗集提要》中论四灵称：“四灵皆学晚唐，然大抵多得力于武功一派。”赵师秀专门选二人之诗为《二妙集》，并赞誉徐照的诗：“君诗如贾岛，劲笔斡天巧。”[②] 姚、贾长于五言，所以四灵的创作也以五言为主，时人甚至以为四灵制作冶择淬炼，字字玉响，杂之贾岛姚合之作中人不能辨。尽管有人批评四灵：“纤碎害道，淫肆而乱雅，至于廷设九奏，广袖大幅，而反以浮响疑宫商，布缕缪组绣，则失其所以为诗矣。”但叶适却力辨其非，并以徐照为例赞云：“发人未悟之机，回百年已废之学，使后复言唐诗自君始，亦词人墨客之一快也。”[③] 正是从四灵能够恢复唐调而给予了肯定。《西岩集序》中，叶适又以翁卷为例，表达了对四灵的支持，有人说翁卷的诗歌易而淡：“易近率，淡近浅。”要纠此病只能在学问以及习古上用功，但叶适却称：“不知诗道之坏，每坏于伪，坏于险。伪则遁之而窃焉，险则幽之而鬼焉。”显然这是对江西诗派而发的，而救江西伪险之弊的策略是：“救伪以真，救险以简：理也，亦势也。能愈率则愈真，能愈浅则愈简。”他视能够真而简为诗歌之理，是大势所趋，正是从积弊丛生而不得不变着眼。而符合真而简、具有“意在笔先，味在句外”特征的就是唐诗[④]，四灵能倡唐调自然居功甚伟。

提倡苦吟。《四库全书总目·清苑斋诗集提要》论四灵皆学晚唐，大

---

① 参阅林洪《山家清供》、宋伯仁《雪岩吟草序》。

② 徐照：《哀山民》，《清苑斋诗集》，文渊阁四库全书本。

③ 叶适：《徐道晖墓志铭》，《水心集》卷十七，文渊阁四库全书本。

④ 叶适：《西岩集序》，《西岩集》附，文渊阁四库全书本。

抵多得力于武功一派，而武功一派的主要特征就是锻炼苦吟，因此四灵“专以炼句为工，而句法又以炼字为要”，拈出了其锻炼苦吟的特点。江西诗派一般来说也属于苦吟的行列，这主要体现在脱胎换骨与点铁成金都需要对所学所积累的诗料反复推敲，动辄从古人那里讨生活；四灵所论的苦吟主要体现在琢字炼句上，而且有意识少用事典，因而其苦吟与江西诗派的琢炼不尽相同。关于苦吟，四灵从不同的角度多有印证，如徐玑就从声律字句论之：“昔人浮声切响、单字只句计巧拙，盖风雅之至精也。近世乃连篇累牍，汗漫而无禁，岂能名家哉?”[①] 连篇累牍汗漫无禁是宋诗的特征，而“浮声切响、单字只句计巧拙”则是唐人之精——尽管将唐诗的佳处归结到秀句与声韵有片面之处。重视声韵与字句，自然少不得要锤炼苦吟，其《晓》诗云：“诗鬓晓星星，霜天似水清。风当窗眼人，冰向砚池生。已瘦梅花影，犹干竹叶声。”《宿寺》云：“独吟侵夜半，清坐杂禅中。”《书翁卷诗集后》云：“五字极难精，知君合有名。磨砻双鬓改，收拾一编成。”都是描绘吟诗之苦。《诗人玉屑》载赵师秀作《冷泉夜坐》诗：“楼钟晴更响，池水夜知深。”后来改“更”字为“听”字，改“知”字为“观”字；又有《病起诗》：“朝客偶知承送药，野僧相保为持经。”后改“承”字为“亲”字，“为”字为“密”字。另外，赵师秀在诗中又屡屡道及苦吟，如《千日》：“苦吟无爱者，写在户庭间。”《寄茅山温尊师》：“莓苔石上秋吟苦，星斗坛中夜样寒。”《会宿再送子野》：“眠迟古鼎销残火，吟苦寒缸落细花。”他还有这样一段论诗之语：“一篇本止有四十字，更增一字，吾未知如之何!”[②] 意思是说，五言律诗总计八句四十个字，但要作好已经苦吟耗神，如果再增一字的话，就实在无可如何了，是对自己苦吟锻炼为诗理论的道白。

徐照之诗尽管其中不乏即目所得者，但如《冬日书事》“梅迟思闰月，枫远误春花”一联，方回就认为其中的“思”字、“误”字“当是推敲不一乃得”[③]。叶适也称徐照之诗“斫思尤奇”，所谓“斫思”就是苦思。而

① 叶适：《徐文渊墓志铭》引。

② 刘克庄：《野谷集序》引，《后村先生大全集》卷九十四。

③ 纪昀等：《四库全书总目·芳兰轩集提要》，中华书局 1965 年影印本。

斫思之后的诗则是："无异语，皆人所知也，人不能道尔。"[①] 就是说，经过艰苦的锻炼苦吟，最终诗歌呈现了如此平易的审美风貌，这是从皎然就提倡的锻炼而至自然的思想。

追求清空幽冷的格调。四灵追求一种清空幽冷的格调，因而格外强调诗歌的"清"，诗中因此也就每每标举"清"字，如徐照《酬翁常之》："扁舟莫负林间约，好把清诗慰此心。"《宿翁卷书斋》："君爱苦吟吾喜听，世人谁更重清才。"《山中寄翁卷》："吟有好怀忘瘦苦，贫多难事坏清闲。"徐玑《书翁卷诗集后》："泉落秋岩洁，花开野径清。"《赠徐照》："身健却缘餐饭少，诗清都为饮茶多。"翁卷《秋日闲居呈赵端行》："清气全归月，寒声半是风。"赵师秀《秋色》："一片叶初寒，数联诗已清。"《简同行翁灵舒》："必有新诗句，溪流合让清。"《林逋墓下》："犹有归来鹤，清时欲与论。"而《梅磵诗话》则引有赵师秀以下故事：

杜小山问句法于师秀，答曰："但能饱吃梅花数斗，胸次玲珑，自能作诗。"

所谓饱吃梅花，正是就作诗当超卓不能过多俗气而言的。

四灵所言之清内涵比较丰富，或者指诗体之清而不杂，源自参禅而得的空寂。或者指内容的清雅，避免俗累，因此诗中多有以清寒打趣解嘲者，如徐玑《秋行》云："诗怀自叹多尘土，不似秋来木叶疏。"秋光清疏，但胸怀为俗务缠绕，因此难得清逸。或者指诗境之清幽，这个诗境之清中有幽独，有清冷，如徐玑《梅》："野桥流水最清冷。"有远离尘嚣的理想，更有清寒生活的写照。所以无论时人还是后人论四灵之诗，多能发现这一点，叶适《徐道晖墓志铭》中称其诗"上下山水，穿幽透深"，有幽深之致，又"冰悬雪跨"，冰雪之气自然清冷；《梅硐诗话》称赵师秀："其诗主于野逸清瘦，以矫江西之失。"清瘦是就诗歌意境薄、意象窘束而言，当然，某种程度上也可以表示清隽健举。另如《四库全书总目》称徐

① 叶适：《徐道晖墓志铭》。

照“尤为清瘦”，称翁卷“喜为槎牙萧飒之语，不免寒瘦”，都是这个意思，尤其“萧飒”之说，更是指其诗对萧疏寒凉的青眯。至于四灵诗歌意象，方回早就说过：“其所用诗料不过花、竹、鹤、僧、琴、药、茶、酒，于此数物一步不可离，而气象小矣。”[①] 昔人以此嘲四灵意象之窘，实则恰也说明其诗之清而不杂。

宗宋之论。无论南宋北宋，部分文人于其文学批评之中时有贬抑唐人之语：

张耒《答李援惠诗书》：“唐人作诗，用思甚苦，而所得无多，至有终身习之而但一章数句便名世者。”[②]

惠洪《题权巽中诗》：“世称唐文物特盛，虽山林之士辄能以诗自鸣。以余视之，如双井，品格虽妙，然终令人咽酸耳。”[③]

戴复古也有近似言论：“或问复古：‘宋诗不及唐?’曰：‘不然，本朝诗出于经。’此人所未识，而复古独心知之。”[④]

另外，刘克庄也有宋诗突过唐人等说。

晚宋主要代表之一为范晞文。以其《对床夜语》为例，尽管他对晚唐诗歌不少名句给予了高度评价，赞誉这些佳句“情景兼融句意两极”；但又强调这种情景兼融效果的获得是“琢磨瑕垢”之后才焕发的光彩，即如玉人之攻玉，属于苦吟锻炼而得。这与唐人神来、气来、情来的兴象玲珑追求已经有所不通。因此范晞文《对床夜语》有着宗宋的倾向，书中有着比较鲜明的对江西诗派理论的继承，这表现在其中一方面批评四灵等对晚唐的摹袭，一方面对江西派之宗主大加褒扬。

卷二在列举“树摇幽鸟梦，萤入定僧衣”、“劲风吹雪聚，渴鸟啄冰开”等一系列晚唐佳句之后，虽然从中提炼出了情景交融，但随后对晚唐整体的创作却提出了批评：“求其声谐韶濩，气沕金石，则无有焉，识者口未诵而心先厌之矣。今之以诗鸣者，不曰四灵，则曰晚唐，文章与时高

---

① 李庆甲：《瀛奎律髓汇评》卷十，上海古籍出版社2005年版。

② 张耒：《柯山集》卷四十六，文渊阁四库全书本。

③ 惠洪：《石门文字禅》卷二十六，文渊阁四库全书本。

④ 吕留良：《宋诗钞列传》，《吕留良诗文集》上册，徐正等点校，浙江古籍出版社2011年版，第254页。

下，晚唐为何时耶？放翁云：‘文章光焰伏不起，甚者自谓宗晚唐。’”对其气势孱弱表达了不满，并以文章与时高下，时在于宋而动辄言唐，也不合时宜；即使言唐，文章与时相高下，所当宗法者也不应该是衰世诞生的晚唐诗歌。在对四灵具体的评价中，又称其立志不高，师法仅仅止乎贾岛、姚合，所以未免“尖纤浅易”、“万喙一声”。批评四灵、晚唐之余，拿出了相当的篇幅揣摩江西派鼻祖杜甫的诗歌艺术，情景交融就是对杜诗分析的结论，另如五言律诗拗字的运用、虚活虚死字的运用、词语丰约的要求以及其他句法诗格等，都有论述。

对江西派的尊奉具体落实在对诗法的继承，核心就是诗的脱化理论。范晞文的贡献在于，他没有空洞地提倡江西派的诗学主张，而是首先对汉魏六朝诗歌创作中的源流相承现象进行了整理，为江西诗派的借鉴点化为诗寻找到了文学史的依据，他将汉魏六朝诗歌之中源流相承的现象分成了三类：

其一，循前人的言词形式脱胎。卷一云：

> 子建云：“朝游江北岸，日夕宿江沚。”潘安仁云：“朝发晋京阳，夕次金谷湄。”刘越石云：“朝发广莫门，暮宿丹水山。”谢灵运云：“旦发清溪阴，暝投剡中宿。”鲍明远云：“朝游雁门山，暮还楼烦宿。”皆本楚词“朝发轫于苍梧兮，夕予至于玄圃”。若陆士衡“朝采南涧藻，夕息西山足”，又江文通“朝食琅玕实，夕饮玉池津”，则亦本楚词“朝饮木兰之坠露兮，夕餐秋菊之落英”。
>
> 傅玄词云：“美女一何丽，颜若芙蓉花。一顾乱人国，再顾乱人家。未乱犹可奈何。”全是李延年歌。
>
> 王景元诗：“讵意无衣客，但知狐白温。”用子建“狐白足御冬，焉念无衣客”之语。

此言句式的脱胎。

其二，循其用意与典事而点化。卷一云：

韩非子曰：六国时，张敏与高惠二人为友，每相思不能得见，敏便于梦中往求之，但行至半道，即迷不知路。沈休文云："神交疲梦寐，路远隔思存。"又："梦中不识路，何以慰相思？"用前事也。古词云："远道不可思，夙昔梦见之。"又："独宿累长夜，梦想见容辉。"皆延韩非之微意而变之耳。

此言意旨的点化。

其三，"尽踵其步骤"。卷一云：

陆士衡《吴趋行》云："楚妃且勿叹，齐娥且莫讴。四坐并清听，听我歌吴趋。吴趋自有始，请从阊门起。"谢灵运《会吟行》云："六引缓清唱，三调伫繁音。列筵皆静寂，感共聆会吟。会吟自有初，请从文命敷。"尽踵其步骤。

此言全篇的架构步骤的模拟。

论诗探究其源流起于钟嵘《诗品》，江西诗派将其具化为创作手法，这就是脱胎换骨点铁成金之类，也就是脱化。《对床夜语》卷三论唐诗，便多从文字意象思致脱化论说：

高适《九日》诗云："纵使登高只断肠，不知独坐空搔首。"老杜有"羞将短发还吹帽，笑倩旁人为正冠"，亦反其事也。结句云："明年此会知谁健，醉把茱萸仔细看。"与刘希夷"今年花落颜色改，明年花开复谁在"之意同。气长句雅，俱不及杜。戴叔伦《对月》云："明年此夕游何处，纵有清光知对谁。"欲脱其胎而不可，盖才力不逮也。东坡用其意，作《中秋月》诗云："此生此夜不长好，明月明年何处看？"遂成绝句。

高适诗云："林稀落日行人少，醉后无心怯路歧。"老杜有"前村山路险，归醉每无愁"，词简意工，孰臻其妙，学造语者宜知之。又如杨衡诗云："正是忆山时，复送归山客。"张籍云："长因送人处，忆得别家时。”卢象《还家》诗云：“小弟更孩幼，归来不相识。”贺知章云：“儿童相见不相识，笑问客从何处来。”语益换而益佳，善脱胎者宜参之。近时严坦叔《还家》诗，亦有“旧时巷陌浑忘记，却问新移来住人”，颇得知章之遗意。

又如卷四论岑参“愁雨悬空山”之中的“悬”字不易及，而裴说之“岳面悬青雨”同样用“悬”，范晞文认为“点化既工，尤胜于岑”。卷五引上官仪“情新因意胜，意胜逐情新”之句，已经很美，而王驾“雨前初见花间蕊，雨后全无叶底花”则“脱胎工矣”。

对于古今句式、步骤、命意甚至意境等方面的源流关系，范晞文既强调了点铁成金、脱胎换骨所起到的作用；同时又对造成这种近似的另一种原因也给予了关注。他分别举王维的“雨中山果落，灯下草虫鸣”，白乐天的“树初黄叶日，人欲白头时”，司空曙的“雨中黄叶树，灯下白头人”，认为义旨近似；尤其司空曙，句法王维而意摹乐天，然而“诗家不以为袭”，为什么呢？他认为：“诗人发兴造语，往往不约而同。”引发创作的兴会相同，因而出现了这种近似，这其中尽管也可能有点化，但更主要的是兴会对情趣的引导相近。[①]

对四灵诗派而言，矫江西之弊，使诗坛唤醒了性灵与清新，在当时得到了文坛泰斗叶适等人的激赏，但纤秀而乏局量；江西派传人声势浩大，有着宋诗独到的审美旨趣，宋末如《对床夜语》等便是其理论的继承；就其开山者黄山谷而言，诗风“清新奇峭，颇造前人未尝道处，自为一家”，但师法者多得其弊：“声韵拗捩，词语艰涩。”[②] 二者各自有佳处有病处。宋末文人不乏有识者认识到这种“不同其为器，而同其为宝”的艺术现象，因而他们能走出论争，从不同立场提倡唐宋诗体的兼容。这主要表现在：

其一，诗之理本同而其体异。林洪《山家清供》云：

---

① 范晞文：《对床夜语》，丁福保辑《历代诗话续编》，中华书局1983年版。

② 陈岩肖：《庚溪诗话》卷下，丁福保《历代诗话续编》，中华书局1983年版，第182页。

诗之理本同而其体则异，使学骚者果如骚、选者果如选、学唐学江西者果如唐如江西，譬之韩文不可以入柳，柳文不可以入韩，各精其所精，如斯而已。岂可执一法以律天下之士哉？

既然本同体异，就如一母数子，本来没有什么不相容，各自依照自己的面目发展，没有必要强人从己："此既律彼，彼必律此，胜心起而义俱失矣。"①

其二，诗有五味，所嗜不同。宋伯仁《雪岩吟草序》中云：

诗如五味，所嗜不同。宗江西流派者则难听四灵之音调，读"日高花影重"之句，视"青青河畔草"即路旁苦李，心使然也。

既然才性嗜好各有不同，那么无论欣赏还是创作，皆"随其所长而已"，不能因为自己喜"陶写性情"，便"一天下之心如一人之心"甚至"字字阆仙，篇篇荀鹤"②。

其三，感遇为诗，不拘于体。赵孟坚《孙雪窗诗序》中云："感遇事物，英英气概，形而为诗。亦犹天有英气，景星庆云；地有英气，朱草紫芝是也。然何尝体制限哉？"诗既然是感物而发，属于感物之际气运动的赋形，那么就和天地万物四时节候、人生遭际、时代沉浮等密切相关，这些引发诗情的对象不统一，诗就不可能限于一个体制。而"今之言诗者，江西、晚唐交相诟也，彼訾此冗，此訾彼拘"，各不相下，全然违背了诗的本质之自由。他以李、杜、元、白、苏、黄为例，希望读者认真观赏这些大家的作品，会发现其重要的特征之一就是"众体该具，弗拘一"：可古则古，可律则律，可乐府杂言则乐府杂言，从未闻"举一隅而废一"；而今日习江西、晚唐者，拘牵论议。追究江西、晚唐本身也并未如此孤陋，倒是后学者强分边界，画地为牢了。俞文豹《吹剑录》中也从诗写情兴、难以拘泥入手说明了同样的观点：

① 陶宗仪：《说郛》卷七十四，文渊阁四库全书本。

② 宋伯仁：《雪岩吟草》，南宋群贤小集本，吴文治主编《宋诗话全编》八，江苏古籍出版社 1997 年版，第 8684 页。

> 诗不可无体，亦不可拘于体。盖诗非一家，其体各异。随时遣兴，即事写情，意到语工则为之，岂能一切拘于体格哉?

不过，俞文豹讲不拘于一体，是针对拘于晚唐体的诗人而言的。在他看来，近世诗人所喜好的晚唐体是不值得效法的，因为“唐祚至此，气脉浸微”，文士生于斯时，无他事业，将毕生精神伎俩全副投入到诗歌创作，于是“局促于一题，拘挛于律切”。这样的作品，以清浅纤微的风容色泽为主，而无复“浑涵气象”，属于“文章之正气竭矣”的回光返照。

由此可见，在唐体宋体，抑或江西体四灵体的论争之中，文人们在晚宋逐步形成了初步共识，一如戴昺所云：“性情元自无今古，格律何须辨宋唐?”山水登临、景物感触、宾友应酬以及草虫嘤摇、柳梢袅袅，虽然是鸣高冈、唳九皋“声韵邈乎不侔”，但“发于情则一”[①]。

二

元代批评界鉴于晚宋文坛之弊，从纠偏立场出发，体现出了宗唐的倾向。

其一，是从其审美风貌入手表达对晚宋文学的批评并确立新的诗学规范。赵孟頫就认为宋朝末年文体大坏：“治经者不以背于经旨为非，而以立说奇险为工。作赋者不以破碎纤靡为异，而以缀缉新巧为得。”[②] 批评的重点是背于经旨、自立奇说，以及破碎纤巧。《刘孟质文集序》在倡导文当以明理为主的同时，又对宋代以来的文学风气进行了抨击，这些风气包括：“夸诩以为富，剽疾以为快，诙诡以为戏，刻画以为工。”[③] 包括以学为诗、以游戏为诗、议论为诗、雕琢为诗，涉及了宋体与唐体所呈现的诸般弊端。

袁桷的批评更为具体。袁桷是元代颇负盛名的文人，在道学气比较浓厚的氛围中，他的文学理论批评能够从文学本位出发，且有一定建树。这主要体现在诗不主说理与诗当谨严法度上，而这两个观点都是在对宋末诗

---

① 戴昺：《有妄论宋唐诗体者答之》，《东野农歌集》卷四，文渊阁四库全书本。
② 赵孟頫：《第一山人文集序》，《赵孟頫集》卷六，浙江古籍出版社 1986 年版。
③ 赵孟頫：《赵孟頫集》卷六，浙江古籍出版社 1986 年版。

风的批判之中确立的。

诗不主说理。儒生论诗，明道、讲义理已然是常谈，尤其宋人以议论为诗甚至发展为一个具有时代特性的体式。尽管持此论者不乏从艺术形态上作一下修补，但从明理功用入手论诗，虽然不能说尽行脱离了诗的本色，也遗落了诗很多更具有审美性质的内涵。袁桷即从纠偏入手讨论了以诗说理，他首先追溯了此风的源头："宋世诸儒，一切直致，谓理即诗也。取乎平近者为贵，禅人偈语似之矣。拟诸采诗之观，诚不若是浅。"[①] 这种诗歌体式直致平近，就连古代采诗以观所搜集的诗歌都不会如此俗浅。又云："唐诗三变焉，至宋则有不可胜言矣。"[②] 之所以如此抨击宋诗，在于他认为宋诗遗落音节而一味言理，没有了诗的体制，"其得谓之诗乎"？说理讲道之风在宋代有三宗：王安石、黄庭坚还有乾淳间诸老。三宗以及其追随者以道德性命思理发为声诗，流弊及于元代，其诗如同佛家宣讲，表面上条达明朗，实则浅俗乏味。诗的形态应该是"模写婉曲"，因此能够革除错冗猥杂、散不成章的说理之风的时代就是一个诗歌真正繁荣的时代。在他看来，元代经过诗人们的努力与廓清，已经出现了诗歌"缜而有度，曲而不倨，将尽夫万物之藻丽，以极其形容赞美之盛"的局面。[③]

袁桷的高明之处在于，他没有将以诗说理全盘否定，他认为诗是不排斥说理的，故云"理固未尝不具"；但一定要保证先是诗，然后诗中见理，所以又提出先决条件："诗以赋比兴为主。"[④] 他也秉持着这个标准衡量诗歌创作，如评论《甬山集》，先认可其对儒家思想的融会："贯穿笼络，悉本于五经之微旨，而优柔反覆，羁而不怨，曲而不倨，蔼然六义之彝。"其间都是儒家诗学语汇，可见集中之诗同样含理。但随后则云：

> 宫商相宣，各叶其体，神至理尽，守之以严，无直致之失。[⑤]

---

① 袁桷：《书括苍周衡之诗编》，《清容居士集》卷四十九，四明丛书本。

② 袁桷：《闵思齐诗卷》，《清容居士集》卷四十九，四明丛书本。

③ 袁桷：《乐侍郎诗集序》，《清容居士集》卷二十一，四明丛书本。

④ 袁桷：《闵思齐诗卷》，《清容居士集》卷四十九，四明丛书本。

⑤ 袁桷：《甬山集序》，《清容居士集》卷二十二，四明丛书本。

体现六经微旨是《甬山集》中作品的儒学色彩，也显示了中和温厚等儒家诗学特征；但同时又指出其在声律、神理、含蓄上的成就，都是理之外的艺术尺度，而且理和艺术形式之间并不是截然分开，其中提出的“神至理尽”——以写神而达理，既是一条以诗写理的衡量标尺，又是摆脱直白说理维护艺术体制的路径。这一点有对宋体的批判。

诗以六义法度为本。袁桷对诗法的关注不同于一般诗话体格、声病、字词、事意的具体法门介绍，他立足于纠偏，在相关论述之中对法作了具有理论深度的提升，《跋吴子高诗》中云：

> 诗本性情，能知之矣；本于法度，知之不能详矣。风雅颂，体有三焉，释雅颂，复有异焉。夫子之别明矣。黄初而降，能知风之为风，若雅颂则杂然不知其要领。至于盛唐，犹守其遗法而不变，而雅颂之作得之者十无一二焉。故夫绮心者流丽而莫反，抗志者豪宕而莫拘，卒至夭其天年，而世之年盛意漫者犹不悟，何也？杨刘弊绝，欧梅兴焉，于六义经纬得之而有遗者也。江西大行，诗之法度益不能振，陵夷渡南，糜烂而不可救，入于浮屠、老氏、证道之言，弊孰能以救哉？[①]

诗本性情，是被普遍认可的观念，但袁桷此处却又提出诗本于法度，法度虽然是我国文学理论批评之中的核心内容之一，但以法度为本的理论观点却是罕见。法度的源泉他也追溯到《诗经》六义之风雅颂，风雅颂为诗之三体，即三种体格，但从文学历史来看，风得到一定程度的发扬，但雅颂则从魏晋之交就不得要领，以至于渐渐衰微，三体失其二所以说法式荡然。而他提出以法度为本，振起雅颂之体，是为了破绮丽豪荡之风，破江西体之拘守，破诗入于佛证之道。这一点同样是对宋诗发难。

其二，是以体用一体打通唐宋二体的隔阂。宋末诸派，以江西诗派的后进与晚唐体主持者各自守其门户，引发的文坛争论最为激烈。其中江西

---

① 袁桷：《清容居士集》卷四十九，四明丛书本。

一体平夷恬淡，师法晚唐之体者清新圆美，本来代表了不同的审美风格，而仇远则认为："大抵以平夷恬淡为体，清新圆美为用，陶衷于空，合道于趣，深然天成。"[①] 以平淡为体，清新圆美为用，将体用关系运用于文学风格之间关系的探讨与论争的平衡：平淡也可以表现为清新圆美的外在风貌，体用本来又不可两分，而是一个内外统一体，这样就冥合了不同审美风格出现的抵牾。从诗学思想倾向看，他本人心仪宋代诗人陈与义，对宋体并不抵触，读陈与义诗集，自称"简斋吟集是吾师，句法能参杜拾遗"[②]。但同时又对晚唐诗兴象意味颇为欣赏，屡道诗当求之象外而不能过于质实，《和曹之才》云："瓮头酒熟常留客，象外诗成颇类仙。"《马霞外诗集序》中也云："当与子吟啸于乾坤万象之表。"[③] "象外"、"万象之表"便是唐人的当行。既然对唐宋两不舍弃，因此才有了其调和唐宋二体的体用之论。当然，无论平淡、圆美，都不应当过多着以人工斧凿，要出于天成，因此当讲究兴会自然，仇远称"西湖物物是诗料，秋来日日是诗思"[④]，便有着这样的意思。

至杨维桢等人的创作，以唐人为标的，使得元人宗唐这一特征更为鲜明，并直接影响到明代诗坛的走向。

明代一度复古思潮流行，宗唐成为其主要诗学指向。至晚明宋体地位也得到提升。

复古理论之中，表现较为突出的是对师法于唐思想的推波助澜。师法于盛唐，是前后七子复古论的重要主张，一般认为是在明初高棅等人的提倡下获得普及的。《唐诗品汇》的影响力当然不能低估，但高棅之前，杨士弘之《唐音》已经力唱三唐之音，元末明初文人王祎也力推盛唐气象，宣称"三百篇而下，莫古于汉魏，莫盛于盛唐"[⑤]；《张仲简诗序》中分别从盛唐诗歌皆为"性情所发"、"才性有不同故其为诗亦不同"的面目各

① 仇远：《马霞外诗集序》，见《山村遗集》。
② 仇远：《读陈去非集》，见《山村遗集》。
③ 仇远：《山村遗集》，见《山村遗集》。
④ 仇远：《马霞外诗集序》，见《山村遗集》。
⑤ 王祎：《浦阳戴先生诗序》，《王忠文公集》卷三，丛书集成初编本。

异，可以观当时“治化之盛”三点，标榜“盛唐气象”[1]。《练伯上诗序》中，先道元末诗风之弊：“争务粉绘镂刻以相高，效齐梁而不能及。”开出的药方正是以唐为宗，他历数诗歌正变演化，而于盛唐最为倾心：

开元、大历，杜子美出，乃上薄风雅，下掩汉魏，所谓集大成者。而李太白又宗风骚而友建安，与杜相颉颃。复有王摩诘、韦应物、岑参、高达夫、刘长卿、孟浩然、元次山之属，咸以兴寄相高。以及钱、郎、苗、崔诸家，比比而作。继而韩退之、柳宗元起于元和，实方驾李杜，而元微之、白乐天、杜牧之、刘梦得，咸彬彬附和焉。唐世诗道之盛，于是为至。[2]

从开元至大历，其时诗坛以李白、杜甫、王维等为核心，形成了群星璀璨的局面；元和之后韩愈、柳宗元、白居易等同样创造了诗坛的辉煌。以上阶段，王袆认为都是唐诗的极盛时期，这个时期恰恰是以盛唐为主及其随后巨大余波共同铸就的。王袆对唐诗的关注与杨士宏《唐音》有关，《张仲简诗序》中提到过自己曾闻杨公之言：诗当取材于汉魏，而以唐为宗。他对此又给予了发扬。

弘治三年进士镏绩亦云：

唐人之诗，一家自有一家声调，高下疾徐皆合律吕，吟而绎之，令人有闻韶忘味之意。宋人诗，譬则村鼓岛笛，杂乱无伦。

又专言咏物诗：

唐人咏物诗于景意事情外，别有一种思致，不可言传，必心领神会始得，此后人所以不及唐也……宋人都不晓得。[3]

---

① 王袆：《王忠文公集》卷二。

② 同上。

③ 镏绩：《霏雪录》卷下，文渊阁四库全书本。

高棅宗唐，取法盛唐，建立起了一个唐代诗学谱系，有建庙设神，不得不拜的意思；而镏绩法唐，不仅门径更宽，而且是通过唐诗宋诗对比的手段最终得出结论，更具有理论的说服力。尤其这些评语，颇得诗家三昧，后被谢榛《四溟诗话》征引一部分，且对其中观点提出质疑，遂使很多人只知其一不知其二了。

值得关注的是，王祎生活的时代远远早于高棅，镏绩为弘治三年进士，而提倡诗法盛唐的前七子领袖李梦阳则是弘治七年进士，王祎、镏绩这些宗唐的理论，可能对前七子的复古理论也产生了一定的影响。而明代尊唐，前后七子诗必盛唐的倡导随后又起到了推波助澜的作用。

前七子复古宗唐，以李梦阳为巨擘。《明史·文苑传》卷二百八十六论曰：

> 梦阳才思雄鸷，卓然以复古自命。弘治时宰相李东阳主文柄，天下翕然宗之，梦阳独讥其萎弱。倡言文必秦汉，诗必盛唐，非是者弗道。与何景明、徐祯卿、边贡、朱应登、顾璘、陈沂、郑善夫、康海、王九思等号十才子；又与景明、祯卿、贡、海、九思、王廷相号七才子。皆卑视一世，而梦阳尤甚。吴人黄省会、越人周祚千里致书愿为弟子。迨嘉靖朝，李攀龙、王世贞出，复奉以为宗，天下推李、何、王、李为四大家，无不争效其体。

后七子复古尊唐，以王世贞为巨擘。《明史·文苑传》卷二百八十七论曰：

> 世贞始与李攀龙狎主文盟，攀龙殁，独操柄二十年，才最高，地望最显，声华意气，笼盖海内。一时士大夫及山人词客衲子羽流，莫不奔走门下，片言褒赏，声价骤起。其持论：文必西汉，诗必盛唐，大历以后书勿读。

与其游者王世贞各为标目，其中包括：

前五子：李攀龙、吴中行、梁有誉、吴国伦、宗臣。

后五子：南昌余曰德、蒲圻魏裳、歙汪道昆、铜梁张佳允、新蔡张九一。

广五子：昆山俞允文、濬卢柟、濮州李先芳、孝丰吴维岳、顺德欧大任。

续五子：阳曲王道行、东明石星、从化黎民表、南昌朱多煃、常熟赵用贤。

末五子：京山李维桢、鄞屠隆、南乐魏允中、兰溪胡应麟、常熟赵用贤。

尽管以上标目其所去取颇以好恶为高下，但这些文人趋奉后七子，标榜尊唐的文学思想是一致的。尽管王世贞晚年文学思想有一定的调整，史书记载经常手捧东坡著述不知疲倦，且于唐宋派归有光心有景仰，但宗唐仍为其主流。

又如孙鑛同样尊唐，其相关思想是从对古雅的提倡中表现出来的，其主旨包括不主张漫兴、不喜欢宋调。《与吕甥玉绳论诗文书》中论韩愈苏轼之诗，称二人“似非正派”，但韩愈古诗“犹有雅旨”，而对苏轼之诗的评价是：“格调卑浅，且复多漫兴及系纵笔，虽间有工致，然于雅道亦违，奈何好之?”言语之间表达了对古诗有雅旨者的欣赏，此为古雅之所出。由于首先树立了这样一个尺度，因此对与此不谐者多有成见，《与余君房论文书》中也说：“昔闻洞庭水，真是神来，又高远，又本色自然，又响，第结句太漫兴。”所谓漫兴，是指诗语言不检点、芜杂，结束随意而乏精雕细刻；所以与吕玉绳书中批评苏诗漫兴之后又称其“语太杂”，不宜看，可以白乐天代之，不喜欢宋调，从他对苏轼的批评已经透出信息。孙鑛还以为宋调之弊在于“豪快恣肆”，因此甥孙吕天成作诗，他以为过于放肆而“微有阑入苏黄处”，解救的方法是“于婉雅间求之，勿遽作苍老语”，如此便可以避免宋调。[①]

漫兴者“于雅道有违”，避宋调当“于婉雅间求之”：综而言之，古雅是其追求的目标。涵味漫兴之作芜杂与宋调过于豪快恣肆，这二病当是后七子之支脉以及新兴的公安派等诗歌的主要特征。孙鑛从不喜漫兴与宋调入手批评，假尊唐而存有纠偏的意旨。

---

① 孙鑛：《与吕甥孙天成书牍》，《姚江孙月峰先生全集》卷九。

在宗唐观点之外，明代宗宋的思想虽然较宗唐声势为弱，但从明初就一直流脉未断：

方孝孺《诗谈》云："前宋文章配两周，盛时诗律亦无俦。今人未识昆仑派，却笑黄河是浊流。"[①] 方孝孺推崇宋代文学，并未直接将其与唐体比较；但其相关思想产生的语境正是从元代就形成的尊唐体而抑宋体，故而其论也有纠偏之意。

七子极盛之际，宗宋的声音也依然不少，如钱钟书以《明文授读》为主，列举了以下例证，卷三十六叶向高《王亦泉诗序》斥尊唐之失：

> 身居宋后，语必唐先。致使五季以来，数百年衣冠文物之雅旷绝奇之事，不一入词人之笔端。则是学迁史者，不纪秦汉，而源流三百者，必举春秋以前之故实也。

卷三十七何乔远《郑道圭诗序》论尊宋：

> 今世称诗者，云唐诗唐诗云尔，余恨不宋，又乌唐也。且夫一唐矣，自分初盛中晚，而何独宇宙之间，不容有一宋也。凡前辈今日所以不喜宋诗者，目未尝见宋。宋人好唐诗，莫如严沧浪，余取沧浪集读之，如肥酒大脔，可供一嚼，而不可畅剧饮。彼皆为唐诗所限。

卷三十七何乔远《吴可观诗草序》亦论宋之可尊："子瞻诗出于陶白，鲁直诗出于杜。世之人谓宋而不好焉，甚哉耳食也。"宋本出于唐，自然可尊。[②]

当然，其时为宋张目者，如上所论，实则尚未尽发现宋诗本然的价值，只是从时代而言，各为一时之体，一时之成就，不可抹杀；尤其是以此作为排击七子等宗唐理论的手段。

孙鑛针对宗盛唐抑宋之论也说过：

---

① 方孝孺：《逊志斋集》卷二十四，徐光大校点，宁波出版社2000年版。

② 钱钟书：《谈艺录》，中华书局1984年版，第471页。

宋诗亦未易可轻……其古体及五言律亦间有可观，意味尚真于今也。[①]

他本是不喜欢宋调的，但以苏黄为主，其余的创作他没有一概而论，所以在人们宗唐而弃宋的时候能有此客观之论。

清代，尊唐尊宋之论此起彼伏，其间声势浩大者如王士祯等尊唐，而浙派则高张宋体，宋诗获得了历史上从未有过的尊奉与发扬光大。从黄宗羲等褒扬宋调开始，他如杭世骏等文人对宋调从理论上多有追捧，尤其以学为诗。又如厉鹗，他的诗学思想基本倾向于宋调，所以有《宋诗纪事》的编纂。厉鹗是学者型的诗人，全祖望称其“于书无所不窥，所得皆用之于诗，故其诗多有异闻轶事，为人所不及知”[②]。这种学者的身份使他的诗歌创作难免与宋代文人博学的经历吻合，从而因情性相投而产生对宋诗的偏好，其诗学理论中也因此多有为学辩护之言：

少陵之自述曰：“读书破万卷，下笔如有神。”诗至少陵止矣，而其得力处乃在读万卷书，且读而能破致之，盖即陆天随所云：“輘轹波涛，传穴险固，囚琐怪异，破碎阵敌，卒造平淡而后工者。”前后作者若出一揆，故有读书不能诗，未有能诗而不能读书。……书，诗材也……诗材富而意以为匠，神以为斤，则大篇短章均擅其胜。[③]

其核心意思是，读书是能诗不可缺少的条件，书为诗提供了“材”，以意为匠而运材即有诗，这与其《汪积山先生遗集序》中所标榜的“群籍之精华经纬其中”一致。

三

通过以上梳理，可见唐宋论在宋代发端以后，影响了历代诗歌创作实践。同时，作为一种重要的家数辨析范式，它也深深影响了文学批评实

① 孙鑛：《与余君房论今文选书》。

② 全祖望：《厉樊榭墓志铭》，《鲒埼亭集》卷二十，四部丛刊初编本。

③ 厉鹗：《绿杉野屋集序》，《樊榭山房文集》卷三。

践，使之成为一种文学批评的经典范式。其核心内容指向唐体宋体内涵辨析、唐体宋体优劣评价；论一时风气，论一人格调，区分其出于唐还是出于宋，从此也都成为普遍的批评策略。概而言之，分界唐宋以论诗，权衡唐宋二体优劣，是唐宋论批评的主要内容。

如上所论，分界唐宋以论诗肇始于宋代，严羽《沧浪诗话·诗评》云："唐人与本朝人诗，未论工拙，直是气象不同。"宋人祖述少陵，立山谷为宗，成就江西诗派；严羽出而矫之，以盛唐为宗，唐宋之论由此生发。因此学界一般认为，自从沧浪此论之后，分界唐宋以论诗，便成风气。[①]

又如戴昺《答妄论唐宋诗体者》云："不用雕锼呕肺肠，词能达意即文章。性情原自无今古，格调何须辨宋唐?"[②] 以性情为论诗之本，不关唐宋格调，但此论恰恰是针对当时动辄以唐宋论诗体者而发的。

后世从出于唐、出于宋讨论创作，是确立作者格调的重要手段。如《国雅》评高启：

> 高季迪，始变元季之体，首倡明初之音，发端沉郁，入趣幽远，得风人微旨。如《长门怨》云："君明犹不察，妒极是情深。"《蓟门行》云："中国多荒土，穷边何用开。"《猛虎行》："猛虎虽猛犹可喜，横行只在深山里。"《郊墅》："僧来双屐两，渔卧一船霜。"足以嗣响盛唐。

杨慎论庄定山云：

> 定山如《宿三茅观》诗："荒村细雨闻啼鸟，小树轻风落野花。"直逼唐人。[③]

---

① 参阅郭绍虞《沧浪诗话校释》，人民文学出版社 1998 年版，第 144 页。

② 戴昺：《东野农歌集》卷四。

③ 传袁枚：《随园诗话丛话》卷一，清末刻本，王英志校点，江苏古籍出版社 1993 年版。

何义门评罗隐《牡丹》诗：

（本诗云：落尽春红始见花，花时比屋事豪奢。买栽池馆恐无他，看到子孙能几家。门倚长衢攒绣毂，幄笼轻日护香花。歌钟满座争双赏，肯信六年鬓有华。）“落尽春红”四字已伏流年冉冉，后四句从“看”字来，正形容其奢且愚也。第四若在落句便无味，此唐宋分歧处。[①]

第四句“看到子孙能几家”，若置于诗尾，则以议论结束，是宋体显著特征之一；置于中间，则是唐人风范。

如清人纪昀评点苏轼之作，多以唐宋为评者。卷十四评《无言亭》：“此宋格而不嫌宋格者。无言亭先是宋题，则不得不作宋诗矣。”

卷十四评《望云楼》：“纯用宋格，然较胜唐装面空调。”

卷十六评《虔州八境图八首》“涛头寂寞打城还”一首：“此首纯是唐音。”评“使君那暇日参禅”一首：“此则纯是宋格，语亦少味。”

卷十八评《赠钱道人》：“纯为介甫辈发，全用宋格。然自是一种不可磨灭文字。”

卷二十评《雨晴后步至四望亭下鱼池上遂自乾明寺前东冈上归二首》：“格在唐宋之间。”

卷二十四评《王中甫哀辞》：“纯是宋格而气体浑阔，无江西生硬之痕。”

卷二十九评《次韵王都尉偶得耳疾》：“宋气太重。”

卷三十二评《元祐五年十二月十二日周景文义伯圣途次元伯固仲蒙游七宝寺题竹上》：“即李卫公‘孤石’之意，而语较露骨，此唐宋之分。”

卷三十二评《赠善相程杰》五六句“书中苦觅原非诀，醉里微言却近真”：“五六是到骨宋诗，然是真语。”

卷三十四评《臂痛谒告作三绝句示四君子其一》：“三首到骨宋格，废之则不能，效之则不必。”

---

① 李庆甲：《瀛奎律髓汇评》卷二十七，上海古籍出版社2005年版，第1180页。

卷三十八评《南康望湖亭》："但存唐人声貌，而无味可咀。此种最害事。而转相神圣，自命曰高；或訾謷，辄哂曰俗。盖盛唐之说行而盛唐之真愈失矣。"

卷四十九评《骊山》："此是宋人结法。"本诗结句云："三风十愆古所戒，不必骊山可亡国。"

卷四十九评《送蜀僧去尘》五六"谁为善相宁嫌瘦，后有知音可废弹"："五六是到骨宋格，然用意甚深。"[①]

纪昀之外，又如田同之论钱谦益、王士祯相和二诗云：

> 钱牧斋《题石厓秋柳小景》云："刻露巉岩石骨愁，两株风柳曳残秋。分明一段荒寒景，今日钟山古石头。"大抵寓意弘光南渡事，次句直是画出马、阮，妙不容说。渔洋公和句云："宫柳烟含六代愁，丝丝畏见冶城秋。无情画里逢摇落，一夜西风满石头。"情景无限，神韵悠然，自堪并垂不朽。然别以诗派论，则牧斋宋调，渔洋唐响矣。[②]

以上皆是以唐宋分判诗人创作，或有优劣，或各有优长，并显其格调。

这里需要格外强调的是：虽然唐调以唐人为主，宋调也以宋人为主，但"唐、宋"二体却并非局限于唐宋两代。张谦宜以为："昌黎《明水赋》平浅已开宋调。"[③] 就是说宋调并非仅仅是一种时代性范畴，它指向体格，因此宋人可为之，唐人亦可为之，后人更可为之。一如此前所论及的初盛中晚四唐之论。钱钟书于此极为首肯，曾专门讨论唐宋之论。他先引姜宸英《唐贤三昧集序》云：

> 新城先生既集古五七言诗各若干卷，复有唐贤三昧之选。盖选五七言者所以别古诗于唐诗也，然诗至唐极盛矣，开宝以还，盛之盛者

① 纪昀：评《苏文忠公诗集》，清末刻本。

② 田同之：《西圃诗说》，郭绍虞辑《清诗话续编》，上海古籍出版社 1983 年版，第 764 页。

③ 张谦宜：《絸斋论文》，王水照辑《历代文话》，复旦大学出版社 2008 年版，第 3912 页。

也。选唐诗三昧者，所以别唐诗于宋元以后之诗，尤所以别盛唐于三唐之诗也。昔夫子删诗不斥郑卫，而三百篇中有淫辞无俚辞。俚之病至于无所不尽，既无蕴藉渟蓄之意于中，则其于言也求其依永而和声必不得矣。夫郑声之宜放以其淫也，然其声故在也。诗至于无所不尽而俚，将并其声而亡之，而风雅委地矣。故朱元晦谓今人之诗如村里杂剧，诚恶其俚也。然今人之厌苦唐律者必曰宋诗，且以新城先生尝为之，此知其迹而不知其所以迹也。先生自序：此选谓别有会于司空表圣、严沧浪之旨，录盛唐诗尤隽永者，自王右丞而下，得四十二人。近时诗家每极论严以禅喻诗之非，而于高廷礼之分四唐则按以当时作诗者之年月而驳之曰：燕公曲江亦初亦盛，孟浩然亦盛亦初，钱起、皇甫冉亦中亦盛，夫诗不可以若是论也。余以毛诗考之：作诵之家父见于桓公八年来聘，十五年来求车，为东迁以后之人矣。其于诗也不害其为小雅黍离。行役之大夫，及见西京之丧乱，尝为东迁以前之人矣。其于诗也，不害其为王降而风。故初盛中晚，亦举其大概耳，而盛唐之诗实有不同于中晚者，非独中晚而已。自汉魏及今，有过之者乎？盖论诗之气运则为中天极盛之运，而在作者心思所注，则常有不及其盛之意。所为不涉理路不落言筌、言有尽而意无穷，拟之于禅，则正所谓透彻之悟也。不求之此，而但廓落其体，规取浮响慢句以为气象，而托之盛唐，此正嘉来称诗者之过也。①

姜宸英正是以四唐各自为体，以为此体并非仅仅见乎这四个时代。钱钟书赞赏此论，并由此总结道："唐诗宋诗，亦非仅朝代之别，乃体格性分之殊。天下有两种人，斯分两种诗。唐诗多以丰神情韵擅长，宋诗多以筋骨思理见胜。"又云："曰唐曰宋，特举大概而言，为称谓之便。非曰唐诗必出唐人，宋诗必出宋人也。故唐之少陵、昌黎、香山、东野，实唐人之开宋调者；宋之柯山、白石、九僧、四灵，则宋人之有唐音者。《杨诚斋集》卷七十九《江西宗派诗序》：'诗，江西也，非人皆江西也。'"唐宋

① 姜宸英：《唐贤三昧集序》，《湛园集》卷一，文渊阁四库全书本。

二体不仅仅是诗歌体格之中的两种体式，钱钟书认为，中国古代诗歌大致可划分的体格就是唐宋二体：

> 夫人禀性，各有偏至。发为声诗，高明者近唐，沉潜者近宋，有不期而然者。故自宋以来，历元明清，才人辈出，而所作不能出唐宋之范围，皆可分唐宋之畛域。①

蒋士铨《辨诗》云“唐宋皆伟人，各成一代诗”，由此看来，所成者不仅仅是一代之诗，也是历代诗歌之两种基本体格。唐宋论在家数论中之所以重要，原因也正在于此。

作为诗歌体格的两种经典家数，唐与宋体有着各自较为鲜明的美学特征，这一点经过历代文学批评辨析已经普遍为学界接受。其主要表现为气象不同。

宋代严羽首开此论，《沧浪诗话·诗评》开篇论诗多取唐宋比对：“大历以前分明别是一副言语，晚唐分明别是一副言语，本朝诸公分明别是一副言语。如此见方许具一只眼。盛唐人有似粗而非粗处，有似拙而非拙处。五言绝句众唐人是一样，少陵是一样，韩退之是一样，王荆公是一样，本朝诸公是一样……或问唐诗何以胜我朝？唐以诗取士，故多专门之学；我朝之诗所以不及也。”又云：“诗有词理意兴。南朝人尚词而病于理，本朝人尚理而病于意兴，唐人尚意兴而理在其中，汉魏之诗词理意兴无迹可求。”如此不同的核心体现于：“唐人与本朝人诗未论工拙，直是气象不同。”其中唐人尚意兴、宋人尚理便是二者气象的最大区别。众多的美学特征便在这种主要气象差异之下展开。诸如：

唐诗蕴藉，宋诗径露。王士祯云：“唐诗主情，故多蕴藉；宋诗主气，故多径露。”何日愈阐释其原因：“唐诗多深厚，意在言外，故蕴藉；宋诗尚纤巧，意跃笔端，故径露。”②

翁方纲《石洲诗话》认为，“唐诗妙境在虚处，宋诗妙境在实处”，虚

① 钱钟书：《谈艺录》，中华书局1984年版，第2页。

② 何日愈：《退庵诗话》卷一，广东高等教育出版社1996年版，第9页。

处即兴象超逸，实处即研理论事。[①]

唐人细密，宋人浑然。冯定远云："宋人诗逐字逐句讲不得，须另具一副心眼，方知他好处。唐人诗工夫细，宋人不如也。"[②] 郭麐发挥此意："读唐人诗，觉于此中甚深，读宋人诗，觉于此外甚大。"[③] 甚深者，即细密有余韵，有不著一字尽得风流之妙；甚大者，则浑然不羁。具体到七律更见此区分，吴仰贤以杜甫之作为宋调之先声，与初盛唐七律比较：

> 初盛唐七律中二联皆对仗严整，写景而情寓其中。至老杜而体格大备，于走马流水对外，有白描一格，如"旧来好事今能否，老去新诗谁与传"、"更期后会知何地，忽满相逢是别筵"；至"东阁官梅"、"堂前扑枣"两首，四句叠用虚字，一气旋折，实为宋代诗派所出。又有似对非对一格，如"伯仲之间见伊吕，指挥若定失萧曹"、"酒债寻常行处有，人生七十古来稀"，宋人仿之，更扬其波。如东坡云"汝辈何曾堪一笑，我侪相对复三人"、"古来重九皆如此，别后西湖付于谁"；山谷云"舞阳去叶才百里，贱子与公皆少年"，苏叔党云"一天如许皆明月，二客所需惟浊醪"[④]。

初盛之佳作情景融会，宋调则一气旋折。

综合以上唐体宋体之论，可以说唐宋二体之间是不存在优劣的，钱钟书做出了如下美学总结："一集之内，一生之中，少年才气发扬，遂为唐体；晚节思虑深沉，乃染宋调。"[⑤] 将两种诗体定位于青春与晚节之际的选择，既强调了彼此的独到，又提醒二体之间存在着一个逐步转化的统一过程，一般是由唐而宋，如同一个人由青春而步入中年、晚年。

但从中国文学批评的总体倾向考量，历代文人还是多呈现出尊唐抑宋的局面。元好问著名的论诗之作曰："奇外无奇更有奇，一波才动万波随。

① 翁方纲：《石洲诗话》卷四，陈迩冬点校，人民文学出版社 1981 年版，第 122 页。
② 吴乔：《围炉诗话》卷五，郭绍虞辑《清诗话续编》，上海古籍出版社 1983 年版，第 616 页。
③ 郭麐：《灵芬馆诗话》卷一，续修四句全书本。
④ 吴仰贤：《小匏庵诗话》卷一，续修四库全书本。
⑤ 钱钟书：《谈艺录》，中华书局 1984 年版，第 4 页。

只知诗到苏黄尽，沧海横流即是谁?”一般理解以为诗学发展，没有极致。但林昌彝对此诗的理解却是：“以苏黄诗稍直，少曲折，故不及李杜，故曰‘沧海横流即是谁’。李杜诗汪洋澎湃，而沉郁顿挫，赴题曲折，故如沧海横流，苏黄之不及李杜者以此。”[①]

镏绩则通过唐诗宋诗的对比，表达了鲜明的尊唐抑宋思想：

> 或问余唐宋人之别，余答之曰：“唐人诗纯，宋人诗驳；唐人诗活，宋人诗滞；唐诗自在，宋诗费力；唐诗深成，宋诗饾饤；唐诗缜密，宋诗漏逗；唐诗温润，宋诗枯燥；唐诗铿锵，宋诗散缓；唐人诗如贵介公子，举止风流，宋人诗如三家村乍富人，盛服揖宾，辞容鄙俗。”

此论影响极大，于宋诗可谓无一善言。

冯班论梅圣俞《兵》一诗，因为其“宋气逼人”，于是便得出了“不及唐人远矣”的结论[②]。

纪昀评苏轼《南堂五首》云：“此首兴象自然，不似前四首有宋人桠杈之状。”[③] 兴象自然源自殷璠《河岳英灵集》以“神来气来情来”、“兴象玲珑”论唐诗，故而为唐体之特征。所谓桠杈，就是龃龉生硬。这种差异往往源自具体表现艺术手段的不同，如“唐人用事，全句活现；宋人用事，欲新反駮，全句似死。唐在意，宋在字，相去远矣。”[④]

许印芳虽然屡道唐宋人诗各有所长，并传千古，但这些论述是在不超越以下前提的：“唐诗虽优于宋，亦有下劣不可学者”[⑤]。吴乔宣称：“诗以风骚为远祖，唐人为父母，优柔敦厚，乃家法祖训。宋人所率直，违于前

---

① 林昌彝：《射鹰楼诗话》卷十八，王镇远等标校，上海古籍出版社 1988 年版，第 417 页。

② 李庆甲：《瀛奎律髓汇评》卷三十，上海古籍出版社 2005 年版，第 1328 页。

③ 纪昀：评《苏文忠公诗集》卷二十二，清末刻本。

④ 李庆甲：《瀛奎律髓汇评》卷十，上海古籍出版社 2005 年版，冯班驳方回评王安石《宿雨》，第 348 页。

⑤ 许印芳：《说诗晬语跋》，《诗法萃编》，张国庆辑《云南古代诗文论著辑要》，中华书局 2001 年版，第 248 页。

人，何以宗之?”又道宋诗无诗眼：“许浑作实语死句，唐人即痛斥之，诗眼犹在也。宋诗十之九落实语死句，无一觉者，诗眼已亡也。”[1] 而袁枚则批驳宋诗更加体无完肤：

> 宋诗之弊，而子亦知之乎？不依永，故律亡；不润色，故彩晦。又往往叠韵如虾蟆繁声，无理取闹。或使事太僻，如生客阑入，举座寡欢。其他禅障理障，廋词替语，皆日远夫性情。[2]

如此论析，皆有唐优于宋的含义。方东树论诗首重比兴，以为“兴最诗之要用”。以之论刘长卿之作：“多兴在象外，专以此求之，则成句皆有余味不尽之妙矣”。以此与宋人相比：“较入议论，涉理路，以文以语录为诗者，有灵蠢仙凡之别。”在他看来，宋体属于险路：“用宋人体，若更无奇警出尘之妙，则入庸鄙下劣魔道也。”[3]

在时代成就的比量之外，尊唐者还有一个理论依据：体格代降，因此唐诗高于宋诗，就如同汉魏古诗高于唐诗，“此何待言论”[4]!

宗唐抑或宗宋，形成了文学史上不同的理论潮流与交锋。明代成化、弘治之后，唐宋分界渐严，“其时议论讲学，皆立门户以为名高”，古人先读书而后作诗，明代文人“先立门户而后作诗”[5]。从体格而论，这种拘泥各有偏弊。江盈科曾针对一些人动言诗必汉魏盛唐批评道：“善论诗者，问其诗之真不真，不问其诗之唐不唐、盛不盛。”“凡为诗者，或因事，或缘情，或咏物写景，自有一段当描当画见前境界，最要阐发玲珑，令人读之，耳目俱新”——这才是诗人应该关注的核心，而非循一个体格，摘取字句，嵌砌点染，这不是诗人，而是“诗人中一个窃盗掏摸汉子”[6]。

从中国文学早期的“诗言志”纲领开始，至《诗大序》“情动于中而

---

① 吴乔：《围炉诗话》卷四，郭绍虞辑《清诗话续编》，上海古籍出版社 1983 年版，第 602 页。
② 袁枚：《答兰垞第二书》，《小仓山房文集》卷十七，江苏古籍出版社 1993 年版，第 287 页。
③ 方东树：《昭昧詹言》卷十八，汪绍楹校点，人民文学出版社 1961 年版，第 419 页。
④ 阙名：《静居绪论》，郭绍虞辑《清诗话续编》，上海古籍出版社 1983 年版，第 1644 页。
⑤ 袁枚：《答沈大宗伯论诗书》，《袁枚全集》第二册，江苏古籍出版社 1993 年版，第 284 页。
⑥ 江盈科：《雪涛诗评》，《江盈科集》，黄仁生辑，岳麓书社 1997 年版，第 799 页。

形于语”，都是强调诗歌对情感的表达：其中包括表达的内容为情感以及如何表现情感。明代性灵文学思想高扬性灵，实则是在复古文学思潮下对这个传统诗学思想的激活。因此，诗论性情或者情性或者性灵而不论其体格便成为宗唐或宗宋思想的矫正之论。如徐蝶园云：

> 今之士大夫竞言诗，或唐或宋，各执所尚，抗不相下。诗以道性情已耳，苟能出于性情，勿论唐可，宋亦可也；如其不出于性情，勿论唐非，宋亦非也。[①]

袁枚也曾申明此旨：

> 夫诗，无所谓唐宋也。唐宋者，一代之国号耳，与诗无与也。诗者，各人之性情耳，与唐宋无与也。若拘拘焉持唐宋以相敌，是子之胸中有已亡之国号，而无自得之性情，于是诗之本旨已失矣。[②]

潘德舆对此论极为推许，以为“隽语解颐，一空蔀障；简斋诗可议，此论不可废也。”明际诗人大致学唐，有意于唐宋划出畛域，所以此语可为针砭。[③]

又如延君寿曰：“唐宋之分，是论其大段不似耳；人人读书，具有性灵，安有唐宋之别哉？”[④]

另外，从文学演革的路径而言，宋体的形成也是学习唐体的成果，截然二分本来就悖离文学发展的基本史实。近人沈子培有《寒雨积闷杂书遣怀襞积成篇为石遗居士一笑》诗，其中云：“开元启疆域，元和判州郡。奇出日恢今，高攀不输古”；又有“唐余逮宋兴，师说一炷香”等说。实为阐发陈衍的诗学思想，陈衍自释云：

---

① 法式善：《梧门诗话》卷七，续修四库全书本。

② 袁枚：《答施兰垞论诗书》，《袁枚全集》第二册，江苏古籍出版社 1993 年版，第 286 页。

③ 潘德舆：《养一斋诗话》卷五，郭绍虞辑《清诗话续编》，上海古籍出版社 1983 年版，第 2073 页。

④ 延君寿：《老生常谈》，郭绍虞辑《清诗话续编》，上海古籍出版社 1983 年版，第 1832 页。

盖余谓诗莫盛于三元：上元开元，中元元和，下元元祐也。君谓三元皆外国探险家觅新世界、殖民政策开埠头本领，故有“开元启疆域”云云。余言今人强分唐诗、宋诗，宋人皆推本唐人诗法，力破余地耳。庐陵、宛陵、东坡、临川、山谷、后山、放翁、诚斋，岑、高、李、杜、韩、孟、刘、白之变化也；简斋、止斋、沧浪、四灵，王、孟、韦、柳、贾岛、姚合之变化也。

故开元、元和者，世所分唐宋人之枢斡也。若墨守旧说，唐以后之书不读，有日蹙国百里而已。[①]

体格代变，是传统中国文学思想中的一个重要思想，或曰代降，或曰代胜，所降者往往为格调，所胜者为独诣。但前后之间，无论有如何不同，其文学史一气贯通、正变相生的特征是无法改变的，因此墨守任何一种体格，都是对文学史活态生命的扼杀。

① 陈衍：《石遗室诗话》卷一，张寅彭主编《民国诗话丛编》一，上海书店出版社 2002 年版，第 20 页。

第四章　优劣论

文学批评之中的优劣批评起源于汉魏才性理论兴起之际，由于主体个性的强化、人才月旦品目的风气与政治铨选中品级的鉴定，形成了不同主体比较优劣的基本氛围。起初主要是针对个体作出优劣的判定，诸如曹丕《典论·论文》中对七子各自特性的总结，便兼包着优长与短处。随后所谓的优劣便集中在不同文人以及不同作品的比较之间，如《世说新语》以及《诗品》中涉及的潘岳陆机比较，陆才如海，潘才如江，一个绮丽如锦，一个披沙拣金，虽然没有明确优劣定品，但也表现了一定的倾向性。六朝之际最有名的公案是有关颜谢优劣的争论。

至唐宋之际，李杜、苏黄优劣成为优劣批评的经典范式。此外如王维孟浩然优劣、杨万里陆游优劣、王士祯朱彝尊优劣，以及《琵琶记》《西厢记》优劣、《史记》《汉书》优劣等皆纳入了文学批评视野，并皆影响巨大。

以颜谢优劣、李杜优劣、苏黄优劣、《西厢记》《琵琶记》优劣等为代表的优劣论，其主要理论内蕴是才与学的分析、价值的比量以及诗人们天人归属的判断。王葆心曾论述“才学分属”，正是根据文人创作，将其分为偏于才（先天禀赋）与偏于学（后天努力）两类：以苏轼为文家而偏于才者，以南宋以后诸家尚学而不尚才为偏于学者。又云桐城之论皆以学为主，其才皆乏，所以也为偏于学者[①]。文人创作甚至文人本身分出才、学，已经超出了才学本然的具体所指，而是从以下三个方面对文人及其创作家

---

① 王葆心：《古文辞通义》卷三，王水照辑《历代文话》第八册，复旦大学出版社 2008 年版，第 7160 页。

数的区划：

其一，从文人个体之才的大小区分，长于才者入才类；禀赋不优凭借后天努力而成功者不入此类，是为学；

其二，从文人个体所主持之文学思想区分，强调自然、率性且创作能基本与之呼应者为才，主张由学而成且创作能与理论相当者为学；

其三，从作品所呈现的形态区分：能兴会流转、不受羁束、意彩飞动者为才；苦吟锻炼、以力结构者为学。

由家数上区划而成的才、学，实际上代表着天、人在具体创作主体及创作成果中的分量。

优劣批评肇始的年代恰是文才崇拜鼎盛的时期，在高标文才之际，将作为人工人力代表的学纳入思考，这种文学批评天人之际维度的全面展开，意味着文学本质探寻的深入。才学关系确立与研讨的意义不仅在于为天寻到了入手之处，而且在这个论争过程中，才的本质逐步得到更为明确的体认，启发尽才的路径、弥补才之不足的手段也由此得到普遍关注。

以上优劣论中以李杜优劣论为核心论题，贯穿了唐宋元明清等漫长的中国文学批评史。这个论题在不同语境下反反复复被重新论定、重新判断、重新解释，一则是一种文学史定位，一则是现实文学思潮的折射，在经典命题的重新研讨中，为当下的思想提供了经典理论支撑。

在诸多文人、作品优劣的形态中，还有一种专门用于作品优劣论定的“压卷论”，这个批评形态是一种特定艺术条件下的评比，只论最优，但这个最优是在众多对比下获得的，因此也属于优劣论的体式，而且其中往往彰显出一个赏鉴者的批评标尺与审美倾向。

第一节　优劣论源流

一

优劣论作为一种文学批评经典范式，其诞生有文学之内与文学之外两方面的原因。

文学内部原因，源自文学自我演进过程中相应文学批评的发展。这种批评行为最早可以追溯到文章的编选，又以孔子整理六经为发端，廖燕就说："孔子删述六经，遂开后世选文之端。是时有选而无评。或曰：《论语》称《关雎》乐而不淫，哀而不伤，非诗评耶？则评又安可少也！"[①] 选文虽然无评，但必须首辨优劣方可再定去取，所以选的过程实则已经是优劣批评的开端了。晋代挚虞辑《文章志》，即为文章之选，且以《文章流别论》附之，《文镜秘府论》便称之为"区别优劣，编辑胜辞，亦才人之苑囿"[②]。

两汉之际，首先出现了诗赋优劣的评判实践。《汉书》曾记载："上令（王）褒与张子侨等并待诏，数从放猎，所幸宫馆，辄为歌颂，第其高下，以差赐帛。"[③] 所谓于诸人所作词赋"第其高下"，便是评选优劣等级之意。

再者，汉代诸多文人关于屈原人格与创作的讨论，是优劣论直接应用于文学批评实践的重要标志。

一是歌颂者，以刘安、司马迁、王逸为代表。

班固《离骚序》引刘安《离骚序》："国风好色而不淫，小雅怨悱而不乱，若离骚者可谓兼之矣。蝉蜕浊秽之中，浮游尘埃之外，皭然泥而不滓，推此志，虽与日月争光可也。"

司马迁《史记·屈原贾生列传》亦敷衍此说："其文约，其辞微，其志洁，其行廉，其称文小而其指极大，举类迩而见义远。其志洁故其称物芳，其行廉故死而不容。"

刘安、司马迁皆兼人与文而论，侧重于文的贡献。又如王逸《楚辞章句·离骚章句序》云："且人臣之义，以忠正为高，以伏节为贤，故有危言以存国，杀身以成仁……今若屈原，膺忠贞之质，体清洁之性，直若砥矢，言若丹青，进不隐其谋，退不顾其命。"主要表彰了屈原个人的道德情操与人格魅力。

① 廖燕：《评文说》，《二十七松堂文集》卷十一，屠友祥校注，上海远东出版社 1999 年版，第 292 页。

② 遍照金刚：《文镜秘府论》天卷，王利器校注，中国社会科学出版社 1983 年版，第 73 页。

③ 班固：《汉书》卷六十四。

一是批判者，尤其侧重于对屈原品德的批判，以班固为代表。其《离骚序》云：

> 今若屈原，露才扬己，竞乎危国群小之间，以离谗贼。然责数怀王，怨恶椒兰，愁神苦思，强非其人，忿怼不容，沉江而死，亦贬絜狂狷景行之士。多称昆仑冥昏，宓妃虚无之语，皆非法度之政，经义所载。谓之兼诗风雅而与日月争光，过矣！

班固同样兼才德论文学，首先贬抑屈原之德，而言其“露才扬己”则明显又认可屈原之才的不凡。王逸对班固的观点不以为然，他驳斥道：“班固谓之露才扬己，竞于群小之中，怨恨怀王，讥刺椒兰，苟欲求进，强非其人，不见容纳，忿恚自沉：是亏其高明而损其清洁者也。”以班固为歪曲甚至污蔑，并赞美屈原“此诚绝世之行俊彦之英也”[1]。

以上关于屈原的批评，是不同时代文人对同一个评判对象的批评，并由此形成了优劣之论。其中有一些思想观点出于赏鉴者的感受，这种个体性的感受如果不与他人对屈原的评论发生关系，则不属于优劣论的范围；而一旦这种个体性的结论以他人对屈原的评价为参考，或应和，或批驳，或综述为自我新的态度，则已经属于优劣批评了。

而扬雄《法言》已经明确开始探讨屈原、司马相如赋的优劣：

> 或问：屈原相如之赋孰愈？曰：原也过以浮，如也过以虚。过浮者如蹈云天，过虚者华无根。然原上援稽古，下引鸟兽，其著意子虚，长卿亮不可及。[2]

本条资料见于《文选》李善注，曾为杨慎《丹铅余录总论》卷十二所录，并称其时《法言》已经不载本条。可以说，扬雄对屈原、司马相如赋作优劣的讨论是目前所见关于文学创作明确优劣讨论最早的资料。扬雄之

① 王逸：《楚辞章句》卷一，夏祖尧标点，岳麓书社1994年版，第47页。

② 李善：《文选》卷五十《宋书·谢灵运传论》注引。

外，班固肯定了屈原的文学创作成就及其主文而谲谏的用心，并由此形成了屈原与宋玉等人的优劣对比。《汉书·艺文志》云：

春秋之后，周道寖坏，聘问歌咏，不行于列国，学诗之士逸在布衣，而贤人失志之赋作矣。大儒孙卿及楚臣屈原，离谗忧国，皆作赋以风，咸有恻隐古诗之义。其后宋玉唐勒，汉兴枚乘、司马相如，下及扬子雲，竞为侈丽闳衍之词，没其讽喻之义，是以扬子悔之曰：诗人之赋丽以则，辞人之赋丽以淫。[①]

至汉魏之交，如曹丕《典论·论文》、《与吴质书》，曹植《与杨德祖书》等，皆已经开始普遍评定文人作品与人格、性情的关系，评定作品优长与缺陷。

优劣论产生的外部原因与人伦识鉴相关。早在春秋时期，《论语·述而》中孔子便已经将人分为了三等：生而知之者，学而知之者，困而学之者，另有困而不学者为不入流者。《论语·阳货》又衍出上智、中人、下愚三等。到了汉代，董仲舒《春秋繁露·深察名号》以圣人之性、中民之性、斗筲之性与孔子的等级说对应。王充《论衡》也由此引申而论三品，荀悦《申鉴》则言九品，而班固《汉书·古今人表》则名定汉以前人物为九等，随后的九品中正制度就是在此基础上确立的。这种人物品目之风直接影响到了文学批评优劣论的发展。

其一，人物品目之中校核名实、考校良莠、比对优劣的形态演化为文人优劣的考察。王瑶《文论的发展》中论曰：

政治上要考核名位，要名检，研究人才是否称职和职位是否相合，因而中国的文学批评也即沿着两条路线发展—— 一方面是论作家，研究其所长的文体和所具的才能；一方面即是辨析文体，研讨每一种文体的渊源性质和应用。从当时的观点说，文学也正如官位必须

① 班固：《汉书》卷三十。

> 合于职守一样，如果明白了某一职守的性质和作用，则官之是否称职，才之是否合位，便可一目了然了。同样的道理，如果能够确定了某种文体的标准是应该如何的，然后再来考核某一作家或作品是否合于此种体性的说明，则必然地优劣自见了。[①]

个体才性与文学体格的对应，以及这种对应所呈现的效果，是和政治铨选上考校名位与才能关系一脉相承的。

其二，人物品目之风与汉魏之际的清谈融合，推助了文学品目的发展。刘永济论曰：

> 斯风（指清谈——著者）既扇，论题遂宽。综其条流，则有臧否人物者焉。按：臧否人物之论，最古者西汉则有司马相如等《荆轲论》五篇，严尤《三将论》；东汉则有郭泰、苏不、韦方《伍员论》，孔融《周武王汉高祖论》，汝颍《优劣论》、《圣人优劣》；至魏文帝集文学诸臣，共论古代君臣，而后此风遂盛。今略列如下：（一）魏文帝《周成汉昭论》、《汉文贾谊论》、《孝武论》，曹植《汉二祖优劣论》、《周成汉昭论》，高贵乡公《颜子论》，丁仪《周成汉昭论》，钟会《夏少康汉高祖论》，嵇康《管蔡论》，何晏《白起论》。（二）蜀费祎《甲乙论》（论曹爽司马懿）。（三）吴严畯《管仲季路论》，裴玄《管仲季路论》，张承《管仲季路论》。（四）晋张辅《管仲鲍叔论》、《班固司马迁论》、《魏武刘备论》、《乐毅孔明论》（以上四篇，统名《名士优劣论》），李诠《刘扬优劣论》，范乔《刘杨优劣论》，伏滔《青楚人物论》，习凿齿《青楚人物论》，石崇《巢许论》，戴逵《竹林七贤论》，谢万《八贤论》，范宁《王弼何晏论》，桓玄《四皓论》，殷仲堪《答桓玄四皓论》。

清谈另有商榷礼制者、驳难刑法者、阐明乐理者、针砭时俗者、研讨

---

① 王瑶：《中古文学史论》，《王瑶文集》第1卷，北岳文艺出版社1995年版，第111页。

天文者、辨析玄理者，此外还有品评艺文者。刘永济按语：

> 论文之风，兆于东汉之末。扬子云、桓君山、王仲任，著书皆有论文之语，而蔡邕《铭论》，则为单篇持论之始。其后如魏文《典论》，有论文之篇。挚虞辑文，有流别之论。李充之《翰林》，荀勖之《叙录》，相继而作。至钟嵘《诗品》，刘勰《文心》，遂成杰构矣。[①]

可见文学批评自我的演进、人物品目及清谈之风的推助，在魏晋六朝之际实现融会，优劣批评从而奠定了文学批评基本范式的地位。以上资料之外，魏晋南北朝之际重要的文学论断，往往与优劣论相关。

如《世说新语·文学》孙兴公云潘岳、陆机："潘文烂若披锦，无处不善；陆文若排沙简金，往往见宝。"钟嵘《诗品》中这段文字记载为谢混之论：

> 晋黄门郎潘岳诗，其源出于仲宣，翰林叹其翩翩然如翔禽之有羽毛，衣服之有绡縠，犹浅于陆机。谢混云："潘诗烂若舒锦，无处不佳；陆文如披沙简金，往往见宝。"嵘谓益寿轻华，故以潘为胜；翰林笃论，故叹陆为深。余尝言陆才如海，潘才如江。

又如《颜氏家训·文章》论邢劭、魏收：

> 邢子才魏收俱有重名，时俗准的以为师匠。邢赏服沈约而轻任昉，魏爱慕任昉而毁沈约。每于谈宴，辞色以之。邺下纷纭，各有朋党。祖孝徵尝谓："吾曰任沈之是非，乃邢魏之优劣也。"

由此可见，从魏晋之际开始，文学批评论优劣已经成为普及现象。其中影响最为深远的是颜延之、谢灵运优劣的讨论。

---

① 刘永济：《十四朝文学要略》，中华书局 2007 年版，第 167—168 页。

六朝之际，颜延之与谢灵运多以并驾齐驱的姿态出现在史传或者理论著述之中，如：

《宋书·谢灵运传》论："（谢灵运）文章之美，与颜延之为江左第一，纵横俊发，过于延之，深密则不如也。"

《宋书·谢灵运传》论："爰逮宋氏，颜谢腾声。灵运之兴会标举，延年之体裁明密。并方轨前秀，垂范后昆。"①

《文心雕龙·时序》："自明帝以下，文理替矣。尔其缙绅之林，霞蔚而飙起。王袁联宗以龙章，谢颜重叶以凤采，何范张沈之徒，亦不胜数矣。"

除了《宋书·谢灵运传》提到"深密"谢不如颜之外，其他都是联名而书，不作优劣；即使所谓深密不如，也是颜谢之间各有优劣，没有深论高下。至《南史·颜延之传》则更加鲜明地宣称："延之与谢灵运俱以辞采齐名"；"延之灵运自潘岳陆机之后文士莫及。江右称潘陆，江左称颜谢焉"②。

颜谢优劣的评判首见于汤惠休之论，《诗品》曰：

> 宋光禄大夫颜延之诗，其源出于陆机，尚巧似。体裁绮密，情喻渊深。动无虚散，一句一字，皆致意焉。又喜用古事，弥见拘束，虽乖秀逸，是经纶文雅才。雅才减若人，则蹈于困踬矣。汤惠休曰："谢诗如芙蓉出水，颜如错彩镂金。"颜终身病之。③

《南史》论此事，则记载了鲍照对颜谢同样的评价："延之尝问鲍照己与灵运优劣，照曰：'谢五言如初发芙蓉，自然可爱；君诗若铺锦列绣，亦雕绘满眼。'"不过该书随后则云："延之每薄汤惠休诗，谓人曰：'惠休制作，委巷中歌谣耳，方当误后事。'"④ 二者置于一处较为唐突。鲍照极有可能是在转述汤惠休之论；而汤之所以如此置评，乃出自对颜延之讥讽

① 沈约：《宋书》卷六十七，中华书局 1974 年点校本。

② 李延寿：《南史》卷三十四，中华书局 1975 年点校本。

③ 钟嵘：《诗品》引，陈延杰注，人民文学出版社 1961 年版，第 43 页。

④ 李延寿：《南史》卷三十四，中华书局 1975 年点校本。

其创作的报复。

关于汤之评语，《诗品》只是客观的记述，但从颜延之“终身病之”来看，这个评语不是一般不同风格的表述，其间通过时代审美倾向与认同已经蕴含了优劣评价；《南史》则将颜延之的问语直接定位在了“已与灵运优劣”，可见其逐胜之心。宋代文人开始对这则故事中隐喻的优劣给予了更多关注，黄彻《（䂬）溪诗话》引述《诗品》与《南史》中相关文字，又引苏轼评辨才与参寥诗歌云：“辨才诗，如风吹水，自成文理。吾辈与参寥，如巧妇织锦耳!”[①] 黄彻认为苏轼以织锦为凡常，以辨才一如芙蓉出水的自然成理者为高，就是从颜谢优劣这个典故受到启发而取类比附。《彦周诗话》则明确认为：“此明远对面褒贬，而人不觉，善论诗也。”[②] 所谓“对面褒贬”，大致以推扬谢灵运之芙蓉出水者居多。如清代田雯便以为，宋代诗人无出康乐之右者，“南史传谓颜谢齐名，其实颜不及谢。”[③] 亦有推崇颜延之者，如许学夷《诗源辨体》卷七：“岂当时以艰涩深晦者为铺锦镂金耶？然延年较灵运，其妙含自然者，虽不得，而拙处亦少，观其集当知之。”另如陈衍《诗品平议》中也宣称颜延之《北使洛》、《五君咏》诸篇，沉雄简练，转过康乐。

而陈仅则以为二人兼优：

> 颜谢当日已有定评。然谢之于山水，至廊庙大手笔，不能不推颜擅场，大家不必兼工也。大抵山林廊庙两种，诗家作者每分镳而驰。[④]

也就是说，颜谢优劣不仅仅是两个文人之间的比对，而且是中国文艺美学思想嬗变中的一大枢机：通过这一批评范式的研讨，在艺术风格体式上，确立了清水芙蓉与错金镂彩两种形态的并列；在文学题材或者文学体类上，确立了山林文学与庙堂文学的分立。因此这一优劣之论有着深远的

---

① 黄彻：《（䂬）溪诗话》卷五，人民文学出版社 1985 年版，第 83 页。

② 许顗：《彦周诗话》，何文焕辑《历代诗话》，中华书局 1981 年版，第 390 页。

③ 田雯：《古欢堂集杂著》卷二，郭绍虞辑《清诗话续编》，上海古籍出版社 1983 年版，第 697 页。

④ 陈仅：《竹林答问》，郭绍虞辑《清诗话续编》，上海古籍出版社 1983 年版，第 2254 页。

影响。

二

至唐宋之际，李杜、苏黄优劣成为优劣批评的经典范式。此外如王维孟浩然优劣、杨万里陆游优劣、王士祯朱彝尊优劣，以及《琵琶记》《西厢记》优劣、《史记》《汉书》优劣等皆纳入了文学批评视野，并皆影响巨大。优劣论在批评实践操作中一般的价值判断有二：其一为所评价的两个或多个对象具有优劣差异；其二为所评价的两个或多个对象不具有优劣差异，一般这种形态被称为“不可优劣”，而不可优劣往往又以“相提并论”的形式出现。

（一）具有优劣差异的批评所包纳的形式。优劣论的根本就是创作主体的优劣与作品的优劣，就批评者而言，主体优劣又以作品优劣为依据。

主体优劣的探讨在六朝颜、谢优劣之后成为重要的批评形式，由于这种形态与舆论评点、士人清议等采用的形态切合，因此成为文学批评中的普泛形态，形成了诸多具有经典意义的优劣评议。概而言之：

魏晋六朝诸文人优劣。毛先舒云：

> 或曰紬黄组碧，潘、陆同工，而沉秀陆不及潘也。琼柎玉条，颜、谢并映，而奥颖颜不及谢也。阴、何迭唱，然阴华缜而何遥旷，似是背驰。曹、刘齐名，然刘犷狭而曹闳奇，庸乃倍蓰。①

其中涉及潘岳陆机优劣、颜延之谢灵运优劣、曹操刘祯优劣、阴铿何逊优劣等。

李白杜甫优劣。此论首起于元稹，随后历代论争演绎，成为诸般优劣论中最为显赫的一个论题。

钱起刘长卿优劣。彭端淑《雪夜诗谈》云：“钱刘并称，刘非钱敌也。刘有气概，却少警策。钱时有旷思，出人意表。”②

---

① 毛先舒：《诗辨坻》卷二，郭绍虞辑《清诗话续编》，上海古籍出版社 1983 年版，第 43 页。
② 彭端淑：《雪夜诗谈》，续修四库全书本。

沈佺期宋之问优劣。彭端淑《雪夜诗谈》云：

沈宋并称，然五字诗，沈非宋敌也。沈之所长，独七言耳。如“卢家少妇郁金堂”一章，千古脍炙；《龙池篇》结句云：“为报寰中百川水，来朝此地莫东归。”诸家皆不能到。[①]

王维孟浩然优劣、韦应物柳宗元优劣。林昌彝云：

唐人王、孟、韦、柳，皆陶之一体而不能具体，亦系其心体工夫未从六经来耳。即王、孟、韦、柳四家言之，王第一，韦次之，柳又次之，孟为下。盖王实兼赅群妙，韦之温厚、柳之雅淡，皆能胚胎古人；孟诗特是清举而已，以其人品尚洁，故能与右丞齐名，其诗究不免于窄狭，非王、韦、柳之敌也。今人视四家为平等，焉得称物之平乎？[②]

乔亿又论王孟优劣：“王孟齐名，李西涯谓王不及孟，竟陵及新城先生谓孟不及王。愚谓以疏古论孟为胜，以澄汰论王为胜。而家未易轩轾。”又曰：“右丞诗精工，襄阳诗有乱头粗服处，故说者多谓胜王。不知此乃迹耳，境地高下不在此。”[③]

王维储光羲优劣。乔亿云：“储王并称，储自不及王。独《田家》诗，归愚先生以为储胜，盖此题诗更宜朴质也。”[④]

韩愈柳宗元优劣。乔亿云：“柳并韦称，五言小诗也，至大篇驰骋笔力，当不在韩吏部下，顾韩自出规模，柳则运以古法。韩气奇，柳气峻，分路扬镳，而柳诗品贵。”[⑤]

梅圣俞苏舜钦优劣。欧阳修《六一诗话》：“圣俞、子美齐名于一时，

① 彭端淑：《雪夜诗谈》，续修四库全书本。
② 林昌彝：《射鹰楼诗话》卷十八，王镇远等标校，上海古籍出版社1988年版，第414页。
③ 乔亿：《剑溪说诗》卷上，郭绍虞辑《清诗话续编》，上海古籍出版社1983年版，第1082页。
④ 同上。
⑤ 乔亿：《剑溪说诗又编》，郭绍虞辑《清诗话续编》，上海古籍出版社1983年版，第1123页。

而二家诗体特异：子美笔力豪隽，以超迈横绝为奇；圣俞覃思精微，以深远闲淡为意。各极其长，虽善论者不能优劣也。”①

苏轼黄庭坚优劣。杨万里云：

> 诗人之诗，唐云李杜，宋言苏黄。苏似李，黄似杜。苏李之诗，子列子之御风，无待于舟车也。黄杜之诗，灵均之乘桂舟、驾玉车，有待而未始有待也。无待者神于诗欤？有待而未尝有待者，圣于诗欤？②

关于苏黄，其优劣有不同说法，或曰山谷力追东坡而不及，或曰如同韩愈不如柳宗元一样，苏轼不如黄庭坚。也有划分文体比较，文则苏长，诗则黄优。

具体文人之外，还有派系的优劣，如明代前后七子与公安竟陵派对比，陈仪就认为，七子虽然模拟太过，皆有真才实学以支撑；而公安竟陵虽时有灵机，但“矫而为平易”、“按之无有”③，徒为空腹高心者所依傍。二者优劣由此可见。

又有作品优劣的论析。作品优劣研讨的形式非常繁杂，以两种不同的作品对比为基本形态，如：

先秦经典著述《庄子》、《左传》优劣。《潜溪诗眼》云：

> 曾子固曰：“司马迁学庄子，班固学左氏，班马之优劣，即庄左之优劣也。”公（黄庭坚）曰：“司马迁学庄子既造其妙，班固学左氏未造其妙也。然庄子多寓言，架空为文章；左氏皆书事实，而文词亦不减庄子。则左氏为难。”子固亦以为然。④

---

① 欧阳修：《六一诗话》，何文焕辑《历代诗话》，中华书局1981年版，第267页。

② 魏庆之：《诗人玉屑》卷十四。

③ 陈仪：《竹林答问》，郭绍虞辑《清诗话续编》，上海古籍出版社1983年版，第2256页。

④ 范温：《潜溪诗眼》，郭绍虞辑《宋诗话辑佚》卷上，中华书局1980年版，第327页。

又如同时代相同体裁的不同作品的对比，王世贞论《琵琶记》《拜月亭》优劣：

《琵琶记》之下，《拜月亭》是元人施君美撰，亦佳。元朗谓胜《琵琶》，则大谬也。中间虽有一二佳曲，然无词家大学问，一短也；既无风情，又无裨风教，二短也；歌演终场，不能使人堕泪，三短也。《拜月亭》之下，《荆钗》近俗而时动人，《香囊》近雅而不动人，《五伦全备》是文庄元老大儒之作，不免腐烂。

如《西厢记》《㑇梅香》等优劣：

何元朗极称郑德辉《㑇梅香》、《倩女离魂》、《王粲登楼》，以为出《西厢记》之上。《㑇梅香》虽有佳处，而中多陈腐措大语，且套数出没宾白全剽《西厢》。《王粲登楼》事实可笑，毋亦厌常喜新之病欤？①

如许学夷《诗源辨体》综合诸家论李白、王昌龄七绝：

胡元瑞云："七言绝，成都以江宁为擅场，太白为偏美。历下谓：'太白，唐三百年一人。'琅琊谓：'李更自然，故居王上。'弇州谓：'俱是神品，争胜数语？'咸自有旨。太白有挥斥八极、凌厉九霄意；江宁优柔婉丽，意味无穷，风骨内含，精芒外隐，如清庙朱弦，一唱三叹。"又云："李作故极自然，王亦和婉中浑成，尽谢炉锤之迹；王作固极自在，李亦飘翔中闲雅，绝无叫噪之风，故难优劣。"愚按：王李绝句以入录者论，元瑞似为有见；以全集观，少伯不能不逊太白也。国朝惟于鳞入录者可继余响，惜光焰太露。②

---

① 王世贞：《艺苑卮言》卷九，续修四库全书本。

② 许学夷：《诗源辨体》卷十八，杜维沫校点，人民文学出版社1987年版，第206页。

不同时代相同体裁不同作品优劣论。其中较著名者如韩愈《南山诗》与杜甫《北征》对比。这个话题发于宋代，赵翼《瓯北诗话》梳理云："《南山诗》古今推为杰作，《潜溪诗话》记：孙莘老谓《北征》不及《南山》，王平甫则谓《南山》不如《北征》，各不相下。时黄山谷年尚少，适在座，曰：'若论工巧，则《北征》不及《南山》；若书一代之事，与国风雅颂相表里，则《北征》不可无，《南山》虽不作可也。'其论遂定云。"赵翼认为：

此固持平之论，究之山谷所谓工巧，亦未必然。凡诗必须切定题位，方为合作，此诗不过铺排山势及景物之繁富，而以险韵出之，层叠不穷，觉其气力雄厚耳。世间名山甚多，诗中所咏，何处不可移用，而必于南山耶？而谓之工巧耶？则与《北征》固不可同年语也。

由此赵翼又引出白居易的《游王顺山悟真寺》与韩愈《南山》诗的比较：

香山亦有《游王顺山慎真寺》一首，多至一千三百字，世顾未有言及者。今以其诗与《南山》相较：《南山诗》但笼统摹写山景，用数十"或"字，极力刻画；而以之移写他山，亦可通用。《悟真寺诗》，则先写入山、次写入寺；先憩宾位，次至玉像殿，次观音岩，点明是夕宿寺中；明日又由南仓路过蓝谷，登其巅；又到蓝水环流处，上中顶最高峰，寻谒一片石、仙人祠；回寻画龙堂，有吴道子画、褚河南书。总结登历，凡五日。层次既极清楚，且一处写一处景物，不可移易他处。较《南山》诗似更过之。

又《北征》、《南山》皆用仄韵，故气力健举；此但用平韵，而逐层铺叙，沛然有余，无一语冗弱，觉更难也。[①]

另如屈原骚赋与司马相如辞赋优劣，骚赋从源流上一体。这个话题扬

① 赵翼：《瓯北诗话》卷三，霍松林等校点，人民文学出版社1998年版，第33页；卷四，第42页。

雄曾经讨论过，王世贞也称：“屈氏之骚，骚之圣也。长卿之赋，赋之圣也。一以风，一以颂，造体极玄，故自作者，勿轻优劣。”①

再进一步具体而言，作品对比之中，又分解出诸多名目：

表现形式优劣。此论于《文心雕龙·丽辞》中已经出现，如刘勰讨论偶对手法，以为虽然同是偶对，但不同的偶对在不同语境下的效用是不同的：“故丽辞之体，凡有四对：言对为易，事对为难；反对为优，正对为劣。”

源自个体才性的局部体格优劣。钟嵘《诗品》论鲍照：“其源出于二张。善制形状写物之词，得景阳之諔诡，含茂先之靡嫚。骨节强于谢混，驱迈疾于颜延。总四家而擅美，跨两代而孤出。”以一人源自个体才性的优势对比他人亦出自其才性之所短，以获得此人较为感性的特征与突出位置。这是一种局部与局部的比较。

同一人不同名句优劣。皎然《诗议》云：

客有问予谢公此二句（池塘生春草、明月照积雪）奚若。予曰：池塘生春草，情在言外；明月照积雪，旨冥句中。风力虽齐，取兴各别。诗有二义：一曰情，二曰事。事者如刘越石云“邓生何感激，千里来相求。白登幸曲逆，鸿门赖留侯”是也。情者如康乐公“池塘生春草”是也。抑由情在言外，故其词似淡而无味，常手览之何异文侯听古乐哉！谢在永嘉西堂，梦见惠连，因得“池塘生春草”之句。此句得非神助之乎？②

以“池塘生春草”与“明月照积雪”，取兴各别，不易优劣。

同一名句不同人评价带来的优劣。《王直方诗话》云：

谢玄晖最以“澄江净如练”得名，故李白云：“解道澄江净如练，令人却忆谢玄晖。”山谷诗云：“凭谁说与谢玄晖，莫道澄江净如练。”

① 王世贞：《艺苑卮言》卷二，丁福保辑《历代诗话续编》，中华书局1983年版，第976页。

② 皎然：《诗议》，陈应行辑《吟窗杂录》卷七，中华书局1997年影印明钞本，第287页。

则其人之优劣，于此亦可以见。[①]

李白言谢朓此句，深情忆念，足见赏爱；黄庭坚则以为不必如此来道江水。二人对这一名句的态度由此可见。

同一人不同体裁优劣。潘德舆论韦应物：

魏泰谓“韦左司古诗胜律诗”，此语殊妄。韦五律之清妙，都不让五古。七律如“寒树依微远天外，夕阳明灭乱流中”，“身多疾病思田里，邑有流亡愧俸钱”，假使陶元亮执笔为七律，又何以过此？[②]

不同人不同名句的优劣。邓云霄《冷邸小言》云：

六朝以谢灵运、谢玄晖为国手。客问：“玄晖‘余霞散成绮，澄江净如练’比灵运‘云日相辉映，空水共澄鲜’谁为较胜？”余曰：“成绮如练，还只当一幅好画；灵运乃江天真景，非人力也。”客甚谓知言。[③]

又如谢榛、田雯等皆曾论韦应物、白居易、司空曙三个名句，谢榛《四溟诗话》云：

韦苏州曰：“窗里人将老，门前树已秋。”白乐天曰：“树初黄叶日，人欲白头时。”司空曙曰：“雨中黄叶树，灯下白头人。”三诗同一机杼，司空为优：善状目前之景，无限凄感，见于言表。

田雯则有不同的审美选择：“余所见与茂秦不同。司空意尽，不如乐天有

① 阮阅：《诗话总龟》卷九，周本淳校点，人民文学出版社 1987 年版，第 100 页。

② 潘德舆：《养一斋诗话》卷二，郭绍虞辑《清诗话续编》，上海古籍出版社 1983 年版，第 2032 页。

③ 邓云霄：《冷邸小言》，吴文治主编《明诗话全编》，江苏古籍出版社 1997 年版，第 6418 页。

余。味‘初’字‘欲’字，妙有含蓄，老泪暗流，情景难堪，更深一层。”①

同题材优劣。《容斋随笔》论元稹《连昌宫词》与白居易《长恨歌》：

元微之白乐天在唐元和长庆间齐名，其赋咏天宝时事《连昌宫词》、《长恨歌》皆脍炙人口，使读之者情性荡摇，如身生其时，亲见其事，殆未易以优劣论也。然《长恨歌》不过述明皇追怆贵妃始末，无他激扬，不若《连昌词》有监戒规讽之意。如云“姚崇宋璟作相公，劝谏上皇言语切”，“长官清平太守好，拣选皆言由相公。开元之末姚宋死，朝廷渐渐由妃子。禄山宫里养作儿，虢国门前闹如市。弄权宰相不记名，依稀忆得杨与李。庙谟颠倒四海摇，五十年来作疮痏。”其末章及官军讨淮西乞庙谋休用兵之语，盖元和十一二年间所作，殊得风人之旨，非长恨比云。②

《连昌宫词》与白居易《长恨歌》皆描写宫廷且别有讽谏者。又如王夫之评李白与崔颢相同的登临之作，言李白《登金陵凤凰台》：

浮云蔽日，长安不见，借晋明帝语影射出浮云，以悲江左无人，中原沦陷。“使人愁”三字总结幽径古丘之感，与崔颢《黄鹤楼》落句语同意别。宋人不解此，乃以疵其不及颢作。觌面不识而强加长短，何有哉！

言崔颢《黄鹤楼》：“鹏飞象行，惊人以远大。竟从怀古起，是题楼诗，非登楼。一结自不如凤凰台，以意多碍气也。”③

相同题目之优劣。《苕溪渔隐丛话》后集卷二十九列李太白《浔阳紫极宫感秋》云：“何处闻秋声，翛翛北窗竹。回薄万古心，揽之不盈掬。”

① 田雯：《古欢堂集杂著》卷三，郭绍虞辑《清诗话续编》，上海古籍出版社1983年版，第709页。

② 洪迈：《容斋随笔》卷十五，文渊阁四库全书本。

③ 王夫之：《唐诗评选》卷四，岳麓书社2011年版，第1085、1081页。

又引东坡和韵云："寄卧虚寂堂，月明浸疏竹。泠然洗我心，欲饮不可掬。"二作对比，胡仔自称："予谓东坡此语似优于太白矣。"苏轼遥和李白，属于古今唱和，同题之作。又如清人论王维、岑参、杜甫和贾至《早朝》诗：

施愚山闰章论王维、岑参、杜甫和贾至《早朝》诗，惟杜甫无法。既题早朝，则"鸡鸣"、"晓钟"、"衣冠"、"阊阖"，律法如是矣。王维歉于岑参者，岑能以"花迎"、"柳拂"、"阳春一曲"，补舍人原唱"春色"二字，则王稍减耳，其他无不同者。何则？律故也。杜则不然，王母"仙桃"非朝日也；堂成而燕雀贺，非朝时也；"五夜"便"日暖"耶？舛也。且"日暖"非早时也。若夫"旌旗"之"动"，"宫殿"之"高"，未尝朝者也。曰"朝罢"，乱也。"诗成"与早朝半四句，乏主客也。如是非律矣。若以为少陵而不可议，是宝夏后氏之璜而志其玫也。[①]

以上《早朝》诸作皆为历代推崇，但施愚山却从法度入手，得出杜甫之作最为率意无法的结论。

相同描述对象名句之优劣。如历代咏梅花诗，周紫芝《竹坡诗话》云：

林和靖赋梅花诗有"疏影横斜水清浅，暗香浮动月黄昏"之语，脍炙天下殆二百年。东坡晚年在惠州，作梅花诗云："纷纷初疑月挂树，耿耿独与参横昏。"此语一出，和靖之气遂索然矣。张文潜云："调鼎当年终有实，论花天下更无香。"此虽未及东坡高妙，然犹可使和靖作衙官。政和间，余见胡份司业和曾公衮梅诗云："绝艳更无花得似，暗香唯有月明知。"亦自奇绝，使醉翁见之，未必专赏和靖也。

以上林和靖、苏轼、张耒、胡份梅花诗，周紫芝以为后三者皆高过林

① 冒春荣：《葚原诗说》卷二，郭绍虞辑《清诗话续编》，上海古籍出版社 1983 年版，第 1594 页。

诗。清人田同之阅后称“大是不解”，继而论曰：“东坡‘纷纷’、‘耿耿’句，未是绝作；至张、胡句，更复了不异人，安见在‘暗香’、‘疏影’之上？且置东坡‘竹外’七字而于此是取，不唯难服和靖之心，亦且大拂东坡之意。”杜甫、李群玉也有梅花诗，王世贞论曰：“老杜‘幸不折来伤岁暮，若为看去乱乡愁’，风骨苍然。其次则李群玉‘玉鳞寂寂飞斜月，素艳亭亭对夕阳’，大有神采，足为梅花吐气。”田同之以为，老杜二语，别有寄托，似难专以梅花诗赏之；而李群玉之句虽有神采，“讵能超出象外耶？且二语移之咏梨花，亦未为不可”。

明人也有如高启“雪满山中高士卧，月明林下美人来”之咏梅句，但王渔洋早就名之为“俗格”[①]。

又有咏鹳雀楼之作，沈存中以为，唐人之中，唯有王之涣、畅当、李益三诗能状其景。其中王之涣之作妇孺皆知，至今斩然如新；畅当之作兴之深远不逮，而体亦峻拔。至于李益之作，较吴融《鹳雀楼》诗稍有诗局，但前半平适落套，后半粗率任情。[②]

（二）不具有优劣差异的不可优劣批评。两个文人、两个时代、两个宗派、两个名句或者名篇等比较，各有千秋，难分高下之际，优劣之论便以“不可优劣”为结论。

如名句不可优劣。《苕溪渔隐丛话》云：“李太白有云‘天清一雁远’，文潜有云‘天形一雁高’，二句俱工，未易分优劣也。”[③]

时代不可优劣。《西江诗法》云：“宋诗比唐气象夐别，今以唐诗杂而观之，虽平生所未读者，亦可辨其孰为唐孰为宋也。大概唐诗主于达情性，故于三百篇为近；宋诗主于立议论，故于三百篇为远。达情性者，国风之余；立议论者，雅颂之变。因未易以优劣论也。”[④] 唐宋如此，初盛中

① 田同之：《西圃诗说》，郭绍虞辑《清诗话续编》，上海古籍出版社 1983 年版，第 759—760 页。

② 潘德舆：《养一斋诗话》卷九，郭绍虞辑《清诗话续编》，上海古籍出版社 1983 年版，第 2138 页。

③ 胡仔：《苕溪渔隐丛话》卷三十三，廖德明校点，周本淳重订，人民文学出版社 1993 年版，第 296 页。

④ 朱权：《西江诗法》，吴文治主编《明诗话全编》，江苏古籍出版社 1997 年版，第 565 页。

晚唐也是如此，王世贞曾云：盛唐主气，气完而意不甚工；中晚唐主意，意工而气不甚完。然而各有至者，“未可以时代优劣也”[①]。

名作不可优劣。宋代严沧浪取崔颢黄鹤楼诗为唐人七言律第一，明代何景明、薛君采取沈佺期“卢家少妇郁金堂”一首为第一。《升庵诗话》卷十认为“二诗未易优劣”，杨慎的解释是：“崔诗赋体多，沈诗比兴多。以画家法论之，沈诗披麻皴，崔诗大斧劈皴也。”[②] 风体相别，无可比较。

名家之间不易优劣。许学夷云：

> 公幹、仲宣，一时未易优劣。钟嵘以公幹为胜，刘勰以仲宣为优。予尝为一家品评，公幹气胜于才，仲宣才优于气。钟嵘谓“陈思已下，桢称独步”，元美谓“二曹龙奋，公幹角立”是也。[③]

主体素养于创作中各有优长，故而难以优劣。又如贺贻孙论韦柳：

> 严沧浪谓“柳子厚五言古诗在韦苏州之上”。然余观子厚诗，似观摩诘之洁，而颇近孤峭。其山水诗，类其《钴鉧潭》诸记，虽边幅不广，而意境已足。如武陵一隙，自有日月，与韦苏州诗未易优劣。[④]

难以优劣或者不易优劣说明比对者在才情气质学识道德等方面有着一定的相近性，所以难以优劣论者在古代文学批评中又根据其才性、文学思想、生存的地理环境以及成就的相近经常被“相提并论”。

相提并论的批评也产生于魏晋六朝的人伦识鉴，其时并称的典范有：

曹丕《典论·论文》首次以建安七子标榜。

《宋书·颜延之传》言颜延之与陈郡谢灵运“俱以词彩齐名”，“江左称颜谢焉”。

---

① 张宗柟辑：《带经堂诗话》卷四引，戴鸿森校点，人民文学出版社 1963 年版，第 111 页。

② 杨慎：《升庵诗话》卷十，丁福保辑《历代诗话续编》，中华书局 1983 年版，第 834 页。

③ 许学夷：《诗源辨体》卷四，杜维沫校点，人民文学出版社 1987 年版，第 83 页。

④ 贺贻孙：《诗筏》，郭绍虞辑《清诗话续编》，上海古籍出版社 1983 年版，第 190 页。

《梁书·何逊传》："初，逊文章与刘孝绰并见重于世，世谓之何刘。"

及乎后世，以匹偶形态相提并论以博声名的批评方式大行其道。以唐代为例，其时论诗人齐名而相提并论者众多：

武后中宗时，王勃、杨炯、卢照邻、骆宾王号为初唐四杰；李峤、崔融、苏味道、杜审言为文章四友；陈子昂、赵贞固、卢藏用、杜审言、毕隆泽、郭袭徽、司马承祯、释怀一、陆余庆等号"方外十友"。

玄宗时，张说、苏颋世称"燕许大手笔"；王维与其弟王缙齐名，与孟浩然齐名，时称王孟；贺知章、刘眘虚、包融、张旭号"吴中四士"；萧颖士、李华号"萧李"；李白、孔巢父、裴政、张叔明、韩準、陶沔号"竹溪六逸"；贺知章、李白、汝阳王琎、李适之、崔宗之、苏晋、张旭、焦遂称"饮中八仙"；皇甫冉、其弟曾踵登进士，时人比之为张孟阳、张景阳。

肃宗时，秦系与刘长卿齐名。

代宗时，大历十才子齐名，包何、包佶齐名。

德宗时，鲍防与谢良弼友善，号称鲍谢；宋廷棻生女若莘、若照、若伦、若宪、若荀，皆善属文，号为"五宋"。

顺宗时，孟郊、贾岛、张藉、王建、李贺、卢仝、欧阳詹、刘叉俱从韩愈游，称为韩门诗派；李翱、皇甫湜学古文于韩愈而齐名。

穆宗时，元稹、李绅、李德裕号为"元和三俊"；元稹在越与窦巩酬唱最多，史称"兰亭绝唱"。

唐人中李杜并称者有三：景云神龙中李峤、杜审言；开元中李白、杜甫；开成会昌李商隐、杜牧之。

懿宗僖宗时，许棠、张乔诸人号为"咸通十哲"。

哀帝时，罗隐自号江东生，与族人罗虬、罗邺齐名，号为"三罗"①。

相提的目的就在于并论，即表达所涉及的文人具有同等的文学地位；这种彼此不能优劣经常被表彰为"瑜亮并称"，此目仅见于演义小说，正史并未提及；而王渔洋《香祖笔记》以之论陈子龙、吴伟业，是小说中语

① 参阅余成教《石园诗话》卷二，郭绍虞辑《清诗话续编》，上海古籍出版社 1983 年版，第 1784 页。

被明代八股选本评语借鉴，从此融入了优劣批评。

李调元对相提并论做了一个比喻："合浦之珠，于阗之玉，波斯之珊瑚木难，产不一乡也；南方之荔枝，西国之葡萄，青绛之波梨，产不一邑也；而古之珍重者必合而共称之，且分而夸耀之者，何也？以其宝皆不世出之宝也，以其材皆不恒见之材也。"[①] 各自为宝，各自为材，便是强调这种彼此不相统、不相摄的不可抑扬性："汉称苏李，李岂让苏？魏称嵇阮，嵇宁胜阮？以至晋之潘陆，宋之颜谢，陈之徐庾，唐之高岑、钱刘、元白，皆顺声而呼，非以先后为优劣也。"[②] 各种相提并论的文人，其称呼多是根据音声顺畅、平仄协调的原则确定，彼此的顺序也由此奠定，与彼此之间的优劣没有关系。

田雯称之为"古之诗人各有匹耦"[③]，李杜并称之外，诸如王孟、皮陆、韦柳、刘许等皆是，且其境多相同。且类似高适与岑参，钟惺以为二人"如出一手"，又且"其森秀之骨，淡远之气，既皆相敌"[④]。意思是说，相提并论者不乏格调的确相近者。贺贻孙也认为，"同时齐名者，往往同调，如沈宋、王孟、钱刘、元白、温李之类，不独习尚切劘使然，而气运所致亦有不期同而同者。"但这种相同不是整齐划一、严丝合缝的一致，而是在近似之下各自才性特征的大放光彩。而更多的相提并论者实则属于齐名而未必同调：

如李杜虽然并称，却是分道扬镳，其境大异，"音调相去远甚"[⑤]。唐人沈宋、王孟、杜李、钱刘之类，"虽两人并称，皆有不能强同处"[⑥]。

又如高、岑。王士祯云："高岑迥别。高悲壮而厚，岑奇逸而峭，钟伯敬谓高、岑诗如出一手，大谬矣。"[⑦]

贺裳论韦柳齐名："宋人诗法，以韦、柳为一体，方回谓其同而异，

① 李调元：《寄袁子才先生书》，《童山文集》卷十，续修四库全书本。

② 许学夷：《诗源辨体》卷三，杜维沫校点，人民文学出版社 1987 年版，第 63 页。

③ 田雯：《古欢堂集杂著》卷一，郭绍虞辑《清诗话续编》，上海古籍出版社 1983 年版，第 694 页。

④ 钟惺、谭元春：《唐诗归》卷十二，张国光等点校，湖北人民出版社 1985 年版，第 231 页。

⑤ 贺贻孙：《诗筏》，郭绍虞辑《清诗话续编》，上海古籍出版社 1983 年版，第 142 页。

⑥ 钟惺、谭元春：《唐诗归》卷十二，张国光等点校，湖北人民出版社 1985 年版，第 231 页。

⑦ 张宗柟辑：《带经堂诗话》卷二十九，戴鸿森校点，人民文学出版社 1963 年版，第 853 页。

其言甚当。余以韦、柳相同者神骨之清，相异者不独峭淡之分，先自忧乐之别。”又言元白齐名：“诗至元、白，实又一大变，两人虽并称，亦各有不同……白苍莽中间存古调，元精工处亦杂新声。”①

金圣叹论李商隐温庭筠之齐名：

笔墨之事，真是奇绝。都来不过一解四句，二解八句，而其中间千转万变，并无一点相同。正如路人面孔，都来不过眼耳鼻口四件，而并无一点相同也。即如飞卿齐名义山，乃至于无义山一字，惟义山亦更无飞卿一字。只因大家不袭一字，不让一字，是故始得齐名。②

温、李二人各不相袭，始得齐名。许学夷论韩愈孟郊齐名：

退之奇险豪纵恣于博，故长篇为工；东野矫激琢削归于约，故短篇为胜。欧阳公诗曰：“孟穷苦累累，韩富浩穰穰。穷者琢其精，富者烂文章。发生一为宫，揫敛一为商。二律虽不同，合奏乃铿锵。”数语得二子神髓。故孟之于韩，庶几相匹；或称郊、岛，则非其伦矣。③

韩、孟二人一恣一约，一险一琢，也不相同而齐名。方世举论唐代诸多齐名诗人曰：

诗之有齐名者，幸也，亦不幸也。凡事与其同能，不如独胜。若元、白，若张、王，若温、李，若皮、陆，一见如伯谐、仲谐之不可辨也，令子产“不同如面”之言或爽然；久对亦自有异，读者不可循名而责实。张、王、皮、陆，其辨也微，在颦笑动静之间。元、白、温、李，则有显者，如元之《骓马歌》，白或未能；温之《苏武庙》，

① 贺裳：《载酒园诗话又编》，郭绍虞辑《清诗话续编》，上海古籍出版社1983年版，第345页。
② 金圣叹：《贯华堂选批唐才子诗》卷六，周锡山编校，万卷出版公司2009年版，第319页。
③ 许学夷：《诗源辨体》卷二十五，杜维沫校点，人民文学出版社1987年版，第256页。

李恐不及。[①]

齐名本为有幸，亦为不幸，有幸者附丽名家，不幸者丧失自我。所以大家齐名之论，从不以抹杀自我为前提，即使如沈宋、王孟、钱刘、元白、皮陆等齐名而约略相似，仍有其细微之辨。

又如吕留良论苏舜钦与梅圣俞之齐名：

（苏舜钦）与梅尧臣齐名，时称苏梅。刘后村谓其歌行雄放于圣俞，轩昂不羁，如其为人。及蟠屈为吴体，则极平夷妥帖。盖宋初始为大雅，于古朴中具灏落渟蓄之妙，而家所同擅。而梅之深远闲淡，苏之超迈横绝，则又各出机杼，永叔所谓"不能优劣"者也。[②]

苏、梅之间，于古朴一格皆为擅长；但又各具机杼，所以齐名。

又如陈廷焯论苏轼辛弃疾齐名：

苏、辛并称，然两人绝不相似。魄力之大，苏不如辛；气体之高，辛不逮苏远矣。东坡词寓意高远，运笔空灵，措语忠厚，其独至处，美成白石亦不能道。昔人谓东坡词非正声，此特拘于音调言之，而不究本原之所在，眼光如豆，不足与之辨也。[③]

二人魄力、气体仍然各有不同。清代王士祯、朱彝尊南北并称，从主体素养而言，赵执信论曰："王才美于朱，而学足以济之；朱学博于王，而才足以举之。"[④] 一优于才，一优于学，而彼此之间相对薄弱的学与才又能济之举之，不至于拖累，因此无以轩轾。

虽然从确立不同文人的相提并论者而言，其目的在于强调相提者相近

① 方世举：《兰丛诗话》，郭绍虞辑《清诗话续编》，上海古籍出版社 1983 年版，第 779 页。

② 吕留良：《宋诗钞列传》，《吕留良诗文集》上册，徐正等点校，浙江古籍出版社 2011 年版，第 216 页。

③ 陈廷焯：《白雨斋词话》卷一，杜维沫校点，人民文学出版社 1959 年版，第 11 页。

④ 赵执信：《谈龙录》，陈迩冬校点，人民文学出版社 1981 年版，第 15 页。

的文学成就或者地位、影响，但这种归纳却只代表了某个时代部分人的看法，有的仅仅是游从习熟，故而为好事者所标目，胡应麟《诗薮》外编即云："尝历考古今，一时并称者，多以游从习熟，唱和频仍，好事者因之以成标目。"而考其实际："或品格差肩，以踪迹离而不能合；或才情迥绝，以声气合而不得离，难概论也。"

甚至不乏功利目的，如袁枚所云："凡类其人而名之者，一时之称也。如周有八士，舜有五人，汉有三杰，唐有四子是也。未有取千百世之人而强合之为一队者也。有之者，自鹿门八家之目始。"此风一开，迅速蔓延："明代门户之习，始于国事，而终于诗文。故于诗则分唐宋，分盛中晚，于古文又分为八，皆好事者之为也，不可以为定称也。"①

从被命名的当局者，从其时另外一部分人的视角或者从后世批评者的维度重新审视，其中不少所谓能够相提者却未必能够并论，而是彼此之间存在着优劣区分。

从被命名的当局者而言，如初唐四杰，王杨卢骆，为时人所重，且顺序一经确立便无变化，初发此论者并无轩轾之意，仅仅是声音抑扬平仄的基本规律性选择，但当局者中早就有了反对之声。《旧唐书·文苑传》云：

> 炯与王勃、卢照邻、骆宾王以文词齐名，海内称为王杨卢骆，亦号为"四杰"。炯闻之，谓人曰："吾愧在卢前，耻居王后。"当时议者亦以为然。其后崔融、李峤、张说俱重四杰之文，崔融曰："王勃文章宏逸，有绝尘之迹，固非常流所及。炯与照邻可以企之。"盈川之言信矣。说曰："杨盈川文思如悬河注水，酌之不竭，既优于卢，亦不减王。耻居王后，信然；愧在卢前，谦也。"②

杨炯所谓愧居卢前、耻乎王后，便是对等齐视之的不满。而作为同时之旁观者，崔融、张说之论，首肯杨炯的定位，则同样表达了对"四杰"

---

① 袁枚：《书茅氏〈八家文选〉》，《袁枚全集》第二册，江苏古籍出版社1993年版，第536页。

② 刘煦：《旧唐书》卷一百九十，上海古籍出版社、上海书店出版社1986年缩印《二十五史》本。

相提并论的一些意见，尤其张说之论，显然更有颠覆性。而从后人重新的估量而言，如钟惺就以为四杰俱无足观，王勃稍微特出："王杨卢骆，偶然同时有此称耳，非初唐至处也。王森秀，非三子可比。卢稍优于骆，杨寥寥数作，又不能佳，其何称焉？少陵云'王杨卢骆当时体'，可破俗吠声之惑矣。"谭元春依附此说，评王勃《咏风》，论其结语"日落山水静，为君起松声"二句："只读此二语，知世人以王杨卢骆并称者，为无眼人矣。"[①] 陈仅则认为，"历朝之为有唐，四杰之力也。中间惟卢升之出入风雅，气格遒古，非三子所可及。盈川'愧在卢前'，非虚语也。"[②] 如此则又以为卢当居前了。

仍是在唐代，刘长卿也曾对当时与其齐名并称的一些命名直接提出了质疑："前有沈宋王杜，后有钱郎刘李，李嘉祐、郎士元，焉得与余齐称？"[③] 不仅唐代，可以说，历史上多数相提并论的评价都遭到过同时代或者后人的质疑。

如潘陆。王夫之由陆机《豫章行》敷衍："修辞雅适，承授之间尤多曲理。谢客文心，此开之始矣。其视安仁，如都人士之与货殖者，古今合称，殊为唐突。"[④] 以陆优于潘。叶矫然也有同见，且以潘岳《代贾谧赠士衡》为例，剖析潘岳成就：

> 潘意铺扬晋得天统，历叙皇王，以诋吴国之僭耳。然溯羲轩迄周汉，反遗却唐虞，立言殊不知务。且发端二十余句，如"二仪"、"八象"、"九有"、"六国"、"四隅"、"三雄"等语，堆叠满纸可厌，远不及陆之报章，典缛多风，琅琅可诵也。

由此推及二人并论，"即此见潘陆优劣耳"[⑤]。

---

① 钟惺、谭元春：《唐诗归》卷一，张国光等点校，湖北人民出版社1985年版，第7页。

② 陈仅：《竹林答问》，郭绍虞辑《清诗话续编》，上海古籍出版社1983年版，第2254页。

③ 阮阅：《诗话总龟》卷六引《云溪友议》，周本淳校点，人民文学出版社1987年版，第71页。

④ 王夫之：《古诗评选》卷一，岳麓书社2011年版，第518页。

⑤ 叶矫然：《龙性堂诗话初集》，郭绍虞辑《清诗话续编》，上海古籍出版社1983年版，第957页。

如三张二陆两潘一左。乔亿云："三张以景阳为最，二陆则士衡居先。潘安仁稍逊士衡，远过士龙，宜乎康乐赏之。但与太冲并，窃所未喻。"[①]并论者实有优劣。

如江何。乔亿云："江淹才力实胜何、刘、沈、谢，故与明远并称江鲍体。然小谢之清音独绝矣。"又曰："萧梁一代，新城公谓江淹、何逊足为两雄。以余观之，文通格调尚古，仲言音韵似律，未宜并论也。"[②]江淹才胜何逊，二人有体格迥异，并论不妥。

如颜谢、阴何、沈宋、元白、岛郊。田雯云："颜不及谢，阴不及何，沈不及宋，元不及白，岛不及郊。"[③]又如钟惺论王孟："王孟并称，毕竟王妙于孟；王能兼孟，孟不能兼王也。"谭元春由此生发："杜妙于李，王妙于孟，刘妙于钱，白妙于元。勿以齐名，遂忘责实也。"[④]齐名仅仅是名，责实则优劣昭然。

牟愿相也论唐代王李高岑并称为不妥，以为王维合与李杜鼎足，岑参在李杜王三家之下，然可以肩随。具体而言，储王并称，王为高；王孟并称，王为厚；王韦并称，王则真；裴王并称，王则大：可见王维的突出。[⑤]

又如陈仅也倡言：元白齐名元不如白，温李齐名温不如李，皮陆齐名皮不如陆。[⑥]

清代也出现了众多相提并论的批评，最著名者如江左三大家、岭南三大家、乾嘉三大家等。这些批评即使相提之初就已经议论纷纷：

《筱园诗话》以为，江左三大家有其优劣，钱谦益为冠，因其有"识"，能纠前明七子之弊，有大才而诸体皆长；吴伟业以国变见佳篇，诸体之中以古体见长；龚鼎孳则词采有余，骨力不足。

又道岭南三大家也有优劣，以陈元孝为冠，因其天分人工皆备，实为

---

① 乔亿：《剑溪说诗》卷上，郭绍虞辑《清诗话续编》，上海古籍出版社 1983 年版，第 1078 页。

② 同上书，第 1079 页。

③ 田雯：《古欢堂杂著》卷一，郭绍虞辑《清诗话续编》，上海古籍出版社 1983 年版，第 694 页。

④ 钟惺、谭元春：《唐诗归》卷八，张国光等点校，湖北人民出版社 1985 年版，第 152 页。

⑤ 牟愿相：《小澥草堂杂论诗》，郭绍虞辑《清诗话续编》，上海古籍出版社 1983 年版，第 918 页。

⑥ 陈仅：《竹林答问》，郭绍虞辑《清诗话续编》，上海古籍出版社 1983 年版，第 2254 页。

全才；屈翁山次之，诸体兼能而见才；梁佩兰则才分最低。[①]

以上大家，在《射鹰楼诗话》中的位置则又略有不同：江左三大家以吴伟业为最，钱谦益、龚鼎孳不逮；岭南三大家以屈大均、陈恭尹为最，梁佩兰不逮。

乾嘉三大家，李调元以袁枚当居蒋士铨之上；邱炜萲也以袁枚为首，赵翼次之，蒋士铨又次之；而当时普遍的舆论则是：蒋士铨为最，袁枚次之，赵翼又次之。林昌彝以为，蒋诗之五七古苍苍莽莽，独往独来，豪放有余，雄厚不足；袁诗早岁丰姿骀荡，有晚唐风格，召试鸿博之后猖狂恣肆，诗格日卑；赵诗则品格浅俗。三者权衡，舆论所言适得其正。[②]

总而言之，相提并论者实则也皆有优劣。

三

优劣比较都依循一定的比较尺度，用《文心雕龙·序志》中的话说，基本上就是“或臧否当世之才，或铨品前修之文，或泛举雅俗之旨，或撮题篇章之旨”。概而言之，这些尺度包括创作主体的素养、文学作品构成要素的实现程度两大类。

就主体素养而言，其核心是《文心雕龙·序志》所云的“褒贬于才略”。即以天才是否合乎文学创作事业为其根本，具体表现为是否具有严羽所说的“诗有别才，非关书也”的“别才”；在同样具有此才的前提下，则考量与才相关的学、法、识等后天因素的涵养积累与运用。历代大家比较，最终皆于此能够见出高低。如白居易、吴伟业的创作颇有近似之处，尤其于古体歌行更加擅长，《长恨歌》与《圆圆曲》皆为千古不磨之佳作。但王国维依然判定二人优劣有别：

> 以《长恨歌》之壮采，而所隶之事，只“小玉双成”四字，才有余也。梅村歌行，则非隶事不办。白吴优劣，即于此见。不独作诗为

① 朱庭珍：《筱园诗话》卷二，郭绍虞辑《清诗话续编》，上海古籍出版社 1983 年版，第 2355 页。

② 林昌彝：《射鹰楼诗话》卷七，王镇远等标校，上海古籍出版社 1988 年版，第 150 页。

然，填词家亦不可不知也。[①]

一般情况下，泛化言才基本可以兼容主体素养的其他内容，只有道德不能兼容。在大家成就接近，才学法体有时难以高下之际，道德往往成为最终评判的尺度。如沈佺期、宋之问优劣，历代并称，《新唐书·文苑传》云："魏建安后迄江左，诗律屡变，至沈约庾信以音韵相婉附，属对精密。及之问沈佺期又加靡丽，回忌声病，约句准篇，如锦绣成文。学者宗之，号为沈宋。语曰：苏李居前，沈宋比肩。谓苏武李陵也。"僧皎然也曾言："沈宋为有唐律之龟鉴，情多兴远，语丽为多，真射雕手。"二人俨然并论不可优劣，但清人余成教却云："沈虽坐赃配流岭表，无甚秽迹。宋附张易之而显，及左迁逃还，匿于洛阳张仲之家，复令兄子发其谋杀武三思事以自赎。不独为当时义士所讥，亦且为后之君子所羞称。"由此归结到二人比较，"虽曰沈宋比肩，有惭于沈多矣"[②]。

如苏辙论李杜优劣，其《诗病五事》云：

> 李白诗类其为人，骏发豪放，华而不实，好事喜名，不知义理之所在也。语用兵则先登陷阵不以为难，语游侠则白昼杀人不以为非。此岂其诚能也哉！白始以诗酒奉事明皇，遇谗而去，所至不改其旧。永王将窃据江淮，白起而从之不疑，遂以放死。今观其诗，固然。唐诗人李杜称首，今其诗皆在，杜甫有好义之心，白所不及也。[③]

尽管这种观点被明人许学夷等视为宋儒头巾气十足的一个标志，田子艺也有"太白宁放弃而不作眷恋之态，宁狂荡而不作规矩之语，子美不能不让此两着"的辩难[④]；但这种李杜优劣最终论以道德的思想却很具代表

① 王国维：《人间词话》，徐调孚、周振甫注，王幼安校订，人民文学出版社 1998 年版，第 219 页。

② 余成教：《石园诗话》卷一，郭绍虞辑《清诗话续编》，上海古籍出版社 1983 年版，第 1738 页。

③ 苏辙：《栾城集第三集》卷八，文渊阁四库全书本。

④ 许学夷：《诗源辨体》卷十八，杜维沫校点，人民文学出版社 1987 年版，第 207 页。

性。吴乔又发挥道：

> 杜诗云："扁舟空老去，无补圣明朝。"又云："明朝有封事，数问夜如何？"又云："一朝自罪己，万里车书通。"又云："舜举十六相，身尊道何高？秦时用商鞅，法令如牛毛。"又云："公若登台鼎，临危莫爱身。"又云："致君尧舜付公等，早据要路思捐躯。"其于君父之伦，略举数言，心术可见。而弟兄、朋友、黎庶之忧爱，不可胜举，不置之六经中，何处可置？窃谓朝廷当特设一科，问以杜诗意义，于孔孟之道有益。从来李杜并称，至此不能无轩轾。[①]

纪昀也首肯这种道德化的判定："人品高，则诗格高；心术正，则诗体正。陶诗无雕琢之工，亦无巧丽之句，而论者谓如绛云在霄、舒卷自如。"具体到李杜优劣上："李杜齐名，后人不敢置优劣。而忠爱悱恻，温柔敦厚，醉心于杜者究多，岂非人品心术之不同欤？"纪昀高于其他一些道德论者的地方是，他将文学批评之所以引入人品、心术等道德尺度与文学的本然精神建立了联系："诗之名始见《虞书》，诗言志之旨亦即见《虞书》。孔子删诗，传诸子夏。子夏之小序，诚不免汉儒之附益；其大序一篇，出自圣门之教授，反复申明，仍不出言志之意，则诗之本义可知矣。故后来沿作，千变万化，而终以人品、心术为根柢。"[②] 诗之本在于"言志"，言志欺与不欺，即见人品心术之正否，关乎道德。

主体素养之中还有神、情、气三者。殷璠《河岳英灵集序》论诗："夫文有神来、气来、情来；有雅体、野体、鄙体、俗体。编记者能审鉴诸体，委详所来，方可定其优劣，论其取舍。"神情气三者本质而言皆为气：神为气之精、气之华，情为气之动；在古代文学理论中，情与气还有一种阴阳区分：气在文气论中往往偏于阳，情则偏于阴。这样，神代表了对气与情最高的统摄及表现能力；情或者气则分别是两种不同的才性特

---

① 吴乔：《围炉诗话》卷四，郭绍虞辑《清诗话续编》，上海古籍出版社 1983 年版，第 584 页。

② 纪昀：《诗教堂诗集序》，《纪晓岚文集》卷九，孙致中等校点，河北教育出版社 1991 年版，第 209 页。

征，或刚健或柔婉，源自禀赋，但又皆与后天个体的修养相关。

主体素养之外，作品优劣的评判又多依托文学作品赖以成立的诸多要素。需要注意的是，在传统文学批评论著中，就文学作品而言所涉及的诸多要素并非将主体素养要素截然排除，而是将其同样包容其中，其基本的依据是：主体的诸般素养虽然成就于主体，但却通过文学创作实践，能够依托不同的文学艺术形式、方法以及作品所成就的品位显示出来；因此，中国文学理论中文学的要素便是一个整合了作品构成要素与主体素养要素的系统，大致包括：神、气、格、调、词、句、字、风、体、韵、致、境、象、趣、味、情、骨、理、意、思、才、法、学、识、音、律、力、胆、脉等等。具体作品比较之中，单项而论，只要此一项胜于对方，则可言其于此为优；名家于诸要素一般互有优劣；大家则是此间要素多具备，且能处处超乎时流者。具体而言：

言韵、格、气。《诗辨坻》论王孟："王孟五言绝，笔韵超远，不减李拾遗。但李近浏亮，王近清疏，特差异耳。孟他体较王格小减，五言绝句，气更似胜之。"

言调。《诗辨坻》论张藉、王建："藉、建并称，然建远不如藉。藉《楚妃》、《离宫》有盛唐之调，俱得乐府遗风；建《宫词》直落晚叶，去孟蜀花蕊夫人一间耳。《夜看扬州市》，何里巷也！"①

言神。林昌彝论古今咏夕阳诗之优劣：认为古今咏夕阳诗皆未得其神。陆龟蒙《夕阳》云："渡口和帆落，城边带角收。如何茂陵客，江上倚危楼。"本诗"咏夕阳似矣，而非其至也"。明人多咏夕阳，佳者绝鲜。其他或未超脱，或近泥。他认为清人写夕阳最混脱者无过于岭南温伊初及张亨甫，张诗有句："远浦栖鸦秋有迹，空山流水古无人"。温诗有云："万峰青未了，天半入斜阳。闪烁金银气，玲珑水草光。山河行渺渺，今古去茫茫。无限升沉感，登高频八荒。"林昌彝评曰："此与亨甫诗，皆能绘出夕阳之神，可称高手。"②

---

① 毛先舒：《诗辨坻》卷三，郭绍虞辑《清诗话续编》，上海古籍出版社 1983 年版，第 56—57 页。

② 林昌彝：《射鹰楼诗话》卷十五，王镇远等标校，上海古籍出版社 1988 年版，第 334 页。

言韵趣。欧阳修爱林和靖梅花诗"疏影横斜"一联，谓前世未有此句。黄山谷则以为"雪后园林"二语足以胜之。吕留良评同为杰句，二人优劣选择之不同，原因在于："盖一取神韵，一取意趣。"[①]

言力、调。杜甫、孟浩然洞庭之诗历代难以优劣，但清代有学者就以为"只念着便知，孟自是分量轻"。具体而言：杜诗用力匀，故通身重；孟力尽于前四句，后面趁不起，故而一边轻。[②]

其中所谓的力，表现在才思投射的密度，也表现为声调铿锵以及这种力量的延续匀称。

言志与理。黄宗羲《南雷庚戌集自序》云："余观古文，自唐以后为一大变：唐以前字华，唐以后字质；唐以前句短，唐以后句长；唐以前如高山深谷，唐以后如平原旷野，盖画然若界限矣。然而文之美恶不与焉。其所变者词而已；其所不可变者，虽千古如一日也。得其所不可变者，唐以前可也，唐以后亦可也；不得其所不可变，而以唐之前后较其优劣，则终于愦愦耳。"古今可变者为字句、辞藻等具体表现形式，这些同样是创作的要素，却不能决定文章的价值；不可变者为创作主体的情志义理。在具备文学表现的才华之余，艺术价值的优劣就集中在志与理之有无意义、是否真诚、能否化世醒俗之上了。

又有言体及情。孟称舜《古今词统序》论传统思想中以本色之体是否得到坚守论优劣："诗余以宛丽流畅为美。故作词者率取柔音曼声如张三影、柳三变之属。而苏子瞻、辛稼轩之清俊雄放，皆以为豪而不入于格。宋伶人所评《雨霖铃》、《江月》之优劣，遂为后世填词者定律矣。"但孟称舜以为以体之是否得乎本色未足以论优劣，关键在于作者是否能够尽我之情，动人之情：

> 盖词与诗曲，体格虽异，而同本于作者之情。古来才人豪客，淑

---

① 吕留良：《宋诗钞列传》，《吕留良诗文集》上册，徐正等点校，浙江古籍出版社 2011 年版，第 221 页。

② 张谦宜：《絸斋说诗》卷五，郭绍虞辑《清诗话续编》，上海古籍出版社 1983 年版，第 849 页。

姝名媛，悲者喜者，怨者慕者，怀者想者，寄兴不一。或言之而低回焉，婉娈焉，或言之而缠绵焉，凄怆焉；又或言之而嘲笑焉，愤怅焉，淋漓痛快焉。作者极情尽态而听者洞心耸耳，如是者皆为当行，皆为本色。宁必姝姝媛媛，学儿女子语而后为词哉！[①]

词论情，不是从情之内容而言，而是包含此情之诚、此情之表现、此情最终对读者的感动。

最后要强调说明的是，优劣论中还有一个重要的评判标准，这就是时代气运。三百篇之下，汉魏古诗、盛唐律诗、李杜古诗歌行皆造其极；其次则陶渊明、韦应物、韩愈、柳宗元等各有所至。但这仅仅是大家名宿的个体性成就，从文学史的大势而言：

他如汉魏以至齐梁，初盛以至中晚，乃流而日卑，变而日降。其气运消长，文运盛衰，正当以此别之。苟为无别，则齐梁可并汉魏，而中晚可并初盛也。诗道于是为不明矣。[②]

从大势考察历代创作，一般后世之作往往难以企及古人之作，这是一个普遍的结论。这种古胜于今结论的获得，便是时代气运理论中体格代降思想的直接体现。这一点不仅仅体现在文学批评之中，也浸淫了传统文化思想的方方面面。

虽然优劣论定然依靠相应的依据，但即使建立在一定依据上的优劣论也依然有以下值得注意的地方：

其一，优劣论具有一定的主观性。如《艺苑雌黄》论玉川子《谢孟谏议惠茶歌》与范希文《斗茶歌》，以为两篇“皆佳作，殆未可以优劣论”；但胡仔《苕溪渔隐丛话》却云玉川之诗优于范诗，原因是：“玉川自出胸臆，造语稳贴，得诗人句法。希文排比故实，巧欲形容，宛成有韵之

① 孟称舜：《古今词统序》，《古今词统》卷首，续修四库全书本。

② 许学夷：《诗源辨体》卷三十四，杜维沫校点，人民文学出版社1987年版，第317页。

文。"[1] 同样二首诗，一言不可优劣，一言岂无优劣，正是见仁见智。这就如同梅花诗中，欧阳修喜"疏影横斜水清浅"、黄山谷则以为不若"雪后园林才半树"，《王直方诗话》质疑："余以为其所爱者，便是优劣耶?"[2] 作者意见是二句皆优，所以质疑"所爱即优"的批评方式过于主观。此类纯粹出于个人嗜好而成就的优劣批评往往引发不同的质疑，如丁谓贬窜珠崖，作诗百首，其中有"草解忘忧忧底事，花能含笑笑何人"之句，诗话以为警句，但清人田同之却以为"呆语"[3]，不知其警策何处。

在纯粹审美偏嗜之外，从不同时代审美风气论诗文，也同样会得出不同的结论，许学夷云："或问：人言谢胜陆，何也? 曰：从汉魏而言，是陆胜谢；从六朝而言，是谢胜陆。"[4] 从汉魏崇尚古质这一标准而言，陆机承其遗风，自然优于谢灵运；从六朝综错缛丽之风尚而言，谢灵运是此风气的代表，自然谢优于陆。因此，正确的批评态度就是尽量避免个人嗜好的干扰，在具体的时代背景下讨论相关话题，如朱右《愕轩诗集序》所云：

> 诗以言志也，志之所向，言亦随之，古今不易也。三百篇自删定以后，体裁屡变，而道扬规讽犹有三代遗意，俚谚诞谩之辞不与焉。是故屈宋之贞，其言也悫；李苏之别，其言也恨；扬马多材，其言也雄；曹刘多思，其言也丽；六朝志靡，则言荡而去古远矣。唐人以诗名家不下千数，其间忧喜怀思，放情感兴，或清而婉，或丽而葩，或跌宕而瑰奇，艰深而刻苦，亦皆各极其志而致其辞焉。姑未可以世之嗜好论优劣也。[5]

诗言其志，情意志气，皆由辞见；词出于主体不同的才气学习，故而呈现为不同的风范；时代不同，又有相应的审美思潮。因此不能因主体嗜

① 郭绍虞辑：《宋诗话辑佚》附录，中华书局 1980 年版，第 558 页。

② 阮阅：《诗话总龟》卷八，周本淳校点，人民文学出版社 1987 年版，第 87 页。

③ 田同之：《西圃诗说》，郭绍虞辑《清诗话续编》，上海古籍出版社 1983 年版，第 762 页。

④ 许学夷：《诗源辨体》卷七，杜维沫校点，人民文学出版社 1987 年版，第 108 页。

⑤ 朱右：《白云稿》卷五，文渊阁四库全书本。

好而论优劣。

其二，优劣论必须有可论优劣的条件，不能妄作比附。田同之云："诗有题不同而各相称，派不同而均相敌者，甚不可以优劣较，所谓离之则双美，合之则两伤也。当分观之。"[①] 田同之提道：题目不同、流派不同的作品不能轻易对其作优劣比较。钱振锽进一步从诗派这一点解释：

张邦基谓《长恨歌》不如《连昌宫词》，以乐天作终篇无所规正，微之诗乃微而显。洪容斋、王弇州俱云然。夫诗派有不同，元、白二诗来脉又不同，焉可即此而论其优劣？必欲论其优劣，则元诗有秽语，不得体语，白则无之。岂非白之才高于元乎？必以白诗无所规正为不如元，我则云《连昌宫词》不如皋陶"拜手"一歌。质之古今人，岂不可笑？[②]

题目不同，描绘对象不同，不易论其同异；诗派不同，诗歌体格特征表现手段就有差异，不可能统一为一个表现模式，故而也难以论其优劣。妄加比附，正是古人所批评的于无议论处寻议论。

其三，优劣论不当因声价而定。早在唐代，一些诗歌选家遴选作品，便明确表示只论作品佳恶，不论作者身份出处。钱大昕序人之诗云：

唐诗人之达者，元微之宰相也，高达夫、薛能方镇也，白乐天尚书也，吴子华、韩致光内相也。而杨盈川、姚武功以县令抗衡其间。后人尚论其品，声价未尝少贬焉。岂非以文章千古事，深造自得，卓然成家者偻指可数，初不以班资之崇卑为优劣乎？[③]

清代宋琬当时享有盛名，与王士祯有"谁识朱颜两年少，王扬州与宋

① 田同之：《西圃诗说》，郭绍虞辑《清诗话续编》，上海古籍出版社 1983 年版，第 756 页。

② 钱振锽：《谪星说诗》卷一，张寅彭主编《民国诗话丛编》二，上海书店出版社 2002 年版，第 593 页。

③ 周廙：《灵芬馆诗话》卷四，续修四库全书本。

黄州”之誉，但吴仰贤自称读其《绵津山人诗集》了不见佳处；后宦游于云南，借得其诗钞再读，平心玩味，仍复索然。自觉必是识见未到，因而不能领略其胜。但后来见蒋士铨论诗，比宋琬为“苏季子位尊金多”，至此始稍释其惑。因而得出结论：“乃知诗文为天下公器，妍丑优劣，自有定评，不能以一时标榜欺天下后世耳目。”①

其四，有闲话谈锋，不能概视为理性的优劣评价。纪昀曾云：“动曰某人某诗第一，最是夸语。文章各有佳处，题目亦自不相同，何由铢铢两两定其高下？”② 既是夸语，便不乏取快谈锋者，如欧阳公评贾岛曰：“‘鬓边虽有丝，不堪织寒衣’，就令堪织，能得几何？”贺裳评曰：“余以此近谐谑，聊快其谈锋耳，不应活句死看。”③

第二节　优劣论经典命题：李杜优劣论与才学才法

一

优劣论中最为经典的命题是李杜优劣论，这个话题肇始于元稹的《唐检校工部员外郎杜君墓系铭并序》云：

> 至于子美，盖谓上薄风雅，下该沈宋，言夺苏李，气吞曹刘，掩颜谢之孤高，杂徐庾之流丽，尽得古今之体势，而兼文人之所独专矣……苟以为能所不能，无可无不可，则诗人以来，未有如子美者。是时山东人李白亦以奇文取称时人，谓之李杜。余观其壮浪纵恣，摆去拘束，模写物象，及乐府歌诗，诚亦差肩于子美矣。至若铺陈终始，排比声韵，大或千言，次犹数百，辞气豪迈而风调清深，属对律切而脱弃凡近，则李尚不能历其藩翰，况堂奥乎？④

① 吴仰贤：《小匏庵诗话》卷三，续修四库全书本。

② 李庆甲：《瀛奎律髓汇评》卷三评罗隐诗，上海古籍出版社2005年版，第120页。

③ 贺裳：《载酒园诗话》卷一，郭绍虞辑《清诗话续编》，上海古籍出版社1983年版，第253页。

④ 元稹：《唐检校工部员外郎杜君墓系铭并序》，《元氏长庆集》卷五十六，文渊阁四库全书本。

这是李杜优劣论的首次亮相，宋人就直接称元稹这篇文章为《李杜优劣论》。从此之后，文学批评史上关于李杜优劣的问题便成为一个负载了丰富文学思想内涵的重要学术话题，但很多研究对此的关注都是为李白抑或杜甫寻求公正的评价，忽略了其背后的文学理论建构意义。事实上，这个论争是以诗人品评、优劣区分的形式由历代学者共同参与的历时性的理论建设活动。其大致的倾向包括：宗李、宗杜、李杜不可优劣。不同的时代，由于文学思潮不同，体现出比较鲜明的差异性，而且也具有一定的规律：宋人宗杜为主，明人宗李较多。

（一）宗李之论。宋代尊李的声浪不是很强，西昆体主要的代表诗人杨亿在李杜之间青睐李白，以杜甫为“村夫子”。欧阳修也是如此，曾宣称：“甫于白得二节耳。天才高放，非甫所能到也。”[①] 杨亿不喜杜甫，带有文人的固执成见，因而乡人爱尚杜甫者使之作杜甫“江汉思归客”一句，杨亿尚自属对，及命作“乾坤一腐儒”，则“大年默然”，可见非不知其佳，而不愿放下成见。至于欧阳修不喜杜甫，《古今诗话》也以为“不可晓”，并推测其爱赏李白，可能是因为“太白腾踔飞动，易为感动”[②]，属于一己的嗜好。

黄庭坚虽然崇杜，也表达了对李白的尊崇：“余评李白诗，如黄帝张乐洞庭之野，无首无尾，不主故常，非墨工椠人所可拟议。吾友黄介读《李杜优劣论》曰：‘论文正不当如此。’余以为知言。”[③] 陈师道读后也首肯黄庭坚之论，自道“余以为知言”[④]。

尊李的高峰出现在明代。明代对李白明确表示宗尚的多是才子型文人，如田艺蘅从两个方面盛赞太白：“宁放弃而不作眷恋之态”，“宁狂荡而不作规矩之语”，一者为人格之洒脱，一者为不受束缚的艺术精神，而子美不能不让此两着[⑤]。祝允明尊太白为唐代诗人之冠而力斥子美，谓其

① 蔡绦：《西清诗话》卷下，文渊阁四库全书本。

② 郭绍虞辑：《宋诗话辑佚》卷上，中华书局 1980 年版，第 124 页。

③ 黄庭坚：《题李白诗草后》，《豫章黄先生文集》卷二十六，四部丛刊初编本。

④ 陈师道：《后山诗话》，何文焕辑《历代诗话》，中华书局 1981 年版，第 312 页。

⑤ 田艺蘅：《诗谈初编》，吴文治主编《明诗话全编》，江苏古籍出版社 1997 年版，第 3951 页。

“以村野为苍古，椎鲁为典雅，粗狂为豪雄”，总评之为“外道”[①]。杨慎则从李杜关于巫峡江陵的诗歌比较中论二人优劣：

盛弘之《荆州记》记巫峡江水之迅云：“朝发白帝，暮到江陵，其间千二百里，虽乘奔御风，不以疾也。”杜子美诗：“朝发白帝暮江陵，顷来目击信有徵。”李太白：“朝辞白帝彩云间，千里江陵一日还。两岸猿声啼不住，轻舟已过万重山。”虽同用盛弘之语，而优劣自别。今人谓李杜不可以优劣论，此语亦太愦愦。白帝至江陵，春水盛时行舟，朝发夕至，云飞鸟逝不是（当为足）过也。太白述之为韵语，惊风雨而泣鬼神矣。[②]

以一诗而论优劣，有明显的偏颇。但杨慎当时文名极盛，所以王世贞称“近时杨用修为李左袒，轻俊之士往往傅耳”[③]。陆时雍的方法更客观些，《诗镜总论》中他分别从五古、七古、诗歌源头以及审美特征等入手，对二人作了详细对比。具体而言：

五言古诗。李优于杜。整个唐代的五古在他看来都无法与古人相提并论：古人情深、象远、法变、色真、貌厚、气凝、言简而作用磅礴，而唐人则多不敌。在这样一个难以与古人抗衡的语境里，杜甫虽然有雄才，但“亦踣踬于此不得进矣”。而五古可以与古人比肩的只有李白：

意远寄而不迫，体安雅而不烦，言简要而有归，局卷舒而自得。离合变化，有阮籍之遗踪；寄托深长，有汉魏之委致。

七言古诗。李优于杜：

太白其千古之雄乎？气骏而逸，法老而奇，音越而长，调高而

---

① 张宗柟纂辑：《带经堂诗话》卷二，戴鸿森校点，人民文学出版社 1963 年版，第 60 页。
② 杨慎：《升庵诗话》卷四，丁福保辑《历代诗话续编》，中华书局 1983 年版，第 716 页。
③ 王世贞：《艺苑卮言》卷四，丁福保辑《历代诗话续编》，中华书局 1983 年版，第 1005 页。

> 卓。少陵何事得与执金鼓而抗颜行也……太白七古，想落天外，局自变生，真所谓“驱走风云，鞭挞海岳”。其殆天授，非人力也。少陵《哀江头》、《哀王孙》作法最古，能琢削磨砻，力尽此矣。

李以情为诗，杜以意为诗。以情为诗者优：

> 少陵精矣刻矣，高矣卓矣，然而未齐于古人者，以意胜也。假令以古诗十九首与少陵作，便是首首皆意；假令以《石壕》诸体与古人作，便是首首皆情。此皆有神往神来，不知而自至之妙。太白则几之矣。

二人一以情为诗，一以意为诗，而情意是不同的：“夫一往而至者，情也；苦摹而出者，意也。若有若无者，情也；必然必不然者，意也。意死而情活，意迹而情神，意近而情远，意伪而情真。”如此区分情、意，则诗人优劣不待言而明了。此外，还论述了杜诗法多，颠倒纵横出人意表，但有法不如无法；又直接批评少陵好奇尚异：“远心以撰之，杂事以罗之，长韵以属之，诙诡以炫之。”此类骈枝，皆认为是“少陵误世”[①]。

以上优劣之论，多建立在认可李杜诗仙诗圣地位的基础上，但宗李还有另较为激烈的形式——通过对杜甫的贬抑来体现对李白的推崇。历代不喜杜者，宋有杨亿、欧阳修；明代居多，诸如王慎中、郑继之、郭子章、杨慎、祝允明、谭元春等皆是。清代王士祯也不喜杜，对其诗歌中冗杂、钝滞而乏剪裁等病多有指责，但并未由此表示对李白的过分推扬。近代抑杜较为彻底的是钱振锽，他对比李杜二家的语言，认为：杜甫语言“支离”，并引王世贞“老杜不成语者多”及王世懋“杜有拙句累句”为证。而李白则不同：“李天性爽朗，故言无支离，其格调去古不远，故一切细事琐言，即事即景，不入其笔端。”[②] 甚至于对杜甫集大成者的评价他也认为“此真污少陵诗”，原因是：“人中集大成者圣人也；诗中集大成者不过

① 陆时雍：《诗镜总论》，丁福保辑《历代诗话续编》，中华书局1983年版，第1413—1414页。

② 钱振锽：《谪星说诗》卷二，张寅彭主编《民国诗话丛编》二，上海书店出版社2002年版，第610页。

袭众人之余唾耳。”[①] 虽有纠讹之意，却无崇杜之实。

（二）宗杜之论。李杜优劣论首发于元稹，唐人之中，推崇杜甫者还有杜牧，其《读杜诗》云：“杜诗韩笔愁來读，似倩麻姑痒处搔。天外凤凰谁得髓，无人解合续弦膠。”将杜诗视为绝唱，后人难以承继。宗杜成为风尚始于宋代，宋人宗杜，原因在于道学家所提倡者于杜诗多能验证；从诗歌风体的演化理解，宋代江西诗派盛行，以杜甫为祖，直接影响到了李杜优劣的理性批评。宋代还出现了有关杜甫诗歌的专门诗话，如蔡梦弼《杜工部草堂诗话》；黄彻《（砻）溪诗话》共计 214 条，其中 87 条引用了杜诗，而引用李白诗歌者仅仅 14 条。并言杜甫“心术事业，可施于廊庙”，而李杜齐名李白则为“忝窃”；且以杜甫诸如“皇帝二载秋，闰八月初吉”、“乾元元年春，万姓始安宅”、“元年建巳月，官有王司直”等为“史笔森严，人不易及”。以至于清人痛斥如此论诗“全无心肝”，“如此论诗，几于无诗”[②]。

王安石以李白、杜甫、韩愈、欧阳修为对象选“四家诗”，杜甫第一，欧阳修第二，韩愈第三，李白第四。究其原因，他宣称：

> 白之歌诗，豪放飘逸，人固莫及，然其格止于此而已，不知变也。至于甫，则悲欢穷泰，发敛抑扬，疾徐纵横，无施不可，故其诗有平淡简易者，有绵丽精确者，有严重威武若三军之帅者，有奋迅驰骤若覂驾之马者，有淡泊闲静若山谷隐士者，有风流蕴藉若贵介公子者。盖其诗绪密而思深，观者苟不能臻其阃奥，未易识其妙处。夫岂浅近者所能窥哉？此甫所以光掩前人而后来无继也。[③]

论李白只有豪放飘逸一格，而杜甫则兼六种审美风范，于是便有了与李白

---

① 钱振锽：《谪星说诗》卷一，张寅彭主编《民国诗话丛编》二，上海书店出版社 2002 年版，第 595 页。

② 严廷中：《药栏诗话》，张国庆辑《云南古代诗文论著辑要》，中华书局 2001 年版，第 117 页。

③ 胡仔：《苕溪渔隐丛话》前集卷六引《遁斋闲览》，廖德明校点，周本淳重订，人民文学出版社 1993 年版，第 37 页。

巨大的反差。葛立方云："杜甫诗，唐朝以来一人而已，岂白所能望耶?"①

更有甚者，认为"老杜诗当是诗中六经，他人诗乃诸子之流也"②。金人王若虚对比王安石尊杜与欧阳修抑杜扬李之论，以为"荆公之论，天下之言也"③。

明代宗杜者也很多，孙鑛以为杜甫"精义入神"，而太白虽然仙才却"乏深厚"，太白之病"患高"，"十首以后易厌"④。朱舜水明确提出李不如杜，原因是："李秀而杜老，李奇险而杜平淡；李用成仙等语更不经，炼丹等殊不雅，不若杜家常茶饭有味也。"⑤

在概论之外，也不乏学者从具体的成就入手表达对杜甫的宗尚，如楼钥就曾总结杜甫诗歌的四个审美特征：从艺术造诣而言，参及造化，"别是一种肺肝"；从文学体式而言，"兼备众体，间见层出，不可端倪"；从道义境界而言，"忠义感慨，忧世愤激，一饭不忘君"；从作品所体现的主体情态而言，可谓"奔逸绝尘"⑥。

王世贞也从五言、选体、七言歌行以及乐府诗等具体方面入手比较李杜创作，以为二人各有千秋。但从阅读感受而言："十首以前，少陵较难入；百首以后，青莲较易厌。"所以最终的结论是："扬之则高华，抑之则沉实，有声有色，有气有骨，有味有态，浓淡深浅，奇正开合，各极其则，吾不能不服膺少陵。"⑦

晚明王嗣奭从虚实描摹之难易入手推崇杜甫："'李杜文章在，光芒万丈长'，青莲业有定价矣，少陵犹不免蚍蜉之撼。而昌黎借李伸杜，嗣后评者或驾杜于李。盖李善用虚，而杜善用实；用虚者犹画鬼魅，而用实者工画犬马，此难易之辨也。"⑧ 古人认为，鬼魅子虚乌有，可以随笔涂鸦，

---

① 葛立方：《韵语阳秋》卷一，何文焕辑《历代诗话》，中华书局1981年版，第486页。

② 蔡梦弼：《杜工部草堂诗话》卷一引《扪诗新话》，丁福保辑《历代诗话续编》，中华书局1983年版，第204页。

③ 王若虚：《滹南诗话》卷一，丁福保辑《历代诗话续编》，中华书局1983年版，第509页。

④ 孙鑛：《唐诗品》，吴文治主编《明诗话全编》，江苏古籍出版社1997年版，第4702页。

⑤ 朱舜水：《答安东守约问》，《朱舜水集》卷十一，中华书局1981年版，第399页。

⑥ 楼钥：《答杜仲高书》，《攻媿集》卷六。

⑦ 王世贞：《艺苑卮言》卷四，丁福保辑《历代诗话续编》，中华书局1983年版，第1005页。

⑧ 王嗣奭：《杜诗笺选旧序》，《杜臆》附，中华书局1963年排印本。

所以容易；而犬马之类近在身边，人人熟知，马虎不得，因而画起来反而不易。王嗣奭引此，意在崇杜。

还有从道德上比量二人者。《日月诗话》云：

《遁斋闲览》云：李杜二公名既相逼，不能无相忌。严沧浪力辨其非。余按：少陵倾倒于太白至矣，而不免“太瘦生”之讥，是李之于杜不能无相忌也。二公之优劣正在此。升庵乃以少陵之拳拳于太白者为杜不如李之证，何其谬哉！①

不是傲慢者就优秀，尚贤、爱才又备情义者方优，其意也是尊杜。

鉴于杜甫在清代地位极高，所以钱仲举有了以下的位次排列：“升少陵于堂，置之首座，青莲次之，高、岑、王、孟又次之，余子隅坐侍酒而已。吾辈于此不可占一坐，否亦须坐两庑中，聆听钟磬管丝之盛。”②

对杜甫诗歌最高的评价是“集大成”说。集大成说始于元稹《唐故工部员外郎杜君墓系铭并序》：“至于子美，盖所谓上薄风骚，下该沈宋，古傍苏李，气夺曹刘，掩颜谢之孤高，杂徐庾之流丽。尽得古人体势，而兼人人之所独专矣。”尽古人之体势，兼人人之独专，即集大成之谓。韩愈《题杜工部坟》云：“独有工部称全美，当时诗人无拟伦。笔追清风洗俗耳，心夺造化回阳春。”以“全美”称杜，自然也是集大成。集大成之论宋代开始流行，清代文人多有继承，其主要包括以下三个内涵。

其一，集大成是指集前贤之风体及审美诸风貌。如《诗人玉屑》卷十四引秦观之论云：

杜子美之于诗，实集众家之长，适当其时而已。昔苏武李陵之诗，长于高妙；曹植刘公幹之诗，长于豪逸；陶潜阮籍之诗，长于冲澹；谢灵运鲍照之诗，长于峻洁；徐陵庾信之诗，长于藻丽。子美者，穷高妙之格，极豪逸之才，包冲淡之趣，兼峻洁之姿，备藻丽之

① 恒仁：《日月诗话》，续修四库全书影印《艺海珠尘》本。

② 阙名：《静居绪言》，郭绍虞辑《清诗话续编》，上海古籍出版社 1983 年版，第 1643 页。

态，而诸家之作所不及焉。然不集诸子之长，子美亦不能独至于斯也，岂非适当其时故耶？孟子曰：伯夷圣之清者也，伊尹圣之任者也，柳下惠圣之和者也，孔子圣之时者也。孔子之谓集大成。呜呼，子美亦集诗之大成者欤。①

这是首次以“集大成”三字评杜甫，尤其侧重说明了其对众体的兼备，随即成为论杜的极评。《遁斋闲览》也发表过类似看法：“杜子美之诗，悲欢骄泰，发敛抑扬，疾徐纵横，无施不可。故其诗有平淡简易者，有绵丽精确者，有严重威武若三军之帅者，有奋迅驰骤若泛驾之马者。”② 何良俊继承此说，赞誉杜甫：“盛唐之所重者风骨也。少陵则体备风骨，而复包沈谢之典雅，兼徐庾之绵缛，采初唐之藻丽，而清深豪宕俊逸高旷沉着精炼老健，盖无所不备。”由此成就的就是其“所以集大成者”的地位。③

胡应麟也从“杜集大成”立论，最终的评价是：盛唐一味秀丽雄浑，杜则精粗、巨细、巧拙、新陈、险易、浅深、浓淡、肥瘦靡不毕具，其能荟萃前人者在此，滥觞后世者也在此。具体说，杜甫具吴均、何逊之精思，庾信徐陵之妙境。“高华秀杰，杨、卢下风”；“典重冠裳，沈、宋退舍”；“寓神奇于古淡，储、孟莫能为前”，“含阔大于沉深，高、岑瞠乎其后”；“王右丞失其秾丽”，“李太白逊其豪雄”；为钱、刘圆畅之祖，元、白平易之宗；具“卢仝、马异之深成”，“孟郊、李贺之诡僻”；“岛、可幽微所从出”，“籍、建浅显所自来”；备“义山之组织纤新”，“用晦之推敲密切”④。无风不具，无体不备。论者以地理自然比附：李白如春草秋波，无不可爱，然注目易尽；至如老杜，大山乔岳，长河巨海，纤草秾华，怪

① 魏庆之：《诗人玉屑》卷十四，文渊阁四库全书本。《苕溪渔隐丛话》前集卷十八引《后山诗话》：“子瞻谓：杜诗韩文颜书左史，皆集大成者也。”苕溪渔隐曰：“少游集中进卷有韩愈论云：韩氏杜氏，其集诗文大成者欤？非子瞻有此语也。”

② 蔡梦弼：《杜工部草堂诗话》卷一引，丁福保辑《历代诗话续编》，中华书局 1983 年版，第 198 页。

③ 何良俊：《四友斋丛话》卷二十四，中华书局 1959 年版，第 215 页。

④ 胡应麟：《诗薮》内篇卷四，上海古籍出版社 1979 年版，第 70—71 页。

松古柏，惠风微波，严霜烈日，无所不有。所以沈嘉则如此论罢坦言："吾当李则颜行，当杜则北面。"[①] 视李则颜回，视杜为圣人，其优劣尊卑已经很显然。

其二，集大成是指集家学师友的诗法。蔡梦弼集宋人之论曰："后山陈无己诗话曰：黄鲁直言杜子美之诗法出审言，句法出庾信，但过之耳。苕溪胡元任曰：老杜亦自言'吾祖诗冠古'，则其诗法乃家学所传耳。"又引《诗眼》云："古人学问必有师友渊源，汉杨恽一书迥出当时流辈，则司马迁外甥故也。自杜审言已自工诗，当时沈佺期宋之问等同在儒馆为交游，故杜甫律诗布置法度全学沈佺期，更推广集大成耳。"[②] 也是指杜甫兼家学师友之美，这个美又集中在律诗的法度。

其三，集大成是指杜甫诗歌从字法到句法篇法兼备变与化两种境界。胡应麟认为，历代众多诗人，只有杜甫具有"变、化"，所谓"正中有变，大而能化"。何谓变化？他的解释是："变主格，化主境；格易见，境难窥。变则标奇越险，不主故常；化则神动天随，从心所欲。"杜甫的五言咏物之作，七言拗体诸作，属于变的范围。而杜甫之化则体现为或字法之化："但见其阔大，不觉其新奇，词简而意深"；或句法之变化："错综震荡，不可端倪，而天造地设，尽谢斧凿"；又有篇法之化，诸如《春望》、《洞府》、《江汉》、《遣兴》等作皆是。[③]

其四，杜甫兼备言情、写景、纪事之真。王寿昌云：

> 何谓真？曰：自来言情之真者，无如靖节；写景之真者，无如康乐、玄晖；纪事之真者，无如潘安仁、左太冲、颜延年。少陵兼而有之。
>
> 如言情，陶但云："衔戢知何谢，冥报以相贻。"杜则曰："誓将与夫子，永结为弟昆。"
>
> 写景，康乐但云："昏旦变气候，山水含清晖。"杜则曰："岱宗

① 屠隆：《沈嘉则先生诗选序》，《由拳集》卷十二，续修四库全书本。

② 蔡梦弼：《杜工部草堂诗话》卷一，丁福保辑《历代诗话续编》，中华书局 1983 年版，第 194 页。

③ 胡应麟：《诗薮》内篇卷五，上海古籍出版社 1979 年版，第 90 页。

> 夫如何，齐鲁青未了。”玄晖但云：“天际识归舟，云中辨江树。”杜乃曰：“吴楚东南坼，乾坤日夜浮。”又云：“白日丽飞甍，参差皆可见。”杜则曰：“俯视但一气，焉能辨皇州？”又云：“余霞散成绮，澄江净如练。”杜则曰：“锦江春色来天地，玉垒浮云变古今。”
>
> 其《彭衙》、《北征》诸作，叙事抒情，曲折如绘，诚有非潘颜诸子所能者，谓之“诗史”，岂不信然！①

此论抒情、写景、叙事之艺术表现能力皆优。

明清之际，杜甫诗歌的集大成之论已经成为文学批评界的共识，所以王士祯曾说：“少陵集古今大成，自唐元微之、韩退之以来，千秋定论，不敢轻议。”②

（三）李杜不可优劣。在尊李尊杜的偏嗜之外，很多学者对李杜优劣的回答都是互有抑扬，二人未可轻易优劣。韩愈的“李杜文章在，光焰万丈长”便是最早的李杜不可优劣说。韩愈并尊李杜，于其诗中屡见，如《石鼓歌》：“少陵无人谪仙死，才薄将奈石鼓何？”《酬卢云夫》：“高揖群公谢名誉，远追甫白感至诚。”《荐士》：“勃兴得李杜，万类困凌暴。”《醉留东野》：“昔年因读李白杜甫诗，长恨二人不相从。”《感春》：“近邻李杜无检束，烂漫长醉多文辞。”韩愈的李杜并尊到了宋代文人那里被明确表达为不可优劣，如郑景韦就以李白为“诗中龙，矫矫不受约束”；而以杜甫为“麟游灵囿，凤鸣朝阳，自是人间瑞物”：二人“殆不可以优劣论”③。张戒称李杜“尤不可轻议”：

> 欧阳公喜太白诗，乃称其“清风明月不用一钱买，玉山自倒非人推”之句。此等句虽奇逸，然在太白诗中，特其浅浅者。鲁直云：

① 王寿昌：《小清华园诗谈》卷上，郭绍虞辑《清诗话续编》，上海古籍出版社 1983 年版，第 1865 页。

② 郎廷槐问，王士祯答：《诗问续》卷一，周维德辑《诗问四种》，齐鲁书社 1985 年版，第 142 页。

③ 蔡梦弼：《杜工部草堂诗话》卷二，丁福保辑《历代诗话续编》，中华书局 1983 年版，第 212 页。

“太白诗与汉魏乐府争衡。”此语乃真知太白者。王介甫云：“白诗多说妇人，识见污下。”介甫之论过矣。孔子删诗三百五篇，说妇人者过半，岂可亦谓之识见污下耶？元微之尝谓自诗人以来，未有如子美者，而复一太白为不及，故退之云：“不知群儿愚，那用故谤伤。”退之于李杜但极口推尊，而未尝优劣，此乃公论也。①

又有叶集之云：“韩退之《陆浑山火》诗，浣花决不能作；东坡《盖公堂记》，退之做不到。硕儒巨公，各有造极处，不可比量高下。元微之论杜诗，以为李谪仙尚未历其藩翰，岂当如此说。”此论不同于元稹推杜之论，吴可以为“此为知言”②。

严羽说得更为平易：“李杜二公，正不当优劣。太白有一二妙处，子美不能道；子美有一二妙处，太白不能作。”③

王世贞以为李杜光焰千古，人人知之，无论元微之重杜还是杨慎推李，“要其所得，俱影响之间”——即皆是附会众口，并无自我独到的见解，且背乎李杜现实成就实际。因此作了如下具体对比：

太白以气为主，以自然为宗，以俊逸高畅为贵；子美以意为主，以独造为宗，以奇拔沉雄为贵。其歌行之妙，咏之使人飘扬欲仙者，太白也；使人慷慨激烈，嘘唏欲绝者，子美也。选体，太白多露语率语，子美多稚语累语，置之陶谢间，便觉伧父面目，乃欲使之夺曹氏父子位耶？五言律、七言歌行，子美神矣；七言律，圣矣。五七言绝，太白神矣，七言歌行，圣矣，五言次之。太白之七言律，子美之七言绝，皆变体，间为之可耳，不足多法也。太白古乐府，窈冥惝恍，纵横变化，极才人之致，然自是太白乐府。④

① 张戒：《岁寒堂诗话》上，丁福保辑《历代诗话续编》，中华书局 1983 年版，第 451 页。
② 吴可：《藏海诗话》，丁福保辑《历代诗话续编》，中华书局 1983 年版，第 339 页。
③ 严羽：《沧浪诗话》，郭绍虞校释本，人民文学出版社 1998 年版，第 166 页。
④ 王世贞：《艺苑卮言》卷四，丁福保辑《历代诗话续编》，中华书局 1983 年版，第 1005 页。

从五言古、选体、七言歌行、五言绝句、七言绝句、乐府等分别比较，李杜或各有千秋，或各有病弊，因而不可优劣。

清人潘德舆不仅明确表示论李杜不当论优劣，而且还宣称尊杜抑李“已非解人”，而尊李抑杜则“尤乖风教”：抑李之不可在其见赏者无目；抑杜之不可则又兼及乖违儒家道义。因此讥讽王安石、欧阳修：“自昌黎不能不并尊李杜，而永叔、介甫欲作翻案，殆亦不自量邪?”① 李杜一如飞行绝迹垂云驭风之仙，一如万象不同化工肖物之圣，皆为“观止矣蔑以加矣”②。考察历代有关李杜不可轻易优劣的论述，其研讨维度大致如下：

从诗中折射的才性特征讨论。贺贻孙云：

> 诗亦有英分雄分之别。英分常轻，轻者不在骨而在腕，腕轻故宕，宕故逸，逸故灵，灵故变，变故化，至于化而英之分始全，太白是也。雄分常重，重者不在肉而在骨，骨重故沉，沉故浑，浑故老，老故变，变故化，至于化而雄之分始全，少陵是也。③

李杜才性在作品中的体现，一英一雄，仅仅是形貌之别，没有优劣。

从审美风范讨论。严羽云：“子美不能为太白之飘逸，太白不能为子美之沉郁。”李白之飘逸者如《梦游天姥吟留别》，杜甫之沉郁者如《北征》、《兵车行》等。两种体格与各自体性关系密切，彼此不可兼能，因而也无从优劣。

从诗法讨论。严羽云：“少陵诗法如孙吴，太白诗法如李广，少陵如节制之师。”“少陵诗，宪章汉魏而取材于六朝。至其自得之妙，则前辈所谓集大成者也。”④ 法如孙吴李广，系指成法与变法，李白不以法称，而少陵之法乃是以汉魏六朝为渊薮。明代有学者以为，从诗法看，“杜深于赋，而李独长于兴。”屠隆辨析：“赋之与兴，六义所该，诗人何可不有。而杜

① 潘德舆：《养一斋诗话》卷二，郭绍虞辑《清诗话续编》，上海古籍出版社 1983 年版，第 2034 页。

② 阮葵生：《李太白诗注序》，《七录斋文钞》不分卷，续修四库全书影印稿本。

③ 贺贻孙：《诗筏》，郭绍虞辑《清诗话续编》，上海古籍出版社 1983 年版，第 135 页。

④ 严羽：《沧浪诗话》，郭绍虞校释，人民文学出版社 1998 年版，第 170—171 页。

深于赋，李独长于兴，且以此置雌黄焉何居？杜如《垂老》、《新婚》、《潼关》、《石壕》、《兵车》、《出塞》、《悲陈陶》、《哀江头》，赋也；纪行怀古、赤霄朱凤、秋风佳人，何谓无兴也？李如《飞龙》、《怀仙》、《天姥》、《太白》，兴也；'大雅'、'蟾蜍'、'南箕'、'北斗'，兴也，何非赋也？"作为六义中的二义，赋兴常常融为一体，李杜既各有偏重，但同时又兼备赋兴，法不具备个体的归属性，因此也无从优劣。

从虚实讨论。明代有文人论李杜，以为杜之字句皆凿凿有据，李则"凌空驾语，务言言潇洒，都不切事情"，故此"杜万景皆实，而李万景皆虚"，且以实为贵。屠隆反驳称："顾诗有虚有实，有虚虚，有实实，有虚而不实，有实而不虚，并行错出，何可端倪？乃右实而左虚，而谓李杜优劣在虚实之辨，何欤？"虚实本身无非是诗歌的一种外在审美感觉，又表现为技术形式，但二者很少单独存在，往往体现为一体：或虚中有实，或实中有虚，或以虚衬实，或以实映虚，既不能随意拆分，更没有什么价值差异。对于诗歌而言，"品格既高，风韵自远，凌空驾语，何害大雅"？权衡李杜的创作："杜若《秋兴》诸篇，托意深远；《画马行》诸作，神情横逸。直将播弄三才，鼓铸群品，安在其万景皆实？而李如《古风》数十首，感时托物，慷慨沉著，安在其万景皆虚？"李不独虚也有实，杜不独实也有虚。在赞誉杜诗诗史之实以外，屠隆又着重强调了虚同样是诗歌之美："今夫登阆风，坐天姥，傍日月，挟飞仙，即不能至，言以快心，思之神王，岂必据寸壤，处蓬茨……食饮而已，然后为实景可贵哉？"[①] 这主要是针对批评李白诗歌虚而不实说的。

从体格讨论。王世贞云："五言律、七言歌行，子美神矣，七言律圣矣。五七言绝，太白神矣，七言歌行圣矣，五言次之。太白之七言律，子美之七言绝，皆变体，间为之可耳，不足多法也。"[②] 胡应麟也从诗歌体格辨析二人创作，他肯定李杜各有千秋，李偏工独至者为绝句，杜穷极变化者为律诗；太白气力变化极于歌行；少陵笔力变化极于近体。既然各有所长又各有所短，因而不易以优劣而论。

---

① 屠隆：《与友人论诗文》，《由拳集》卷二十三。

② 王世贞：《艺苑卮言》卷四，丁福保辑《历代诗话续编》，中华书局 1983 年版，第 1005 页。

从具体篇章论。杨慎曾通过李杜下江陵之诗的对比得出杜不如李的结论，胡应麟认为这种比较纯粹属于“寸木岑楼”以偏概全之说[①]。许印芳则以为诗家用典各有兴会，盛弘之记峡江之迅流，杜甫目睹其事“兴会不佳”，故而其诗只能挨抄原文；太白身历其境，兴会标举，故能熔化其文又自铸伟词。兴会只论机缘，不可以此定全部创作之优劣。[②]

从道德境界论。李杜比较，历史上多以杜甫学行甚正、流离造次不忘君王为上；李白醇酒妇人，且参与永王起事而遭人诟病。但阮葵生认为：“李云‘受气有本性，不为外物迁’；又云‘我志在删述，垂辉映千春’；又云‘天地皆得一，淡然四海清’。此其胸襟与自许稷契者何以异?”又道李白其始见赏许公，后见奇贺监；居山东为竹溪六逸，游长安为醉中八仙；识郭汾阳于行间，折高力士于殿上。轻富贵，乐逍遥，如此人物，其德如何后与杜甫?[③]

从法论，各有所宜；从体论，互有短长；从气象论，各具面目；从具体篇章论，互有胜负。二人是“迭见优劣”：“李以飘逸见优，而杜不能为，杜见劣矣。杜以沉郁见优，而李不能为，李见劣矣。”如此来看，所谓谁优谁劣之论，就如同两儿辩日，各自有理，“虽有圣者，莫能定其是非”。最后结论只有一个：“李杜未可以优劣论”[④]!

二

历代文人优劣的讨论，决定彼此优劣的理论依据是彼此才与学的不同倾向。

颜延之、谢灵运优劣即是如此。陆时雍评颜延之：“延之雕绘满肠，荆棘满手，以故意致虽密，神韵不生，语多蒙气。汤惠休谓谢灵运似芙蓉出水，颜延之似错彩镂金，此盖谓其人力虽劳，天趣不具耳。”将颜谢优

① 胡应麟：《诗薮》外篇卷四，上海古籍出版社 1979 年版，第 170 页。

② 许印芳：《附录明人诗话跋》，张国庆辑《云南古代诗文论著辑要》，中华书局 2001 年版，第 219 页。

③ 阮葵生：《李太白诗注序》，《七录斋文钞》不分卷。

④ 许印芳：《附录明人诗话跋》，张国庆辑《云南古代诗文论著辑要》，中华书局 2001 年版，第 219 页。

劣归于天趣与人力，而以“人力”定位颜延之。又论谢灵运：“谢康乐灵襟秀色，挺自天成，清贵之气抗出尘表，大抵性灵、芜秽，诗之美恶辨于此矣。陶谢性灵披写，不屑屑于物象之间。”① 其中的灵襟、性灵，是才的又一表达，而以谢灵运具此质地。可见陆时雍是从才学或者天趣人力评判颜谢的。

袁枚《与何水部》论“从古非常之士未有不根于天授者”，天授即指性情；进而云：“若夫诗者，心之声也，性情所流露者也。从性情而得者，如出水芙蓉，天然可爱；从学问而来者，如玄黄错彩，绚染始成。”② 出水芙蓉、玄黄错彩即出汤惠休所云“谢诗如芙蓉出水，颜如错彩镂金”。而袁枚以出水芙蓉者为性情为才，玄黄错彩者为学，也是对颜、谢一侧重于才一侧重于学的认定。刘熙载认为“谢才颜学，谢奇颜法”③，方东树评颜延之“功力有余，天才不足”④，都是从才学论颜谢二人优劣。李白自道“清水出芙蓉，天然去雕饰”，便是对谢灵运此评的化用，事典继承之余，尚才之意也呈现言外。而杜甫“为人性癖耽佳句，语不惊人死不休”，显然是颜延之错金镂彩之余脉。

沈约、任昉优劣也是如此。沈约长于诗歌，创作主张三易：易见事，易识字，易诵读。任昉偏于实用之文章，时称“沈诗任笔”。沈约的三易主张，侧重于个人才思的发挥，不尚事典卖弄。任昉欲与其一较高低，而偏偏从多用事著诗。因而《诗品》评曰：“昉既博物，动辄用事，所以诗不得奇，少年士子效其如此，弊矣!”

才学批评最为典范的代表是李杜优劣的讨论。历代论者分别从以下几方面作出了论述：

其一，李杜无论优劣如何定案，二人皆非无才者。

理论界对李白才优早已经有定论，如唐代孟棨《本事诗》：“李白才逸气高。”唐代苏颋为益州长史，见李白而异之：“是子天才英特，少益以

① 陆时雍：《古诗镜》卷十二、卷十三。
② 袁枚：《答何水部》，《袁枚全集》第五册，江苏古籍出版社1993年版，第148页。
③ 刘熙载：《诗概》，郭绍虞辑《清诗话续编》，上海古籍出版社1983年版，第2422页。
④ 方东树：《昭昧詹言》卷五，汪绍楹校点，人民文学出版社1961年版，第159页。

学，可比相如。”宋人之中单独表彰李白之才的也大有人在，如黄庭坚论李白：“太白浩方，人中凤凰麒麟。譬如生富贵人，虽醉着，瞑暗中作无义语，终不作寒乞声。”① 严羽称“太白天才豪逸，语多猝然而成者”。张戒《岁寒堂诗话》云：“才力有不可及者，李太白韩退之是也。”② 明代陈沂以太白之长歌瑰奇、豪壮，慷慨流动，“其才实出天赋，非学而能”③。但对李白天才的表彰并非意味着否定杜甫之才，因此贺贻孙有“李以天分独胜，而杜则天工人巧俱绝”之说④；许印芳也称：“盖李之才高，杜之才大，既是词场劲敌；诗人飘逸沉郁，又各造其极而不能相兼。”⑤ 邱炜萲云：

> 李公才高，杜公才大，仙圣所造，各有独尊。乃才高者好与古人相角，李白集中多拟古人传作，而杜甫无之；才大者不妨自我作古，杜甫集中所为排律长篇及咏物小题而李白亦无能以相胜。人各有能与不能，二公可谓善用其能矣。⑥

李杜皆有才，只是才之所能不同，而二人之伟大在于善用其才能。

其二，李杜优劣无论如何定案，二人也皆非无学者。于慎行《榖山笔麈》云：

> 李诗放而实谨严，不失矩矱；杜诗似严而实跌宕，不拘绳尺，细读之可知也。然皆从学问中来：杜出六经、班汉、文选而能变化，不露斧痕；李出《离骚》、古乐府而未免依傍耳。⑦

① 蔡正孙：《诗林广记》卷三引，文渊阁四库全书本。

② 张戒：《岁寒堂诗话》卷上，丁福保辑《历代诗话续编》，中华书局1983年版，第452页。

③ 陈沂：《拘虚谈诗》，吴文治主编《明诗话全编》，江苏古籍出版社1997年版，第1945页。

④ 贺贻孙：《诗筏》，郭绍虞辑《清诗话续编》，上海古籍出版社1983年版，第179页。

⑤ 许印芳：《附录明人诗话跋》，张国庆辑《云南古代诗文论著辑要》，中华书局2001年版，第219页。

⑥ 邱炜萲：《五百石洞天挥麈》卷十一，续修四库全书本。

⑦ 于慎行：《榖山笔麈》卷八，吕景琳点校，中华书局1984年版，第87页。

虽然认为李白学习《离骚》、古乐府略有依傍——当指其拟古之作较多，但仍然强调了李白并非皆是天马行空的一味陶泄性灵。

正因为如此，论李杜者不乏对二人才学的同时标榜："开元天宝之际，笃生李杜二公，集数百年之大成。太白天才绝世，而古风乐府，循循守古人规矩；子美学务奥叟，而感时触事，忧伤念乱之作，极力独开生面。"[①] 李既具才学法度，杜也在学深之余具创新之才具。

其三，尽管李杜皆备才学，但从其才学于创作中的体现等因素衡量，二人还是各有所偏：其中李白倾向于才，杜甫更倾向于学。

最早从才与学范畴论述李杜优劣的是欧阳修，他的"李白杜甫诗优劣说"中云："杜甫于白得其一节，而精强过之。至于天才自放，非甫可到也。"[②] "精强"源自学习磨炼，与天才相对，说明其出于后天。这里天才、精强对言，已经是才学之辨了。吴沆则直接名之曰才学："杜甫长于学，故以字见功；李白长于才，故以篇见功。"[③] 这样李白杜甫一主天才、一主人工学力的思想便在宋代定型了。

江西诗派兴起，以杜甫为祖，其重要原因便是杜甫之诗有学。黄庭坚曾云：

> 子美作诗，退之作文，无一字无来处，盖后人读书少，故谓杜韩自作此语耳。古人为文章，真能陶冶万物，虽取古人陈言入翰墨，如灵丹一粒，点铁成金也。[④]

李杜优劣的论争在明代尤为热烈，之所以如此，正是在复古与反复古的论争之中，各自需要从前人那里寻找榜样的依托。由于明初高棅以及中期前后七子对盛唐的推崇，这样寻找榜样的目光自然投射到盛唐，而其时最伟大的诗人就是李杜。对李杜的关注复活了唐代文人就关注的李杜优劣

① 鲁九皋：《诗学源流考》，郭绍虞辑《清诗话续编》，上海古籍出版社 1983 年版，第 1356 页。

② 欧阳修：《笔说》，《文忠集》卷一百二十九，文渊阁四库全书本。

③ 吴沆：《环溪诗话》，学海类编本。

④ 蔡梦弼：《杜工部草堂诗话》卷一引，丁福保辑《历代诗话续编》，中华书局 1983 年版，第 199 页。

问题，因此李杜优劣便再次成为焦点。明文人没有停留在一般的情感判断上，而是作出了类似胡应麟《诗薮》、陆时雍《诗镜总论》以及屠隆《与友人论诗文》等著述那样精密的比较研究，透过李杜优劣这个问题的表象，将讨论的标尺定位在了诗歌的本体理论：才学问题。也就是说，李杜优劣问题在明清的论争，最终转化为了诗歌创作之中的才学之争。

这种才学之争，又曰人工、气化，屠隆云：

杜甫之才大而实，李白之才高而虚。杜是造建章宫殿千门万户手，李是造清微天上五城十二楼手。杜极人工，李纯气化。[①]

郎瑛则称杜甫“勉然”，李白“自然”：

李豪隽而才敏，杜质朴而才钝。相会若有低昂也，然则底于成也，同归于极焉。细而论之，则有一勉然，一自然之分耳。[②]

陈沂《拘虚谈诗》则归之为有意无意：

太白诗，如素月流光，彩云弄色，天色意态，无迹可寻；少陵诗，如风雨雷电骤至，霁则垂虹返照，光景顿殊。二家多具造化之妙，特分意之有无耳。

无意为自然，有意为勉然。

又曰“天机”与“人力”。《类编》云：

唐诗有以天机胜，有以人力胜，有机力各半。“海风吹不断，江月照还空”，天机也；“径转回银烛，林疏散玉珂”，人力也；“露气闻芳杜，歌声识采莲”，机力各半也。李太白多以天机胜，杜子美多以人力胜。如王右丞、孟襄阳多天机，李义山、杜樊川多人力。要之，

---

① 屠隆：《鸿苞节录》卷六。

② 郎瑛：《七修类稿》卷三十八，安越点校，文化艺术出版社 1998 年版，第 470 页。

天机可得不可力致，人力到处妙夺天工，则亦不失为高品矣。[①]

又曰天资、学力，黄子云称：

太白以天资胜，下笔敏速，时有神来之句，而粗略浅率处亦在此。少陵以学力胜，下笔精详，无非情挚之词。[②]

何日愈也有类似论述："太白以天资胜，故语多俊逸；子美以学力胜，故语多沉郁。"[③] 清人《弹雅》则从诗歌分类上区别李杜，以李白之诗为"才子之诗"，杜甫之诗为"笃学之诗"。才子之诗"字句章法，若罔知之"；笃学之诗"格调辞意，匠心措置"[④]。所谓的"若罔知之"与"匠心措置"，相当于创作之际的出于自然与刻意而为，即有意无意之别。

相关论述还有很多，体现了文学批评史上相当的一致性，因而"李才杜学"便成了才学相对又双峰并立的经典代表。[⑤]

其四，天人才学之区分中，以才为优。李杜优劣的才学区分是具有价值倾向的，一方面批评中不否认学或者人工一路所取得的成就，以为李杜尽管所由路径不同，但所达到的成就则同归于极。另一方面，又在这种天人才学的不同中引出以下三个论断：

首先，天才是不可学的。胡应麟《诗薮》外编卷四早就从可学不可学讨论过李杜："李杜二家，其才本无优劣，但工部体裁明密，有法可寻；青莲兴会标举，非学可至。"王百穀亦云："李诗仙，杜诗圣；圣可学，仙不可学矣。"[⑥]

清代文人从普泛意义上对天才不可学多有论述，方苞论司马相如：

---

① 费经虞撰，清费密增补：《雅伦》卷十六。

② 黄子云：《野鸿诗的》，丁福保辑《清诗话》，上海古籍出版社 1963 年版，第 863 页。

③ 何日愈：《退庵诗话》卷一，广东高等教育出版社 1996 年版，第 7 页。

④ 费经虞撰，清费密增补：《雅伦》卷十七。

⑤ 盛炳纬《光绪重刻黄文节公全集序》云："有唐一代，以诗取士，中叶李才杜学，韩奇白真，诸造其极。"见光绪义宁州署重刊本《山谷全书》卷首。

⑥ 潘德舆：《养一斋李杜诗话》卷一引，郭绍虞辑《清诗话续编》，上海古籍出版社 1983 年版，第 2169 页。

“盖相如天骨超俊，不从人间来，恐学者无从窥寻而妄摹其字句，则徒敝精神于蹇浅耳。”[①] 王士祯评龚鼎孳词曰：“合肥作歌行，每用杜韵，雄浑雅健，不可增减，妙如自运，此自天才不可学。”[②] 延君寿也论：“诗有看去极省力，又极自在流出，却不许人捉笔追踪者，天才人力之别也。”[③] 无此天才而妄拟之终将徒费精神，而李白正是这个因作品成于天才故而不可临摹的代表。梁章距即以为李白之诗不可不读，但不可遽学，因引李文贞论李白曰：

他天才妙，一般用事用字，都飘飘在云霄之上。此人学不得，无其才断不能到。[④]

如李调元《重刻太白集全序》论当时文学理论界普遍价值视野中的李杜：

太白诗根柢风骚，驰骋汉魏，以遗世独立之才，汗漫自适，志气宏放，故其言纵恣傲岸，飘飘然有凌云驭风之意，以视乎循规蹈矩、含咀宫嚼商者，真尘饭土羹矣。其仙风道骨，实能不食人间烟火。故世之负尸载肉而行者，望之张目咋舌，譬如天马行空，不施控勒，其能绝尘而追者几人哉……今之人半以子美沉酣六籍、集古今大成为风雅正宗，使追步者有径可寻，有门可窥，故谈艺家迄今奉为矩矱（当为矱），遂视太白为登天然，不可几及者。

虽然李调元本人以为李白非不可学，且称“欲括风雅之源流，明著作之意旨，舍太白其将何师乎”？又以为“世之言诗者，不问津于太白而先以子美为宝筏，是犹所谓断港绝航而望至于海也”。但于李白能学什么呢？若所谓“寻思玩绎于摆脱骈俪轶荡不群之外”者，其运使者实则为才为性

① 方苞：《古文约选序例（代）》，《方望溪全集》卷四集外文，中国书店 1991 年版，第 303 页。

② 王士祯评龚鼎孳：《秋岳将以病去湖上留饮寓斋命制此词即用其题壁旧韵》，《倚声集》卷十八，续修四库全书影印清顺治十七年刻本。

③ 延君寿：《老生常谈》，郭绍虞辑《清诗话续编》，上海古籍出版社 1983 年版，第 1839 页。

④ 梁章距：《退斋随笔》，郭绍虞辑《清诗话续编》，上海古籍出版社 1983 年版，第 1974 页。

情；又如所谓“求其声律固自有轨辙可遵”一条，又无可确指之处。[1]

《静居绪言》也从李白之不可拟论：

> 诵供奉诗，如合大部乐，无论滞濦幽鄙之怀，为之冲旷；如焚百和香，无论邪僻秽败之气，为之消歇。随举一韵一篇，势如转丸，灭绝斧痕凿迹。至其电之为天笑，波之而为海立，岂凡才可拟，尘步可跂哉！[2]

杜甫则不同，从宋代诗歌致力于新创，便从杜甫韩愈等作品中描神画影。明代复古派言诗动辄盛唐，而盛唐诸名家中虽高标李白，但若论师法，又只能以杜甫为正宗。之所以选择杜甫，原因在于其上一等之陶渊明、谢灵运“意语自高”、“势气传运”不易学；再高一等建安黄初诸人“其才杰出，一笔写就”，无梯阶可近身。而杜甫则从其铺叙、博览、用意、使事、下字等皆可示人以法[3]。故而王夫之讥讽“学究、幕客案头胸中皆有杜诗一部，向政事堂上料理馒头馓子”[4]。

而赵翼归结这种现象说：“读者但觉杜可学而李不敢学，则天才不可及也。”[5]

其次，才胜者为优。李杜优劣的具体比较中尽管有着李优、杜优或者李杜不可优劣的不同说法，而一旦将二人优劣归结到才学天人范围内进行讨论时便有了戏剧性的转变：不同时代的文人们一致将才胜的李白奉于尊位。陈星斋就以乌获举白斛之鼎若鸿毛、楚王效之绝脰而亡为例说明才分秉自天，所以“李白睥睨杜甫如富人之悯贫儿，虽似太过，顾亦其克自树立者”[6]。其所自树立者也就是秉之自天的才华，话虽偏激而刻薄，但代表

① 李调元：《重刻太白集全序》，《童山文集》卷五。

② 阙名：《静居绪言》，郭绍虞辑《清诗话续编》，上海古籍出版社 1983 年版，第 1638 页。

③ 朱权：《西江诗法》，吴文治主编《明诗话全编》，江苏古籍出版社 1997 年版，第 573 页。

④ 王夫之：《唐诗评选》卷一，岳麓书社 2011 年版，第 914 页。

⑤ 赵翼：《瓯北诗话》卷二，霍松林等校点，人民文学出版社 1998 年版，第 20 页。

⑥ 陈星斋：《柳文选序》，王葆心《古文辞通义》卷二引，王水照辑《历代文话》第八册，复旦大学出版社 2008 年版，第 7152 页。

了普遍的价值倾向。如田艺蘅《诗谈初编》："诗类其为人，且只如李杜二大家，太白做人飘逸，所以诗飘逸；子美做人沉着，所以诗沉着。如书称钟、王，亦皆似人。"又曰："太白宁放弃，而不作眷恋之态；宁狂荡，而不作规矩之语。子美不能让此两着。"李白之狂肆源自才气的淋漓，唐人所谓"须知一一丈夫气，不是绮罗女儿言"，是为真知太白之言[①]。有此才气所以杜甫不能不让此两着。

王夫之酷不喜杜甫，但凡涉及李杜之处，多褒扬李白之天才，如评鲍照《拟行路难》为"天才天韵吹荡而成"，太白得其一祧，虽然不及鲍照，亦大者仙，小者豪，一泄而成。但"杜陵以下，字缕（当为镂）句刻，人工绝伦，已不相浃洽"。评杜甫《乾元中寓居同谷县作歌七首》，虽也称道杜甫于此能够"位置行住如谢玄使人，屐履皆得其任"，但并不值得学习，因云"俗子或喜其近情，便依仿为之，一倍惹厌"。杜甫歌行等作则被其纳入"散圣、庵主家风"，是"不登宗乘"的。且其"老夫清晨梳白头"之类，正令人人可诗，人人可杜。而评李白《拟西北有高楼》开篇"明月照高楼，下有白玉堂。明月看欲坠，当窗悬清光"则云："'明月看欲坠'二句，从高楼、玉堂生出。虽转势趋下，而相承不更作意。少陵从中生语，便有拖带。"于是得出结论："杜得古韵，李得古神。神、韵之分，亦李杜之品次也。"评杜甫《前出塞》也敷衍此说："全于韵得古，乃其得韵又在开合详略之间。"[②] 得古之神，以我为主，申才而见；得古之韵，以古为主，以学而得。且韵可以由文字之中生发，其品次低于神。

再者，从李杜诗歌艺术魅力的深层考量，李白的作品更具有艺术品格。厉志说：

> 太白姿禀超妙，全得乎天，其至佳处，非其学力心力所能到。若天为引其心力，助其学力，千载而下，读其诗只得归之无可思议。即其自为之时，恐未必一准要好到如此地位。

---

① 田艺蘅：《诗谈初编》，吴文治主编《明诗话全编》，江苏古籍出版社 1997 年版，第 3951 页。

② 王夫之：《古诗评选》卷一，岳麓书社 2011 年版，第 534 页；《唐诗评选》卷一，第 914 页；《唐诗评选》卷二，第 952、957 页。

少陵则不然，要好到如此地位，直好到如此地位，唯不能于无意中增益一分，亦不欲于无意中增益一分。[①]

赵翼论李白云：

诗之不可及处，在乎神识超迈，飘然而来，忽然而去，不屑屑于雕章琢句，亦不劳于镂心刻骨，自有天马行空，不可羁勒之势。若论其沉刻，则不如杜；雄鸷亦不如韩。然以杜韩与之（李白）比较，一则用力而不免痕迹，一则不用力而触手生春：此仙与人之别也。[②]

厉志从是否有超越了思议之外的审美空间比较李杜，赵翼从是否具备自由心灵的激荡比较李杜，作为一才一学的代表，最终一个不可思议，一个只到如此；一个仙，一个凡：都已经表达了鲜明的才优于学的审美态度。

受李杜优劣论的影响，类似的优劣讨论历史上比比皆是，它们无一例外地延续了李杜优劣论所采取的研讨范式、价值取向，是才与学相关理论更为广泛地落实与运用。涉及唐代的如王维、孟浩然优劣，王世贞言“摩诘才胜孟襄阳，由工入微，不犯痕迹”，而孟浩然则“造思极苦”[③]。关乎宋代的如陆游、杨万里优劣，刘后村以为“放翁学力也，似杜甫；诚斋天分也，似李白”[④]。及于清代又有朱彝尊王士祯优劣，朱彝尊雄而秀，王士祯具有神韵，一偏于才，一偏于学。赵执信称为“朱贪多，王爱好”，贪多者耀学，爱好者申才。其中最具代表性的有苏黄优劣。

苏黄优劣。苏黄优劣与李杜优劣异曲同工，杨万里早就说过：“诗人之诗，唐云李杜，宋言苏黄。苏似李，黄似杜。”苏、李之作，“子列子御风，无待乎舟车”，此为“神于诗”；杜、黄之作，“灵均之乘桂舟、驾玉车”，此为“圣于诗”。神者无待于假物依循，是才的激扬；有待者需要涂

① 厉志：《白华山人诗说》卷一，郭绍虞辑《清诗话续编》，上海古籍出版社1983年版，第2779页。

② 赵翼：《瓯北诗话》卷一，霍松林等校点，人民文学出版社1998年版，第3页。

③ 王世贞：《新刻增补艺苑卮言》卷三，续修四库全书本。

④ 刘克庄：《后村诗话前集》卷二，适园丛书本。

饰，更需要学的辅助[①]。宋元之际方回明确以才学论苏黄：“坡诗天才高妙，谷诗学力精严；坡律宽而活，谷律刻而切。”[②] 清代盛炳纬也将苏、黄与李杜联系起来，且有了以下共同的比附：“子瞻笔力奔放胜于黄，才似太白；黄诗气味渊厚胜于苏，学似老杜。”[③] 后世论者基本上沿此路径，以才与苏，以学与黄。

论苏轼之才。冯班云其“力大才高”；纪昀称：“东坡七律，往往一笔写出，不甚绳削。其高处在气机生动，才力富健。”[④]《老生常谈》中论苏轼“天才迥不犹人”，具体体现为：一为“变化开合，神出鬼没，若行乎其所无事”；二为“用笔用气直贯至尾，魄力雄健”；三为“纯以质劲之气，作闪烁之笔，遂能于寻常蹊径中，得此出没变化之妙”[⑤]。

论山谷之学。山谷诗学思想本身就建立在经典的研习揣摩上，《答洪甥驹父》讲博学以会理；《答徐甥师川》以杜甫“读书破万卷，下笔如有神”为“作诗之器”；《与王观复书》批评其诗语言生硬，不谐律吕，开出的药方是读书且求精博；《答洪驹父书》则表彰无一字无来历。至于其脱胎换骨、点铁成金的诗法，正是对学的运使。任渊《黄陈诗注序》云：“本朝山谷老人之诗，尽极骚雅之变，后山从其游，江汉并焉。故二家之诗，一字一句有历古人六七作者，盖其学该通乎儒释老庄之奥，下至于医卜百家之说，莫不尽摘其英华，以发之于诗。”[⑥] 赵翼论山谷，专门拈出其对学的宗尚：

> 刘梦得论诗，谓“无来历字，前辈未尝用。”孙莘老亦谓“杜诗无一字无来历”。山谷尝拈以示人，盖隐以自道。又尝跋《枯木道人

---

① 杨万里：《江西宗派诗序》，《诚斋集》卷八十。

② 方回评黄庭坚：《春雪呈张仲谋》，李庆甲《瀛奎律髓汇评》卷二十一，上海古籍出版社 2005 年版，第 887 页。

③ 盛炳纬：《光绪重刻黄文节公全集序》，光绪义宁州署重刊本《山谷全书》卷首，祝尚书编《宋集序跋汇编》，中华书局 2010 年版，第 723 页。

④ 方回评苏轼：《正月二十日往岐亭潘古郭三人送余于女王城东禅庄院》，李庆甲《瀛奎律髓汇评》卷十，上海古籍出版社 2005 年版，第 371 页。

⑤ 延君寿：《老生常谈》，郭绍虞辑《清诗话续编》，上海古籍出版社 1983 年版，第 1818 页。

⑥ 任渊：《黄陈诗注序》，祝尚书编《宋集序跋汇编》，中华书局 2010 年版，第 728 页。

赋》谓："闲居熟读《左传》、《国语》、《楚辞》、《庄周》、《韩非》诸书，欲下笔先体古人致意曲折处，久乃能自铸伟词，虽屈宋不能超此步骤也。"[①]

从用字、步骤等入手论学习古书，基本上强调的是涵养。

而在才、学的比较之中，苏黄论也具有明显的优劣倾向，尽管历史上有"韩不如柳，苏不如黄"的说法[②]；尽管不否认苏黄两家"才力雄厚，书卷繁复，实旗鼓相当"[③]，但以苏才优于黄学的声音仍然是主流。王若虚认为：

东坡，文中龙也，理妙万物，气吞九州，纵横奔放，若游戏然，莫可测其端倪。鲁直区区持斤斧准绳之说，随其后而与之争，至谓未知句法。东坡而未知句法，世岂复有诗人？而渠所谓法者，果安在哉……鲁直欲为东坡之迈往而不能，于是高谈句律，旁出样度，务以自立而相抗，然不免居其下也。[④]

纪昀则称苏黄相比"何啻天壤"："大略黄费筋力，苏自然；黄苦而险，苏散而阔。"[⑤] 赵翼《瓯北诗话》又将苏黄才学于诗中的表现具体化为用笔与用事之差异。用笔："东坡随物赋形，信笔挥洒，不拘一格，故虽澜翻不穷，而不见有矜心作意之处。山谷则专以拗峭避俗，不肯作一寻常语，而无从容游泳之趣。"用事："坡使事处，随其意之所之，自有书卷供其驱驾，故无捃摭痕迹。山谷则书卷比坡更多数倍，几乎无一字无来历；然专以选材庀料为主，宁不工而不肯不典，宁不切而不肯不奥，故往往意

① 赵翼：《瓯北诗话》卷十一，霍松林等校点，人民文学出版社 1998 年版，第 168 页。

② 李东阳：《麓堂诗话》，丁福保辑《历代诗话续编》，中华书局 1983 年版，第 1386 页。

③ 赵翼：《瓯北诗话》卷十一，霍松林等校点，人民文学出版社 1998 年版，第 168 页。

④ 王若虚：《滹南诗话》卷二，丁福保辑《历代诗话续编》，中华书局 1983 年版，第 517 页。

⑤ 纪昀评苏轼：《正月二十日往岐亭潘古郭三人送余于女王城东禅庄院》，李庆甲《瀛奎律髓汇评》卷十，上海古籍出版社 2005 年版，第 371 页。

为词累，而性情反为所掩。”[1] 二人一自然一人工，虽然才力雄厚书卷繁富上旗鼓相当，但仍然因为于才学在诗歌中的表现形态之异而显出优劣。赵翼所谓“其间亦自有优劣”，意思便是如此。

尽管从创作而言，才学天人之际，其价值评判是天、才独尊，但回到具体的学习启蒙阶段，理论界又基本要求要由可梯接可师法处入手学习。就李杜、苏黄等才学各有侧重的诗人而言，在认可各自价值的同时，多强调从杜、黄入手。这种观点宋代就已经出现，陈师道《后山诗话》以杜甫与韩愈陶渊明对比：“学诗当以子美为师，有规矩故可学。退之于诗，本无解处，以才高而好尔。渊明不为诗，写胸中之妙尔。学杜不成，不失为工。无韩之才与陶之妙而学其诗，终为乐天尔。”[2] 子美可学在有规矩，韩愈等则因为成于才趣，难以踪迹。明代文人盛赞李白负天仙之才，而批评杜甫不免刻苦作诗，但后之人作诗，也是多学杜而鲜师太白，其原因正在于太白才高难及，纯乎妙悟，绝无迹象可即。才如太白无从学起，因而从有门径的杜甫入手成为大众的共由之路。从侧重于人工者入手，不是对天才见长诗人的价值贬抑，而是一种无奈的策略。

三

李杜优劣在印证才学关系之外，同样是才法关系极为突出的一个代表范式，此前的颜延之谢灵运优劣与此后的苏轼黄庭坚优劣也同时有着才法关系理论的深刻影响。如王夫之论颜谢优劣：“从来以颜拟谢，颜之于谢，非但寻丈之间也。谓颜一似剪采，其论亦苛。颜笔端自有清傲之气，濯濯自赏。乃其所以不足望谢者，往往立法自缚，欲令严束，反得凌乱也。”虽然不否认其也具傲岸之才，但“法特繁重”[3]。而谢灵运清水芙蓉天然烂漫的传统评价，本即对其才的品目。因而颜谢优劣，于谢表彰其出于才之自然，于颜批评其本乎法之束缚。

---

① 赵翼：《瓯北诗话》卷十一，霍松林等校点，人民文学出版社 1998 年版，第 168 页。

② 陈师道：《后山诗话》，何文焕辑《历代诗话》，中华书局 1981 年版，第 304 页。

③ 王夫之：《古诗评选》卷五颜延之《夏夜呈从兄散骑车长沙》评语，岳麓书社 2011 年版，第 750 页。

才法关系在具体的文学批评中有众多表现，李杜优劣之外如司马迁班固优劣（又往往具体为《史记》《汉书》优劣）。

才法关系落实于文学批评的诸多表现，贯彻了才法关系以下基本理论取向：

颜谢二人之优劣、李杜优劣、苏黄优劣以及司马迁、班固优劣等论，虽然一般皆从各有优长难分高下评价，但其中一天一人、一才一法的关系系统内，因才与法各自倾向不同，因此在其价值认定中往往寓有对才的倾斜。当然，律诗的评判，舆论偏于杜甫者明显增多，这与此体严格于律法相关。

而在体格声调、兴象风神或者才情、格调以及曲学之中文辞、律法的论争中，尽管往往归结于才法相成，但依然未改变对才的仰望。

具体申说如下。

李杜优劣归结到才学问题，其中实际上已经开始与才法问题有了联系，因为法术无非是后人从前人经典之中反复揣摩获得的规律或者经验，获得法式的过程就是学的过程。此外，有一些批评家则将李杜优劣的讨论直接纳入到才与法的关系范畴之中。

如殷璠《河岳英灵集》言李白："其为文章，率皆纵逸。至如《蜀道难》等篇，可谓奇之又奇。然自骚人以还，鲜有此体调也。"① 李阳冰序太白集，言其"自风骚之后，驰骋屈宋，鞭挞扬马，千载独步，惟公一人而已。"② 胡应麟称其"才高气逸而调雄"等③，皆从才气之俊逸不羁而言。评杜甫者则多从法入，如《雪浪斋日记》云"欲法度备足当看少陵"④。严羽《沧浪诗话·诗评》："少陵诗法如孙吴，太白诗法如李广，少陵如节制之师。""少陵诗，宪章汉魏而取材于六朝。至其自得之妙，则前辈所谓集大成者也。"李白神龙见首不见尾，是为才；杜甫巡行有规矩，是为法。

---

① 殷璠：《河岳英灵集》，傅璇琮编撰《唐人选唐诗新编》，陕西人民教育出版社 1996 年版，第 120 页。

② 李阳冰：《李太白集序》，王琦注《李太白全集》附，中华书局 1977 年版，第 1443 页。

③ 胡应麟：《诗薮》内编卷四，上海古籍出版社 1979 年版，第 70 页。

④ 胡仔：《苕溪渔隐丛话》前集卷二引，廖德明校点，周本淳重订，人民文学出版社 1993 年版，第 11 页。

后世论李杜，基本也是以李主才，杜主法。如江盈科论七律："李白少七律，乃纵才者逃缚，非不能"；"杜则独步"。又云：

> 李太白诗，清虚缥缈，如飞天真仙，了无行迹，下八洞仙人，欲逐其后尘，已无可得，况凡人乎？若七言律诗，彼自逃束缚，不肯从事，非才不逮杜也。杜子美诗，古骨古色，如万金彝鼎。偶遇买手，逢识者自然善价而沽，若百室之邑，千人之聚，不必开口问价，谁能偿得此老？至其七言律，固云宏肆，然细读细思，何一句一字不是真景真情？在盛唐中，真号独步。[①]

李白纵才而不束乎法，杜甫循法度而情真意切，并非无才。清代乔忆认为，诗歌法度至杜甫而大备："盖子美学博而正，其所为诗，大则有关名教，小亦曲尽事情，加以诗之法度，至杜大备。"就是说，杜甫之集大成，体格完备之外，其中还包括法度的完备。而论李白则云："太白神游八表，学兼内典，见之诗，多恍惚不适世用之语；又才为天纵，往往笔落如疾雷之破山，去来无迹，将法于何执之？"[②] 李白才尤杰出，于是往往超逸于法度之外。

从才学论，才为天，学为人，李杜虽然未必论高下，但价值评判的天平还是有倾斜的，即往往表现出对李白的推扬。但由才法讨论，就古代诗歌——尤其律诗而言，才的纵恣破法有时恰恰成为一个弊病。因此，从明清文人的相关论述看，尽管也有不少人兼顾两端，各言才法利弊，如："太白如神童，时有累句，为才所使也。少陵如老吏，时无逸句者，为律所缚也。"[③] 但是在肯定才赋的基础上，于律体推崇杜甫之合法度者也明显增加。陆时雍严划古诗、律诗界限，批评初唐以律行古，局促不伸；盛唐以古行律，律体遂败，强调律诗法度的必要："良马之妙，在折旋蚁封；

① 江盈科：《雪涛诗评》，黄仁生辑《江盈科集》，岳麓书社 1997 年版，第 801 页。

② 乔亿：《剑溪说诗又编》，郭绍虞辑《清诗话续编》，上海古籍出版社 1983 年版，第 1118、1087 页。

③ 谢肇淛：《小草斋诗话》卷二，旧抄本，吴文治主编《明诗话全编》，江苏古籍出版社 1997 年版，第 6676 页。

豪士之奇，在规矩妙应。”若“恃才一往，非善之善也”。以此为尺度，衡量李白的《对酒忆贺监》、《宿五松山下荀媪家》、《宿巫山下》等五言律“非律体之所宜”[①]。清初李邺嗣赞赏李白的“逸才奔放”、“每有风流浮于句韵之间”；但论及律诗，则以李白为“疏”，虽然也时时有纵横驰骋之态，但“终于法不合”[②]。乔亿论李杜二人之别：

> 太白诗法，齐尚父、淮阴之兵法也；少陵诗法，孙吴之兵法也。以同时将略论，在汉，李则飞将军，杜则程不识；在唐，李则汾阳王，杜则李临淮。然则李愈与？曰：杜犹豫节制之师，百世之常法。[③]

又如许印芳论杜甫七律云：

> 盛唐人力能挽强者，以王、李、高、岑四家为最。摩诘雄秀超妙，高出三家之上，然犹未尽其能事。少陵扩而大之，变而通之，植骚雅之干于对偶声律之间，用法甚严，取境甚宽，运之以纵横排奡之笔，行之以浑浩流转之气，游刃有余，无施不在可。全集中得诗百七十首，单章优矣，连章尤胜；平调美矣，拗调尤奇。自有七律以来，此章开出特地乾坤，千百世当奉为矩矱。视彼之小道可观、君子不为者，夐不侔矣。太白天才豪放，不奈拘束，于此体不甚留意，目睹少陵诸作，敛才就范，而能舒卷自如，无拘束态，吾知其帖然心服，叹赏不置，乌有是非颠倒，反讥其拘束者乎？[④]

从敛才就范又舒卷自如论杜甫七律，推为别开乾坤。近人陈衍也由严羽少陵诗法如孙吴、太白诗法如李广引申，称“孙吴有实在工夫，李广全

---

① 陆时雍：《唐诗镜》卷二十，文渊阁四库全书本。

② 李邺嗣：《杜工部诗选序》，《杲堂文钞》卷一，四明丛书本。

③ 乔亿：《剑溪说诗又编》，郭绍虞辑《清诗话续编》，上海古籍出版社 1983 年版，第 1118、1087 页。

④ 许印芳：《附录唐人杂说跋》，见《诗法萃编》，张国庆选编《云南古代诗文论著辑要》，中华书局 2001 年版，第 167 页。

靠天分，不可恃也”[①]。在才与法的语境下，即使推崇李白，也往往不以废黜法式为前提，李调元则干脆将李白也纳入到了“合法”的轨道，他说：

唐诗首推李杜，前人论之详矣。顾多以杜律为师，而于李则云仙才不能学。何其自画之甚也？大约太白之于乐府，读之奇才绝艳，飘飘如列子御风，使人目眩心惊；而细按之，无不有段落脉理可寻，所以能被之管弦也。若以天马行空，不可控勒，岂五音六律亦可杂以不中度之乐章乎？故余以为学诗者，必从太白入手，方能长人才识，发人心思。王渔洋曾有声调谱，而李诗居其半，可谓知音矣。[②]

李调元是从乐府论李白法度的，言人所未言。但同时也回避了最强调法度的律诗。他所声称的李白乐府之脉理，应该属于文成法立的范围，不足以说明李白的创作能够实现对法式的依循。

从合法度推崇杜甫，一则是对蔑弃法度的警醒，一则是出于法度的可资学习性，正如胡应麟所说：“李杜二家，其才本无优劣，但工部体裁明密，有法可寻；青莲兴会标举，非学可至。”[③] 杜甫可以模仿学习，而李白则难以梯接师法。但合法度并非作品价值的最终评量尺度，因此，除了李调元从不背于法肯定李白之才，在李杜一才一法总体的艺术比量上，也有向才的倾斜。如费经虞论杜甫曰：

敖器之云杜工部如周公制作，后世莫能拟议。李献吉云少陵如至圆不加规，至方不加矩。此亦过言。唯韩退之“李杜文章在，光焰万丈长”始为的论。盖少陵之作虽古人未有，后来难继，然亦唐人一种耳，如将相之家。非三百篇若天子，古诗十九首若诸王，必不能至者也。

① 陈衍：《石遗室诗话》卷十四，张寅彭主编《民国诗话丛编》一，上海书店出版社 2002 年版，第 140 页。

② 李调元：《雨村诗话》卷下，郭绍虞辑《清诗话续编》，上海古籍出版社 1983 年版，第 1525 页。

③ 胡应麟：《诗薮》外编卷四，上海古籍出版社 1979 年版，第 190 页。

不仅其为唐人一种，为将相而非诸王天子，而且宋代学杜之说兴起后，一唱群和，宋人之“粗狂介兀”，皆自学杜而来，遂成江西诗派及明弘正以后前后七子之狂肆。虽然费经虞也认同“李杜规模弘远，前贤屡论未易优劣”，但以上所论显然没有历代尊杜者的美誉之辞。且又对比李杜云：

杜少陵如巨家大族，累世素封，人又精敏。楼台壮丽，器用周全，金谷之积无算，僮仆千人，陆行车马，水行舟楫，宾客之至如归。亭榭饮食，事事如意，皆有法度，多而不紊，久而不困。太白诚不能与之并驱。

而太白则王孙公子，人既风流，宾从亦盛。银瓶负酒，骏马驮倡。出郭之步障十里，笙歌溢路，就席薰香。高谈大笑，旁若无人。少陵亦安能与之争衡哉！

二公之作，所谓金翅劈海，香象渡河，君王亲征，气象自别。则同其根宗所来，精力所至大不同也。然少陵尚有规范可学，虽王导金翅，后妃体制，与民间自是殊绝。而太白则散花天女，乘凤驾雾，乌可学耶？先辈论李杜谓太白十首九首言酒；又谓结构多同。此亦未免以大小论夜光之珠，尺寸度天孙之锦也。[①]

少陵事事如意，皆有法度；然而其有规范可学与太白之天女散花无径可援相比，一天一人，人天之别，也隐有价值的评价。

在唐后的文学批评界，除了李杜优劣，苏轼黄庭坚优劣、太史公班固或者《史记》《汉书》优劣，二者最终也归依于才法关系的讨论。

与从才法维度论李杜优劣一样，苏黄优劣置于才与法关系的考察之下，尊黄尊法的声音便凸显出来。宋代吴坰《五总志》论苏黄：

后之学者因生分别，师坡者萃于浙右，师谷者萃于江左。以余观之，大是云门盛于吴，临济盛于楚。云门老婆心切，接人易与，人人

① 费经虞撰，费密增补：《雅伦》卷二。

> 自得，以为得法，而于众中求脚跟点地者百无二三焉。临济棒喝分明，勘辨极峻，虽得法者少，往往崭然见头角，如徐师川、余荀龙、洪玉父昆弟、欧阳元老，皆黄门登堂入室者，实自足以名家。①

东坡以随物赋形教人，虽得妙谛，但基础薄弱与才思低劣者难以追随，所以入门易而成就难。山谷讲究法度布置，入门需要一个学习积累的过程，但有梯阶可循，虽未必皆有大成，但也能避免颠覆。《许彦周诗话》引林艾轩论苏、黄："丈夫见客，大踏步便出去；若女子，便有许多装裹。此坡谷之别也。"大踏步者为运才而行，为苏轼；装裹者则为学为法所拘，为山谷。

太史公班固或者《史》《汉》优劣。司马迁、班固优劣之论，首发于晋代张辅，《晋书·张辅传》引其论曰：

> 迁之著述，辞约而事举，叙三千年事唯五十万言；班固叙二百年事乃八十万言，烦省不同，不如迁一也。良史述事，善足以奖劝，恶足以鉴戒，人道之常。中流小事，亦无取焉，而班皆书之，不如二也。毁贬晁错，伤忠臣之道，不如三也。迁既造创，固又因循，难易益不同矣。又迁为苏秦、张仪、范雎、蔡泽作传，逞辞流离，亦足以明其大才。故述辩士则辞藻华靡，叙实录则隐核名检，此所以迁称良史也。②

就文学维度而言，从文字多寡论二人优劣，此为开拓。一般评价中，《史记》《汉书》无法优劣，"马迁之文，天高于人；兰台之文，人高于天。迁文流中带凝，班文韵中带肃。"③ 一天之自然，一人工而及乎天；一宏放，一详整；一偏于才思，一严于法度：双峰并立。但从宋代开始，便出

---

① 吴坰：《五总志》，文渊阁四库全书本。

② 房玄龄等：《晋书》卷六十，中华书局 1974 年点校本。

③ 章廷华：《论文琐言》，王水照辑《历代文话》第九册，复旦大学出版社 2008 年版，第 8394 页。

现了程子如下的评价："子长著作，微情妙旨寄之文字蹊径之外；孟坚之文，情旨尽露于文字蹊径之中。读子长文，必越浮言者始得其意，超文字者乃解其宗。班氏文章亦称博雅，但一览之余，情词俱尽。张辅以文字多寡为优劣，此何足以论班马哉。"① 承张辅之论，对二人也有明显的轩轾。明清之际受时文取士以及古文地位巩固等影响，《史记》《汉书》皆受到文章学习者的重视，其时《史》《汉》优劣讨论极多，杨慎直接将其与李杜优劣比附："比之文，太白则《史记》，少陵则《汉书》也。"② 但多表现出对倾向于才思的《史记》的尊奉。我们以茅坤的相关论述为例，其《刻汉书评林序》云："太史公与班掾之材，固各天授，然《史记》以风神胜，而《汉书》以矩矱胜。"以风神胜者才长，以矩矱胜者法优，而且才法之优长在作品中又各自体现出独到的特征：

惟其以风神胜，故其道逸疏宕如餐霞，如啮雪，往往自眉睫之所及，而指次心思之所不及，令人读之解颐不已；惟其以矩矱胜，故其规划布置如绳引、如斧剐，亦往往于其复乱庞杂之间，而有以极其首尾节腠之密，令人读之，鲜不擢筋而洞髓者。

予尝譬之治兵者，太史公则韩、白之兵也，批亢捣虚，无留行，无列垒，鼓钲所向，川沸谷夷；乃若班掾，则赵充国之困先零，诸葛武侯之出岐山也，严什伍，饱糇粮，谨间谍，审向导，先为不可胜以待敌之可胜，故其动如山，其静如阴，攻围击刺，百不失一。

最终的结论是："两家之文，并千古绝调也。"但是，二者创作的难易极不相同：

太史公则刬去史氏编年以来之旧，突起门户，首为传记；且以一人之见而上下数千百年之间，故其文已散亡，而所闻易汩，所自表见者固多，而其所蔽且舛者亦时有之。

① 方以智：《通雅》卷三引，文渊阁四库全书本。

② 杨慎：《升庵诗话》卷十一，丁福保辑《历代诗话续编》，中华书局1983年版，第850页。

班掾则仅起汉氏，非里巷长老之所传习，即其令甲耳目之所睹证。况武帝以前，则按《史记》故本为表里，夫既缀其所长，而避其所短；而昭宣以后，则又有刘向《东观汉书》为之旁佐，羽翼其际，补其缺遗而惩其固陋。[①]

对难易的拿捏与把控，便隐然分辨出了司马迁与班固二人的高下。《刻汉书钞》同样《史记》《汉书》并举，以白起、韩信比司马迁，以诸葛武侯比班固。由纪、表、志、传比较：《汉书》“钩考品画审矣”，较之《史记》帝王世系之讹误、制度沿革之遗佚、忠贤本末之放失、折中大道之违圣等，都体现了一定的优势，这是《汉书》作为史书的精详细密与节制；但“文之嫖姚疏宕而遒逸处抑或不逮（《史记》）”。正是在才华横溢的文辞布置事迹摹画上，《史记》有着无与伦比的价值：

而要之，指次古今，出入风骚，譬之韩白提兵而战河山之间，当其壁垒部曲，旌旗钲鼓，左提右挈，中权后劲，起伏翱翔，倏忽变化，若一夫剑舞于曲旃之上，而无不如意者。西京以来，千年绝调也。即如班掾《汉书》，严密过之，而所当疏宕遒逸，令人读之，杳然神游于云幢羽衣之间，所可望而不可挹者，予窃疑班掾犹不能登其堂而洞其窍也，而况其下者乎？[②]

因此，如果是从文学价值衡量，《史记》的地位无可撼动，其《评司马子长诸家文》又云：“屈宋以来，浑浑噩噩如长川大谷，探之不穷，揽之不竭，蕴藉百家，包括万代者，司马子长之文也。”与此同时，以“闳深典雅”评刘向，以能够斟酌经纬、师法子长刘向父子而勒成一书评班固[③]。一创一沿，一作一述，一才一法，优劣览之了然。

---

① 茅坤：《刻汉书评林序》，见《茅坤集》，张大芝等校点，浙江古籍出版社 1993 年版，第 494 页。

② 茅坤：《刻汉书钞》，见《茅坤集》，张大芝等校点，浙江古籍出版社 1993 年版，第 575 页。

③ 茅坤：《评司马子长诸家文》，见《茅坤集》，张大芝等校点，浙江古籍出版社 1993 年版，第 811 页。

第三节　优劣论的演化形态：压卷论

一

优劣论发展的极致，便出现了压卷之说；如果说一般优劣论尚有彼此抑扬，也是小范围较量的话；那么压卷说则基本不论他作之劣，只强调所推重者之佳，且不是两相比较或者大致比较中的较为出色，乃是一定比量范围——多是整体范围之下的最佳者的桂冠，也可以说是绝唱的代名词。压卷，由此从科举考试评卷以最优者置于众卷之上，以见其独擅其场，逐步就发展为了表达压倒众人众作、一枝独秀的批评方法。

压卷的雏形当即唐人所常言的擅场。"擅场"一词最早见于东汉张衡的《东京赋》，其中有"秦政利嘴长距，终得擅场"的说法，《文选》卷三李善注曰："言秦以天下为大场，喻七雄为斗鸡，利喙长距者终擅一场也……《说文》曰：'擅，专也。'"意思是说，当战国之际，天下群雄逐鹿，如一斗鸡场，弱肉强食，秦王嬴政为其中强者，故而如雄鸡专乎一场。唐人诗文考量习言的"擅场"是就同题而赋者所作的比量；科举盛行之后，以最出色的一篇文章为压卷，此语衍及诗歌，便又出现了诗歌压卷的话题。后来衍及诗选，哪一篇排在第一位，便成为选家和读者关注的重要问题，它关系到选家的艺术鉴赏水准、情趣。

擅场在唐代流行，斗鸡之外，乐舞表演中某乐器的凸显当时也被称为擅场。有如绘画，杜甫《冬日洛阳谒玄元皇帝庙》便有"画手看前辈，吴生远擅场"之说，以此表彰吴道子的画艺。但影响最广的是文人雅集创作与科场竞胜。

文人雅集言擅场。唐李肇《国史补》卷上：

> 郭暧，升平公主驸马也，盛集文士，即席赋诗，公主帷而观之。李端中宴诗成，有荀令何郎之句，众称妙绝。或谓宿构，端曰："愿赋一韵。"钱起曰："请以起姓为韵。"复有金埒铜山之句。暧大出名

> 马金帛遗之。是会也，端擅场；送王相公之镇幽朔，韩翃擅场；送刘相之巡江淮，钱起擅场。[①]

其中李端之作即《升平公主宅即席诗》。宋代《复斋漫录》引用此条资料之际，就概括此前文坛习惯，做出了以下总结："唐人燕集必赋诗，推一人擅场。"又云："乃知子美'画手看前辈，吴生独擅场'，唐人素有此语。"[②] 可见风气使然，唐已流行，且对后世影响甚深，谢榛论诗以兴高为优，便以唐人擅场为比拟："譬如天宝间李谪仙、杜拾遗、高常侍、岑嘉州、王右丞、贾舍人相与结社，每分题课诗，一时宁无优劣？或兴高者先得警策处，援笔立就，自能擅场。"[③]

此外同赋者极多，失传者也不在少数，如：高适、岑参等同赋《慈恩寺》古诗；贾至、王维、杜甫、岑参同赋《早朝》四七言律；宋之问、沈佺期、苏颋同赋《昆明池》三排律；沈佺期、皇甫冉、李端、王无竞题《巫山高》四五言律等。胡应麟认为，以上诸作皆"才格相当，足可凌跨百代"，但其中更为杰出者：《慈恩寺》当推杜甫；《早朝》必首王维；《昆明》宋之问为最；《巫山》皇甫冉尤工。[④]

科举而言擅场。擅场就是科举考试之际能够于场屋出类拔萃者，欧阳修《六一诗话》云：

> 自科场用赋取人，进士不复留意于诗，故绝无可称者。惟天圣二年省试采侯诗，宋尚书祁最擅场，其句有"色映堋云烂，声迎羽月迟"，尤为京师传诵，当时举子目公为"宋采侯"。

王定保《唐摭言》卷十云：

---

① 李肇：《国史补》卷上，文渊阁四库全书本。

② 胡仔：《苕溪渔隐丛话》前集卷六，廖德明校点，周本淳重订，人民文学出版社 1993 年版，第 42 页。

③ 谢榛：《四溟诗话》卷三，丁福保辑《历代诗话续编》，中华书局 1983 年版，第 1185 页。

④ 胡应麟：《诗薮》外编卷四，上海古籍出版社 1979 年版，第 188 页。

> 张乔，池州九华人也，诗句清雅，夐无与伦。咸通末，京兆府解，李建州时为京兆参军主试。同时有许棠及乔与俞坦之、剧燕、任涛、吴罕、张蠙、周繇、郑谷、李栖远、温宪、李昌符谓之十哲。其年府试《月中桂》诗，乔擅场。[①]

袁桷《延祐四明志》卷四陈辅传中更明确有"擅场屋"之说："辅少家贫，刻意问学，夜置足水中以警寝。早以文词擅场屋，东明刘温奇之。"[②]

文人雅集，科举考试，皆为同题竞胜。二者之间互相影响，最终擅场论与压卷论在文学批评中融会为一体。如比较以下两则资料，《唐才子传》卷五云：

> 庭筠之官，文士诗人争赋诗祖饯，惟纪唐夫擅场。

毛奇龄《万柳堂赋序》记载：

> 西河征车赴京时，益都相公大开阁，请召诸门下士共集于城东之万柳堂，即席为赋。时作者三十人，益都以是篇压卷。[③]

二者皆是文人雅集，同题赋诗，唐人饯送温庭筠之作以纪唐夫擅场；清人饯送毛奇龄赋万柳堂之诗而以毛奇龄为压卷。正可见压卷与擅场意义的相合。钱谦益也曾言："广陵郑超宗邀诸名士赋《黄牡丹》，糊名易书，属余看定，如唐人所谓擅场者。余取美周诗压卷，一时呼黄牡丹状元。"[④]糊名易书，显然是科场之中的规矩，评定擅场压卷，二者在此也没有区别，形式既然承自唐人之习尚，也容纳了科场之风气。

因此，压卷就是擅场，又经常称为"第一"，严羽《沧浪诗话·诗评》

---

① 王定保：《唐摭言》卷十，文渊阁四库全书本。

② 袁桷：《延祐四明志》卷四，文渊阁四库全书本。

③ 毛奇龄：《西河集》卷一百二十七。

④ 钱谦益：《偶书黎美周遂球诗集序后》，《牧斋有学集》卷四十七，钱仲联标校，上海古籍出版社1996年版，第1554页。

即云："唐人七言律诗，当以崔颢《黄鹤楼》为第一。"后世皆言以崔诗为压卷。杨慎举宋人"行尽江南数十程，晓星残月入华清。朝元阁上西风急，都入长杨作雨声"一诗，言宋人《唐诗三体》以此首为"压卷第一"[①]，"压卷"与"第一"并言，谓其内涵一致。所以如胡应麟云：

> 芮挺章编《国秀》，以李峤"月宇临丹地"为第一。王介甫编唐诗，以玄宗"飞盖入秦中"为第一。严沧浪论七言，以崔颢《黄鹤楼》为第一。杨用修编《唐绝》，以王昌龄"秦时明月"为第一。然五言律又有主"独有宦游人"者，七言律又有主"卢家少妇"者，绝句又有主"葡萄美酒"者，排律又有主王维《送僧归日本》者。俱在甲乙间，学者当自具眼。[②]

此第一之论，皆就压卷而言。后人也有"冠卷"之论，如方东树便以《赠羊长史》为陶诗"冠卷"[③]。但有一点需要注意：压卷必为擅场，但擅场未必尽皆为压卷或第一，因为擅场首先是指小范围的优劣；其用法后世有所扩大，或指擅长某体，如王夫之论王维："右丞于五言自其胜场。"[④]或指擅长于某类题材，如施愚山论李攀龙："于鳞自喜高调，于登临尤擅场。"[⑤] 如此说来，小范围的擅场未必能够当得起压卷之实；再则言擅场有时未必如压卷那样仅仅指一篇作品，所以才有田雯所谓"义山七律逐首擅场"之论[⑥]。

经过唐代擅场论的积累，压卷说在宋代兴起，其时以压卷论书法、论绘画、论子史、论诗文词赋，甚至以压卷论人物，应用极为广泛。例如：

《直斋书录解题》卷十七："《橘林集》十六卷后集十五卷……其文彫

① 杨慎：《升庵诗话》卷五，丁福保辑《历代诗话续编》，中华书局 1983 年版，第 738 页。

② 胡应麟：《诗薮》外编卷四，上海古籍出版社 1979 年版，第 188 页。

③ 方东树：《昭昧詹言》卷一，汪绍楹校点，人民文学出版社 1961 年版，第 109 页。

④ 王夫之：《唐诗评选》卷二，岳麓书社 2011 年版，第 941 页。

⑤ 施闰章：《蠖斋诗话》卷下，《施愚山集》，何庆善等校点，黄山书社 1992 年版，第 28 页。

⑥ 田雯：《古欢堂集杂著》卷三，郭绍虞辑《清诗话续编》，上海古籍出版社 1983 年版，第 703 页。

琢怪奇，殊乏蕴藉。压卷策问言王金陵配享先圣事。”

《直斋书录解题》卷十九：“《渭南集》一卷，唐渭南尉赵嘏承祐撰。压卷有‘长笛一声人倚楼’之句，当时称为‘赵倚楼’。”

《直斋书录解题》卷二十一：“晁叔用词一卷，晁冲之撰，压卷汉宫春梅词行于世。”

周密《浩然斋雅谈》卷上：“苏仲虎侍郎藏东坡所书富文忠神道碑真迹，前后诸名人题跋极多，独周文忠为之压卷。”

张镃《仕学规范》卷三十七引《诗眼》论诗，其中有黄山谷“古人文章必谨布置”之标准，因以老杜《赠韦见素诗》为标的，且云“此诗前贤录为压卷，为其布置最得正体”。张镃所引出自范温《诗眼》，此外祝穆《古今事文类聚》别集卷十引之；《诗话总龟》后集卷三十一引之；《苕溪渔隐丛话》后集卷十引之；《竹庄诗话》卷五亦引之。因此以上诗话皆涉及了压卷之论。

压卷之论都是有其讨论范围的：如诗词文赋曲诸体裁中何者压卷，王世贞云北曲“故以《西厢记》压卷”①；诗歌之中七言律抑或五言律七言绝句或者五言绝句何者压卷，如普遍认可的以崔颢《黄鹤楼》为七律压卷；何种题材，如林昌彝以唐代权文公所作钓台诗为此题绝唱，故论其为钓台诗压卷；又如何时，如昔人有称韩愈“一间茅屋祭昭王”一诗“为晚唐第一”，但贺裳以为不及许浑《经始皇墓》远甚②。

压卷在评判相关作品艺术价值出类拔萃之余，依然保持了科举评卷之际以最优秀者居首的本然意义，所以胡应麟言芮挺章编《国秀》，以李峤“月宇临丹地”为第一；王介甫编《百家诗选》，以玄宗“飞盖入秦中”为第一。这里的第一，就是全书第一篇。

又如陈振孙《直斋书录解题》卷十五：“朱晦庵晚岁尝语学者曰，此书编次，篇篇有意，每卷首必取一大文字作压卷，如赋取《五凤楼》之类，其所载奏议亦系一时政治大节。”

---

① 王世贞：《艺苑卮言》卷九，续修四库全书本。

② 贺裳：《载酒园诗话》卷一，郭绍虞辑《清诗话续编》，上海古籍出版社 1983 年版，第 227 页。

浦起龙《读杜心解》言《望岳》为全书第一首："杜子心胸气魄，于斯可观；取为压卷，屹然作镇"。

王文诰《苏轼诗集》注言《郭纶》为第一首："《栾城前集》以《郭纶》一首压卷，初发嘉州以下诸诗次之。"

以上之所谓压卷，第一，皆是说该作品为诗集文集首篇，这是从编排顺序而言的。有学者以为这个居于首篇的意义不同于超拔群制，所以称压卷具有两个意思：一指编排首篇，一指出类拔萃。实则如此区划大可不必：一则顺序上居首之意是压卷本然意义的传续，并非压卷论普及之后的创生；二则卷首之作一般必然要甄选艺术价值突出的作品，杜诗以《望岳》开篇即是如此。

当然，在文集编辑的历史之中，也逐步形成了一些时代风尚，如唐代李汉编辑韩愈诗文集，将创作时间居后的《元和盛德诗》编于诗歌卷首，清人方世举以为："《元和盛德诗》，事在元和二年，而今以压卷，此非舛误，盖题目重大，非前不可。"[①] 可见从唐代开始，诗文集编辑便有以显示作者身价、冠冕堂皇题目压卷的传统。明代部分文人爱念浮华，在艺术标准之外，将身份地位之类因素纳入考量，也是受到这种传统的影响，如明景泰中徐庸汇刻高启《吹台集》、《缶鸣集》、《江馆集》、《凤台集》、《娄江吟稿》、《姑苏杂咏》等为《大全集》："至如五排及七律，皆以明初在朝之作冠于首，而先后里居、客居诗在后；此固明人习气，好以承明著作压卷，以为冠冕。"[②]

压卷之论，明代之前文人们多是一般性的判定与表彰，类似宋人严羽以《黄鹤楼》为第一，范温等以《奉赠韦左丞》为压卷之类，没有出现在何人何作压卷问题上的激烈论争。但自明代前后七子标榜盛唐，随后宗派依附，互为表彰，排击异端。流风所及，关于压卷的话题便成为明清文学批评中一个经典话题。总结当时不同文献的记载，其时主要的压卷论争如下：

---

① 方世举：《韩昌黎诗集编年笺注序》，《韩昌黎诗集编年笺注》卷首，郝润华、丁俊丽整理，中华书局 2012 年版，第 2 页。

② 赵翼：《瓯北诗话》卷八，霍松林等校点，人民文学出版社 1998 年版，第 127 页。

七言律诗。

何景明取沈佺期《古意呈补阙乔知之》压卷，与严羽取崔颢《黄鹤楼》为七言律压卷相对应。

王世贞以为："二诗固甚胜，百尺无枝，亭亭独上，在厥体中要不得为第一也。沈末句是齐梁乐府语，崔起法是盛唐歌行语，如织官锦间一尺绣，锦则锦矣，如全幅何?"所以又举以下篇目："老杜集中吾甚爱'风急天高'一章，结亦微弱；'玉露凋伤'、'老去悲秋'首尾匀称，而斤两不足；'昆明池水'秾丽沉切，惜多平调，金石之声微乖耳。然竟当于四章求之。"①

胡应麟继承何景明的观点，以为初唐七律当取沈佺期《古意呈补阙乔知之》，并详细论述了崔颢、杜甫之作何以不堪压卷：

> 七言律压卷，迄无定论。宋严沧浪推崔颢《黄鹤楼》；近代何仲默、薛君采推沈佺期"卢家少妇"；王弇州则谓当从老杜"风急天高"、"老去悲秋"、"玉露凋伤"、"昆明池水"四章中求之。今观崔诗自是歌行短章，律体之未成者，安得以太白尝效之遂取压卷？沈诗篇题原名《独不见》，一结翻题，取巧六朝乐府变声，非律诗正格也，不应借材取冠兹体。若杜四律更尤可议："风急天高"篇无论结语膇重，即起处"鸟飞回"三字亦勉强，属对无意味。"老去悲秋"篇本一落帽事，又生"冠"字为对，无此用事法；蓝水一联尤乏生韵，类许用晦塞白语；仅一结思深耳，可因之便浪推耶？"玉露凋伤"篇较前二作似匀称，然斤两自薄，况"一系"对"两开"，"一"字甚无着落，为瑕不小。"昆明池水"前四语故自绝，奈颈联肥重，坠粉红尤俗。况律凡一题数篇者前后皆有微度脉络，此《秋兴》八首，首咏夔府，二三从夔府渐入京华，四方概言长安，五六七八又各言长安一景。八首只作一首，若相次相引者，通读之始知其命篇之意与一切贯穿映带之法，未有于中独摘其第一首及第六首能悉其

① 王世贞:《艺苑卮言》卷四，丁福保辑《历代诗话续编》，中华书局1983年版，第1008页。

妙可诧为压卷者，取及此尤无谓也。吾谓好诗自多，要在明眼略定等差，不误所趋足耳。转益多师是汝师，何必取宗一篇，效痴人作此生活？七言律以才藻论，则初唐必首云卿；盛唐当推摩诘，中唐莫过文房，晚唐无出中山。不但七言律也，诸体皆然，由其才特高耳。①

由此而言，胡应麟所首肯的七言律压卷首云沈佺期之“卢家少妇”，但他以为盛唐如王维、中唐如刘长卿、晚唐如杜牧，其七律皆有可压卷者。

清人周珽等以为唐人七律当以岑参和贾至《早朝大明宫呈两省僚友》、王维《积雨辋川庄作》为压卷：

杨万里曰：七言褒颂功德，如贾至诸公唱和大明宫乃为典重，和其诗者惟此最佳。胡应麟曰：八句皆精工整密，字字天成，比王似胜，然令上官昭容坐昆明殿，穷岁月较之，未易坚其一也。周敬曰：皇、紫假对，星、露二字实诗眼，通篇心灵，脉融语秀，作廊庙古衣冠法物，令人对之魂肃神敛。不特早朝诸什，此为首唱，即举唐七律，取为压卷何让？周珽曰：或谓早朝诗用寒、阑、乾、难险韵，似属吹毛。诸家取唐七言律压卷者，或推崔司勋《黄鹤楼》，或推沈詹事《独不见》，或推杜工部“玉树凋伤”、“昆明池水”、“老去悲秋”、“风急天高”等篇，然音响重薄、气格高下俱前有确论。珽谓冠冕庄丽，无如嘉州《早朝》；淡雅幽寂，莫过右丞“积雨”（《积雨辋川庄作》）。澹斋翁以二诗得廊庙山林之神髓，欲取以压卷。真足空古准今，质之诸家，亦必以为然也。②

清恒仁则以王维《敕赐百官樱桃》、岑参和贾至《早朝大明宫》、李白《登金陵凤凰台》为压卷。其《月山诗话》云：“愚谓王维之《敕赐百官樱桃》、岑参之《早朝大明宫》、李白之《登金陵凤凰台》，不独可为唐律压

① 胡震亨：《唐音癸籤》卷十引胡应麟《诗薮》，文渊阁四库全书本。

② 仇兆鳌：《杜诗详注》卷五。

卷，即在本集此体中亦无第二首也。”但他没有否定王世贞对杜甫《秋兴》四首以为压卷的认定，只是认为：“至元美所取老杜‘风急天高’、‘玉露凋伤’、‘老去悲秋’、‘昆明池水’四首，杜律可压卷者，正不止此。”[①] 杜诗可压卷者多，不止是这四首。

七言绝句。

李攀龙认为唐人绝句当以王昌龄“秦時明月汉时关”压卷。王世贞云：“余始不信，以少伯集中有极工妙者。既而思之，若落意解，当别有所取。若以有意无意可解不可解间求之，不免此诗第一耳。”[②] 可见首肯李攀龙之见。

王世懋以王翰“葡萄美酒夜光杯”、王之涣“黄河远上白云间”为压卷。他称：“于鳞选唐七言绝句，取王龙标‘秦时明月汉时关’为第一，以语人，多不服。于鳞意止击节‘秦時明月’四字耳。必欲压卷，还当于王翰‘葡萄美酒’、王之涣‘黄河远上’二诗求之。”[③] 潘德舆认为，李攀龙雅好饾饤字句以为奇，所以王世懋语带讽刺；但他对比王世懋与李攀龙各自首推者称：“然敬美首选‘黄河远上’、‘葡萄美酒’二诗，究之调高义正，仍以‘秦时明月’一篇为最。不得缘于鳞豪气，而抑此名构也。”[④] 可见也认为当以“秦时明月”压卷。

王士祯提出以王维“渭城朝雨”、李白“朝辞白帝”、王昌龄“奉帚平明”、王之涣“黄河远上”为压卷。其《唐人万首绝句选凡例》云：

> 七言绝句，初唐风调未谐，开元天宝诸名家无美不备，李白、王昌龄尤为擅场。昔李沧溟推“秦时明月汉时关”一首压卷，余以为未允。必求压卷，则王维之“渭城朝雨”、李白之“朝辞白帝”、王昌龄之“奉帚平明”、王之涣之“黄河远上”其庶几乎？而终唐之世，绝句亦无出四章之右者矣。中唐之李益、刘禹锡，晚唐之杜牧、李商隐

① 恒仁：《月山诗话》，续修四库全书本。

② 王世贞：《艺苑卮言》卷四，丁福保辑《历代诗话续编》，中华书局1983年版，第1008页。

③ 王世懋：《艺圃撷余》，何文焕辑《历代诗话》，中华书局1981年版，第779页。

④ 潘德舆：《养一斋诗话》卷九，郭绍虞辑《清诗话续编》，上海古籍出版社1983年版，第3136页。

四家，亦不减盛唐作者云。[①]

虽然表彰了初盛中晚，但论定压卷则只有盛唐。另如沈德潜则以杜牧“烟笼寒水”、柳宗元“破额山前”、刘禹锡“山围故国”、李益“回乐峰前”、郑谷“扬子江头”为压卷。管世铭则以张潮“茨菰叶烂”、张继“月落乌啼”、钱起“潇湘何事”、韩翃“春城无处”、李益“边霜昨夜”、刘禹锡“二十余年”、李商隐“珠箔轻明”以及杜牧《秦淮》之作为压卷。他认为沈德潜所选者，除了杜牧之作为当，其余诸篇，或稍有风调，或虽佳而非其至，多不足以压卷。[②]

七言之外又有五言压卷之论，如五言律，许学夷以岑参“闻说轮台路”为盛唐五言律压卷，且云：“尝欲以高达夫‘行子对飞蓬’为盛唐五言律第一，而‘对飞蓬’三字殊气馁不称，欲改作‘去从戎’，庶为全作。”[③] 此外相关论述很多，以上面所罗列者影响较大。

二

压卷论表面上看往往是何人第一、何诗第一、何句第一的争论，但这种论争背后其实是艺术鉴赏标准与情趣的交锋。也就是说，压卷之作的选择是与批评者的文学审美情趣、审美思想倾向密切相关的，也与一定时代不同的审美风尚分不开。

如芮挺章《国秀集》不取李颀七言律，姚合《极玄集》不取王维五言绝，《河岳英灵集》不称王昌龄七言绝，胡应麟以为皆“当时月旦乃尔”[④]：即当时的批评风尚、审美倾向使然；作为文学批评具体形式之一的压卷论，自然也不能摆脱其影响。

我们以文学批评史上比较著名的唐诗七律何者压卷来看：

---

① 王琦注（李太白集）卷三十四引，参阅张宗枏辑《带经堂诗话》卷四，戴鸿森校点，人民文学出版社 1963 年版，第 110 页。

② 管世铭：《读雪山房唐诗序例》，郭绍虞辑《清诗话续编》，上海古籍出版社 1983 年版，第 1563 页。

③ 许学夷：《诗源辨体》卷十五，杜维沫校点，人民文学出版社 1987 年版，第 158 页。

④ 胡应麟：《诗薮》外编卷四，上海古籍出版社 1979 年版，第 189 页。

南宋严羽《沧浪诗话·诗评》云："唐人七言律诗，当以崔颢《黄鹤楼》为第一。"这是以压卷论唐人之作的首论。清代蘅塘退士孙洙在编选《唐诗三百首》时，把崔诗列为"七言律诗"第一篇。

明代王世贞认为杜甫的《登高》等作才堪压卷；胡应麟虽然于此诗也有批评，但仍以为不愧压卷，而且这个压卷不是唐人七律的问题，而是亘古无二，当为古今七言律第一，不只为唐人七言律第一。

二诗如下：

昔人已乘黄鹤去，此地空余黄鹤楼。黄鹤一去不复返，白云千载空悠悠。

晴川历历汉阳树，芳草萋萋鹦鹉洲。日暮乡关何处是，烟波江上使人愁。

——崔颢《黄鹤楼》

风急天高猿啸哀，渚清沙白鸟飞回。无边落木萧萧下，不尽长江滚滚来。

万里悲秋常作客，百年多病独登台。艰难苦恨繁霜鬓，潦倒新停浊酒杯。

——杜甫《登高》

周勋初《从"唐人七律第一"之争看文学观念的演变》一文分析，唐诗七律何为第一，这是时代审美思想以及个人文学观念不同的鲜明反映：宋代严羽推崇汉魏古诗及盛唐，崔作虽然名气很大，但非议也有，主要是全诗前半为古调，后半方为律体。但这一点恰是严羽所推崇汉魏、盛唐诗歌的融会；不仅如此，此诗开门见山、气象混沌，皆合乎《沧浪诗话·诗评》所标举的一气盘桓的文学理想。另外，虽然于李杜多持平之见，但对李白还是更加高看一头，视其为诗天子；而崔颢《黄鹤楼》一诗恰是诗天子李白的折服之作，故而命为压卷。

明代诗坛受高棅《唐诗品汇》影响巨大，于李杜皆推崇，但李白之作多为正宗，杜甫则为大家。虽然有轩轾，但李白出乎天才，不可梯接；所以明代文人所推崇的盛唐之作便以技巧成熟而精工的作品为主。杜诗精雕细琢，有法可循，逐步获得了广泛重视。[①]

另外，唐诗七律王世贞以杜甫“风急天高”、“昆明池水”、“玉露凋伤”、“老去悲秋”四诗为压卷，其重要原因之一在于王世贞重视雄而且沉的境界，在他看来，这四首诗恰可体现这种审美境界，“雄者贵沉”而非虚响，故而可为压卷。[②]

压卷论既然不是一时兴会所作的价值判断，而是时代审美思潮、个人才性以及审美趣味的综合检验，那么这种尺度就不仅要体现为一定的延续连贯，而且还会在不同范围压卷作品的评判中体现出一定的统一性。因此，我们可以说，不同审美主体所判定的压卷作品中，都表现了其判定之际所操持的审美标准，这个标准与主体的才性趣味、时代的风尚是呼应的。

我们还可以通过孙鑛的压卷论给予说明。孙鑛在《唐诗品》中，以大量的笔墨关注唐诗压卷问题：

> 于麟云：唐人言绝，当以“秦时明月汉时关”压卷。《艺苑卮言》述之，然不知乃用修品也。昔过君房，见案上《唐绝增奇》，曰：“亦有此乎?”君房无他语，但曰：“是。”余曰：“后二句不太直乎?”君房复曰：“是。”且曰：“何亦曰‘周时明月’?”咦，是诗特三句佳耳，后二句无论太直，且应上不响；“但使”、“不教”四字，既露且率，无高致，而著力唤应，愈觉趣短，以压万首可乎?
>
> 释氏称：食蜂蜜，中边甜。此唯“黄河远上”足当之。总看佳，句摘佳，落意解佳，有意无意、可解不可解间亦佳：以第一无愧也。

以无可挑剔、中边皆甜之高标，选定王之涣“黄河远上白云间”为压卷。七言绝句之外，又论五言律压卷：

---

① 周勋初：《从“唐人七律第一”之争看文学观念的演变》，《文学评论》1985年第5期。

② 钟惺、谭元春：《唐诗归》卷二十一，张国光等点校，湖北人民出版社1985年版，第438页。

唐人五言律靡不佳，盛唐尤多深雅，然至求以第一称者，前此无评也。“昔闻洞庭水”、“八月湖水平”，世称势均力敌，而后四句俱未称，以神求神，当无过喜。《达行在》三首，第情多景少，首篇稍兼景，而“遂却迴”三字未免涩钝；“怜君不得意”，亦有情多之恨。“风劲角弓鸣”可谓无瑕白璧，乃境狭味短。“独有宦游人”首尾匀称，于格极稳帖。三体以压卷，然未入深境。庶几哉，“花隐掖垣暮”？顾“因风想玉珂”亦觉稍淡。[①]

多方吹求，“花隐掖垣暮”一首差可，但仍有稍淡而不称之句。五言律何者压卷的问题在《与余君房论诗文书》中也有涉及：

“花隐掖垣暮”为五言律第一，仆元亦未惬于志，第不知在所云九首中否。若“东郡趋庭”则起结俱淡，“趋庭”字无照应，亦罕着落，稳帖有余而风神未足。以为其（指“花隐掖垣暮”一首——作者）品第一，或不错也。

唐五言律毕竟何首压卷？适偶思之，或当于“八月湖水平”及“风劲角弓鸣”二章较取焉。王诗精工无瑕；若气象宏阔，则孟也，第结句识卑耳。不则，“昔闻洞庭水”何如？

书信之中的讨论与《唐诗品》中的讨论有先后，但在这段持续的时间之中，五言律到底哪一首可以压卷也没有能够确定，所以语气之中皆为犹豫不决的商榷。但通过对五言律和七言绝句何为压卷的辨析，孙鑛确立起了他的诗歌审美标准：

七言绝句：不能直露、音节响亮、有高致、趣味深长，体貌上禁得起总看、句摘，其意在隐约含蓄可解不可解之间。

五言律：情景相称、意境深远、意味悠长、体格匀称稳妥、少用虚字。

在《与余君房论诗文书》中他又将这些标准作了提炼升华，明确为以

① 孙鑛：《唐诗品》，吴文治主编《明诗话全编》五，江苏古籍出版社 1997 年版，第 4700 页。

下几点："窃谓凡堪压卷首者，必须自然，须本色，然又须意格高远，又须音节响，又须神来之调。"对诗歌何者压卷的讨论，并非仅仅通过品评确定优劣，最主要的意义就在于通过压卷作品的确定为诗歌确立标极。孙鑛通过这个标准的确立，拟就了自认为可以作为压卷的作品，他对那些入选者以及曾经备选而最终未能入选的作品给予了点评，分析其入选或未入选的原因，大都在于符合或者不符合自己所确立的标极：

"东郡趋庭"本色自然有之，中四句虽云宏大，然意随语尽，不甚高远，又不响，锻成偶语，终不是神来。若"冠冕南极"，则首二既藻积，不本色也；第三句更如嚼蜡。"野馆"、"春帆"句虽工，然不切勒碑。凡点景，亦必须中情，此一联只可送为客商耳，以送士大夫犹不称，况翰苑勒碑之使乎？结句又似送迁谪者，衔命勒碑，须是"计日回"方合格。此结殊有忧其不回意，岂得佳乎？于前四句皆无当焉。若取此等，则又不若"风林戈未息"也。"昔闻洞庭水"真是神来，又高远，又本色自然，又响，第结句太漫兴。"八月湖水平"起两句已庄，领联复饶气概，于前四者无愧。颈联亦得，惟结语稍卑，然犹胜"戎马关山北"也。"风劲角弓鸣"，精工无疵，惟意不高远。前所以取"花隐掖垣暮"者，以其高远，神来处多耳。"啾啾栖乌"含比意，不为累句。若以风雅律之，恐终让此首也。①

如上所述，压卷问题是明代文人讨论的一个热门话题，如七言律何景明推"卢家少妇郁金堂"、王世贞推"风急天高猿啸哀"，至胡震亨撰《唐音癸签》尚言"无定论"。它反映了明代文人身上浓厚的标极立派意识，也反映了他们对相应格调的偏嗜。

又如王士禛以王维之"渭城朝雨"、李白之"朝辞白帝"、王昌龄之"奉帚平明"、王之涣之"黄河远上"为唐绝句压卷。又称中唐之李益、刘禹锡，晚唐之杜牧、李商隐四家，亦不减盛唐作者。既然中晚作者不减盛

① 孙鑛：《与余君房论诗文书》，吴文治主编《明诗话全编》五，江苏古籍出版社 1997 年版，第 4709 页。

唐，何以论压卷却无中晚唐之作呢？张宗柟引其兄寒坪之论曰：

初唐风调未谐，诚然。盛唐以气体胜，中晚以神韵胜。即其至者而论，盛唐不乏神韵，而中晚之气体稍别矣。此渔洋之论压卷而不及中晚也。[①]

意思是说：初唐尚处于近体成熟阶段，可以不论；盛唐之作长于气，中晚之作长于韵，但盛唐之作虽然长于气却不乏韵味，即有气而能兼韵；中晚之作虽然有韵味，但于盛唐之气势却难以兼容。王渔洋论诗主神韵，论压卷自然以符合此要求又且具有气势的盛唐为主了。明代王世贞之所以推王昌龄“秦时明月”、王翰“葡萄美酒”为第一，则恰出于“沧溟凤洲主气”与“渔洋主神”各有所见。[②]

管世铭论杜诗：“少陵七律，自当以《诸将五首》为压卷。”论其缘由，一则眼界宽而胸怀全局：“关中、朔方、洛阳、南海、西蜀，直以天下全局运量胸中。”一则深明利害：“如借兵回纥、府兵法坏、宦官监军，皆关当时大利大害，而廷臣无能见及者。”一则气雄词杰：“气雄词杰，足以称其所欲言。”一则起结有力：“每章起结，皆具二十分力量。”[③] 四条缘由正是管世铭的诗歌审美标准，核心在于混涵深切、气雄力大。

李调元《雨村诗话》论陆游七律：

陆放翁诗，以“小楼一夜听春雨，深巷明朝卖杏花”得名，其余七律名句辐辏大类此，而起迄多不相称。人以显是先得好句，后足成之，情理或然。然余少年颇喜之，今则弃去矣。余独爱其《感愤》一律，颇近唐人，尝举以示客，诗云：“今皇神武是周宣，谁赋南征北战篇？四海一家无历数，两河百郡宋山川。诸公尚守和亲策，志士虚

① 张宗柟辑：《带经堂诗话》卷四，戴鸿森校点，人民文学出版社 1963 年版，第 110 页。

② 冒春荣：《葚原诗说》卷，郭绍虞辑《清诗话续编》，上海古籍出版社 1983 年版，第 1606 页。

③ 管世铭：《读雪山房唐诗序例》，郭绍虞辑《清诗话续编》，上海古籍出版社 1983 年版，第 1554 页。

> 捐少壮年。京洛雪消春又动，永昌陵上草芊芊。”可称《渭南》、《剑南》二集压卷。[1]

显然是以浑成相称而不以辐辏为压卷尺度。

潘德舆分析严羽以崔颢《黄鹤楼》为第一，何景明、薛采以沈佺期“卢家少妇”为压卷：“沈诗纯是乐府，崔诗特参古调，皆非律诗之正。必取压卷，非老杜‘风急天高’一篇。”先由不称者之存病累论诗体当纯正，又由所推者论其建树：“气体雄浑，剪裁老到。”所以以之弁冕无疑。[2]诗体纯正、气体雄浑便是其标尺。

又如方东树论谢灵运之作。其评谢诗《从斤竹涧越岭溪行》曰：“此诗华妙精深，几于压卷。”方东树论谢灵运诗，核心集中在对“华妙精深”的褒扬上。因此，这个尺度便是其论压卷的尺度，是其对谢灵运诗学核心审美特征的概括，也是其偏嗜的美学趣味。

谢灵运诗，惠休曰“初日芙蓉”，皎然曰“风流自赏”。方东树阐释其意味云：

> 二释所云，“初日芙蓉”即是“风流自赏”，盖言其葩艳天然，不俟雕饰，必欲释之亦不难。如“潜虬媚幽姿”、“猿鸣诚知曙”、“昏旦变气候”、“首夏犹清和”、“池塘生春草”、“明月照积雪”等句，亦未尝不可想见。但此乃指一句一语言之，恐二释所品，皆止言其华妙，而未及其精深……要之，精深犹可以学力，至华妙，则其才之得于天分者，不可及也。华妙而不精深，固为浮艳；精深而乏华妙，则有同嚼蜡，虽巧如偃师，亦止象人而已。

因为拈出了精深华妙为极致，因此但言谢作之佳，往往从此入手，如评

---

① 李调元：《雨村诗话》卷下，郭绍虞辑《清诗话续编》，上海古籍出版社 1983 年版，第 1534 页。

② 潘德舆：《养一斋诗话》卷八，郭绍虞辑《清诗话续编》，上海古籍出版社 1983 年版，第 2132 页。

《夜宿石门》："措语兴象，真如绿水芙蓉，谓于至澄明清静中现出华妙也。"

评《于南山往北山经湖中瞻眺》："此诗精魄之厚，脉缕之密，精深华妙，元气充溢。"

评他人之作亦往往以此标准比对，如谢惠连《泛南湖至石帆》："章法断斩，字句清峭，兴象华妙。"谢惠连与谢灵运过从甚密，诗歌体调有此近似。

又论颜延之："朱子论荀子如吃糙米饭，颜诗实有此。不但不能活泼泼地，并不能如康乐之精深华妙。"[①]以谢灵运之"精深华妙"反衬颜延之作品的拙滞。方东树贯穿于谢灵运压卷作品中的审美标准，在其诗歌评析中得到了贯彻。这就是他核心的诗歌审美思想。

又如陈廷焯论词之压卷。或当苍茫感慨，情见乎词，周密《一萼红》（登蓬莱阁有感）如此，故而当为《草窗集》压卷。

或当深情绵邈，意余于言，张炎"春水"一词自是佳作，其《乐笑翁》更堪压卷。

或当有议论，有感慨，有识力，渊渊作金石声，故而汪对琴《琵琶仙》（金阊晚泊）可谓《春华阁词》压卷。

或当言中有物，令人感激，纳兰性德《临江仙》（寒柳）可为《饮水词》压卷。[②]

这些断散的词学审美思想融汇起来，便是陈廷焯主要的词学批评尺度。

三

压卷论不同于一般的优劣，既然要在一个时代、一个体式题材、一个文人集群甚至整个文学史上争夺第一，自然就要有更为严格的审美要求，这些要求不仅仅涉及个体性的审美趣味审美理想的落实，而且要符合普遍性的审美规范：

---

① 方东树：《昭昧詹言》卷五，汪绍楹校点，人民文学出版社1961年版，第148、137、150、152、157、160页。

② 陈廷焯：《白雨斋词话》卷二，杜维洣校点，人民文学出版社1959年版，第38、48页；卷四，第94页；卷六，第171页。

如凡能压卷者不仅通篇浑然，另外需有佳句。叶矫然论施愚山《浮萍兔丝篇》，全篇“奇事奇情，古意蹁跹，当与《孔雀东南飞》并传千古”；此外佳句如“鹊声空院竹，秋色半亭焦”、“高柳不藏阁，流莺解就人”，有此四语，“便可压卷”[①]。

如凡压卷者无论诗文必能发挥题目。如清代金陵诗社咏诗，以《旧送别处》为题，同题赋者皆极力铺张，不过只是敷衍“送别处”。长洲谢云逸诗云：“忆昔亭前柳，分携曾系船。至今攀折处，犹是锁愁烟。”尤侗以此定为压卷，众无异词。《随园诗法丛话》评曰：“二十言中，一一注意‘旧’字，言浅意深。”[②] 此言诗歌，黄坤仪论文章，同样以为“题中字眼须要发得透彻，乃能压卷。”[③]

但凡能压卷者当前后相称、字句工密而不犯。有人以孟浩然写洞庭“八月湖水平”一篇为孟诗压卷，许学夷以为不然，其理由是：本诗前四句雄壮，但“后稍不称”；且“舟楫”与“圣明”以赋对比，也不工整。[④]

王世贞言唐人“居庸城外猎天骄”一首，若非两“马”字相犯，便“当足压卷”。但是两字皆难以掉易，其中“暮云”句中“马”字或可稍改。[⑤]

以上所论，也仅是概而言之。貌似吹求，实则其意正是：称得上是压卷之作，自应是完善完美之作，一如王夫之论韦应物《蓝岭精舍》：“心力格色，无不得，无不到”，所以唐三百年五言古体不下万首，“即以此压卷，亦何让焉”[⑥]！心力格色无不得无不到，自当无明显病累瑕疵。

我们可以选举数篇古人以为压卷的作品，从其佳妙之处再审视压卷之作的条件。五言诗如杜甫《奉赠韦左丞》。此诗在宋代即已经被视为杜诗压卷之作。胡仔《苕溪渔隐丛话》前集卷十引《诗眼》云：

---

① 叶矫然：《龙性堂诗话初集》，郭绍虞辑《清诗话续编》，上海古籍出版社 1983 年版，第 994 页。

② 传袁枚：《随园诗法丛话》卷一。

③ 黄坤仪：《游艺塾文规》卷四，续修四库全书本。

④ 许学夷：《诗源辨体》卷十六，杜维沫校点，人民文学出版社 1987 年版，第 166 页。

⑤ 王世贞：《艺苑卮言》卷四，丁福保辑《历代诗话续编》，中华书局 1983 年版，第 1006 页。

⑥ 王夫之：《唐诗评选》卷二，岳麓书社 2011 年版，第 972 页。

山谷言：文章必谨布置，每见后学多告以《原道》命意曲折，后予以概考古人法度，如《赠韦见素》诗云："纨绔不饿死，儒冠多误身。"此一篇立意也，故使人静听而具陈之耳。自"甫昔少年日"至"再使风俗淳"，皆儒冠事业也。自"此意竟萧条"至"蹭蹬无纵鳞"，言误身如此也。则意举而文备，故已有是诗矣。然必言其所以见韦者，于是有厚愧真知之句，所以真知者谓传诵其诗也。然宰相职在荐贤，不当徒爱人而已，士故不能无望，故曰"窃效贡公喜，难甘原宪贫"。果不能荐贤，则去之可也，故曰"焉能心怏怏，只是走踆踆"，又将入海而去秦也。然其去也必有迟迟不忍之意，故曰"尚怜终南山，回首清渭滨"。则所知不可以不别，故曰"常拟报一饭，况怀辞大臣"。夫如此，是可以相忘于江湖之外，虽见素亦不得而见矣，故曰"白鸥没浩荡，万里谁能驯"终焉。此诗前贤录为压卷，盖布置最得正体，如官府甲第，厅堂房室，各有定处，不可乱也。

所谓"布置"，宋人《诗宪》以为就是"诗之全篇用意曲折"[①]，此论排律。后人以为，此体不难句锻字炼，工巧相生；"惟抒情陈意，通篇贯彻而不失伦次者为难"[②]，所难即在其规模较大，因而布置谨严一气贯彻不易。

又如五言律诗，明代《诗学权舆》以杜甫《春日江村》诗为压卷。其诗曰："农务村村急，春流岸岸深。乾坤万里眼，时序百年心。茅屋还堪赋，桃源自可寻。艰难昧生理，飘泊到如今。"黄溥论此诗所以堪为压卷，在于其符合六个重要的诗学标准：

其一，用字工而切，不徒衬贴："凡作诗，用双字者，不可徒为衬贴也，须是用意方好。此篇首两句用'村村'、'岸岸'字，乃见农务无处不急，江流无处不深，正春时之可为也。"

其二，句法意度兼美："'乾坤万里眼，时序百年心'，则游览已远矣，今则节序转流，时不我与，人生百岁之思何如哉！句法意度稳妥，曲重字

① 郭绍虞：《宋诗话辑佚》卷下"布置含蓄"条，中华书局 1980 年版。

② 冒春荣：《葚原诗说》卷三，郭绍虞辑《清诗话续编》，上海古籍出版社 1983 年版，第 1602 页。

对，停匀精切。”

其三，气象高大。

其四，情思深远。

其五，意在言外：“后四句言茅屋虽卑漏而可以赋诗，桃源虽杳冥而可以隐处，何缘不辞艰难，昧其生理，漂泊远游至今不止耶？盖怀君忧国之中自有不能已者，意在言外。”

其六，血脉贯穿。

杜甫五言律多而且工，其仄入者为正体，平入者为变体，首句多对偶，但此篇兼备众美，“此其所以妙绝”而被列为压卷的原因。[①]

考察压卷之作，历来批评者所持尺度不仅仅艺术审美，时而也有类似道德、节义等内容被纳入考量范围。如《养一斋诗话》论杨维桢之诗云：

> 杨廉夫诗“一双孔雀行瑶圃，十二飞鸿上锦筝”，“别院三千红芍药，洞房七十紫鸳鸯”，“公子银瓶分汗酒，佳人金胜剪春花”。又以杨妃袜为诗题，鞋杯为词题，江南坛坫，蒸染殆遍，洵诗之妖也。然张士诚尽致吴中名士，独廉夫不可。闻其来吴，使要于路，不得已乃一至宾贤馆。士诚饮以元主所赐御酒，廉夫作诗云：“江南岁岁烽烟起，海上年年御酒来。如此烽烟如此酒，老夫怀抱几时开？”士诚得诗，遂不强留。
>
> 此诗殊有一往不可屈之气，廉夫一生名节，藉之以传，拈此为集中压卷。其纤秾佻妖者，可略之而不必苛绳矣。[②]

此诗并非杰作，但与其咏杨妃袜、题鞋杯之妖艳者相比，属于卓然有正气者，所以视为压卷。

对于压卷辨析第一、讨论擅场的批评，也存在另外一个反思的声音：

---

① 黄溥：《诗学权舆》卷十六，吴文治主编《明诗话全编》，江苏古籍出版社 1997 年版，第 1219 页。

② 潘德舆：《养一斋诗话》卷三，郭绍虞辑《清诗话续编》，上海古籍出版社 1983 年版，第 2025 页。

诗但论其佳否，不必论压卷。钟惺曾论王昌龄《出塞》云：

> 诗但求其佳，不必问某首第一也。昔人问三百篇何句最佳，及十九首何句最佳，盖亦兴到之言，其称某句佳者，各就其意之所感，非以尽全诗也。李于鳞乃以此首为唐七言绝压卷，固矣哉！无论其品第当否何如，茫茫一代，绝句不啻万首，乃必欲求一首作第一，则其胸亦梦然矣。①

钟惺此处隐约表达了这样一种思想：艺术的优劣判断，尤其表彰一首可以傲视万代才子创作的行为，在一定程度上是违背艺术规律的。发乎才情，出于兴会，情景交融，但合其体者无不优秀。袁枚在此基础上又做了进一步发挥：

> 人或问余以本朝诗谁为第一，余转问其人，《三百篇》以何首为第一？其人不能答。余晓之曰：诗如天生花卉，春兰秋菊，各有一时之秀，不容人为轩轾。音律风趣，能动人心目者，即为佳诗；无所为第一、第二也。有因其一时偶至而论者，如"不愁明月尽，自有夜珠来"一首，宋居沈上；"文章旧价留鸾掖，桃李新阴在鲤庭"一首，杨汝士压倒元白是也。有总其全局而论者，如唐以李杜韩白为大家，宋以欧苏陆范为大家是也。若必专举一人，以覆盖一朝，则牡丹为花王，兰亦为王者之香。人于草木，不能评谁为第一，而况诗乎？②

袁枚"音律风趣，能动人心目者，即为佳诗"之论与吴乔"对境当情，即堪压卷"之论也是呼应的。有人问吴乔："某篇压卷之论，钟、谭亦不服，尊意与之同乎？"吴乔回答：

> 凡诗对境当情，即堪压卷。余于长途驴背困顿无聊中，偶吟韩宗

① 钟惺、谭元春：《唐诗归》卷十一，张国光等点校，湖北人民出版社 1985 年版，第 222 页。

② 袁枚：《随园诗话》卷三，王英志校点，江苏古籍出版社 1993 年版，第 66 页。

诗云："秦川如画渭如丝，去国还乡一望中。公子王孙莫来好，岭花多是断肠枝。"对境当情，真足压卷。

癸卯再入京师，旧馆翁以事谪辽左，余过其故第，偶吟王涣诗云："陈宫兴废事难期，三阁空余绿草基。狎客沦亡丽华死，他年江令独来时。"道尽宾主情境，泣下沾巾，真足压卷。

又于闽南道上，吟唐人诗曰："北畔是山南畔海，只堪图画不堪行。"又足压卷。

余读子美"旌旗日暖龙蛇动，宫殿风微燕雀高"，不见其叙景之妙。有朝士言殿廷间仪卫风物，十四字中道尽，亦对境当情故也，二语必压卷矣。

余所谓压卷者如是。①

如果从艺术创作规律认真反思，所谓压卷或者第一之类的批评，属于具有极浓重排他性的艺术选择，的确有着文人矜夸粉饰习气的影响。作为一种批评范式，其评断的结果往往价值不大，倒是其所彰显的批评者的审美情趣、艺术指向以及透显的时代思潮精神坚守，往往更具有文学理论价值。

---

① 吴乔：《围炉诗话》卷四，郭绍虞辑《清诗话续编》，上海古籍出版社1983年版，第677页。

主要参考书目

（汉）毛公传，（唐）孔颖达疏：《毛诗正义》，中华书局影印阮元校刻《十三经注疏》本。

（宋）朱熹：《诗集传》，岳麓书社 1994 年版。

（清）王聘珍：《大戴礼记解诂》，中华书局 1983 年版。

（清）朱彬：《礼记训纂》，中华书局 1996 年版。

（魏）王弼注，（唐）孔颖达疏：《周易正义》，中华书局影印阮元校刻《十三经注疏》本。

（晋）杜预注，（唐）孔颖达疏：《春秋左传》，中华书局缩印阮元校刻《十三经注疏》本。

（三国魏）何晏集解，（宋）邢昺疏：《论语》，中华书局缩印阮元校刻《十三经注疏》本。

（汉）赵歧注，孙奭疏：《孟子》，中华书局缩印阮元校刻《十三经注疏》本。

（汉）司马迁：《史记》，中华书局 1959 年点校本。

（汉）班固：《汉书》，中华书局 1962 年点校本。

（晋）陈寿：《三国志》，陈乃乾点校，中华书局 1959 年版。

（南朝宋）范晔：《后汉书》，中华书局 1965 年点校本。

（唐）房玄龄等：《晋书》，中华书局 1974 年点校本。

（南朝梁）沈约：《宋书》，中华书局 1974 年版。

（南朝梁）萧子显：《南齐书》，中华书局 1972 年点校本。

（唐）姚思廉：《梁书》，中华书局 1973 年点校本。

（唐）李延寿：《南史》，中华书局 1975 年点校本。

（南朝梁）沈约：《宋书》，中华书局 1974 年点校本。

（唐）李百药：《北齐书》，中华书局 1972 年点校本。

（北齐）魏收：《魏书》，中华书局 1974 年点校本。

（唐）魏征等：《隋书》，中华书局 1973 年点校本。

（五代）刘昫：《旧唐书》，上海古籍出版社、上海书店出版社 1986 年缩印《二十五史》。

（宋）宋祁：《新唐书》，上海古籍出版社、上海书店出版社 1986 年缩印《二十五史》。

（汉）刘安：《淮南鸿烈》，刘文典集解，中华书局 1989 年版。

（汉）刘歆：《西京杂记》，文渊阁四库全书本。

（汉）扬雄：《法言》，汪荣宝义疏，中华书局 1987 年版。

（汉）王充：《论衡》，黄晖校释，中华书局 1990 年版。

徐震堮：《世说新语校笺》，中华书局 1999 年版。

（北齐）颜之推：《颜氏家训》，王利器集解，中华书局 1993 年版。

（宋）吴垌：《五总志》，文渊阁四库全书本。

（宋）黄震：《黄氏日钞》，文渊阁四库全书本。

（宋）周密：《浩然斋雅谈》，文渊阁四库全书本。

（宋）叶廷珪：《海录碎事》，文渊阁四库全书本。

（宋）方岳：《深雪偶谈》，文渊阁四库全书本。

（宋）范晞文：《对床夜语》，文渊阁四库全书本。

（宋）沈作喆：《寓简》，文渊阁四库全书本。

（元）陶宗仪：《说郛》，文渊阁四库全书本。

（明）何良俊：《四友斋丛话》，中华书局 1959 年版。

（明）杨慎：《丹铅余录》，文渊阁四库全书本。

（明）胡应麟：《少室山房笔丛》，文渊阁四库全书本。

（明）何焯：《义门读书记》，文渊阁四库全书本。

（明）于慎行：《榖山笔麈》，吕景琳点校，中华书局 1984 年版。

（明）郎瑛：《七修类稿七修续稿》，安越点校，文化艺术出版社 1998 年版。

（清）方以智：《通雅》，文渊阁四库全书本。

（南朝梁）刘勰：《文心雕龙》，黄叔琳辑注，中国书店据世界书局 1935 年版影印。

（南朝梁）刘勰：《文心雕龙》，范文澜注，人民文学出版社 1958 年版。

（南朝梁）刘勰：《文心雕龙》，詹锳义证，上海古籍出版社 1989 年版。

（南朝梁）刘勰：《文心雕龙》，吴林伯义疏，武汉大学出版社 2002 年版。

（梁）钟嵘：《诗品》，曹旭集注，上海古籍出版社 1994 年版。

（唐）皎然：《诗式》，李壮鹰校注，人民文学出版社 2003 年版。

［日］空海：《文镜秘府论》，王利器校注，中国社会科学出版社 1983 年版。

（宋）计有功：《唐诗纪事》，上海古籍出版社 2008 年版。

（宋）陈应行：《吟窗杂录》，中华书局 1997 年影印明钞本。

（宋）阮阅：《诗话总龟》，周本淳校点，人民文学出版社 1987 年版。

（宋）魏庆之：《诗人玉屑》，文渊阁四库全书本。

（宋）葛立方：《韵语阳秋》，文渊阁四库全书本。

（宋）林逋：《省心录》，丛书集成初编本。

（宋）胡仔：《苕溪渔隐丛话》，廖德明校点，周本淳重订，人民文学出版社 1993 年版。

（宋）严羽：《沧浪诗话》，郭绍虞校释，人民文学出版社 1998 年版。

（宋）黄彻：《（䂬）溪诗话》，汤新祥校注，人民文学出版社 1986 年版。

（宋）刘克庄：《后村诗话前集》，适园丛书本。

（宋）张炎：《词源》，夏承焘校注，人民文学出版社 1963 年版。

（宋）方回：《瀛奎律髓》，李庆甲汇评，上海古籍出版社 2005 年版。

（宋）楼昉：《崇文古诀》，文渊阁四库全书本。

（宋）李涂：《文章精义》，文渊阁四库全书本。

（元）沈义府：《乐府指迷》，蔡嵩云笺释，人民文学出版社 1963 年版。

（明）王世贞：《新刻增补艺苑卮言》，续修四库全书影印明万历十七年武林樵云书舍刻本。

（明）胡应麟：《诗薮》，上海古籍出版社 1979 年版。

（明）徐师曾：《文体明辨序说》，罗根泽校点，人民文学出版社 1962 年版。

（明）许学夷：《诗源辨体》，杜维沫校点，人民文学出版社 1987 年版。
（明）吴讷：《文章辨体序说》凡例，于北山校点，人民文学出版社 1962 年版。
（明）屠隆：《鸿苞节录》，咸丰七年屠继烈刊本。
（明）钟惺、谭元春：《唐诗归》，张国光等点校，湖北人民出版社 1985 年版。
（明）江盈科：《雪涛诗评》，说郛续编本。
（明）袁黄：《游艺塾文规》，续修四库全书影印明万历三十年刻本。
（明）胡震亨：《唐音癸签》，续修四库全书影印范希仁抄补唐音统签本。
（明）周履靖：《骚坛秘语》卷中，丛书集成本。
（明）费经虞辑，（清）费密增补：《雅伦》，续修四库全书影印康熙四十九年刻本。
（明）陆时雍：《古诗镜》，文渊阁四库全书本。
（明）陆时雍：《唐诗镜》，文渊阁四库全书本。
（明）吕天成：《曲品》卷上，吴书荫校注，中华书局 1990 年版。
（明）卓人月、徐士俊辑：《古今词统》，续修四库全书影印明崇祯刻本。
（清）王夫之：《古诗评选》，岳麓书社 2011 年版。
（清）金圣叹：《贯华堂选批唐才子诗》，周锡山编校，万卷出版公司 2009 年版。
（清）余正燮：《癸巳存稿》卷十二，辽宁教育出版社 2003 年版。
（清）王嗣奭：《杜臆》，中华书局 1963 年排印本。
（清）李渔：《闲情偶寄》，《李渔全集》，浙江古籍出版社 1992 年版。
（清）毛奇龄：《诗札》，文渊阁四库全书本。
（清）赵翼：《瓯北诗话》，霍松林等校点，人民文学出版社 1998 年版。
（清）张宗柟纂辑：《带经堂诗话》，戴鸿森校点，人民文学出版社 1963 年版。
（清）沈德潜：《说诗晬语》，杜维沫校注，人民文学出版社 1979 年版。
（清）薛雪：《一瓢诗话》，杜维沫校注，人民文学出版社 1979 年版。
（清）袁枚：《随园诗话》，《袁枚全集》第三册，王英志校点，江苏古籍出版社 1993 年版。
（清）叶燮：《原诗》，霍松林点校，人民文学出版社 1979 年版。
（清）永瑢、纪昀等：《四库全书总目》，中华书局影印浙江杭州版。

（清）施愚山：《蠖斋诗话》，《施愚山集》第四册，何庆善等点校，黄山书社 1993 年版。

（清）章学诚：《文史通义》，叶瑛校注，中华书局 1994 年版。

（清）郭麐：《灵芬馆诗话》，续修四库全书影印清嘉庆二十一年孙均刻二十三年增修本。

（清）翁方纲：《石洲诗话》，陈迩冬校点，人民文学出版社 1981 年版。

（清）张谦宜：《絸斋诗谈》，续修四库全书影印清乾隆二十三年法辉祖刻家学堂遗书二种本。

（清）吴仰贤：《小匏庵诗话》，续修四库全书影印清光绪刻本。

（清）陈廷焯：《白雨斋词话》，杜维沫校点，人民文学出版社 1959 年版。

（清）俞樾：《春在堂随笔》，光绪十五年重定本《春在堂全书》本。

（清）邱炜萲：《五百石洞天挥麈》，续修四库全书影印清光绪二十五年邱氏粤垣刻本。

（清）法式善：《梧门诗话》，续修四库全书影印稿本。

（清）方东树：《昭昧詹言》，汪绍楹校点，人民文学出版社 1961 年版。

（清）何日愈：《退庵诗话》，广东高等教育出版社 1996 年版。

（清）林昌彝：《射鹰楼诗话》，王镇远等标校，上海古籍出版社 1988 年版。

（清）恒仁：《日月诗话》，续修四库全书影印《艺海珠尘》本。

（清）陈廷焯：《白雨斋词话》，杜维沫校点，人民文学出版社 1959 年版。

（清）周济：《介存斋论词杂著》，顾学颉校点，人民文学出版社 1959 年版。

（清）何文焕辑：《历代诗话》，中华书局 1981 年版。

（清）丁福保辑：《历代诗话续编》，中华书局 1983 年版。

（清）丁福保辑：《清诗话》，上海古籍出版社 1963 年版。

况周颐：《蕙风词话》，王幼安校订，人民文学出版社 1998 年版。

王国维：《人间词话》，徐调孚、周振甫注，王幼安校订，人民文学出版社 1998 年版。

（汉）王逸：《楚辞章句》，夏祖尧标点，岳麓书社 1994 年版。

（南朝）萧统：《文选》，唐李善注，上海古籍出版社 1994 年版。

（唐）方世举：《韩昌黎诗集编年笺注》，郝润华、丁俊丽整理，中华书局

2012 年版。

（宋）叶适：《水心先生文集》，文渊阁四库全书本。

（宋）陆游：《陆放翁全集》，中国书店影印 1936 年世界书局版。

（宋）楼钥：《攻媿集》，丛书集成初编本。

（宋）范浚：《范香溪文集》卷八，四部丛刊初编本。

（宋）高似孙：《疏寮小集》，文渊阁四库全书本。

（宋）刘克庄：《后村先生大全集》，四部丛刊初编本。

（宋）徐照：《清苑斋诗集》，文渊阁四库全书本。

（宋）郑思肖：《郑思肖集》，陈福康校点，上海古籍出版社 1991 年版。

（元）戴表元：《剡源集》，丛书集成初编本。

（元）刘将孙：《养吾斋集》，文渊阁四库全书本。

（元）袁桷：《清容居士集》，四明丛书本。

（明）宋濂：《宋文宪公全集》，四部备要本。

（明）方孝孺：《逊志斋集》，徐光大校点，宁波出版社 2000 年版。

（明）苏伯衡：《苏平仲文集》，文渊阁四库全书本。

（明）王阳明：《王文成公全书》卷五，四部丛刊初编本。

（明）贝琼：《清江文集》卷二十八，文渊阁四库全书本。

（明）茅坤：《茅坤集》，张大芝等校点，浙江古籍出版社 1993 年版。

（明）李贽：《焚书续焚书》，夏剑钦校点，岳麓书社 1990 年版。

（明）屠隆：《由拳集》，续修四库全书影印明万历龚尧惠刻本。

（明）屠隆：《白榆集》，续修四库全书影印明万历刻本。

（明）徐渭：《徐渭集》，中华书局 1983 年版。

（明）焦竑：《澹园集续集》，续修四库全书影印明万历三十四年刻本。

（明）臧懋循：《负苞堂文选》，续修四库全书影印明天启元年臧尔炳刻本。

（明）胡应麟：《少室山房集》，文渊阁四库全书本。

（明）陈献章：《陈献章集》，孙通海校点，中华书局 1987 年版。

（明）汤显祖：《汤显祖诗文集》，徐朔方笺校，上海古籍出版社 1982 年版。

（明）袁宗道：《白苏斋类集》，钱伯城标点，上海古籍出版社 1989 年版。

（明）袁宏道：《袁中郎全集》，中国图书馆出版部 1935 年版。

（明）袁中道：《珂雪斋集》，钱伯城点校，上海古籍出版社 1989 年版。

（明）江盈科：《江盈科集》，黄仁生辑，岳麓书社 1997 年版。

（明）汪道昆：《太函集》，续修四库全书影印明万历刻本。

（明）沈德符：《清权堂集》，续修四库全书影印明刻本。

（明）谭元春：《谭元春集》，陈杏珍标校，上海古籍出版社 1998 年版。

（明）陈子龙：《安雅堂稿》，孙启治校点，辽宁教育出版社 2003 年版。

（明）茅元仪：《石民四十集》，续修四库全书影印明崇祯刻本。

（明）张岱：《张岱诗文集》，夏咸淳校点，上海古籍出版社 1991 年版。

（明）祁彪佳：《远山堂文稿》不分卷，续修四库全书影印清初祁氏起元社抄本。

（明）朱舜水：《朱舜水集》，中华书局 1981 年版。

（清）黄宗羲：《黄宗羲全集》，沈善洪主编，浙江古籍出版社 2005 年版。

（清）钱谦益：《牧斋有学集》，钱仲联标校，上海古籍出版社 1996 年版。

（清）钱谦益：《牧斋杂著》，钱仲联标校，上海古籍出版社 2007 年版。

（清）廖燕：《二十七松堂文集》，屠友祥校注，上海远东出版社 1999 年版。

（清）全祖望：《鲒琦亭集外编》，四部丛刊初编本。

（清）魏禧：《魏叔子文集》，胡守仁等校点，中华书局 2003 年版。

（清）李渔：《李渔全集》，浙江古籍出版社 1992 年版。

（清）钱澄之：《田间文集》，续修四库全书影印清康熙刻本。

（清）李邺嗣：《杲堂文钞》，四明丛书本。

（清）李邺嗣：《杲堂文续钞》，四明丛书本。

（清）徐乾学：《憺园集》，续修四库全书影印清康熙刻冠山堂印本。

（清）刘大櫆：《海峰文集》，同治甲戌冬月刘继重刊本。

（清）刘大櫆：《刘大櫆集》，吴孟复标点，上海古籍出版社 1990 年版。

（清）毛先舒：《潠书》，清康熙刻《思古堂十四种书》本。

（清）厉鹗：《樊榭山房文集》，四部丛刊初编本。

（清）朱彝尊：《曝书亭集》，文渊阁四库全书本。

（清）郑燮：《郑板桥文集》，吴可校点，巴蜀书社 1997 年版。

（清）翁方纲：《复初斋文集》，续修四库全书影印清李彦章校刻本。

（清）杭世骏：《道古堂文集》，续修四库全书影印乾隆四十年刻本。

（清）李调元：《童山文集》，续修四库全书影印清乾隆刻函海道光五年增修本。

（清）刘熙载：《刘熙载文集》，薛正兴校点，江苏古籍出版社2000年版。

（清）袁枚：《袁枚全集》，江苏古籍出版社1993年版。

李朝正、徐敦忠：《彭端淑诗文注》，巴蜀书社1995年版。

（清）方苞：《方望溪全集》，中国书店1991年版。

（清）姚鼐：《惜抱轩全集》，中国书店1991年版。

（清）刘熙载：《刘熙载文集》，薛正兴点校，江苏古籍出版社2000年版。

（清）施闰章：《施愚山集》，何庆善等校点，黄山书社1992年版。

（清）纪昀评：《苏文忠公诗集》，清末刊本。

（清）纪昀：《纪晓岚文集》，孙致中等校点，河北教育出版社1991年版。

（清）曾国藩：《曾国藩诗文集文集》，王澧华校点，上海古籍出版社2005年版。

（清）俞樾：《宾萌集外集》，续修四库全书影印清光绪二十五年刻春在堂全书本。

（清）张裕钊：《张裕钊诗文集》，王达敏校点，上海古籍出版社2007年版。

陈三立：《散原精舍文集》卷十六，钱文钟校点，辽宁教育出版社1998年版。

（明）卓人月、徐士俊辑：《古今词统》，续修四库全书影印明崇祯刻本。

《全唐文》卷一百九十六，上海古籍出版社1990年据原刊本缩印本。

（清）陈祚明：《采菽堂古诗选》，李金松点校，中华书局2008年版。

（清）曾王孙、聂先辑：《百名家词钞》，续修四库全书影印康熙缘荫堂刻本。

（清）邹祗谟、王士祯辑：《倚声初集》，续修四库全书影印清顺治十七年刻本。

胡朴安：《南社丛选》，解放军文艺出版社2000年版。

郭绍虞辑：《清诗话续编》，上海古籍出版社1983年版。

唐圭璋辑：《词话丛编》，中华书局1986年版。

郭绍虞：《宋诗话辑佚》，中华书局1980年版。

傅璇琮主编：《唐人选唐诗新编》，陕西人民教育出版社1996年版。

丁锡根编:《中国历代小说序跋集》，人民文学出版社 1996 年版。
傅璇琮主编:《唐才子传校笺》，中华书局 1989 年版。
傅璇琮编撰:《唐人选唐诗新编》，陕西人民教育出版社 1996 年版。
王水照主编:《历代文话》，复旦大学出版社 2008 年版。
吴文治主编:《宋诗话全编》，江苏古籍出版社 1997 年版。
吴文治主编:《明诗话全编》，江苏古籍出版社 1997 年版。
张寅彭主编:《民国诗话丛编》，上海书店出版社 2002 年版。
贾文昭编:《中国近代文论类编》，黄山书社 1991 年版。
蔡毅编:《中国古典戏曲序跋汇编》，齐鲁书社 1989 年版。
中国戏剧研究院编:《中国古典戏曲论著集成》，中国戏剧出版社 1959 年版。
祝尚书编:《宋集序跋汇编》，中华书局 2010 年版。
徐中玉主编:《中国古代文艺理论专题资料丛刊》，中国社会科学出版社 1999 年版。
胡经之主编:《中国古典文艺学丛编》，北京大学出版社 2001 年版。
张国庆辑:《云南古代诗文论著辑要》，中华书局 2001 年版。
王伯敏、任道斌、胡小伟主编:《书学集成》，河北美术出版社 2002 年版。
王伯敏、任道斌主编:《画学集成》，河北美术出版社 2002 年版。
蒋寅:《清诗话考》，中华书局 2007 年版。
郁沅、张明高选编:《魏晋南北朝文论选》，人民文学出版社 1999 年版。
周祖譔选编:《隋唐五代文论选》，人民文学出版社 1999 年版。
陶秋英编选:《宋金元文论选》，人民文学出版社 1999 年版。
蔡景康选编:《明代文论选》，人民文学出版社 1999 年版。
王运熙、顾易生选编:《清代文论选》，人民文学出版社 1999 年版。
舒芜、陈迩冬、周绍良、王利器选编:《近代文论选》，人民文学出版社 1999 年版。
郭绍虞主编:《中国历代文论选》，上海古籍出版社 2001 年新一版。
周维德笺注:《诗问四种》，齐鲁书社 1985 年版。
王国维:《王国维文学美学论著集》，北岳文艺出版社 1987 年版。
闻一多、罗庸:《笳吹弦颂传薪录》，郑临川记录，上海古籍出版社 2002 年版。

刘师培：《刘师培中古文学论集》，中国社会科学出版社 1997 年版。
钱钟书：《谈艺录》，中华书局 1984 年版。
王瑶：《中古文学史论》，《王瑶文集》第 1 卷，北岳文艺出版社 1995 年版。
刘永济：《十四朝文学要略》，中华书局 2007 年版。
朱东润：《中国文学批评史大纲》，上海古籍出版社 2001 年版。
罗根泽：《中国文学批评史》，古典文学出版社 1957 年版。
马茂元：《谈杜甫七言绝句的特色》，《马茂元说唐诗》，上海古籍出版社 1999 年版。
敏泽：《中国文学理论批评史》，人民文学出版社 1982 年版。
成复旺、蔡钟翔、黄保真：《中国文学理论史》，北京出版社 1987 年版。
蔡钟翔、袁济喜：《中国古代文艺学》，人民文学出版社 2011 年版。
王运熙、顾易生主编：《中国文学批评通史》，上海古籍出版社 1996 年版。
谭帆、陆炜：《中国古典戏剧理论史》，华东师范大学出版社 2005 年版。
龚鹏程：《中国文学批评史论》，北京大学出版社 2008 年版。